MEI
HU

WEN
KU

重返民族传统

——世纪之交长篇小说创作现象研究

甘浩　著

郑州大学出版社

图书在版编目（CIP）数据

重返民族传统：世纪之交长篇小说创作现象研究／甘浩著. —
郑州：郑州大学出版社，2021.10
（眉湖文库）
ISBN 978-7-5645-8256-2

Ⅰ.①重… Ⅱ.①甘… Ⅲ.①长篇小说－小说创作－研究－
中国－当代 Ⅳ.①I207.425

中国版本图书馆 CIP 数据核字(2021)第 210350号

重返民族传统——世纪之交长篇小说创作现象研究
CHONGFAN MINZU CHUANTONG——SHIJI ZHI JIAO CHANGPIAN XIAOSHUO
CHUANGZUO XIANXIANG YANJIU

策　　划	李勇军　丁忠华	封面设计	孙文恒	
责任编辑	刘晓晓	版式设计	孙文恒	
责任校对	暴晓楠	责任监制	凌　青　李瑞卿	

出版发行	郑州大学出版社	地　　址	郑州市大学路40号（450052）	
出 版 人	孙保营	网　　址	http://www.zzup.cn	
经　　销	全国新华书店	发行电话	0371-66966070	
印　　刷	河南瑞之光印刷股份有限公司			
开　　本	787 mm×1 092 mm　1／16			
印　　张	18.75	字　　数	310 千字	
版　　次	2021年10月第1版	印　　次	2021年10月第1次印刷	

书　　号	ISBN 978-7-5645-8256-2	定　　价	88.00元	

目　录

导　论
"传统"视角与世纪之交的长篇小说

　　现代汉语文学进入 20 世纪 90 年代后，发生了很大变化。直接的外因可以归结为中国市场经济的兴起和社会结构的深层变化，这两种基本元素形塑了世纪之交独特的社会文化结构和文学创作场域。作家的创作心态，文学的生产、流通和消费机制，与此前相比皆发生了重大变化。从内因来看，现代汉语文学经过上一个十年的浮华喧嚣、冲积沉淀，也进入新一轮艺术调整期，1980 年代相对单一而崇高的文学理想和追求，在日益窘迫的个体生存需求面前渐趋委顿与衰颓，文学多元化发展路向，逐渐覆盖了 1980 年代相对清晰的文学演进轨迹。俯瞰世纪之交现代汉语文学，混晕杂乱，或许是其最突出的世相。

　　也正是在此时，这个混晕迷变的"混杂"世相，开始逐渐凸显一个庞然伫立的文学生态物种——长篇小说——的身影。自进入 1990 年代开始，虽然中、短篇小说创作延续了 1980 年代的繁华市景，不时有佳作面世，但是就文学创作的规模、出品的数量和业界对其重视的程度而言，却是长篇小说独占鳌头。据相关研究统计，从 20 世纪 90 年代中期开始，长篇小说的年生产量就达到了 700 多部，是"文化大革命"前 17 年中国当代长篇小说生产总量的一倍。此后，又逐年递增，到 20 世纪 90 年代末，年纸质出版已突破千部大关，是 1980 年代长篇小说出版量的总和。[①] 新世纪后，这种逐年递增的势头虽稍有减弱，但年产量仍然稳定在较高数目上。仅 2001 到 2005 年间，中国（不包括港澳台地区和网络平台）正式发

---

　　① 於可训：《新世纪长篇小说创作述评》,《中国地质大学学报》(社会科学版) 2008 年第 8 卷第 5 期。

表、出版的长篇小说有4000部左右，每年有800部之多。^①除却数量的优势之外，长篇小说题材涉猎之广、主题包容之丰、风格变幻之奇、艺术落差之巨，令其他历史时期与之相比则难以望其项背，而其中的翘楚之作，确实代表了近20年现代汉语文学新的艺术水平和成就。长篇小说在世纪之交崛起，自然值得后世文学史为其赋上浓墨重彩的一笔。

基于此，世纪之交的长篇小说，成为我们最直接和最重要的研究对象。然而，正如上述，世纪之交长篇小说创作盛况空前，"混杂性"，不仅仅是这个时代文学世相的特征，也是长篇小说的世相特征。在有限的研究时间和写作空间里，面面俱到地研究，必然成为一个不切实际的空想。寻找一支心烛，借其温润的光亮，穿透世纪之交长篇小说懵懵懂懂的皮相，触摸这个整体的某个侧面或部分，或许是一个切实可行的研究计划。

一、世纪之交重返民族传统长篇小说的创作概况

从"传统"与文学的关系切入世纪之交长篇小说研究，源自笔者对世纪之交文学创作现象的直接观察和经验。新世纪以来，文学向民族传统寻求写作资源，已然成为我国长篇小说创作最醒目的文学现象之一。这种文学现象成为值得注意的课题，是因为它在长篇小说创作领域刮起了重返民族传统、重新发现和彰显传统价值的文学飓风，席卷了世纪之交的文学界。从莫言、格非、苏童、叶兆言、唐浩明、迟子建、王安忆，到阎连科、李冯，乃至毕飞宇、李师江，如果稍微抬头瞭望，还可以扩大这个名单，比如"80后"的郭敬明、张悦然、安意如，玄幻文学作家萧鼎，以及一个无法统计清楚的网络文学和通俗文学作家群。这份名单，几乎囊括了世纪之交中国文坛最强劲的生产力。他们年龄不同，人生阅历不同，文学素养和文学理想也不同，却不约而同地汇聚到民族传统的大纛下，通过各自的写作，从不同维度切入了民族传统的领域，创造了一个古典复兴的文坛盛貌。在新世纪之后，这种以彰显民族传统美学为表征的文学本土化创作倾向愈演

---

① 雷达：《新世纪以来长篇小说概观》，《小说评论》2007年第1期。

愈烈，没有人能够预测到它最终发展到什么程度、它将对现代汉语文学发展产生怎样的后果，但是，就其在新世纪的发展状况和态势看，它已经蝶化为一个学界必须正视和重视的文学创作现象。

之所以有此判断，是基于以下两个事实。第一，是因为世纪之交文坛已经出现一批作家在努力从民族传统中吸纳艺术营养，创作出了大量具有"传统"审美趣味的文学成品，并且因此在世纪之交文坛酿造了追求和实践民族传统的创作潮。其中最引人瞩目的作家，当属莫言。他发表于 2001 年的长篇小说《檀香刑》，采用了中国传统叙事的"凤头""猪肚""豹尾"的审美结构，行文上引入了"猫腔"的叙事方式，再加上莫言习熟的对民间人物和精神的独到刻画，使《檀香刑》成为世纪初文学的一朵奇葩。随后，格非出版《人面桃花》（2004）。"人面桃花"的标目，既是一个人们耳熟能详的古典意象，又是一个充满神秘意味的艺术符码，它唤醒了当代读者几乎遗忘但深深植根于血液中的古典情结。翻开小说，满眼的诗词、歌赋、人物纪传、墓志铭，人物对话满口文言腔，读者即使不进入故事，就已经领略了浓郁的古典韵味。小说的主题意蕴丰富，而种种意蕴都氤氲在由小说的人、物、人物谱系关系、形象塑造方式、作品主题和神秘性构成的古典氛围中，人们依稀看到了《红楼梦》《水浒传》艺术传统的留痕。

上述两部作品获得成功，极大地鼓舞了创作者本人，同时也激励其他写作者竞相效仿。自 2005 年始，中国文坛出现了一个以重续民族文学历史传统为表征的长篇小说创作热潮。莫言 2006 年的《生死疲劳》直接采用了中国读者喜闻乐见的章回体小说体式，以佛家六道轮回观念作为文本的内结构和主题意蕴，试图使小说的形式和内蕴都具备中国作风和中国气派。格非也于 2007 年发表了《人面桃花》系列三部曲的第二部《山河入梦》。这部作品的人物设置是典型的"钗黛合一""双峰对峙"的模式，出世即被莫言指认"确实是继承了《红楼梦》的一部小说"，"谭功达就是一种现实的贾宝玉的形象"。[①] 王安忆《遍地枭雄》（2005）的故事似乎是水浒英雄的现代浪漫演绎，故事的主角大王俨然又是庄子的现代门

---

① 王中忱、莫言、陈晓明等：《格非〈山河入梦〉研讨会》，《渤海大学学报》（哲学社会科学版）2007 年第 4 期。

徒，一个现代的盗跖，王安忆对其不乏欣赏和溢美的描写，不啻是施耐庵再生，在吟唱另一支"匪徒颂"。迟子建的《额尔古纳河右岸》（2005），在神话的羽翼之下紧紧包裹着浓郁的民族特性，使人们对鄂温克族的传奇生活神驰以往。王蒙的《尴尬风流》（2005）以传统笔记小说的形式，撇开近世小说对情节的热衷，用 320 个各自独立的逸闻趣事，经营一个智者对日常世俗生活的生命体悟，在日益浮躁的中国文坛复活了一种久违的清明雅致、淡定达观的名士风味。苏童、叶兆言、李锐和阿来，分别根据孟姜女哭长城、嫦娥奔月、白蛇传和格萨尔王的民间传说或民族史诗创作出了《碧奴》（2006）、《后羿》（2007）、《人间》（2007）和《格萨尔王》（2009）。他们虽然不是自觉靠近民族文学的传统资源①，但是，选择对四个著名中国民间传说或民族史诗进行现代重述，使他们不可避免地加入了这次重返传统的文学运动中，并且成为其中重要的组成部分。阎连科的《风雅颂》（2008），以"风""雅""颂"为每一卷的卷目，以《诗经》中的篇名或意象为每一节的标目，试图通过使用这些传统文化中的表征性符号，直接赋予作品醒目的"中国"风格。这一批在中国文坛拥有巨大号召力的作家，不约而同地选择民族传统作为写作资源，对新世纪长篇小说的创作走向产生了非常大的影响，竞相效仿者蜂集，形成了新世纪文坛的一个显像。

第二，世纪之交长篇小说创作重返民族传统的另一个史实，是上述作家不仅通过创作，还利用不同的形式发表宣言，倡导重返民族传统。莫言在《檀香刑·后记》中开始明确向外界表达亲近历史传统的愿望。在评价《檀香刑》时，他称自己的创作是"在新世纪里大踏步撤退"，"所谓'撤退'，就是向民间回归"，追求

① 2005 年由英国坎农格特出版公司(Canongate Books)发起的"重述神话"项目，至今已在全世界范围内产生了较大影响。这是一个由英、美、中、法、德、日、韩等 30 多个国家和地区的知名出版社参与的全球跨国出版合作项目，该项目的策划重点是"重述"：既不是对神话传统进行学术研究，也不是对远古神话进行简单改写，而是要求作家们根据自己的想象，结合自己的创作风格对神话加以重构。参与这一项目的不乏重量级作家，据相关报道，已有十余位诺贝尔文学奖、布克奖获得者和畅销书作家加盟，其中包括日本的大江健三郎、加拿大的玛格丽特·阿特伍德、英国的简妮特·温特森和凯伦·阿姆斯特朗、尼日利亚的齐诺瓦·阿切比、葡萄牙的若泽·萨拉马戈、美国的托妮·莫里森、意大利的翁贝托·艾柯等，阵容强大，令人瞩目。在中国目前邀请了苏童、叶兆言、李锐和阿来参加这次"重述神话"的文学活动。

比较"纯粹"的民族风格。① 另一个重要的倡导者格非，在写出《人面桃花》后，明确告诉读者，"现在需要迫切强调的是对于中国传统资源的一个再认识"，"我们有一个很重要的资源"，中国作家需要"重新回到中国的传统叙事"。② 自进入新世纪，莫言和格非一直在不同的演讲、访谈或著述中强调向民族文化传统和文学传统寻求资源的必要性，成为重返传统的两杆旗帜。莫言主要强调民间立场和民间传统的重要性，格非则更偏重于中国文学的文人传统。莫言的《文学创作的民间资源》和格非的《中国小说与叙事传统》《汉语写作的两个传统》，在文学界和研究界引起很大争议，也产生了广泛影响。

此后，苏童进一步深化了重返民族传统的文学倡导。他认为，"神话是飞翔的现实"，并借用英国著名作家凯伦·阿姆斯特朗《神话简史》的观点——"当我们在谈论神性的时候，其实我们是在探讨世俗的另一面"——来说明神话和传说在当代重生的合理性。③ 同时，他又从文学伦理角度提出，民间想象力是"文学想象力的民间资源"的观点，宣称《碧奴》就是"模拟民间想象力的一次实践"。④ 迟子建和苏童不谋而合。她批评当前某些写作的"武断""粗暴"就是因为缺乏文学想象力，一个作家没有想象力，"就没有勇气，没有天地，没有面对未来的胸怀"，而"神话和传说的资源里面包容着巨大的想象力"。⑤

上述作家先以文学写作为先导，后辅之理论阐释以壮大声势。这种现象，很容易让我们想起韩少功等人在 1980 年代中期酿造的寻根文学运动。对于自 1990 年代以来逐渐失去"共名"的当代文坛来说，数量如此众多的作家和作品，聚焦在同一个主题上，这事件本身就是文学研究界必须面对的课题和一个值得思考的问题。

---

① 莫言、张慧敏：《是什么支撑着〈檀香刑〉——答张慧敏》，载莫言《小说的气味》，春风文艺出版社，2003，第 113 页。

② 格非、于若冰：《关于〈人面桃花〉的访谈》，《作家》2005 年第 8 期。

③ 苏童：《神话是飞翔的现实》，《上海文学》2006 年第 11 期。

④ 苏童、王光东：《文学想象力的民间资源》，《作家》2006 年第 11 期。

⑤ 2008 年 10 月 16 日，在北京师范大学召开的"当代世界文学与中国"国际学术研讨会上，迟子建做了题为《被放逐的神话》的演讲。在其中，她表达了上述关于文学想象力与神话和传说关系的意见。笔者有幸聆听盛会，聊记此言。

二、1990 年代长篇小说与民族传统的连接概述

世纪之交长篇小说创作向民族历史传统寻找写作资源，是创作界的突发灵感吗？或者说民族资源是天外飞客，突然降临到新世纪吗？答案当然是否定的。在与之相邻的 1990 年代，长篇小说已经在多个路径上与民族传统发生了连接。

这首先表现在传统长篇历史小说创作领域。历史小说从历史中选取题材，以历史上的著名人物或事件为骨子，往往更容易与民族传统产生亲缘关系。以《李自成》为滥觞，长篇历史小说本就是当代文学的一个重镇，在读者中有很大影响。自进入 1990 年代以后，长篇历史小说进入一个创作汛期，多种作品占据了书店和图书馆的书架，由它们改编的电视、电影，也长时间占据市场的前台。这个汛期一直延续到现在，其持续力之强，是现代以来罕见的创作现象。这种现象，也迫使研究者需要将其视作一个具备整体性特征的文学现象进行研究。其整体性的另一个体现，是其小说文本呈现显豁的古典文学美学风格，它使世纪之交的长篇历史小说拥有了其他历史时期所没有的主色调。这种古典风格范型初步形成于 1990 年代。譬如，在 1990 年代，该类创作极具影响力和号召力的作品，是二月河的"落霞三部曲"。《康熙大帝》《雍正皇帝》《乾隆皇帝》全部采用了章回体的结构，情节组织、篇章衔接、人物对话飘散出浓郁的古风；叙事时极力张扬政治人事的诡谲多变和世俗人情的悱恻缠绵，于其中寻找叙事的曲折沟通和意蕴张力，塑造的历史人物，呈现的历史故事，既让读者熟稔亲切，又新奇可喜，一肌一容，尽现中国传统长篇小说魅力，极易引起阅读兴趣，因此颇受读者青睐，得以在海内大通。二月河的成功对后来的长篇历史小说作家产生了很大影响，不少创作者都有意采用古典文学的形式，不时在现代白话中杂以诗词、歌赋、书信、奏章、碑帖等古代文体，在通俗易传的外衣之下，皴染出古幽雅丽的色泽；又有意于故事情节中渗透自己丰富的人生见解和历史见识，文人气息浓重，有传统子部小说重才气、学识的余韵，成为"有意为"的小说，因此形成了所属时代的长篇历史小说的艺术特质。

其次，是新历史小说。很长一段时间，我们对中国文学的认识，大都附丽于

域外文学及文化理论，这种文学渊薮意识屏蔽了从民族传统认识中国文学的某些可能。倒是海外汉学家悬隔海外的文化经历，使他们对现代汉语文学的本土特性有更敏锐的触觉。譬如，王德威就曾指出莫言小说是中国传统小说和《聊斋志异》的余绪。[1] 新历史小说素来被视为解构主义文化的产物，可是，如果撇开西方理论话语的纠缠，回到文学文本，可以看出，其取材仍然是过去的历史人物和历史事件，从文学题材讲，它尚属历史小说范畴。尽管曾经有一段时间，新历史小说中的"历史"被仅仅指认为"民国时期"[2]，但是，其实际的取材领域，已经远远超出了这个时域。譬如，1990 年代赵玫、苏童等人先后以武则天生平为素材创作的小说《武则天》，李冯的《孔子》，苏童的《我的帝王生涯》，等等，它们以讲述"中国故事"而与历史传统建立了联系。

　　当然，仅从题材范畴指认新历史小说是民族文学传统的血亲，还似嫌牵强。新历史小说私淑民族文学传统更重要的艺术特征表现在，不管是"民国时期的非党史题材"，还是复活远古历史掌故或古典人物，其故事构思大都溢出正史，散漫快意，多是稗官野史、道听途说之语；写作者驰骋在历史和幻想的旷野上，叙事委婉曲折，遍布奇思妙想，塑造形象奇崛夸张，处处吞吐着怪诞传奇。新历史小说因此俨然留有魏晋志人志怪小说、唐代传奇、明清神魔志怪小说的痕迹；其瑰丽多姿的用词、汪洋恣肆的想象力，还可以看到中国传统辞赋的华丽身影。离开西方文学、文化理论的"康庄大道"，拐入传统的幽径，我们可以发现新历史小说展示出另一种绚丽的古风丽影。

　　第三，是某些取材现实生活，在写作上却私淑古典文学传统的小说。这一类创作的佼佼者当属贾平凹，其 1993 年的《废都》是标志性的作品。《废都》的开篇叙谈西京城的奇闻逸事，市井闲汉、佛学大师、俏丽尼姑、民间奇人，一股脑涌现在西京的大街小巷。然后，孟云房闲说西京四大名人，四下衍射出一个立体

---

　　① 王德威曾在多篇文章中言及当代小说受到中国传统小说的影响，具体关于莫言的论说《千言万语，何若莫言——莫言论》，见其著作《当代小说 20 家》，生活·读书·新知三联书店，2006，第 215—230 页。

　　② 1992 年陈思和的《略谈"新历史小说"》一文，把新历史小说的概念明确界定为"民国时期的非党史题材"小说。《略谈"新历史小说"》原载 1992 年 9 月 2 日《文汇报》第 6 版，转引自白亮编《新历史小说研究资料》，百花洲文艺出版社，2018，第 48 页。

的社会全景图画，有一种《清明上河图》般的街市之感，很容易让人想起《红楼梦》的开端冷子兴演说四大家族的情景。随后，以庄之蝶与四个女子的艳情故事为中心展开叙事，走的是西门庆或贾宝玉一男多女的构思路数。古典艳情故事，民间隐秘传奇，市井风俗人情，文人邪情雅趣或忧患意识，皆纷至沓来。打开《废都》，读者能够从多处嗅到似曾相识的古典气味。通过一部当代小说，贾平凹复活了中国传统生活一系列基本的人生情景和情感模式，复活了传统文人感受世界与人生的眼光和修辞，并将这些传统因素进行了现代性转化，不愧为1990年代文学界的一部"奇书"。随后，他1990年代的《土门》《白夜》《高老庄》等长篇小说，摒弃了《废都》的腌臜和猥亵，却保留了浓郁的古典文人文学风味，贾平凹因此成为这个文学时段承传古典小说风神最多的作家。

另外一个值得称道的作家是王安忆，她发表于1995年的《长恨歌》很容易让人联想起白居易的同名长诗，而其故事却借用了这个闻名遐迩的典故的意象躯壳，讲述一个华丽而凄凉的现代女性传奇，再次诠释了"自古红颜多薄命"的亘古不变的女性宿命，留下了"天长地久有时尽，此恨绵绵无绝期"的生命感慨与惆怅。从文本细部看，《长恨歌》从中国古典文人文学中汲取了不少营养。中国传统小说自唐传奇始，叙事艺术渐趋成熟，不仅具备了完整的故事情节结构，而且擅长以逼真细腻的细节，呈现一种客观生活，超越了六朝志怪小说粗陈梗概和志人小说片语丛言的朴素状态。这种叙事艺术到清代《红楼梦》走向巅峰。粗看《长恨歌》的笔法，似是纯粹的19世纪西方写实主义文学传统，而其在肖像、服饰、饮食、情态、心理等细部之处，却颇得唐代传奇以来中国写实笔法的神韵。此后，《长恨歌》的上述两点经验，被新世纪作家争相效仿：一是以古典文化意象为小说篇章的名称，如格非的《人面桃花》、贾平凹的《秦腔》、阎连科的《风雅颂》、李师江的《逍遥游》《福寿春》等，这些作品皆试图依傍中国读者耳熟能详的古典文学或文化意象，使其小说自得中国传统文学的儒雅风流。二是追求细碎绵密，于从容平淡处见奇绝的中国传统写实风格，如铁凝的《笨花》、迟子建的《额尔古纳河右岸》、毕飞宇的《平原》等，这些作品都体现出一种古典、蕴藉、平和、从容、闲散的古典美学风格。

除了上述事实外，还有一个颇值得玩味的问题——自1990年代以来，文学界提倡、追求和身体力行民族文学历史传统最不遗余力的，竟然是莫言、格非、苏童等一批1980年代激烈地反传统、追逐西方现代派文学的作家——导致这个问题是我们无法回避的另一个层面。在这个问题的后面还隐藏着一些有意味的现象：莫言重返民族传统或许不足为奇，因为作为具有寻根文学背景的作家，其早期作品就有鲜明的传统元素，譬如《红高粱》包含有"美女配英雄，宝剑赠壮士"的传统审美情趣；但是，时人论及莫言笔下的中国元素，更多的是关注寄生在其上的新历史主义主题，以及拉美魔幻现实主义的表现手法。余华在1980年代末的《古典爱情》和《鲜血梅花》，也具有浓郁的古典意蕴；但是，人们在谈论这些作品时，更多地强调了它们的"颠覆"性特征（譬如，说《鲜血梅花》是"反武侠"题材的作品）。也就是说，这些作家作品显示出的与民族传统相连的部分，都被作家自己或研究者有意无意地忽略了。

　　相关的还有1990年代两个文学现象：一是贾平凹及其《废都》的命运。正如上述，《废都》非常明显地继承了以《金瓶梅》《红楼梦》为代表的古代世情小说传统，并且这种特质也被当时的评论界发现了，但是，在当时的语境中，《废都》的传统元素基本上是被歧视或被忽略的，人们的批评与接受兴趣，主要集中在《废都》中的性描写，以及作品潜在的政治寓意上。[①]这样，《废都》在语言、人物塑造、文体样式等方面，与传统对接产生的、本应该得到中国读者理解和赞美的审美品质，就被批评家们在当时文化语境的支持下，有效误读和低估，重续传统的艺术探索也因而搁置。另一个是李冯及其创作。自1990年代以来，他就专注于对人们习以为常的历史故事和人物进行现代重述，方法类似于苏童等人在世纪之交进行的"重释经典"的工作，但是，李冯的创作一直被评论界视为新历史主义的文学书写。

　　[①]《废都》出版后不久，一些学者如陈俊涛、白烨等就指出了其继承古典传统的优长，但是，他们的意见并没有引起足够的重视。反之，在1998年以前，《废都》对古典传统的重续更多的情况下是被视作负面价值而被批评，如《〈废都〉废谁》（肖夏林主编，学苑出版社，1993年版）；吴亮的《城镇、文人和旧小说——关于贾平凹的〈废都〉》（《文艺争鸣》1993年第6期）；潘承玉的《评〈废都〉的艺术模仿》（《北京社会科学》1994年第1期）；刘克环的《当代淫书　仿袭之作——读〈废都〉有感》（《写作》1994年第2期）；种衍璋的《〈金瓶梅〉与〈废都〉对读》〔《内蒙古电大学刊》（哲学社会科学版，1995年第1期〕。

种种迹象表明，我们的话题，不应该仅仅停留在世纪之交这个区间，而应该延伸到 1990 年代。也就是说，向民族历史传统寻找写作资源，在 1990 年代（甚至更早）就已经有了富有才情的表演，但却只能够在新世纪成为争相赞美的文学写作现象，隐藏在其背后的动因，确实值得我们追问。

三、"世纪之交"——一个文学史时间范畴的历史时代

现在，我们还需要谈一谈本书书名中的时间限定词"世纪之交"。

文学研究往往都是后设性的，从本书的研究起源来看，重返民族传统、重新发现和彰显传统价值，是在当今的文坛，才成为一个被创作界普遍接受的理念和事实，但追溯这种文学世相是在何时成为文学创作集中关注的显像，却是在新世纪之后，即莫言《檀香刑》《生死疲劳》和格非《人面桃花》等一批有影响力的作品出版之后。进一步追溯其起源，我们发现在 1990 年代甚至更早，就已经有作家把民族传统作为写作资源，但是，民族传统成为世人关注的话题，资借民族传统成为一种文学显像，却是在贾平凹《废都》、陈忠实《白鹿原》等作品出版后和二月河《康熙大帝》《雍正皇帝》产生广泛影响后。也就是说，尽管在 1990 年代文坛没有像在新世纪后大张旗鼓地张扬民族传统的价值，但是，重返民族传统、重新向民族传统寻找写作资源，已经生成了一股隐秘的潜流，流淌在现代汉语文学的血脉中。如果在这种意义上，就本书的研究范围来看，"世纪之交"，就是指民族传统再次成为现代汉语文学资借的重要资源，并逐步成为文学创作的集中话题之一和创作显像的这一段时间，在具体时间上，指的是 1993 年"陕军东征"到新千年至今。

而且，"世纪之交"在这里不仅不是一个模糊的时间范畴，还是一个具备特定含义的概念。第一，"世纪之交"的时间背景，是中华民族处于一个特殊的历史转型时期。在这个时期，中国经济迅猛发展，综合国力迅速提高，社会局势固然不免仍有诸多待改进之处，但是，社会大势显示的是国势昌盛，民众安居乐业。这种状况使中国的社会文化亦处于相应的转型期。克罗齐说："一切真历史都是当代

史。"① 当时社会经济繁荣，政治稳定，使国人观察社会、审视传统的视角和方法相应发生变化。在思想观念上，越来越多的人从拒绝、批判传统，发展到逐渐容忍、承认，直至皈依传统。而在行动上，甚至越来越多的人在积极恳请传统，在中国现代史上，从来没有哪个时段像当时那样对传统如此殷勤。在这种语境中，文学创作再言传统，就能够抱一种宽容心态，逐渐改变"五四"后的峻峭凌厉，呈现出从单面刻薄走向全面公允的运行轨迹。文学的总体态势有一种盛世气象，文学的肌理也趋向丰满雍容，民族传统也因此正在改变现代以来的灰败色彩，表现出了一种有别于"五四"的从容气度，逐渐回归贵重雍容的身份与气质。

当然，仅此还不能尽现它的特殊性。"世纪之交"在本书中的第二个特殊性是：长篇小说自 1990 年代开始，进入现代汉语文学迄今最繁荣的发展时期，而且这个繁荣期到现在仍然方兴未艾。可以料想，必然有某些整体性的（社会的、经济的、文化的或哲学的）力量，支撑着它在这个特殊的历史阶段繁荣发展。所以，"世纪之交"从此处就表明，它已经不是一个纯粹的自然时序概念，而是一个属于文学史的时间范畴的历史时代，与以前的文学史相比，是一个崭新的"文学新世纪"。

第三，在这个时期，一批长篇小说作家努力从中国文学历史传统中寻找资源，汲取艺术营养，创作出一批具备传统文学审美品相的小说作品，并且其中的不少文本已经站在了这个时代文学的高端。换句话说，"民族传统"已经成为这个时段长篇小说的重要的审美构成和美学特征之一，"世纪之交"因此也成为具备了某种审美特性的文学史时段，即上文所说的"一个属于文学史的时间范畴的历史时代"。这种现象使我们有理由可以以"传统"为视镜，来透视这个目前尚嫌"混杂"的历史时段，寻找长篇小说创作在其中的某种有序性的线索或整体性特征。当然，在这个特殊的历史阶段，"传统"介入各种长篇小说的程度不尽相同；在不同的时段，作家对"传统"的态度，对文学作品中传统形象的特征或意蕴的认识多有差别，甚至完全相反。但是，这种"统一"中的"差异"性，恰恰是复杂世

① [意]贝奈戴托·克罗齐：《历史学的理论和实际》，[英]道格拉斯·安斯利英译，傅任敢中译，商务印书馆，1982，第 2 页。

相的本真面貌——传统在不同阶段或不同个案中的复杂形态，而对这个本真面貌的梳理研究，勾勒出"传统"在这个"历史时代"的衍变轨迹，使其显形于众目睽睽之下，正是研究者的义务与责任。

以上是这份研究当中笔者所面临和思考的问题，一言以蔽之，笔者的动机本身不过是基于经验性的一种研究和自然而然地对中国文学未来的关心而已。为这种动机所驱动，本书的核心就是从世纪之交的长篇小说中，来看古典民族传统怎么样和为何进入这个"历史时代"的文学创作，亦即研究古典民族传统在世纪之交长篇小说中显示的审美形态和文学价值。

对笔者来说，这之所以是一个值得研究的课题，其理由上面已经讲述得颇为絮烦，如果再用另一种说法来作一句补充的话，那么，笔者想通过具体的文学文本研究来说明，在"世纪之交"的特定时段，"民族传统"在文学创作中的形态和功能正在发生着某种新变化。从一般意义上讲，对于传统，后世文学无可回避，即使在反传统最激烈的"五四"文学中，仍然可以找到民族传统的深深印记。长篇小说创作在世纪之交向民族传统寻求写作资源，之所以应该引起我们的注意，不在于这个时段的文学创作是否应该回归传统，或者怎样重续传统，正如晚清作家与"五四"作家的距离不在于具体的表现技巧，而在于支配这些技巧的价值观念与思维方式一样，世纪之交长篇小说重返民族传统的价值取向与此前相比同样发生了转移。这次价值转移，导致民族传统呈现在文学创作中的形态、气质和文学精神，都与此前同类文学有质的改变，这代表着"民族传统"在现代汉语文学创作中的另一种实现可能。总而言之，"民族传统"在世纪之交长篇小说创作中的审美形态和文学价值，为我们提供了另一种理解民族传统与现代汉语文学创作之间关系的新视角。

第一章
"传统"的界定及其在现代汉语文学中的流转机制

第一节 对"传统"的本体认定与语义分析

以"传统"为视角来研究世纪之交的长篇小说创作，确实是一个诱人的课题。这首先是因为对于后来者来说，"传统"如同幽灵，一直徘徊在现实生活之中，萦回环绕，无可逃避。这或如马克思所说："人们自己创造自己的历史，但是他们并不是随心所欲地创造，并不是在他们自己选定的条件下创造，而是在直接碰到的、既定的、从过去承继下来的条件下创造。一切已死的先辈们的传统，像梦魇一样纠缠着活人的头脑。"[①] 以一种特殊文学现象为个案，分析传统元素在新文本中的特征及价值意义，考察清楚"传统的幽灵"如何延传和发展，或许可以帮助祛除"幽灵"对我们产生的梦魇般的恐惧，也可以帮助我们认识一种普遍性的文学规律。更为重要的是，在当下"民族传统"被视作某种象征性力量，并被有意识地引导为一种社会"普遍"文化趣味的时代语境中，考察这种现象，还可以帮助我们认识这个时期文学创作的某种倾向和社会文化的某些特征，洞悉传统是以何种形式参与世纪之交社会和文学的发展的。

一、"传统"的定义及其语义学分析

当然，这也是一个颇为冒险的尝试，一个可能难以跳出来的陷阱。因为"传

---

① 马克思、恩格斯：《马克思恩格斯全集》(第一卷)，中共中央马克思恩格斯列宁斯大林著作编译局译，人民出版社，1982，第585页。

统"是一个错综复杂、弹性很强的理论话语。人人竞说"传统",却是"言者不如知者默"①,几乎没有人敢声称:"我所辨明的传统,即是人人心目中想象的传统。"这种状况,很容易陷研究者于尴尬的言说处境。"道可道,非常道;名可名,非常名",是中国自古以来都难以解决的哲学命题。"传统"的丰富与深邃,向后人昭示出人类劳动已取得的丰功伟绩,可也会给后来的研究者带来诸种认知难题。可是,从原则上说,一篇科学论文,必须要界定它的核心概念。面对一个无所不包的"传统",一个稳妥的办法,是在这个似乎过于宽泛的词义平台上划定一个符合本研究言说的界面。

这样说,并不是要故意怠懒取巧。作为一个人言人殊、错综复杂的概念,研究者有责任探明与研究对象相对应的本体存在。只有从研究对象本体论上来解决这个问题,才不至于使研究偏离研究对象的本来意义及其历史发展的本来面目。笔者以为,这正是杨义所谓"研究必须返回本体,返回所研究对象的本原和本性"②的真意。具体到本论著,研究传统与世纪之交长篇小说之间的关系,必须回到世纪之交长篇小说作品自身,回到生成这些作品的历史语境,才有可能为这个错综复杂的"传统"概念赋予固定的意义指向。换言之,本书所论的"传统",并不是一个泛指的概念范畴,而是指在世纪之交长篇小说文本中呈现出来的优秀民族传统。在世纪之交,长篇小说写作者试图通过从民族传统寻找资源的方式,赋予其作品"中国"特征,所以,这个"传统"特指"民族传统"。这里所谓的"民族传统",不包括近年来学界津津乐道的"现代文学新传统",而是与现代文学"小传统"相对的古代文学"大传统"③。具体地说,本书所谓的"传统",是指在中国古代历史、诗歌、散文、小说、戏剧、神话等艺术形式中蕴藏的大量的素材、题材、体裁、思想、文学精神、审美观念、创作法则、艺术风格等,它们被

---

① 见白居易《读老子》:"言者不如知者默,此语吾闻于老君。若道老君是知者,缘何自著五千文。"

② 杨义:《中国古典小说十二讲·导言》,上海三联书店,2007,第1页。

③ 2000年前后,现代文学学界一些专家学者开始在《文学评论》等刊物上发表关于现代文学传统的文章。大约在2001年,南京大学中文系主持召开一次题为"现代文学传统研究"的研讨会,当时与会学者很多,对此话题歧见纷呈,但是,自此之后,现代文学建立了"小传统"的观点在学界普及起来。

看作古典时期最优秀的、典范的、可以用来学习模仿的艺术作品所表征的一切艺术因素，代表了一种能够被誉为"中国"特征的艺术范型和艺术风尚，被不同程度地应用在世纪之交长篇小说创作中。世纪之交的小说家相信，对上述传统因素的承传，能够赋予现代汉语文学"中国"特征和"中国"身份。

即便这样界定，还不足以说清楚"传统"在世纪之交长篇小说文本中的特质。因为正如我们已经表明的，此次研究的重心，并不只是指认世纪之交部分经典长篇小说文本中的"传统"元素，研究它呈现的审美形态，还要从中考察它的文学价值及文化意义，洞悉民族传统与现代汉语文学创作之间的某种隐秘关系。所以，回到历史，对比现实，从词源学的角度，捕捉"传统"在历史中晦明变化的魅影，察悉其中的奥秘，是我们完成此任务的必由之路径。

在我们的意识中，"传统"是一个不证自明的概念，它泛指一切来自过去的世代相传的东西。从词源学的角度说，这种意义的"传统"不是汉语系统自古以来就有的概念。以《四库全书》为例，其中"传""统"二字相接的典籍共93处，因为中国古代典籍没有标点符号断开句读，所以，其中一些二字相连的并不是一个有整体意义的词或词组，而是"传（zhuàn）""统"两个字各自独立成词；将"传统"合为一体，具备独立的语言意义的典籍并不多。南朝范晔较早使用"传统"的合体语，他在《后汉书·东夷列传第七十五》中说："自武帝灭朝鲜，使驿通于汉者三十许国，国皆称王，世世传统。"① 稍后沈约在《立太子敕诏》中说："守器传统，于斯为重。"② 这两个"传统"意为"传承统序"，引申为"世代相传帝业"。除此之外，"传统"还意指传承道统、学说或血脉。如唐杜佑在《孙为庶祖持重议》中指出："祖虽非嫡，而是己之所承，执祭传统，岂得不以重服服之乎？"③ 此处特指传承嫡子一脉的血统。又如明胡应麟《少室山房笔丛·九流绪论上》："儒主传

---

① ［宋］范晔：《东夷列传第七十五》，载《后汉书》卷八十五，［唐］李贤等注，中华书局，1965，第2820页。

② ［南朝梁］沈约：《立太子敕诏》，载［清］严可均辑《全梁文》卷二十六，冯瑞生审订，商务印书馆，1999，第284页。

③ ［唐］杜佑：《孙为庶祖持重议》，载《通典》卷八十八，王文锦、王永兴、刘俊文等点校，中华书局，1988，第2430页。

统翼教。而硕士名贤之训附之。"① 这里的"传统"指传承儒教学说。总之，从词源学来说，古汉语系统中的"传统"是一个动宾词组，并不是作为语言最小使用单位的词。

现代汉语的"传统"一词，是一个独立的名词，与古代汉语系统的"统"意义相近。古代汉语的一个重要语用特点，是单音字成词，即成为最小的语言使用单位，"统"就是其中一例。《说文解字》记载："统，纪也。从糸，充声。"② 在具体的语言应用中指一脉相承的系统，如帝统、皇统、道统、血统、学统。《战国策·秦策三》中："天下继其统，守其业，传之无穷。"③ 随着汉语的发展，单音节词逐渐被多音节词语取代，双音节词"传统"也逐渐取代单音节词"统"。从动宾词组"传统"转化成名词"传统"，是发生了语言学所谓的"动词名词化"行为。在这个过程中，原动宾词组中的动词"传"逐渐虚化，不再显示词义，词义重心转移到"统"字上。如元代吴莱《关子明易传后序》中说："师愈江东老儒也，观其传统，言消息盈虚，爻象策数之类，独与张嶷相答问。"④ 此处"传统"就有明显的动词名词化的痕迹："传"的意义在虚化，"统"被凸显，"传统"从动词词组开始转化为一个独立的名词，与现代汉语词"传统"意义很相近了。但是，意义相近并不意味着意义相同。在现代汉语中，"传统"意指世代相传的具有特点的风俗、道德、思想、作风、艺术、制度等社会因素⑤，很多情况下是作为抽象的集合名词，一说起"传统"，我们脑海中浮现的往往是一个混沌的、几乎无所不包的概念，但是，古代汉语词"传统"在语用中的指意是非常具体的，特指某种帝统、皇统、道统、血统或学统。而且，由古代汉语词"传统"演变到现代汉语词"传统"，其原有的天授的、自然的，或崇高的"帝统""皇统""血统"等含义，已经虚化或流逝，只剩下"道统""学统"之意，成为"传统"现代意义的一个组成部分。

---

① [明] 胡应麟：《九流绪论上》，载《少室山房笔丛》，中华书局，1958，第 345 页。

② [汉] 许慎：《说文解字》，张章主编，中国华侨出版社，2012，第 271 页。

③ [汉] 刘向辑录：《战国策·秦策三·蔡泽见逐于赵》，[宋] 鲍彪注，[元] 吴师道校注，上海古籍出版社，2015，第 150 页。

④ [元] 吴莱：《关子明易传后序》，载《渊颖集》，中华书局，1985，第 253 页。

⑤ 罗竹风主编《汉语大词典》(第一卷)，上海辞书出版社，1986，第 1625 页。

一个研究难题是：作为现代汉语词的"传统"最早使用在何种典籍中，已经很难考证。①《汉语大词典》解释"传统"的现代意义所选用的示例，是杨沫《青春之歌》和孙犁《秀露集·耕堂读书记（一）》中的语句。这两部作品都是当代典籍，"传统"在现代语文的使用，当不至于如此之晚。不过，笔者曾仔细阅读了"五四"新文化运动时期的一些重要文章，可以肯定的一点是，当时之人很少以"传统"一词言说旧物。言及传统，要么曰"古"——古文、古字、古调，曰"旧"——旧文学、旧道德、旧习俗；要么直击具体的对象，如陈独秀批评"贵族文学""古典文学""山林文学"。意涵抽象、喻代整体的"传统"一词，基本不出这一时期文化达人之口。

在我们想象中，"传统"应是"五四"时期的核心词汇，为什么在实际语用中却很少出现？个中缘由，非本书所能言及。但是，一个肯定的现象是，关于民族传统的历史叙述发生了"颠倒"性置转。在古代，"传统"（动宾词组）就是传承圣王或圣人的生活模式或信仰，意味着对某种权威的效忠和对某种根源的忠诚，因而，由其衍生的"传统"意象，往往是人们热烈依恋的对象。作为名词的"统"，要么包含着天赋神授的内蕴，后人不能改变；要么是令人崇敬的学说、典籍，后人不可改变。而到了"五四"时期，一幅曾经雍容华丽的风景图画完全褪色变质，传统与"旧"，与深晦艰涩、虚伪迂阔、阿谀夸张等贬责性辞藻②突然有了血亲关系。在文学家笔下，传统是凶残吃人的恶魔，是颟顸可笑的白痴，是人人厌憎的累赘。几乎是在一夜之间，"传统"就声名狼藉，成为过街老鼠，人人喊打。

二、"传统"形象在现代知识装置中的意义置转

"传统"在"五四"之后的命运，是与"现代"观念紧紧联系在一起的。"现代"观念不同于中国传统文化中"今"或"当世"的理念，是西方"进步"理念的产

---

① 考证一个词的最初出处，本就是一个语言学难题。在过去，主要依靠个人的学养；近年来，关于古代文化典籍的数据库逐渐建立，给解决这个难题带来一些便利。但是，有关现代汉语文学和文化的文献学，还处于一个起步阶段，相关数据库也尚未建立。所以，查清一个现代词的最初出处，几乎是一个不可能完成的任务。

② 陈独秀：《文学革命论》，载胡适主编《中国新文学大系·建设理论集》，上海良友图书印刷公司，1935，第44—47页。

物，代表着不可逆转的线性时间范畴。而中国的"现代"进程，又是一个不同于西方的复杂历程，这增加了"传统"与"现代"之间的关系复杂性。我们现在基本上都赞同一个观点，即尽管宋明时代中国已经产生市民社会的萌芽，但是，这仍然改变不了一个基本史实：中国的"现代""是欧洲强制的结果"①。欧洲诸强以坚船利炮，打开了中国紧锁的国门，欧洲的生产方式、社会制度，以及与之伴随的人的意识得以进入中国社会。西方为中国社会提供了一个文化镜像，以之为镜，"颠倒"了中国人对曾经推崇备至的古代文化遗产的认识，原被视为"天潢贵胄"的中华文化，却似突遭天谴而沦落为破落户，遍身残丝败褛。于是，外来文化入侵，成为催生拒绝民族文化传统的行为的直接契机，在此前不曾存在的新事物和新观念，也得以在中国环境中诞生。

"传统"的新含义，从某种程度上说，是"现代化"的结果，换言之，是西方文化进入中国的结果。上述论述已经说明，"传统"的现代含义只有部分与古代衔接，从表面看，其他部分似乎是这个词的词义在历史流变中的自然延伸。细致考察可以发现，这个看似"自然延伸"的部分，可能正好包含着某种不自然的外力渗透。现在一般认为，"传统"的现代词义与外来词的翻译密切相关。它在英语中的对译词语是"tradition"，而"tradition"的词源是拉丁文"traditum"，原意是从过去相传至今的事物。②这种含义基本上符合"现代"对于"传统"的想象，所以，今人就自然而然地接收了它，无意识地把"传统"一词视作一座贯通古今的"巴别塔"。然而，"传统"的古义在流转过程中早已被变乱，也不可能与今义等质，今人却忽略了这个史实。

这些年的语言文化学研究，逐渐让我们认识到，每个词在翻译过程中的意义流转，实际上不是一个自然过程，其中可能包含着某些文化价值、情感倾向的偷偷置换或转移。旧貌换新颜，是词义流转的常见状态。在这方面，美籍华裔学者

---

① ［日］竹内好：《何谓近代——以日本与中国为例》，载《近代的超克》，李冬木、赵京华、孙歌译，生活·读书·新知三联书店，2005，第182页。

② 关于现代汉语词"传统"与西方语言的译转关系，中国学界少有研究。一般意见认为是译自英文"tradition"，而"tradition"的词源是拉丁文"traditum"。笔者浅陋，不知这种意见出自何家，中国很多学者自然而然沿袭此说，如姚文放《当代性与文学传统的重建》（人民文学出版社，2004年版）。

刘禾的研究成绩斐然，她曾指出：

> 因此任何现存的意义关联都来自历史的巧合，这些巧合的意义则取决于跨语际实践的政治。这种联系一旦建立起来，某一文本就在翻译这个词通常的意义上成为"可翻译的"。此处我想强调一个怎么强调也不会过分的要点，如果一种跨文化的比较理论的基础是"自我"或者"个人"等本质性范畴，而这些范畴的语言同一性超越了翻译的历史，并且将自己的话语优先权强加于不同的文化，那么就会产生一个严重的方法论问题。如果我们假定在"己""我""自我"与"self"之间存在着某种同质性，那就不可避免地会遮蔽了每一个词的历史，以及"self"一词在现代汉语中翻译的历史；因为，如果不首先将它本身展示在其得以生成的层面（这里表现引入语言之间相互作用的问题），那么，差异就无法在本体论的层面被想象出来。①

在刘禾的启发下，我们可以看到，英文词"tradition"和古代汉语词"传统"，本来是两个不等质的词语，但是，在"五四"之后的现代文化语境中，二者被视作等质的概念范畴。这本来是一种翻译活动中的历史巧合，"巧合"的意义，不在于古代汉语词"传统"的词义被撑大，其与"tradition"之间的差异在无形中被抹平，二者不知不觉间完成了等值交换，而在于潜藏在这个等值交换背后，发生了德里达所谓的翻译活动的"语言的政治"②。它表现在，西方的价值观念通过这种"自然地"文字转译，暗暗播散给中国接受者，影响了他们的认知结构和价值判断。"五四"时期的学人们没有注意到，在他们自然接收"tradition"的词义的同时，他们还接收了"tradition"的情感态度和价值取向。当此时，西方知识界对待传统早已经失去了文艺复兴时期的热情和恭敬，甚至"过去的遗产被认为

---

① 刘禾：《跨语际实践：文学，民族文化与被译介的现代性（中国，1900—1937）》（修订译本），宋伟杰等译，生活·读书·新知三联书店，2008，第10—11页。

② [法]雅克·德里达：《巴别塔》，陈永国译，载陈永国主编《翻译与后现代性》，中国人民大学出版社，2005，第16页。

是讨厌的累赘，人们避之而唯恐不及"①。也就是说，"五四"后的学人们接受的不只是"tradition"这个单一的词，还同时接收了这个词背后的整个文化系统，以及他们对传统的情感态度和价值取向。从英文词"tradition"到汉语词"传统"，问题的要害不在于其词义的移转，而在于其中潜隐的词的感情色彩和价值取向，"颠倒"性地扭转了民族文化遗产在国人心目中的地位。

从历史实践过程来看，中国明确感受到来自西方的压力，始于1840年前后。但是，在清末的大部分时间里，即使是激进的改良主义者，也没有从根本上否定民族文化传统的要求，他们基本的思维和行为实践模式还是维新改良，寻找"中体西用"的道路。大规模反对民族文化传统，是从"五四"前后开始，以《新青年》为核心的一批文化激进主义者喊出了"打倒孔家店"的声音。一时间，国人对民族文化遗产的态度开始出现了严重分化，强烈批判的声音甚嚣尘上，不绝于耳，社会政治、经济和文化生活中普遍弥漫着一种"与过去决裂"的意识。乡人生活曾经被古代诗人描绘成"采菊东篱下，悠然见南山"，那么怡然自得，那么令人神往，可是，这种如诗如画的乡村风景，在现代人视野中失去了往昔自给自足的奇神妙态。自鲁迅始，现代文人彻底颠覆了中国乡村田园牧歌传统，描画出另一幅灰暗、落后、荒诞的老中国风景画卷。纯朴被愚昧无知取代，善良尾接着懦弱，清静无为意味着保守和懒惰，亲情关爱被视为礼教专制，以往备受称许的道德伦理或生活价值标准，几乎全部受到了批判、嘲弄或讥笑。在文化激进主义者眼中，简单、粗蛮、凝固、保守、落后、愚昧、麻木、残忍、呆滞等贬责性词语，就是传统中国最恰当的修饰语。自此开始，鄙薄和批判传统，成为现代汉语文学的母题，孔乙己、阿Q、祥林嫂、高老太爷、周朴园、祥子、三仙姑、陈奂生、倪吾诚，成为20世纪中国文学人物画廊中最耀眼的形象。即使在那些心许乡村的文人——如周作人、废名、萧红、沈从文等——笔下，诗意的乡村仍然游荡有孤独彷徨的忧伤灵魂，飘散着若有若无的哀婉歌声，伤感和悲情笼罩了现代人笔下的乡村生活。

可以说，自"五四"开始，与传统连接最紧密的地区——中国乡村社会才被

---

① [美]爱德华·希尔斯:《论传统》，傅铿、吕乐译，上海人民出版社，2009，第2页。

想象成为保守、落后、愚昧、专制、僵化、感伤的世界，而且，这种印象日渐凝固，化作了等同于乡村存在的本质性特征。一提起乡村或农民，保守、落后、愚昧、专制、僵化、感伤等贬责性辞藻就自动浮现在人们脑海中。日本学者柄谷行人说："把曾经是不存在的东西使之成为不证自明的，仿佛从前就有了的东西这样一种颠倒，称为'风景的发现'。"[①] 由"诗意"的乡村转变为"保守""落后""愚昧""专制""僵化""感伤"的乡村，不是因为中国乡村发生了本质性变化，而是因为认知主体发生了变化。由古典认知主体转变为现代认知主体，知识者据以发现"风景"的内在知识结构发生了"颠倒"性的置转：古典认知主体亲近自然，崇敬传统；在西方"进步"观念的启发和导引下，现代认知主体把传统看作现实发展的障碍而加以反对和破坏。"风景一旦成为可视的，便仿佛从一开始就存在于外部似的。人们由此开始摹写风景。"[②] 这种由认知主体知识结构重建而导致的认知装置的"颠倒"性扭转，主导了国人在 20 世纪大多数时间对传统的情感态度和认知评价，鄙薄和批判民族传统，成为 20 世纪现代汉语文学的"小传统"。

传统待遇的颠倒性变化使我们看到，对传统"本质"的认定，实际上是一种"知识"评价，一种价值认定。"诗意传统"或"愚昧传统"，都不是传统自然存在的状态，"风景"的性质取决于认知者基于内在知识结构而核定的审判结果。而"新知"的获得与认知主体的年龄、阅历，所处的文化系统、外界语境等因素密切相关。因此，人生阅历、文化系统重建和外界语境变化，都可能导致主体认知装置发生变动。所以，主体的"认知装置"是一种变动不居的知识结构系统，会随着认知主体的年龄结构、人生阅历、知识积累、外界刺激等因素的变化而改变。对于每一代人来说，其"认知装置"都存在着修正的可能。

从文学思潮的角度看，传统能够进入现代世界和现代视域，是现代世界根据自身的需要进行有意识挑选的结果。历史上的任何一次文艺复兴，都不是，也不可能在现代世界复原传统的文化和文学，而是特定时代的某种力量出于特定的目

---

① ［日］柄谷行人：《日本现代文学的起源·英文版作者序（1991年）》，赵京华译，生活·读书·新知三联书店，2003，《英文版作者序（1991年）》第 10 页。

② ［日］柄谷行人：《日本现代文学的起源》，赵京华译，生活·读书·新知三联书店，2003，第 19 页。

的，以"复活"传统为名义而进行的新时代文学的新构。早在一千多年以前，刘勰就敏锐地洞察到文学变化的这种规律："时运交移，质文代变。"① 这是因为每一代人都有另起炉灶的冲动，世代的更替往往也可能催生某些新观念，带来人们认知结构的变化，从而促使社会组织和文化发生改变，产生新的事物。每一代人都有其特有的出发点，他们都会尽力以一种新精神对待他们的历史任务，不受前一代人既定的信仰和依属感束缚。一种"新观念"一旦为相应的新一代人接受和支持，便很快在社会中蔓延开来。一种文学范型的兴起和衰落，背后都有时代力量作祟，创造新范型的驱动力，并非总是自由的想象，它常常是适应环境的"需要"。所谓"文变染乎世情，兴废系乎时序"②，即显示了这个至理。

同样，在现代文化语境中，"中国传统"也从来就不是一个仅仅意味着某种过去留存物及其精神性的历史概念，它能否进入现代世界，或以何种面目进入中国现代历史进程，都不是由中国传统的本身性质决定，而是由现代人时下的需要决定的。所以，站在现代世界的需要基础上言说中国传统，中国传统往往成为一种话语，其价值与意义就被现代世界决定。我们可以从现代汉语文学发展过程中轻易发现这种现象，无论是"五四"新文化对古典传统的排斥和对民间传统的追求，还是左翼文学对民族形式的选择和借鉴，以及 1980 年代以"现代化"的名义臧否传统，传统时而扮演着历史进步的压制性力量而被唾骂，时而又成为时代前行的解放性力量而被推崇。这种角色转换与其说是传统的本质功能，不如说是某种文化意识形态叙事的结果。在不同历史时期和历史条件下，中国传统常常成为特定意识形态实现特殊目的的话语与手段。

所以，可以肯定的一点是，在认知主体的"认知装置"变动不居的态势下，"传统"的形象从来不会一成不变，"传统"自始至终也不可能保持着孑然独立的状态。或许正是这种原因，传统被希尔斯视作一种"延传变体链"③，在流传过程中不断随时间的变化做出改变。而作家在任何时候都不是在真空状态下写作，他

---

① [南朝梁] 刘勰著，范文澜注：《文心雕龙注·卷九·时序第四十五》，人民文学出版社，1958，第 671 页。

② 同上书，第 675 页。

③ [美] 爱德华·希尔斯：《论传统》，傅铿、吕乐译，上海人民出版社，2009，第 14 页。

们的创作要受到多种外部因素的影响，甚至在某些时候会改变传统，以适应时尚。从这个角度看，文学 "时尚化" 有时候是作家一种 "无奈" 的选择，尤其在20 世纪外部世界对文学的要求大于文学自身艺术发展要求的时候。

三、"传统" 形象在世纪之交的再次置转

20 世纪现代汉语长篇小说关于民族传统的文学表述一直处于上述语境中。从《冲积期化石》《倪焕之》《子夜》《家》，到《三里湾》《古船》《活动变人形》《浮躁》，对 "传统" 的反动和批判，是现代汉语长篇小说民族叙事的核心主题和主要任务。而一些主动承接传统的写作，要么被批判、压抑，如通俗类长篇小说，要么成为传播流行政治理念的形式工具，如左翼文学的长篇小说。世纪之交的长篇小说承接传统，不免受到 "世情" "时序" 的影响，这正是文学生产规律的现实显现，不应当被歧视和非议。

新世纪文化时序的建立，源自我们在 1990 年代开始逐步确立了中国特色社会主义市场经济秩序以及社会文化语境中弥漫着的一种对西方道路的怀疑。

首先，从文化思维上来看，怀疑论的蔓延很容易产生关于认知的悲观理论，进而产生悲观主义的社会情绪。这种社会情绪立即在 1990 年代初的文学创作中折射出来。譬如，以《废都》为代表的长篇小说创作中出现了一种颓废美学。尽管《废都》处处流泻着颓废和猥亵，但是，它的颓废与悲观，像子弹一样一下子射中了读者的心。又如新历史小说的兴起和发达，从某种程度上说也是这种怀疑论的产物。信言确凿的正史，普遍受到作家冷遇，胡编妄言之辞却成为他们偏嗜的对象，而且信者如云。

当然，怀疑论也不尽然引燃消极情绪和带来消极后果。按照卡尔·波普尔的理论，"怀疑" 的现代词义，可以被解释为 "有希望的批判性探究" 或 "动力论的怀疑论"。[①] 怀疑论通过对过去或传统的有力质疑，带来反抗的元素和新生的希望。"五四" 之后，现代汉语文学的发展，正显示了怀疑的这种力量，而在现代性已

---

① [英] 卡尔·波普尔：《客观知识——一个进化论的研究》，舒炜光、卓如飞、周柏乔等译，上海译文出版社，1987，第 106 页。

经逐步建立了主导地位的今天，怀疑论仍然充满力量。乌尔利希·贝克对此有精彩的论述：

> 怀疑不仅为科学服务，而且在加以自反性地应用之后打断并破坏了科学的虚假的、脆弱的明晰性和伪确定性；怀疑可能会成为源自预警原则和可逆性原则的新的现代性标准。与一种普遍的误解相反，怀疑使所有一切——科学、知识、批评和道德——再一次成为可能，只不过这种可能性稍有不同，规模更小、更不稳定、更个人化、更丰富多彩，对社会学习也更加开放。因此它也就更新奇，对相反的、意外的和不相容的事物更加开放，具有建立在对错误的终极确定基础之上的宽容。①

怀疑论的产生，往往是源自现实面临的新问题，它往往会产生一种自反性文化行为，即重新反刍自己之前的行为选择的合理性，甚至返回到自己反对或抛弃的道路上去。这一点在现代汉语文学发展过程中多次重现。

自近代以来，中 / 西二元思维，是中国最基本的文化思维，检讨西方文学传统，必然驱使人们回转中国民族传统。莫言等人之所以在世纪之交重新瞩目传统，直接的原因是经过 1990 年代 10 年的反刍，先锋作家对自己在此之前崇拜并实践的西方现代文学技术所代表的"单一现代性"产生了"怀疑"——这是对"五四"以来现代汉语文学创作思想的又一次"颠倒"——因而在新的历史语境中产生"预警"反思②和"可逆性"的回眸。现实问题实际上成为传统"幽灵"复活的触动元素或机缘，没有现实世情的驱动，传统"幽灵"复现无从谈起。所以，从这个维度看，1990 年代现代汉语文学文本传统元素逐渐增多，就是一个由文学的外部影响而导致的文学内部问题，是文学发展的一种自然而然的趋势。

---

① [德] 乌尔里希·贝克：《再造政治：自反性现代化理论初探》，载 [德] 乌尔里希·贝克、[英] 安东尼·吉登斯、[英] 斯科特·拉什《自反性现代化：现代社会秩序中的政治、传统与美学》，赵文书译，商务印书馆，2001，第 42 页。

② 实际上，这种形式的反思是现代文学的一种发展常态。"五四"文学取得成功后，对其反思一直存在。譬如，"五四"学衡派的"国粹与欧化之争"、文学研究会的"关于语体文欧化"的讨论、左翼文学对"五四"文学过于欧化的批评和大众语的主张等。

市场经济主体地位的确立，从另一个方向改造了新世纪的文学创作，它与"怀疑论"殊途同归。它首先一个功用，是从根本上改变了文学生产的传统机制。在日益严峻的生存现实面前，中国作家再也难以保有持正平和心态，文学创作很难再被定义为纯粹的精神活动。世纪之交文坛一个最重要的变动现象，是更容易获得市场回报的长篇小说受到作家普遍青睐，迅速成长为文坛第一文类。与此同时，一个更大的时代背景是全球化时代的到来。自1990年代中后期开始，知识界就逐步向国内介绍"全球化"的理念，随着新世纪中国经济与世界经济互动力加强，国人逐渐意识到，原以为只是概念的"全球化"，竟然就是我们活生生的现实生活，这让很多人大吃一惊。"全球化"世情为我们提供了另一个"风景"，另一个观察中国生活的视镜。"五四"之后的现代汉语文学，表达的多是对"现代化"的渴慕和追求，这种现代性实质是西方范型的现代生活，其时的"中国"是在现代化之外的。而在新世纪，中国经济飞速发展，综合国力急速提高，很快从世界第六大经济体蜕变为现在的第二大经济体，并被视为全球经济的引擎和重要组成部分，中国不再外在于"现代"世界。另外，全球化还意味着，各种力量都是这个世界的不可替代的要件，西方独尊的"单一现代性"受到质疑，社会文化多元化发展的呼声日益成为共鸣性需求，民族个性和民族传统普遍受到人们的重视。这就是贝克所谓的"新的现代性标准"，或者说是一种新现代性。

由现代化到全球化，导致人类认识装置发生另一次"颠倒"性扭转。阿尔布劳说："从根本上来讲，全球时代意味着以全球性（globality）来取代现代性（modernity）；对于个人和团体来说，这也就意味着一种在行为基础和社会组织方面的全面变革。"[①] 在过去，中国的落后与挨打，西方的强势和霸权，迫使中国社会背反自己曾经辉煌了几千年的古文明，积极融入西方异质文化，以寻求现代化社会的早日来临；新世纪，中国日益强大的国际背景，使自信、自尊、自重的民族意识抬头，重新形塑"中国"就成为一种源发性文化民族主义思维，影响着民众的行动。1990年代初对西方的反思和怀疑导致的认识装置的"颠倒"，自

---

① ［英］马丁·阿尔布劳：《全球时代：超越现代性之外的国家和社会》，高湘泽、冯玲译，商务印书馆，2001，第9页。

然地与这次"颠倒"合流，共同促使文学创作向中国民族传统回转。长篇小说作为其时的"第一文类"，不可避免地转入了重返民族传统的时代洪流中。"传统"，这个在 20 世纪大多数时间里备受压力的概念和现象，在世纪之交长篇小说的文学叙事中获得了前所未有的文化自信，被当作某种信仰、行为模式和审美发展图式的圭臬瞻仰、施行。

在世纪之交具体的长篇小说文本中，这种现象可以清晰地显示出来。一是史传文学、诗歌、散文、戏剧、神话中蕴藏的大量素材，进入长篇小说创作之中。而且，有关传统的历史叙述，改变了以往现代汉语文学中的灰败色彩与感伤的悲剧特征，对传统历史的单向指责逐渐为一种辩证的态度所取代（甚至少数作品还出现了对"传统"的迷恋和歌颂），一种喜剧性美学逐渐在文学创作中潜滋暗长。读者阅读此类长篇小说作品，很难再次沉浸于那种不能自拔的沉重和伤感情绪中。① 二是人物形象的改变。在以前的现代汉语文学创作中，有关传统的人物形象大多是灰色的小人物，决定历史走向的英雄人物很少进入文学家的视野，即使少数作品涉及这些人物，大多也面目模糊。世纪之交的不少长篇小说作品，以历史和民族神话传说中的英雄为主角，描写他们身上令人钦佩的品质。因为民族神话传说中的英雄和历史生活中的伟人更能够体现一个民族的优秀性格，具备一种马克斯·韦伯所谓的"克里斯玛"品质，无疑会加强民众的民族自豪感和归属感，所以，在世纪之交"中国"意识复苏的历史语境下，民族英雄人物纷纷成为长篇小说创作的主角，可谓应势而生。三是古典文学体裁和创作法则，成为世纪之交长篇小说争相效仿的对象。在体裁方面，最突出的是明清长篇章回体小说复苏，这是现代汉语文学以前少见的现象（当然，通俗文学除外）。除此之外，古典诗歌、笔记小说、碑帖、书信、奏章等，纷纷进入长篇小说创作中，丰富了现代汉语长篇小说的文体艺术。与体裁相比，古典创作法则和艺术手法对世纪之交长篇

---

① 这种现象在新世纪长篇小说文本中体现得最为明显。从某种程度上来说，关于"传统"的认知扭转，世纪之交是一个转型期，对传统的无情批判和对传统的无比留恋，共存在这一历史时代。不过，其中还是可以看到一种线性的改变。1990 年代初的作家尽管利用传统，但是对传统的态度还是"五四"心态——或者说是 1980 年代心态；之后，这种心态逐渐减弱，以至于模糊，对传统的迷恋和赞美则势见加强。对这个过程的描述也是本书的一个任务。

小说的浸染，更能够提高现代汉语文学的艺术品质，很多作品因此显示出高雅、整饬、静穆的艺术风尚。而且，古典手法和原则并非辅助性工具，仅仅作为长篇小说创作的装饰而出现，有些作品，如莫言的《檀香刑》《生死疲劳》和格非的《人面桃花》，古典笔法是主要的创作方法，不仅主导着小说的创作，还影响了文本意义的表达，中国传统文学的艺术精神深深嵌入世纪之交的长篇小说中。

总之，在世纪之交，关于"传统"的认知正在发生"颠倒"性的扭转。本书所谓的"传统"，就是这种出现在世纪之交长篇小说中的民族传统，它们与此前现代汉语文学中的灰色"传统"有很大区别，已经影响了长篇小说创作实践及其文本品相，其中隐藏的文学史、文化史乃至思想史的意义十分有趣，对之研究，也是一个我们不能逃避的课题任务。

第二节 文学传统流转的"幽灵学"机制

从本体论的角度界定"传统"，使本论著的研究不致偏离研究中心，也能够在一定程度上还原"传统"历史发展的本来面目。但是，对研究本体的界定，仍然没有从根本上解决本论著的问题，因为我们研究世纪之交长篇小说中的民族传统及其价值，实际上是研究民族传统在特定历史阶段的动态流转状态及其特征。所以，与"传统"的基本内涵密切相关的另外一个重要命题，是考察传统如何在当代流转（尤其是传统如何在世纪之交现代汉语文学中流转）。

传统的流转机制是一个普遍性命题，同时，传统流转在每一个历史阶段又有特殊的状况和特征，而且，笔者认为，民族传统在世纪之交现代汉语文学中的流转，有更为特殊的特征和价值，尤其值得方家研究。对传统流转机制的研究，或许有助于我们更清晰地认识世纪之交民族传统在长篇小说中的流转状态、特征及价值。

一、德里达的"幽灵学"理论

要解决这个问题，笔者想引入德里达的一个理论术语——"幽灵学"。

具备思想意义的"幽灵"概念出自马克思，他多次使用"亡灵""梦魇"等隐喻方式，来描述某种具有强大精神力量的文化遗产在流转过程中的状态，其中最著名的隐喻就是他和恩格斯起草的《共产党宣言》的开端语："一个幽灵，共产主义的幽灵，在欧洲游荡。"① 马克思"撒旦式"的预言宣告持续几个世纪、规模恢宏的共产主义运动开始了。随着 1990 年前后社会主义阵营内发生的一系列政治动荡，西方世界普遍洋溢着一种乐观情绪，认为历史的终结行将来临，西方国家实行的自由民主制度，也许是"人类意识形态发展的终点"和"人类最后一种统治形式"。② 西方知识界宣告以"平和""客观""不带偏见""中立化"的态度和立场，"依照学术原则"系统地研究马克思，"回到马克思，最终把他当作一位伟大的哲学家来阅读他的作品"。③

　　对这种把马克思主义"去政治化"的言论，我们并不陌生。1990 年代以来，现当代文学研究中出现了"去政治化"的声音，他们以"文学"——据说是一种中立的概念——重新阐释鲁迅、左翼文学、十七年文学等有鲜明政治倾向性或以政治性表述为主调的作家作品以及文学现象。因为这些作家作品或文学现象是后世文学史无法绕开的对象，自由主义派研究者同样也不能无视他们，于是，研究界就采取"去政治化"策略，竭力祛除研究对象身上的政治色彩，还原他们的"文学"价值。公正地说，这种研究是切实可行的，可以帮助我们认识研究对象，呈现其含义的丰富性和复杂性，但是，当这种研究策略走向极端，企图以"文学性"压制其他可能性的时候，它就成为一种遮蔽历史真相的手段，极易造成对历史的误读。新理论可以帮助我们展示历史对象的丰富性和复杂性，但是，不可以干扰呈现历史对象的主体特征。正确的研究原则是：在把握研究对象的主体特征基础上，才可以进一步拓展研究的边界，呈现对象的丰富性和复杂性。

　　西方知识界显然没有遵循这种原则研究马克思，而是用"返回马克思"的方式来反对马克思主义。在对国际共产主义运动的一片哀鸿声中，德里达嘲讽、

---

　　① 马克思、恩格斯：《共产党宣言》，中共中央马克思恩格斯列宁斯大林著作编译局译，人民出版社，1997，第 26 页。

　　② [美] 弗朗西斯·福山：《历史的终结及最后之人·代序》，黄胜强、许铭原译，中国社会科学出版社，2003，第 1 页。

　　③ [法] 雅克·德里达：《马克思的幽灵——债务国家、哀悼活动和新国际》，何一译，中国人民大学出版社，2008，第 31—32 页。

解构和批判这种声音。他认为那种看似"平和""客观""不带偏见""中立化"的态度和立场，以及"依照学术原则""回到马克思"的活动，看似充满善意，实际上是"密谋"和"咒语"，是以"语义学的马克思"取代真实的马克思，是想要驱逐或祛除马克思的真正精神。德里达的观点主要是：作为一种精神文化遗产，马克思如同"幽灵"，一直萦绕徘徊在世间；"马克思的幽灵"是一个复数的群体，某一个时期某一次共产主义运动的失利，不代表马克思主义的彻底失败，"马克思的幽灵们"挥之不去，即将到场；一切哀悼、围剿、驱逐"马克思的幽灵"的活动，反而更像"招魂"活动，是在"积极恳请""马克思的幽灵"早日到场。①

德里达的"幽灵学"，有很深邃的内涵。需要指出的是，"幽灵"不是隐喻马克思主义的本体特征，而是马克思主义在流转过程中的表现特征。作为人类文化遗产的一种，马克思主义是人类精神文化传统的一部分，是一种具体的历史文化传统，德里达用"幽灵学"思想来描述马克思主义，显然可以开阔我们认知传统的视野，有助于我们认识传统的流转机制。

当然，在此笔者不是有意比附一个新鲜的理论。选择"幽灵学"来解释传统，是因为来自自身的知识体验和对 20 世纪现代汉语文学与传统纠缠不清的观察与体悟。幽灵神秘、隐蔽、若隐若现的鬼魅身影，可以最恰当地描述民族传统与 20 世纪现代汉语文学之间的诡秘关系。

二、民族传统幽灵化的现代缘由

中国民族传统流转的幽灵性特征，首先是由特殊的历史境遇造就的。正如我们一再提及的，在 20 世纪中国现代文化语境中，民族传统是承受了巨大的压力、被压抑的文化对象。这导致民族传统在 20 世纪大多数状况下被批评、被贬责，一切坚固的东西都烟消云散了，曾经在历史上被推崇备至的文化遗产，在现代彻底失去了诱人的魅力。"推倒纪念碑，扯下处在阴影中的舞台和葬礼致辞的帷幕，

---

① [法]雅克·德里达：《马克思的幽灵——债务国家、哀悼活动和新国际》，何一译，中国人民大学出版社，2008，第 31—32、40、84、105 页。

为普遍大众摧毁陵墓，打碎水晶棺里死者的面具。"①"五四"之后的很长一段时间里，现代人就是在完成这种工作，其间也曾有过斗争与波折，可是民族传统被批判改造的命运，在大多数状况下没有得到根本改变。直到世纪之交，《废都》《浮城》《敌人》《许三观卖血记》《受活》等作品，仍旧承传和延展了这种思维定式，甚至批判旧传统依然是许多文学作品的主调。这种现实境遇迫使民族传统由前台走入幕后，像黑色的幽灵一样，影影绰绰地飘荡在文学上空，让现代人嫌恶、恐惧，时不时忍受着现代人的指责和唾骂。但是，不管民族传统承受怎样的现实境遇，它都挥之不去，正如维特根斯坦所描述的："早期的文化将变成一堆瓦砾，最后变成一堆灰土，但精神将萦绕着灰土。"②

细细思量 20 世纪的现代汉语文学，我们可以发现，民族传统从来就没有离开过中国文学创作，即使在最极端地反对民族古典传统的"五四"时期，民族传统也从不同的维度进入了文学创作。现代汉语文学不管在 20 世纪获得多大成就，它们仍然是"站在巨人肩膀上的现代侏儒"，如贝尔纳所说："我们比前辈们看得更多更远，不是因为我们有更敏锐的视力或更高大的身材，而是因为我们被抬了起来，高踞在他们巨大的身躯之上。"③然而，这改变不了民族传统在 20 世纪现代汉语文学中"幽灵"式的流转命运。传统即如隐形书写的文字，通常情况下虽不可见，却是无处不在，构成文学话语中跃跃欲试的潜文本；要么它们被改换一种称呼（如白话文学、平民文学、大众文学等），在原有的葛衣麻裙之外，套上西装，打上领结，以使它们以一种符合现代性需要的身份，搭上现代汉语文学的现代化列车。无论"隐"与"显"，民族传统都需要披上厚厚的伪装，戴上坚固的面具，像幽灵一样把自己或深或浅地隐藏起来。幽灵似的流转形态，是民族传统在 20 世纪失去古典时代地位后的无奈选择，无论"隐"与"显"，它都不可能恢

---

① [法] 雅克·德里达：《马克思的幽灵——债务国家、哀悼活动和新国际》，何一译，中国人民大学出版社，2008，第 109—110 页。

② [英] 路德维希·维特根斯坦：《文化和价值》，黄正东、唐少杰译，清华大学出版社，1987，第 5 页。

③ 贝尔纳的这句话最早出现在英格兰著名拉丁语学者约翰的《元逻辑》中。转引自 [美] 马泰·卡林内斯库：《现代性的五副面孔：现代主义、先锋派、颓废、媚俗艺术、后现代主义》，顾爱彬、李瑞华译，商务印书馆，2002，第 21 页。

复在古典时代龙行天下、唯我独尊的地位和气势。

民族传统流转的幽灵性特征，其次是来自我们关于传统的错觉意识。言及传统，我们往往把它想象为一种关于人类过去的无所不包的整体，或者将其当作一个具备本质化、本源性特征的共同体。我们以为，民族传统稳定、坚固，如一艘巨轮，航行在一个民族的历史长河里，穿峡越谷，乘风破浪，从不损分毫。这样一种带有欺骗性的意识，一直主导着我们关于民族传统的想象。而古人言及文化遗产，会直接说或三坟五典，或诸子百家，或楚辞汉赋，或李白，或韩愈，或《金瓶梅》，或《水浒传》，如此等等，都是面对具体对象，基本不提有一个无所不包的"传统"。

传统的统一性意识，源自中国在现代世界中的历史境遇——它决定了传统在20世纪现代汉语文学中的处境、色调以及价值。在该境遇中，"传统"与"现代"是作为两极价值标准而存在。在传统／现代二元对立的思维日益成为一种定式的时候，两者都被抽象化为两种想象的共同体，它们原有的丰满可触的物质成分，在这种价值化的抽象行动中日益被挖空，成为人们思想观念中的抽象"传统"和抽象"现代"。当民族传统被抽象化为一个整体性的概念后，传统就被"幽灵"化了。任何一次继承传统的实践活动，都不能完整复制一个无所不包的整体传统，就如我们在文学创作中会说要继承"红楼梦"传统，但是在具体的继承中，我们不能，也不必重新复制一个《红楼梦》，而是重新演绎其中的一个故事，在创作中继承《红楼梦》的某一种值得借鉴的技法。

三、"作为思想的传统"和"作为行动的传统"

所以，对于文学创作来说，作为整体的传统是一种"作为思想的传统"，只能存在于作家的思想观念之中，像幽灵一样影响文学创作，而不必也无法在创作实践中完整显形。"作为思想的传统"，不是实质上的传统。实质上的传统只是有关过去的一种"沉淀"，是被称为"文化遗产"的东西，不可能代表完整的过去。即便如此，德里达也说："遗产根本就不能被聚集在一起，它根本就不是一个自身完整的整体。"① 在他看来，"遗产"的统一性是"假定的统一性"，"如果有一种统一性的话，只能存在于有选择地重申的指令中"。② "指令"的选择维度，出自某种现实的社会功利需求，根据这种需求，后世过滤、筛选、批判所需传统对象以为己用。

从现代汉语文学的发展实践来看，"指令"是客观存在的。晚清以来中国社会一个基本的观念立场和社会思潮是建构"现代化的中国"。由于这种现代化信念在近代以来的中国有重大急迫的合理性和针对性，因而它曾经左右了近代以来中国社会生活的方方面面，文学艺术的发展也不得不屈服于它的"霸权"威势，为它服务。确切地说，20世纪中国对传统的统一性解释，是为了满足现代民族国家建构的历史需求和历史想象。在这一指令指导下，几乎所有的政治、经济和社会文化活动都加入其中，在"启蒙—救国"的思维定式中，文学不可避免地参与现代民族国家重建的活动中。文学与国家政治建设，本来是一种间接的联系，但是，在这种重大急迫的现实需要面前，文学与国家的联系，直接表现为"文学—国家"的结构关系，因而在很长一段时间里，现代汉语文学是被作为一种想象性的民族解放力量而被推崇。这种对文学统一任务的追求，加强了有关传统的统一性认识，进一步将其置于"幽灵"的流转状态。

即使这样，我们仍然可以看到，"作为思想的传统"在现代的流转并不是对古代文化遗产的全盘继承与吸收，其中仍然有精华与糟粕、进步与腐朽的差别和对立。正如上述，传统这种观念性的"同一"，是在"现代化指令"指导下筛选、汰除的结果。筛选和汰除肯定存在着立场的冲突和某种片面性，但是，这也是传统得以传承的不二法门。不管后人出于何种指令继承或批判传统，一旦进入实践领域，所面对的传统都不再是"作为思想的传统"，而是具体的历史遗留物。德里达说："无限的东西无法继承，它也不能自我继承。那指令本身（它总是说，'必须从你所继承的东西中间进行选择和确定'）只有通过拆解自身，分离自身，分延/延宕自身，同时又通过多次——而且是用多种声音——言说自身，才能成其为自

---

① [法] 雅克·德里达：《马克思的幽灵——债务国家、哀悼活动和新国际》，何一译，中国人民大学出版社，2008，第17页。

② 同上。

身。"①《新青年》同人在"五四"新文化运动中从文言与白话、贵族与平民等角度有意区分中国民族传统，正好验证了德里达上述言论的真理性。所以，后人继承传统，是对过去生活、信仰等的部分接受，是属于一种应用型的选择性接受，传承者只是根据需要，选择性地承传传统的某个部分或某种成分。现实的需要与传统的遗留耦合成力，最终造就了一种新型的文化产物——它属于新的时代，而不是对过去传统的完整复制。

所以，在研究民族传统与世纪之交长篇小说的关系的时候，我们必须明白，20 世纪的现代汉语文学，实际上是在两个层面上面对"传统"。一是"作为思想的传统"，它常常被想象成一种具备统一性的整体传统，或者说等质传统。二是"作为行动的传统"，是在继承或批判民族传统时所面对的古代文明在现代的具体遗留形态。如同德里达说"马克思的幽灵"应该被称作"马克思的幽灵们"一样，当在具体流转行动中，民族传统也是一个复数的群体，也应该被称作"传统的幽灵们"。正像笔者一再强调的，面对强大而整体的传统，后人不可能在某一次具体行动中全部继承和实现，他们只能根据"此时此刻"的条件和需要，有限度地挑选诸幽灵中的一种或几种——譬如，一个素材、一种文体、一种风格，乃至于更为具体的一种风俗、一种类型人物，或者《水浒传》的传统、《西游记》的传统、《红楼梦》的传统等——加入具体的文学创作活动中。

与"作为思想的传统"的另一个区别，是当"作为行动的传统"的时候，"传统的幽灵们"并不等质。一个民族的传统的诸幽灵之间（或者部分幽灵之间）可能存在共同的主题或基本元素，但也允许存在异质性因素。这些异质性因素可能是对立的，更多的则可能表现为近乎并置的关系，或者无对立的差异性关系，或者一种非辩证的不一致关系。这些关系不妨碍一个民族有被称作"民族传统"的东西存在（一个民族的传统具有丰富的异质性元素，反而表明这个民族在历史上拥有恢宏强盛的文化），也不影响它们在现代的流转和继承。民族历史生活的丰富性，客观允许这些差异性成为现实。这些或对立或并置的"传统的幽灵们"，在

---

① [法] 雅克·德里达:《马克思的幽灵——债务国家、哀悼活动和新国际》，何一译，中国人民大学出版社，2008，第 17—18 页。

适当的社会条件下，某些可能复活，与新加入的异质性因素融合，形成新旧交合的新体；某些可能会一直以"幽灵"的状态，隐藏在生活的背后，静静地等待着唤醒它们的钟声响起。

四、传统承传活动中的"偶像幽灵"

从历史经验来看，"传统的幽灵们"的形象往往表现为一个个偶像面孔。这些偶像面孔，既是具体的古代文明遗留物，也是后世与民族传统最坚实的联系证据，就如我们一提及古老的中国，脑海中首先唤起的是长城、故宫或秦始皇陵兵马俑的影像。具体可感的偶像具备强劲的号召力量，它们可以便于后人有效学习和模仿，也可以有助于后人建立一个有关共同体的民族想象。希尔斯说："使用一个不变的名称增强了认同意识。一个集体与其早先状态的认同使稳定的traditum 更易于被延传和被继承。"① 所以，在对传统的继承中，偶像的确立是一个必不可少的步骤。

世纪之交一个重要的文化现象，就是"国学"兴起。1990 年代，国学还只是知识界的一个话题和自言自娱的活动；在新世纪之后，借助于电视、网络、电影、报纸、杂志等现代媒介的力量，新国学在普通民众中获得很大市场份额。究其根源，就是因为《论语》《红楼梦》《三国演义》等一批偶像级的传统文化典籍和古典文学作品被高调宣扬。借助这些偶像传统，一批文化明星也应运而生，他们和那些文化偶像一起，成为人们顶礼膜拜、争相效仿的对象。这种对具有偶像力量的传统文化的再宣传、再解释和再普及，增强了国人对于民族传统文化的认同感，有力地带动了民族传统文化在新时代的传播，造成民族传统文化在新世纪复兴的盛貌。

确立偶像，无疑可以便利民族传统的传播与承转。偶像既有真实的肉体，又可以成为一种观念，一种幽灵般的思想，影响后来者的创作。偶像可以提供后人需要的写作素材、主题以及艺术方法的模板，也可以因为偶像的某些元素泅入后世文学而使前辈文学的血脉流传后世，从而加强对民族文学共同体的想象。偶像

---

① [美] 爱德华·希尔斯:《论传统》，傅铿、吕乐译，上海人民出版社，2009，第 15 页。

是具备鲜明个性的偶像,对这种偶像的学习与模仿,自然会产生某一类型文学的个性,文学的民族个性也通过这种方式得以延传。当然,单纯的模仿,也会产生无个性的文学。譬如,《金瓶梅》的模仿之作,仅清代就出现了《续金瓶梅》和《三续金瓶梅》等小说文本,这些文本大都是狗尾续貂之作,读起来味同嚼蜡,缺乏新意,更遑论超越前作。直至 1989 年香港作家李碧华的《潘金莲之前世今生》,关于武松杀嫂的水浒故事才在小说创作中翻出新意,让人耳目一新。所以,对偶像尊崇或不满,也可以唤起模仿者对自身文学个性的追求,产生文学创新。

对于世纪之交长篇小说作家来说,创新或许不难完成,这一方面是因为在现代语境中创作新的文化产物,必然有新的艺术质素加入,另一方面,文学创作一个核心功能是写作者要通过文学创作活动"把人生经验的本质和意义传示给他人"[①],于是,在对传统的学习和模仿中,也必然混合了写作者的个性心理、情绪和经验。新的文化产物,已经不是原来被学习模仿的传统,而是一个完全独立自主的肉体生命。由于有艺术新质和作家个性渗透在新体之中,新体便具备了自己的主体性和独特性,成为艺术生产中的"这一个"。

幽灵肉身化的过程,充满了吊诡意味。学习与模仿偶像,似乎是在做一种艺术重复活动,但是,正如德里达所说:"重复且是第一次重复,而且也是最后一次重复,因为任何第一次的独特性同时也就构成了最后一次的独特性。每一次它都是那事件本身,第一次也就是最后一次。"[②] 在文学实践活动中,后人既不能全盘继承和实现整体性的民族传统,也不可能完全拷贝一个个体偶像,即使是那些最没有创造性的狗尾续貂的作品也不例外。德里达对幽灵最直接的解释是:"那幽灵乃是一种自相矛盾的结合体,是正在形成的肉体,是精神的某种现象和肉身的形式","人们根本看不见这个东西的血肉之躯,它不是一个物。在它两次显形的期间,这个东西是人所瞧不见的;当它再次出现的时候,也同样瞧不见"。[③] 这就是因为每一个个体生命都是不能重复的,它只能被树为榜样,供人模仿,而不

① [美]浦安迪讲演:《中国叙事学》,北京大学出版社,1996,第 5—6 页。
② [法]雅克·德里达:《马克思的幽灵——债务国家、哀悼活动和新国际》,何一译,中国人民大学出版社,2008,第 11—12 页。
③ 同上书,第 8 页。

能被完全复制；在其被模仿的过程中，即新的肉体生成过程中，偶像是作为幽灵的形式出现的。这时的被称作"幽灵"的东西，与其说是偶像的肉身，不如说是偶像化作某种精神形式，盘旋在模仿者的观念中影响着其文学创作。幽灵一旦肉身化，即新肉体产生，幽灵或其某种成分，化入新的肉体生命，就不再是幽灵，新的肉体生命也不复为偶像的肉身。

五、"不可见的可见性"——传统的幽灵的显现特征

在旁观者看来，因为在新的肉体生命中包含有传统的成分，传统得以延传下来。但是，这种成分又很难说是原来的传统本身。这种现象被德里达称为幽灵的"不可见的可见性"①特征。所谓的"可见性"，可以表现为两种形式。一是新的肉体生命身上有某个幽灵的血液或痕迹，在更多的时候，新的肉体生命是"诸幽灵"的混合显形。也就是说，幽灵在肉体化的同时，有可能有意无意地归并或吞噬了其他幽灵的营养，与之共同耦合成了新生命。德里达把后一种幽灵肉体化活动称作"补形术"，新的肉体成为"诸幽灵的幽灵"的合体。幽灵一旦显形，就不再是幽灵，也是因为显形后的"肉体"已经不是单个幽灵传统的复原，而是多个幽灵交互作用的结果，单个幽灵湮没在诸幽灵之中，所以，从单个幽灵的角度看，新肉体就具备"不可见的可见空间"的特征：可见的空间是新的肉体生命，民族传统寄生在新生命肉体上延传下来；"不可见的"是单个的偶像幽灵，它不可能在新肉体中完整呈现，只以部分元素寄生在新的肉体空间内部，或者说成为其中的一个组成成分。传统的承传就是这样来完成的，愈到后世，新的肉体生命中包含的幽灵成分就愈多，新的肉体生命成为"幽灵层的积累"（或者换一个说法，是"幽灵层的叠加"或"幽灵层的交叠"）而成的生命。经过多次流传辗转，某种民族传统在新的肉体生命中的印迹就更不容易被发现，而它又客观存在于后世文学中，这更加强了传统的幽灵印象。我想也是这种原因，陈晓明才称："一种传统是不能在文本的细节中去寻找的，大多数情形下，那只能是一种精神，一种幽灵

---

① [法]雅克·德里达：《马克思的幽灵——债务国家、哀悼活动和新国际》，何一译，中国人民大学出版社，2008，第98页。

化的神气。"①

二是幽灵"是具有某种频率的可见性"②，即幽灵重现有其时代性。放在一个民族文学历史发展过程来看，幽灵重现是一种常态。中国文学在发展过程中，就多次出现复古的声音和复古现象。在一个时期，某种传统可能会被积极宣扬，甚至成为文化时尚，在另一个时期，也可能如无人理睬的废墟，湮没在萋萋芳草之中。传统遗留物本是"死去"的过去之物，它们"复活"，取决于当代人的需要，它的"隐"与"显"也取决于当代人的需要。当代人按照当代的需要，借用传统来实现当代的任务，对传统的借用就有选择性，一旦完成任务或者时过境迁，被选择的传统就失去了被挑选时的"贵重"身份。但是，这并不意味着人们忘记和抛弃了传统，而是因为不需要——传统失去了与现实对接的可能——才忽视了传统。传统不在当代人的视野之内，不代表它不存在。随着时代的变化，被忽视的传统还可能进入人们的视野，再次复现。虽然人类的生活潜藏着无限的可能，但是，个体生命的有限性决定了人的体验和需要也是有限的，后人的生命体验和需要也就有可能与前人相似或重合，这就为某种传统重返尘世带来了可能。当下街上流行红裙子，十年之后，相似式样的红裙子还有可能成为街上的时尚，我们有时候就把这种现象称为复古潮流。传统的幽灵飘荡在空中，随时寻找着重返尘世的契机。

所以，我们看到，在现代汉语文学发展中，旧的传统在不断地消失，同时，传统的幽灵又不时在写作中复活。反对文言文，传统白话同时被复兴；新诗不断出现新创制，格律、形式、意象等古典诗歌艺术资源又不时被现代诗人提及和借用；老中国乡村一再受到现代汉语作家们的严厉批评，可还是有不少作家情不自禁地不断营造那个诗意的古典乡村。民族传统从来就没有真正离开过现代汉语文学。

当然，因为民族传统在 20 世纪大多数时间是被压抑的对象，所以，这些幽

---

① 陈晓明：《现代文学传统与当代作家》，载温儒敏、陈晓明等《现代文学新传统及其当代阐释》，北京大学出版社，2010，第 147 页。

② ［法］雅克·德里达：《马克思的幽灵——债务国家、哀悼活动和新国际》，何一译，中国人民大学出版社，2008，第 98 页。

灵的重返活动，大都需要经过"伪装"才能进入现实世界。这种"伪装"一般结合了两种东西：一是归属，二是可建构性。归属的方式是把可能复兴的成分从"落后""腐朽"的传统中剥离出来，譬如，从语言上把白话文剥离出来，从文体上把小说剥离出来。剥离现象在现代社会生活中一次次发生，每一次剥离活动的背后都晃动着某种知识立场（即知识装置）的影子。剥离出来的可利用成分，纷纷被披上现代性的外衣，搭上了现代化的列车，在现代汉语文学创作中畅行无阻，而另一部分则被归属于应该唾弃的"糟粕"，惨遭遗弃。但是，现代人的知识立场并非如磐石般一成不变，导致"归属"的界限也不断发生变化，带来各种历史传统不断上演消失或复兴的戏剧。

可建构性方式意味着某些传统虽然有些不合时宜，但是它们的某些成分在现实情况下不可或缺，还有重新锻造的可能，还能够把根留在现代汉语文学中。这实质上也是一种归属方式，只不过前一种归属出来的传统只需要改换名称，就几乎能被等同于现代性的成分，而这一种显然还需要回炉锻造，需要更多的新质加入，才能形成现代性的新体。这种可建构的传统，也最容易引起人们的争议。譬如苏童、叶兆言、李锐、阿来等人的"重述神话"小说，在笃信传统的人看来，只不过是依傍了中国古代神话或民间故事的躯壳，吸引读者的眼球以扩大销售量，而实际上他们几乎是完全歪曲或背离了传统的经典叙事，是在利用传统的同时"谋杀"了传统。把此论放在一个历史的视野下审视，可见它是一种比较偏狭的认识，是中国自古以来"崇古""崇圣""崇经"传统思维的遗留。纵观中外文学，"旧笛新翻杨柳曲"，恰恰是传统的幽灵最常见的重返尘世的方式，也是继承传统的应行之路。西方普罗米修斯的故事、堂吉诃德的故事、唐璜的故事，中国崔莺莺的故事、水浒故事、取经故事，被一代代人不断重释，也涌现了不少成功的作品。不同时代的人把不同的人生经验加入同一个故事中，使其打上深深的"我"的烙印，恰恰是一个民族文化生命力和创新力的显现。现代汉语文学也不乏其例，鲁迅的《故事新编》、歌剧《白毛女》，都是传统重建的成功典型。重新建构经典传统，纵然使其偏离了旧痕迹，也是一种符合传统"幽灵学"法则的进步，应该受到鼓励。

世纪之交长篇小说创作中的传统复兴，充满了上述的幽灵气息。不过，就像笔者一再重申的：传统的幽灵能否肉身化，往往取决于现实需要。作家的需要、时代的需要，才为幽灵重返打开了一个通道。不同的现实需要，都有时代文化的特征。世纪之交，曾经被"简单现代性"排斥、批判、否定的民族性重新登上了历史的前台，并强调民族归属感和传统的可建构性。1990年代初，文学家还只是从传统中吸纳某种创作手法和艺术精神，还要给自己的文学披上某种"伪装"，到了新世纪，他们毫不顾忌地高喊着回归传统。其间变化之大令人惊讶，而变化的方式也令人惊讶。当然，这种对传统的幽灵们的"积极的恳请"，还暗含着一种对全球化无可摆脱的恐惧和焦虑，一种先知般的焦虑，正如德里达所说："那恳请从它召唤死者来勉励生者，激活新人，振作还未在那里在场（noch nicht Dagewesenes）的在场者的那一刻起，就处在焦虑之中。"①这样一种先知般的认知，导致精英文学家们不再以"五四"反传统的态度审视传统，而是拥抱传统，重新展示传统的诱人魅力。传统不再像是"幽灵"，而好像是"天使"，会带他们回到那个梦想中的"太阳之城"。

但是，这个时代又是个不折不扣的转型时代，各种力量杂然相处，在不同的平台上相互角逐。很多行为让我们眼花缭乱，很多行为也充满了吊诡意味。民族传统的复兴，以强调民族归属感为旨归，然而，这种貌似"崇高"的伟业，在现实中又常常以商品为表现形式，企图撑破全球化的包围、重申民族个性的行为，竟然成为全球化资本主义生产的一个重要的经济生长点（譬如，以文化遗产为中心的各种文化产业；"重述神话"的跨国商业活动）。一些作家也追风赶潮，极力在自己某些作品中点染些传统风味，然后再去追下一波风潮。这里面的吊诡之处，处处包含了"幽灵学"的"伪装"的含义，再次展示即使在传统变为"天使"之后，其"幽灵"气息仍然留存不散。对于某些活动，我们可以说，正在经历的不是传统的复兴，而是将传统搬上舞台的复兴（或者说把传统的复兴搬上舞台），而且，正像我们看到的，在电台广播和书刊封面上，传统搬上舞台已经占了上风。不管现实状况如何混乱，笔者仍然愿意把世纪之交长篇小说向民族传统寻找

---

① [法]雅克·德里达：《马克思的幽灵——债务国家、哀悼活动和新国际》，何一译，中国人民大学出版社，2008，第105页。

写作资源看作一种历史进步，反映了传统流转的一种新貌，会带来民族传统与现代汉语文学某些具备健康倾向的变化。

第三节　中西传统互动互补的审美动力结构

一、中／西二元对立——一种简单现代性思维批判

近代以来，我们在思想观念上逐渐形成了一种传统／现代二元对立的基本思维范式：凡"现代的"就是与"传统"决裂，凡"传统的"便遭到"现代"排斥。断裂论，是人们描述现代化进程最常见的观点。按照这种逻辑思维，古代人是低一等的，因为他们是没开化的，而现代人因其进步——因科学的进步和社会的进步——而高一等。同样，按照这种逻辑思维，现代文学艺术也是高一等的，它是在否定古典规范的过程中，生成了新的艺术图式。

而在中国语境中，"现代"观念的生成来自西方影响，中国通过西方来认识、理解自己，所以，传统／现代的二元对立，很容易被替换成中国／西方二元对立的关系。在"现代"视野下，西方与传统中国被想象为壁垒分明、竞争对峙的两个文明系统：西方利用优越的物质生产力，成为霸权系统，其后隐藏着许多现代人心驰神往的价值——科学、民主、进步、自由、平等；传统中国因为落后挨打，则站在"现代"的对面，曾经的"泱泱中国"及其辉煌文化，沦为现代世界的一种亚文化系统：专制、僵化、落后、愚昧。在"现代"视野下，中西相较，高下自然分明，不存在平等交流的可能，用"先进"的西方系统改造或抛弃"落后"的传统中国系统，是再自然不过的事情了。

这种极力把问题序列化、简单化的思维方式，是思维惯性特征的一种，在中国自古亦有源流。韩愈就曾指出，世俗社会存在着一种思维陋习："入者主之，出者奴之；入者附之，出者污之。"① 同样，一种文化一旦占据主流位置，人们就推崇它，附和它；反之，则诋毁它，污蔑它。据韩愈分析，这种简单性思维出现

---

① [唐] 韩愈：《原道》，载《韩昌黎文集校注》，马其昶校注，上海古籍出版社，1986，第14页。

的原因，在于"人之好怪也！不求其端，不讯其末，唯怪之欲闻"①。即人的天性喜欢寻奇逐怪，且不愿深究这些"新怪"的发端，不考察它的结果，只听从荒诞的言论。韩愈的观念，类似现在流行于世的福柯的"知识考古学"理论，比较准确地描述了现代人关于"传统"与"现代"、"中国"与"西方"之间的现代症候。

时至今日，我们应该批判一种"简单现代性"的理论。偏执地认可或否定一种观点、一种理论，或一种社会发展模式，都应该被视为简单性的思维。乌尔里希·贝克说："简单现代性的理论十分僵化，把系统编码看作是排他的并把每一个符码指定到唯一的亚系统中，因而遮住了展望未来之可能性的视线，妨碍了塑形自我和界定自我的能力；总之，用伯曼的妙语来说，它妨碍了使自己在乱世中处之泰然的艺术。"② 按照二元对立思维，中 / 西、古 / 今，各自分属于不同的文化系统，中国传统属于过去的、已被时代淘汰的亚文化系统，是形塑民族现代自我的障碍，应该被批判、被抛弃。在中国现代化进程的大多数时间里，我们都是以非此即彼、黑猫白猫的二元对立思维指导、选择我们的行动。"五四"对传统的批判和逃离，古典民族传统被置于保守、落后、愚昧、专制乃至残暴的文化地位，因而为中国传统文化以积极、主动、开放的姿态融合西方文化设置了重重障碍；十七年时期，冷战的铁幕切断了东西方交融的可能，提倡"古典 + 民歌"的诗歌范式，内质里却包含着对西方的恐惧与拒绝，中国文学自闭在一个有限的空间闪展腾挪，基本上堵塞了中西交融的渠道；1980 年代中国社会逐渐对西方世界敞开怀抱，不过，过于急切地渴慕和追求西方式的现代化，使中国文学在承传传统方面缩手缩脚，也谈不上与西方文化全面融合。在 1990 年代中期以前，国人对传统的反顾与回归，大抵就是这样。中华民族自古以来擅长吸收外民族文化优点、化异为我用的文化功能，在二元对立思维极度盛行的时候，几乎是"挥刀自宫"了。

所以，二元对立的思想，虽然能够帮助我们廓清一些纠缠不清的东西，但是

---

① [唐] 韩愈：《原道》，载《韩昌黎文集校注》，马其昶校注，上海古籍出版社，1986，第 14 页。

② [德] 乌尔里希·贝克：《再造政治：自反性现代化理论初探》，载 [德] 乌尔里希·贝克、[英] 安东尼·吉登斯、[英] 斯科特·拉什《自反性现代化：现代社会秩序中的政治、传统与美学》，赵文书译，商务印书馆，2001，第 41 页。

也常常使人们误入歧途，陷入"简单现代性"的深渊。尤其对于文学创作来说，警惕非此即彼的思想尤为必要。因为文学创作本身就是一种感性大于理性、情感多于理智的活动，界线、任务或承诺，在密织的文学网络中很难分清或履行，先验性的理性植入，往往也难以一一落到实处。夏目漱石讨论浪漫主义与自然主义的提醒值得我们重视。他言下之意是说，人们在谈论浪漫主义和自然主义的时候，往往忘记了它们本来是历史性的概念，就很容易发生意识谬误："正因为名称有两样，使自然派和浪漫派相对立，筑垒掘壕，似乎两相对垒虎视眈眈，其实可以使之敌对的不过名称而已，内容实在是相互交叉，你中有我我中有你的。"①不可否认，意识观念能够影响（甚至左右）人的实践活动，但是，知行不一是人类实践活动的一个常态，这种常态也反映在文学实践活动中。我们过高地估计了二元对立思维在现代汉语文学创作中的作用，"你中有我、我中有你"，才是中国传统与西方传统在文学文本中真实的共存形态，可惜在二元对立思维重负下，我们很多人对这种真相视而不见。

二、传统流转的"双重抵抗"与"双重承转"

波德莱尔的《恶之花》中有一句诗，"到未知世界之底去发现新奇"②，是对现代社会典型特征的准确概括。可是，从终极结果来看，与传统不相连的现世根本不存在，任何创新都是以前人的成果为起点的。竹内好说："今天的文学是建立在这些过去的遗产之上的，这个事实是无法否定的，但是与此同时，在某种意义上也可以说，对这些遗产的拒绝构成了今日的文学的起点。毋宁说，这些遗产得以被作为遗产加以承认，即传统得以成之为传统，是需要经过某种自觉的，而催生了这种自觉的直接契机，乃是欧洲的入侵。"③有时候，拒绝传统和构建传统，是无法分清的。在历史的表层叙事中，传统与现代二者相互倾轧、争斗，而在历史

---

① [日]夏目漱石：《创作家的态度》，转引自[日]柄谷行人《日本现代文学的起源》，赵京华译，生活·读书·新知三联书店，2003，第6页。

② [法]夏尔·波德莱尔：《远行——给马克西姆·杜刚》，载《恶之花》，郭宏安译，广西师范大学出版社，2002，第349页。

③ [日]竹内好：《何谓近代——以日本与中国为例》，载《近代的超克》，李冬木、赵京华、孙歌译，生活·读书·新知三联书店，2005，第182页。

的深层结构中，二者之间本就没有你死我活的关系，更像是一个硬币的两面，相互对峙，又相互依靠。传统与现代汉语文学之间的复杂关系，就产生在这种充满吊诡意味的矛盾之中。

德里达也看到了这一点，他的认识更一针见血：

> 我们不必回避这样一个事实，即不得不对这诸种"精神"进行指导和等级化的选择性的原则命中注定会反过来排斥它们。它甚至会通过看守它们的祖先而不是看守其他的某种祖先来歼灭它们。而且是在此时此刻而不是在其他的某个时刻。通过忘却（有罪的或无辜的，在这里都无关紧要），通过排除或谋杀，这种看守本身将孕育新的鬼魂。它将通过已经在诸鬼魂中的选择，或者说通过从它自己的诸鬼魂中选择自己的鬼魂，并因此通过杀害那死者来孕育新的鬼魂……①

"五四"文学本是以拒绝民族文学古典传统为起点的，但是，新文学的诞生显然不能完全脱离母体文化。完全背离传统，俯就西方模式，既违背一个民族的文化伦理，也缺乏客观实在的历史经验证据的支持，所以，通过"指令"性选择把民族传统等级分层，廓清其中的"精华"与"糟粕"，从中寻找民族传统与现代化的对接口，就成为文学家必须做足的功课。在这种状况下，民间传统进入文学家的视野，就既合情又合理，所以，胡适的著名判断"一切新文学的来源都在民间"②一出世，即获得新文学界的一致认同。按照这种思维，在"五四"时期，征集近世歌谣成为一个合理而又急切的文化活动。1919 年，蔡元培在北京大学校刊上倡导征集民间歌谣。1920 年，周作人等人在北京大学成立歌谣研究会，并于1922 年出版《歌谣》周刊，其《发刊词》写道："本会搜集歌谣的目的共有两种，一是学术的，一是文艺的。"③1936 年，这个活动再次被提起，在《歌谣》周刊复

---

① [法]雅克·德里达:《马克思的幽灵——债务国家、哀悼活动和新国际》，何一译，中国人民大学出版社，2008，第 84 页。

② 胡适:《白话文学史》，骆玉明导读，上海古籍出版社，2019，第 20 页。

③ 周作人:《〈歌谣〉发刊词》，《歌谣》1922 年 12 月 17 日第 1 号。

刊词中，胡适更加直接地指出："我以为歌谣的收集与保存，最大的目的是要替中国文学扩大范围，增加范本。"① 征集近世歌谣运动的目的非常清楚，一是整理民族文化遗产，探明民族文化的传承统系；二是为现实的文艺发展"增加范本"，亦即为现代汉语文学创作寻找可资借的范型，是活动的重中之重。在确定以中国民间传统为现代汉语文学创作的新范型的同时，新文学作家在观念中极力排除古典文学范型的痕迹。提倡平民文学，反对贵族文学，这两个相关联的活动是以"看守它们的祖先"来"排除或谋杀""祖先"，"通过杀害那死者来孕育新的鬼魂"。

当然，从现代汉语文学发展历史来看，"孕育新的鬼魂"活动，不仅仅是依靠传统的幽灵来完成的。艾略特说："如果传统的方式仅限于追随前一代，或仅限于盲目地或胆怯地墨守前一代成功的方法，'传统'自然是不足称道了。"他认为，承传传统，必然有一个历史意识，"不但要理解过去的过去性，还要理解过去的现存性。"② "五四"时期人们重提传统，是因为有当时中国被动挨打的现实，在这种历史状况下，西方成为一个巨大的存在，横亘在中华民族前进的历史道路上。所以，在现代中国人选择和排除民族传统的时候，其背后实际上还隐藏着一个形色更为幽暗的鬼魂——西方文化的幽灵们，它们带着各种各样的、更具魅惑力的"面具"吸引着中国人，深深侵入他们的内心，化作指导他们现实行为的指令性原则，左右着民族传统的"隐"与"显"。在实践活动中，吸收与化用西方文学的新质，也成为现代中国人背离民族传统的一个必要的步骤。

但是，"五四"以后的中国文学作家，不管他们对民族传统采取了何等决绝的姿态，他们的作品都难以免除某种程度上的传统特色和传统风格。同时，对于西方传统，他们也存在一种矛盾心态。从现代化的需求角度，中国需要借资西方传统；然而，在情感上，完全抛弃民族传统既不现实，也违背本民族的文化伦理。民族的存亡及其现实发展与民族身份承认，构成了难以抉择的矛盾。所以，在实际的社会发展中，中国人对中西文化传统就存在着双重抵抗和双重承转的现象。一方面用西方抵抗民族古典传统，另一方面又用中国传统消解过重的西方痕迹；

---

① 胡适：《〈歌谣〉复刊词》，《歌谣》1936 年 4 月 4 日第 2 卷第 1 期。

② [英] 托·斯·艾略特：《传统与个人才能》，载 [英] 戴维·洛奇编《二十世纪文学评论》，卞之琳译，上海译文出版社，1993，第 129—130 页。

转向西方，不是为了全盘西化，借用传统，也不是为了复古。"双重抵抗"与"双重承转"密切相连，难分难解。竹内好说："通过抵抗，东洋实现了自己的近代化。抵抗的历史便是近代化的历史，不经过抵抗的近代化之路是不存在的。"[①] 正是在抵抗的过程中，在吸收新质之中，中华民族的"自我"意识才逐步清晰，身份追求才愈加坚定。

二者角力的结果，致使中国20世纪现代汉语文学的现代性之路呈现出非直线性的轨迹。美籍华人学者王德威用了一个词——"迂回婉转"——来描述中国文学现代化过程中很多文学现象发生的非直线轨迹。"迂回婉转"是化用人类学研究的一个语词"回转"，指的是"一种社会或文化坚持不懈要将自身转变到一种新的形态。但甚至在获致确定的形式后，它仍旧未能达成目标"，回转的运动方向并不是"勇往直前的单向直线，而是迂回缠绕"，"常和后退的动作联系在一起"，"但是它并不等同于反动，因为它的运动并不回到原点"。[②]20世纪现代汉语文学在很多阶段、很多现象中都设置了预定目标，但是，在很多时候都难以达到预期，尤其是每一次激烈转向，随后必然伴随强劲有力的修正，而每一次这样的修正，都存在着矫枉过正的现象，从而引来另一次修正，另一次"回转"。现代汉语文学就生存在以中西传统的幽灵为背景的原野上，迂回婉转地行走着。

三、现代汉语文学中西互动的审美图式

在这种态势下，现代汉语文学的审美图式呈现为中西互动的审美结构，是一种中西文学传统互构的混合范型。在20世纪现代汉语文学范型中，中西方传统不是互相排斥，同体共存、相互依存、互相包容，才是它们的典型关系。更进一步地说，二者相互交叉、相互依存，形成了中西互动的审美动力结构，促使生成了既有别于中国古典文学，又有别于西方文学的现代汉语文学。而且，中西文

---

① [日]竹内好：《何谓近代——以日本与中国为例》，载《近代的超克》，李冬木、赵京华、孙歌译，生活·读书·新知三联书店，2005，第186页。竹内好所谓的"东洋"指中国和日本；所谓的"近代"，即我们常常所说的"现代"。

② [美]王德威：《被压抑的现代性——晚清小说新论》，宋伟杰译，北京大学出版社，2005，第37—38页。

学传统在实践领域中并不构成对立关系，甚至也不是竞争关系，甚至它们也不必相互补充，而是相互缠绕在一起，它们各自的某些部分或元素成为现代汉语文学创作可资借的资源，它们本身也被现代汉语文学视为自己现代性之路的出发点或方向。二者的对立、竞争关系是一种观念性的想象臆造，主要呈现在思维观念领域，是在一个复杂的、持续的、反复重新估价的策略的过程中产生的结果。它虽然影响了创造者的写作选择，但是一旦进入实践领域，即使是最顽固的持二元对立思维的创作者，也无力排除中西文化传统的幽灵们的侵扰，最终，它们相互包含、相互缠绕，合力形成了新的生命肉体。

或者，可以换一种方式来理解现代汉语文学的这种范型。我们以往把西方文学传统进入 20 世纪中国文学创作的过程，理解为西方对民族文学改颜换面的过程；把民族传统进入现代汉语文学，理解为其被改造的过程。而在实践操作中，上述行为应该更确切地被描述为外来文化逐渐本土化的过程，和民族传统逐步现代化的过程。现代汉语文学，并没有因为异质文化的进入变成西方文学，也没有因为回顾民族传统而成为古典文学，中西传统都被作为现代汉语文学实现"文学现代化"的资源性力量，是文学现代性的两个必不可少的构成要件。在这种情况下，西方和本土并没有构成你死我活的竞争关系，而是相互浸染，水乳交融。二者结合的圆融程度，成为检验中国现代汉语文学现代性成色的重要指标。

这种判断，不是出自笔者的奇思空想，在 20 世纪现代汉语文学中，由中西互动的审美动力结构形成的审美图式，俯首即拾若干个经验证据。在人们印象中，"五四"时期倡导新文化运动的同人，是最极端的反传统主义者，可是，作为其领袖的胡适始终认为，用"中国文艺复兴运动"来称谓"文学革命"则更妥当。而且，他还认为，"文学革命成功最重要的因素，便是那些传统小说名著如《水浒传》（这部小说有赛珍珠的英译本）、《西游记》、《三国演义》以及后来的讽刺十八世纪中国士子的小说《儒林外史》等名著已为它打下了坚固的基础"①。鲁迅是中国现代汉语文学的奠基者，也正是他劝说中国青年"要少——或者竟不——看中

---

① 胡适英文口述稿《胡适口述自传》，载欧阳哲生编《胡适文集 1》，唐德刚译注，北京大学出版社，1998，第 334 页。

国书，多看外国书"①。但是，中国自古有"颐情志于《典》《坟》"②的古典写作传统，即创造者需要从古代典籍中得到人格的熏陶，储备写作的材料与能力。鲁迅的早期教育使他清醒地看到，"少看中国书"的结果，将会是"不能作文"，所以，尽管鲁迅说他写小说"大约所仰仗的全在先前看过的百来篇外国作品"③，然而，其深厚的古典文学学养又使他的作品打上了鲜明的民族传统的烙印。中西共融并存，使鲁迅小说呈现出典型的中西互动的审美动力结构。譬如，《狂人日记》的正文是西方短篇小说的经典布局，文中运用了当时西方文学最先进的精神分析手法，而其正文前的小序却是典型的文言小说的格式；《阿Q正传》是批判国民性的启蒙主义力作，受到了显克微奇小说的影响，而其叙事结构却采用了中国传统纪传体的史著体例；"画眼睛"的白描笔法，使鲁迅笔下的人物形神具备，倍受世人称赞，也是继承了中国绘画"画龙点睛"类笔法追求人物神韵的艺术传统。鲁迅最主动靠近民族传统的作品，是写于1922—1935年的《故事新编》，这部短篇小说集即采用"只取一点因由，随意点染，铺成一篇"④的创作原则，处理人们耳熟能详的中国故事，赋予其小说以浓郁的中国气息，但是其主题及意蕴却是典型的现代立场。如《补天》，故事本源"共工怒触不周山"，是关于中华民族创世起源的神话传说。按照常情，鲁迅本应该以虔诚、恭敬的语态与形式叙述这个创世神话，然而，鲁迅在字里行间却禁不住"油滑"，嬉笑讥讽间解构了女娲创世造人的神圣性：女娲因烦躁、无聊，以游戏心态抟土造人，所造出的人类，虚伪阴险，凶残好杀，嘈杂无趣，难能沟通。寄悲愤绝望于幽默，是鲁迅一贯的笔法，"油滑"的本身，潜藏着现代主义的幽灵，荒诞、黑色幽默等现代主义手法，深深渗透到"油滑"之中，揭示出人类历史及其道德的伪善和群氓的素质低劣。小说的人物塑造和情境营造，堪称大家笔力：寥寥数笔，女娲形象就形神兼备，

---

① 鲁迅：《青年必读书——应〈京报副刊〉的征求》，载《鲁迅全集》（第三卷），人民文学出版社，2005，第12页。

② 陆机著、张少康集释：《文赋集释》，人民文学出版社，2002，第20页。

③ 鲁迅：《我怎么做起小说来》，载《鲁迅全集》（第四卷），人民文学出版社，2005，第526页。

④ 鲁迅：《故事新编·序言》，载《鲁迅全集》（第二卷），人民文学出版社，2005，第354页。

既凸显了创世神话人物的神奇、高大，又具备现代人的心理特性，勾画了一个中国文学罕见的颓废英雄形象；文本的景物描写，境界宏阔，既有西方小说景物描写的精微细致，又有中国山水画的疏淡传神，二者共同织就了创世神话所需的大环境、大气魄。鲁迅利用西方现代思想观念和文学笔法唤醒中国传统而取得的成绩，后世作家难有匹敌。不过，鲁迅取材传统所采用"只取一点因由，随意点染，铺成一篇"的方式，对后来的作家产生了很大影响。我们可以从同时代的创造社诸作家的小说、三四十年代的历史剧、世纪之交的新历史小说中找到余绪。

现代散文，是"五四"时期最负盛名的文类，同样是中西文化传统互动形成的审美图式。一般认为，现代散文的渊源来自西方的"essay"，周作人在《〈杂拌儿〉题记》中却认为："现代的散文好像是一条湮没在沙土下的河水，多少年后又在下流被掘了出来；这是一条古河，却又是新的。"[1] 因为它的基调基本不脱儒、道二家，外观与中国传统散文有很多相似的地方，审美风致也是中国文学的，不过，它们却经过西洋现代思想的陶熔浸润，自有一种新的色味，与民族传统又显有不同，所以，"五四"散文显得"那样的旧而又是那样的新"。因此，周作人得出结论："我相信新散文的发达成功有两重的因缘，一是外援，一是内应。外援即是西洋的科学哲学与文学上的新思想之影响，内应即是历史的言志派文艺运动之复兴。假如没有历史的基础，这成功不会这样容易，但假如没有外来思想的加入，即使成功了也没有新生命，不会站得住。"[2]

这其实是 20 世纪现代汉语文学的普遍现象，小说、诗歌、戏剧、散文，都表现出中西共存的特征。自"五四"之后，西方文化以一种霸权文化的强势进入中国，在中国社会生活多个方面都产生深远的影响，而传统文化尽管在姿态上处于劣势，但是其运行惯性支撑了它还拥有强劲的生命力，使其与西方文化一起成为构建中国现代文化最有力的两个支柱。"任何新的文学方式的产生，都不可能

---

[1] 周作人：《〈杂拌儿〉题记》，载孙玉蓉等编《俞平伯全集》(第二卷)，花山文艺出版社，1997，第 118—119 页。

[2] 周作人：《〈中国新文学大系散文一集〉导言》，载钟叔河编《周作人文选》，广州出版社，1995，第 339 页。

脱离固有的现实文化结构的制约,它须在变通中求发展,在寄生中汲取资源。"①
中西文化传统构成了现代汉语文学最重要的两个资源,而中国民族传统也是在成
为现代汉语文学资源的同时,像幽灵一样在新的肉体生命中寻找寄生空间,顺延
自身的生命流转。

由此我们可以理解,不仅仅是"五四"文学对民族传统的学习和吸纳,茅盾
在1930年代对传统文学的分析和推崇,左翼文学对传统小说形式的借鉴化用,
世纪之交长篇小说作家重返民族文学传统,等等文学现象,都显然不是保守主义
文化行为。在现代汉语作家笔下,"传统"都是作为一种现代性命题而存在的。即
使十七年时期长篇小说创作向民间文学寻找营养,以及诗歌上努力建构"古典+
民歌"的范式,似乎是切断了与西方的联系,但是,它们与苏联和东欧文化仍有
割舍不断的联系,还是服务于现代民族国家构建的世纪任务,因此被后世称为一
种"反现代的现代性"。中西文化传统,构成了中国现代汉语文学两个最重要的
源与流,二者互促互动,形成了现代汉语文学中西互动的审美图式,重新建构了
中国文学传统。

这里有一个很容易混淆的问题:中西文化共存,并不等同于二者完全融合,
也不等同于二者完全同化。完全融合或完全同化,是异质文化交汇的理想结果,
而在实际操作中,都很难真正实现。因为每一种文化都有其特殊的生成环境,这
决定了它们各自拥有别种文化没有的个性,这些个性是难以交通融合的。异质文
化交汇,的确产生了一系列变迁范型,但是,这些范型内部的异质文化并不一定
就成了无此无彼的整体,虽然不是各自分离,但其中仍然存在隔阂,存在着可以
辨认的可能。德里达说幽灵肉体化是运用了"补形术",而"补形术"则意味着,
在一定程度上,新的肉体生命是通过增添别的幽灵成分而交叠合成新体,增添是
"补形术"的一种最常见的形式。接受者在或多或少地继续保持其以前的行动和
信仰的同时,又给自己增添了某种新东西,就像一个建筑,其内部的各种成分之
间显然不是水和油的关系,但也似水和泥的关系,它们构建的新体虽然有了独立
的生命,但是,却不意味着水和泥已经没有区分。

---

① 杨义:《中国古典小说十二讲》,上海三联书店,2007,第9页。

在现代汉语文学中，中西文化传统的关系有点类似于水和泥的关系。在一些作品中，它们的成色很容易区分开来，尤其在文体形式方面，这一点表现得更加明显。譬如，莫言新世纪的两部长篇小说《檀香刑》和《生死疲劳》，在结构上都使用了传统的文学体式：《檀香刑》是中国传统叙事的"凤头""猪肚""豹尾"的结构，《生死疲劳》运用了中国传统长篇小说章回体的经典体式。不过，传统文学体式所包裹的内容，显然不再是宣扬古典文学所追求的社会公众必须遵循的道德教化，也不仅仅是愉情娱性，而是传达一个创作者对人生的一种独具匠心的认识，是一个现代精英知识分子对生命和历史的审视、批判。后二者显然不是中国传统文学的特性，而是以福楼拜、亨利·詹姆斯为代表的西方现代小说艺术所影响成长的结果。再如新世纪"重述神话"的创作，都只是借用人们耳熟能详的中国故事的叙事外壳，而内里的人物生活、行为和思想，都有明显的现代特征。《后羿》中的后羿，简直不是一个中国神话英雄，某些方面极似拉伯雷《巨人传》中的高康大和庞大固埃。也有一些作品，如格非的《人面桃花》，在中西互动方面做得很巧妙，几乎找不到幽灵化的痕迹。小说以秀米为主人公，讲述近代知识分子的革命传奇，故事叙事在很多关键节点上出现情节空缺，因而显得扑朔迷离。这种格非式的"叙事迷宫"是他最喜欢的一种经典叙事手法，我们一般将其艺术渊源追索到博尔赫斯。但是，细致观察，我们又可以发现，在西方文学传统背后，却潜藏着《红楼梦》和《水浒传》的幽灵，尤其在笔法方面，受《水浒传》的影响颇多，"草蛇灰线"、善"犯"善"避"的对比等古典小说笔法的使用非常巧妙。书中主要的几个知识者形象：陆侃、张季元、王观澄、陆秀米，每一个人物的故事都富含传奇因素，可读性很强，然而，各自的故事都很零散，叙事情节有诸多要缺，故事进程上布满诸多"空白"，它们使读者心痒无挠处。不过，由于格非娴熟地使用了上述笔法，把这几个人的故事组合在一起，形成了一个关于近代知识分子的大叙事，揭示了他们的历史悲剧。只是由于上述笔法使用得比较隐蔽，尤其对于习惯了现代文学理论、不熟悉中国古典小说笔法的读者来说，很难神会格非奇思异想的妙趣。像这样中西圆融交汇的作品并不多，如果未来文学在处理中西文化传统时，都能够努力向这个方向发展，必然有不错的成就。

四、"无意识的继承"与"有意为的借用"

中西文化传统互动互补的审美动力结构的形成，本就凝聚着现代汉语文学作家的智慧。以往的文学史研究，对以西方文学为代表的现代文论有较多关注，而对中国传统文学和传统理论却较少用心，这势必影响现代汉语文学的研究深度。显而易见，在西方文化占据霸主地位的现代文化大背景下，现代汉语文学作家在多个层次上携带和使用了中国丰富悠久的传统文化。他们对民族传统艺术的借鉴，即意味着对民族传统的承传，又必然带来相应的突破和新生；他们既接受古典传统的儒雅风流，又于其中渗透现代的思想观念和审美趣味，从而逐渐引领中国文学走上现代性的发展道路。

在这个过程中，作家参与建构现代汉语文学中西互动的审美图式，大致表现为两种方式：一种是"无意识的继承"，另一种是"有意为的借用"。所谓"无意识的继承"，是指作家的创作意图并没有明确的承传传统意识，只是因为种种无法主宰的原因，传统的幽灵暗暗流动到他的文学创作中。发生"无意识的继承"行为，一般至少具备以下两个条件中的一种：一是作家本身有丰厚的古典文化修养，这使他对传统的幽灵无可逃避，笔端意绪，或多或少，或深或浅，处处留有传统的痕迹，鲁迅、张爱玲、老舍等作家是也。这些作家从小都受到传统文化的熏陶，即使他们在成长过程中受到外来文化的撞击，但是无法掩埋童年的文化记忆，在以后的文学创作中，中西文化传统就自然而然地交融在一起，形成互动互补的审美图式。这二者的结合，甚至创作者自己都没有意识到，已经成为自觉的无意识行为。譬如，鲁迅当年创造出《阿Q正传》后，周作人起初指出他受到了波兰作家显克微奇的影响，鲁迅也承认如是；但是时隔多年后，周作人再次确认，却认为"豫才从小喜欢'杂览'，读野史最多，受影响亦最大"，《阿Q正传》"正如《炭画》一般，里边没有一点光与空气，到处是愚与恶，而这愚与恶又复厉害到可笑的程度"。[①] 这种幽灵般的传统渗透，往往能够形成作家独特的文学风格，后世学步者很难再惟妙惟肖地模仿到这种文学风格和写作方式。二是传统经过多

---

① 周作人：《关于鲁迅》，载《周作人自编文集·鲁迅的青年时代》，止庵校订，河北教育出版社，2002，第123页。

次流转，其痕迹逐渐模糊，难以辨认，但是其精神已经氤氲在后世文学中，一些作家由于个人的生活、品性、爱好、趣味等原因，偏好这种留有传统印痕的作品，受其影响，自己的写作也自然而然地成为传统承传的一部分。这些作家一般接受的是典型的现代教育，主要学习和模仿以西方传统为骨的现代文学传统，但是，在他们学习模仿的现代传统中，民族传统已经不留痕迹地扎根其中。再加上他们一般由于文学教育的缺陷，对民族传统的认识也比较模糊，于是在无意识中承接了民族传统。如王安忆的小说，被认为继承了韩邦庆《海上花列传》和张爱玲小说的传统，有识者因此惊呼："海派作家，又见传人。"① 王安忆对此矢口否认，可是其作品的两项特征：对女性情欲的探勘，及"海派"市民意识的描摹，明显承传了韩邦庆和张爱玲的海派风格。众所周知，这两人的文学创作都受到古典世情小说的影响。而且，王安忆创作素喜精雕细刻，思路婉转细腻，文笔酣畅绵密，都深得张爱玲小说神韵，而张爱玲小说的这种神韵又得自《红楼梦》。但是，如陈晓明先生所说："讨论传统在创作中的影响，一般都较难寻找到影响的中介，就是说难以落实。"② 所以，仅凭相似性或临近关系，我们也很难断言王安忆小说承接了民族传统。这种现象正好证实了民族传统与现代汉语文学创作之间的幽灵性关系。

所谓"有意为的借用"，是创作者有意识、主动借用文学传统的流传方式。这一种在现代汉语文学创作中占有很大的比重。"有意为的借用"大约也可以分成两种方式。一是在特定历史语境下，创作者集团性从民族传统中寻找写作资源。"有意为的借用"有明确的创作意图和写作目的，多凭借思维之力，去建立观点，寻觅主题。典型的文学作品见于十七年时期革命历史题材长篇小说，和新世纪一部分具有传统印记的长篇小说。十七年时期的文学，多是为了完成现实的历史使命；长篇历史小说在故事类型和叙事方式上，普遍采用民族形式，作家的创作意图和写作目的，是追求民族的、集团的而非个人的艺术，所寻求表示的，也是传

---

① 王德威：《海派作家，又见传人——王安忆论》，载《当代小说20家》，生活·读书·新知三联书店，2006，第16页。

② 陈晓明：《现代文学传统与当代作家》，载温儒敏、陈晓明等《现代文学新传统及其当代阐释》，北京大学出版社，2010，第128页。

统的而非独创的美，所以，这一时段的文学作品普遍缺乏个人性的特征。新世纪长篇小说从民族传统寻求写作资源，情况更加复杂，但是，不可否认，其中掺杂了非文学的因素：新世纪中国经济的崛起及中国所处的国际大局势，唤醒了文学上的文化民族主义，部分作家可能因此选择民族文学传统，以图标明当代文学的民族身份。再者，不管作家承认与否，在新世纪，文学已经成为诸多商品中的一种，为了迎合市场，有些作家可能会俯就一部分读者的阅读需要，创作一些具备民族风格的作品。仅这两种因素，就在世纪之交造就了数量不菲的具有传统印记的长篇小说。"有意为的借用"民族传统的作品，因为创作意图和写作目的过于确定，可能导致在某些作品中，作者的感情、生命无法注入其中，便常在技巧上用心，骈四俪六，虽也能博得一些注目，但是由于作品的艺术格调不高，限制了其作品的成就。

与集团性的一哄而上相反，另一种"有意为的借用"方式，是个人性的借用民族传统资源。这种借用完全是创作者由于个人的审美趣味或出于某种目的，有选择性地借用民族传统，并且对之进行创造性的转化，所取得的成绩有目共睹，甚至以致使其成为一派宗师。如鲁迅作《故事新编》，赵树理、孙犁的小说，韩少功的《马桥词典》，王蒙作《尴尬风流》等。以孙犁为例，其早期创作非常重视对西方文学和新文学的学习和借鉴，可是在个人性情上，孙犁有典型的旧文人气质。孙犁喜欢收藏书籍，购买并阅读了大量中国古代的文学和历史著作。对这些书籍的阅读，更加强了他的古典文人气质，他认为，"凡是文艺，都要有根基，有土壤。有根基者才有生命力，有根基者才能远走高飞。不然就会行之不远，甚至寸步难行。什么是文艺的根基呢？就是人民的现实生活，就是民族性格，就是民族传统"[①]。他的小说写景状物，都有明显的古代散文痕迹，其对人物的描写又能显现他受到古典小说的影响。从志人志怪小说、唐人传奇，到《水浒传》《红楼梦》《聊斋志异》，中国古典小说写人，往往只写一点，不及其余，只言片语或一二行为的简单勾勒，人物面目气韵恍惚生动，极得人物情态，人物整个的内在气质精

---

① 孙犁：《关于"乡土文学"》，载《孙犁全集·第六卷》，人民文学出版社，2004，第 47 页。

神也通过那最传神的一点，浮雕般地呈现出来。孙犁充分借鉴了这一点，如其写女人俊俏，有的只写一口洁白的牙齿，有的只写一声扑哧的笑，有的只写一头密黑发亮的头发，有的只写一双薄薄的红鞋，通过这些让读者把其余部分的美都看见了。这一种"有意为的借用"，把个人的风格和民族传统紧紧连接在一起，从而打上了深深的个性印记，提高了文学作品的审美价值，应该为众人所学习。

当然，上述分类是为了认识上的便利，只是就各有偏向的作家或作品作概念性的划分。事实上，在西方文化为代表的现代文化占据主导地位的大背景下，现代汉语文学作家承传传统，不仅一个人常有多个方面的创作（如鲁迅），而且在创作时，各种类型亦未尝不可互相流注。只要作家认真对待创作，宣传文字也可自成高格，在为挣稿费而创作的文学作品中亦可出现卓越的作品。唯有存心为权势做打手，或存心媚俗以骗得财金的作品，则作者才气再高、用心再巧，也必然是文学作品中不可救药的秽物。

总之，近代以来，西方思想的输入，无疑开阔了现代文人的文化视野，也为中国文学输入了新鲜的思想和艺术方式。民族传统艺术，以生动活泼的民族形式、精致的古典美感和典范性的操作，保证了民族文学的个性，也促使现代汉语文学保持在一个较高的艺术水准上前行。二者在思想观念上的相搏，及在文学实践中的此消彼长，也酿成了许多五花八门的文学运动。中西文化传统互动互补的审美动力结构，对现代汉语文学的现代性发展起了很大的作用，二者缺一就可能使现代汉语文学的创作实况另换一种面貌，甚至会趋于鄙陋或平庸。中西文学传统，相辅相成，共同引导现代汉语文学挣得如今的局面，可谓功不可没。世纪之交的长篇小说创作，仍然是在由中西文学传统构成的审美动力结构中运行。本书的宗旨，就是探讨在该种审美图式中民族传统如何在西方文化为背景的现代汉语文学中呈现，并寻找其运行机制，从而推动民族传统在现代汉语文学中的典范化。

第二章
世纪之交长篇小说中的"中国故事"

1990 年前后，现代汉语文学开始出现讲述"中国故事"的苗头，历史故事、乡村故事、文人故事、民族神话和民间传说，一时之间成为文学家最偏爱的几种文学素材，在各种文学体裁中出没，而其表演在长篇小说领域显得更加淋漓尽致。讲述"中国故事"，在 1990 年代还只是一个火苗，是一种文学创作下意识地向民族性的靠近。这种靠近的文化性质，就像海德格尔所说，"诗人的天职是还乡，还乡使故土成为亲近本源之处"①，还仅仅表现为一种文学惯性。到了新世纪，随着中国社会政治经济迅速崛起和全球化渐入世俗生活，整个社会从上到下都产生了一种身份焦虑和凸显"中国"身份的冲动，讲述"中国故事"日益成为一种主动的文学追求，作家文学精神和文学技法的"还乡"意识越来越清晰，"亲近本源之处"，成为新世纪长篇小说最重要的追求和艺术特征之一。在这个过程中，二月河、唐浩明等一批年近五旬的作家，孜孜不倦地探索着长篇历史小说既传统又现代的审美形态；莫言、格非等一批曾经被称为先锋派的作家，又一次站在了时代文学的潮头，不仅在长篇小说创作中积极"还乡"，还在理论上倡导亲近中国文学的本源；苏童、李锐等人则用"重述神话"的特殊方式，回应时代文化的号召；老作家王蒙和一些新进作家李师江、徐名涛、温皓然以及一批网络文学作家，也从不同的维度和以不同的方式加入讲述"中国故事"的时代文学大合唱。

---

① [德]海德格尔：《人，诗意地安居：海德格尔语要》，郜元宝译，广西师范大学出版社，2000，第 69 页。

第一节 从历史故事承接中国传统

讲述一个民族的故事，最便利的方式莫过于借助该民族的历史。历史可以直通一个民族生活的内面和深层，向世人袒露该民族最纯正的文化品格和精神品质。而中国作家恰恰在这方面有得天独厚的优势：中国历史悠久，史官文化高度发达，史传文学传统可谓源远流长，久盛不衰。清人谓"六经皆史"，从先秦诸子散文到《史记》《汉书》，从宋代讲史话本到明清历史演义，中国历史文学数量之盛，典范作品之精，单就文体而论，恐怕只有诗歌能够与之媲美。历史上无数可歌可泣的人物、故事，显示着真善美的无穷魅力，而佞臣权奸以及一切败类的劣迹，也形象地告诉后人什么是假恶丑。丰富的历史被国人视为最好的人生教科书。贵人学子研经读史，视社稷兴衰为己任，借古鉴今；下里巴人粗知历史，知善识恶，扶正逐邪，则为"积极的娱乐"。所以，无论富贵如王侯将相，还是卑贱如贩夫走卒，中国古代社会皆崇古尊史。

从文学创作的角度来看，史传文学之所以兴盛，固然与中国崇古尊史的文化传统相关，也是文学创作自身需求使然。文学创作作为精神生产活动，与个人经历体验和知识修养休戚相关。个体生命的有限性，注定利用人生亲历经验的创作必然有弦绝矢尽的一天，而历史素材则取之不尽用之不竭，历史知识修养显然可以弥补个人生命经历的不足。郁达夫甚解作家酷爱历史的原因，他说："小说家的利用历史最大利益，是在历史的事件的多而且富。人类数千年的历史里，战争也有，和平也有，杀人也有。阴谋奇策，淫乐奢侈，种种事实，在历史上是取之不尽，用之不竭的。……其次还有历史小说里的人物性格，在读者的脑里，大约是已经有一半是建筑好了的，作家只须再加上一点修饰，就可以成立，并且可以很有力地表现出来。"[①] 历史为中国作家提供了丰富的写作素材、故事框架乃至人物的基本造型，因此，历代作家都视历史为重要的题材领域，历史文学也得以源远流长，久盛不衰。

---

① 郁达夫：《历史小说论》，《创造月刊》1926 年第 2 期。

现代汉语文学作家没有辜负这种传统。自新文学诞生之日起，在历史文学领域，鲁迅、郭沫若、茅盾、施蛰存、梁斌、姚雪垠、凌力……名家辈出，《故事新编》《大泽乡》《采石矶》《屈原》《鸠摩罗什》《石秀》《红旗谱》《李自成》《少年天子》，佳作不断。到了世纪之交，历史小说创作渐入佳境，长篇小说逐渐占据鳌头，斩获几届茅盾文学奖。而且，长篇历史小说艺术突破了前一个时期单一的现实主义的成规，趋向多元，传统长篇历史小说和新历史小说并蒂妍放，取得了骄人的成绩。

一、传统长篇历史小说

（一）传统长篇历史小说的概念

据相关学者研究，"历史小说"的概念出自梁启超，他在1902年日本横滨创办《新小说》杂志，发起"小说界革命"。同年在《新民丛报》14号上，梁启超署名"新小说报社"，发表一篇名为《中国唯一之文学报〈新小说〉》的文章。此文称《新小说》共介绍十类小说，首类即"历史小说"。历史小说被其定义为："历史小说者，专以历史上事实为材料，而用演义体叙述之。盖读正史则易生厌，读演义则易生感。征之陈寿之《三国志》与坊间通行之《三国演义》，其比较厘然矣。"[①] 梁启超将历史小说视为学习历史的辅助物，颇得时人认同，吴沃尧也说历史小说"谓为小学历史教科之臂助焉可，谓为失学者补习历史之南针焉，亦无不可"，并赞同友人"历史小说者，当以发明正史事实为宗旨"的看法。[②] 这种认识，直接影响了现代汉语文学作家对这种题材小说功能的认知。鲁迅就将现代历史小说分为"历史小说"和"历史的小说"两种。所谓"历史的小说"，就是"取古代的事实，注进新的生命去"[③]，其写法可遵循"只取一点因由，随意点染，铺成一篇"的原则。而所谓"历史小说"就比较符合梁、吴二人的观点，其写法，鲁

---

① 新小说报社（梁启超）：《中国唯一之文学报〈新小说〉》，《新民丛报》1902年第14号。

② [清] 我佛山人（吴沃尧）：《〈两晋演义〉序》，《月月小说》1906年第1卷第1号。

③ 鲁迅：《〈罗生门〉译者附记》，载《鲁迅全集》（第十卷），人民文学出版社，2005，第252页。

迅称为"博考文献，言必有据"①。古人所谓的"历史演义"，一般要求"七实三虚"，全书主干依据历史史实，虚构之情节则为枝蔓，譬如鲁迅在《中国小说史略》中评《三国演义》："凡首尾九十七年（一八四——二八〇）事实，皆排比陈寿《三国志》及裴松之注，间亦仍采平话，又加推演而作之。"②"历史小说"类同于古代"历史演义"。

现代汉语文学作家没有完全依循上述认识创作历史小说，尺度稍有放松，如郁达夫说："现在所说的历史小说，是指由我们一般所承认的历史中取出题材来，以历史上著名的事件和人物为骨子，而配以历史的背景的一类小说而言。"③郁达夫所谓的历史小说，即现代人心目中关于历史小说的一般认识，其论流布甚广。但是，这个概念还比较粗略，本书所谓的传统长篇历史小说，介于梁启超与郁达夫所谓"历史小说"之间，近似中国古代的历史演义，尊重历史，忠于史实，强调以客观的态度描写历史，还原历史的本来面目，有明显的传统历史小说的艺术痕迹，但是，在素材的选取、主题的提炼方面，又打上明显的现时代的文化烙印，文学作品比传统历史演义更能体现作家的主体性，作家们也不甘于自己仅仅是历史的仆人，自己的产品仅仅是"历史教科书之臂助"，还充溢着浓烈的、在史实陈述中表达自己独到的史识的欲望。金圣叹评《水浒传》："《史记》是以文运事，《水浒》是因文生事。以文运事，是先有事生成如此如此……因文生事即不然，只是顺着笔性去，削高补低都由我。"④传统长篇历史小说就是这种"因文生事"的笔法，在尊重史实的基础上，作家又寻出题目，写出自家的锦心绣口。

（二）世纪之交传统长篇历史小说的特征

借助于时代的力量，世纪之交的传统长篇历史小说尤为昌盛。从事此门类小说创作的，一般都是专事历史小说创作的作家，如二月河、杨书案、唐浩明、熊

---

① 鲁迅：《〈故事新编〉序言》，载《鲁迅全集》（第二卷），人民文学出版社，2005，第 354 页。

② 鲁迅：《中国小说史略》，载《鲁迅全集》（第九卷），人民文学出版社，2005，第 135 页。

③ 郁达夫：《历史小说论》，《创造月刊》1926 年第 2 期。

④ [清] 金圣叹：《读第五才子书法》，载 [明] 施耐庵著、[清] 金圣叹批评《金圣叹批评本〈水浒传〉》，凤凰出版社，2010，第 10 页。

召政、刘斯奋、韩静霆、孙皓晖，也出现了一批名动天下的优秀作品，如《康熙大帝》《雍正皇帝》《孔子》《曾国藩》《杨度》《张之洞》《张居正》《白门柳》《孙武》《大秦帝国》。这一时期的传统长篇历史小说，大多采用展示一个历史巨人或士子精英的传奇人生的写作路数，以鸿篇巨制的多卷本体式，全景式地再现一个时代的政治、经济、文化及其他社会生活，营造了世纪之交耀眼的历史题材小说景观。其表现特征主要体现在以下几个方面。

第一，信史。这是传统史传文学的一个基本特点，世纪之交的传统长篇历史小说承继了这个传统。有意思的是，作家们也不约而同地声称自己的创作是建立在真实可信的基础上的，并且有扎实可靠的历史考据基础。熊召政在创作《张居正》之前，曾花费数年时间，研究张居正及嘉靖、隆庆、万历三朝，做了20余万字的笔记，掌握了丰富的历史史料。正是自认为严遵了"信史"的写作原则，熊召政才敢于宣称，历史小说的作者"首先应该是史学家，然后才是小说家。这要求也许苛刻，但我认为这是写好历史小说的关键"①。小说家除了再现真实的历史事件、塑造真实的历史人物外，只有抓住典章制度的真实、风俗民情的真实和文化的真实，才能够创作出形神兼备的历史小说的上乘之作。唐浩明也谈到，《曾国藩》的创作基础，是因为他承担全国古籍整理出版重点规划项目《曾国藩全集》的编辑工作，获得了宝贵的第一手资料，写作了大量相关论文，改变了对曾国藩的认识，从而有了写作长篇历史小说《曾国藩》的设想。

尽管传统历史小说家追求信史原则，但是历史小说毕竟还是小说，必然存在虚构，"因文生事"的笔法，相应会带来历史叙事的不可靠性，因此，就易受到批评者的抨击。颇有吊诡意味的是，这种批评的依据也是"信史"原则。"信史"的写作原则，实际上牵涉的是写作的合法性问题。这种合法性之所以重要，主要是因为在中国这个注重史传传统的国度，形成了一种特殊文化环境，它迫使历代批评家把历史的"信史"原则推延为文学作品存于世的一个重要价值标准，因此，"信史"原则就成为批评家推崇某部作品价值的合法依据。譬如，张竹坡推《金

---

① 熊召政：《文学的自觉与作家的责任——〈张居正〉创作谈》，《湖北大学学报》（哲学社会科学版）2008年第35卷第5期。

瓶梅》是"第一奇书",其依据之一就是"《金瓶梅》是一部《史记》",他且断言《金瓶梅》的写作难度要高于《史记》,"固知作《金瓶梅》者必能作《史记》。何则?既已为其难,又何难为其易?"①这种批评思想在古代文学批评中十分普遍,也影响了后世的文学批评,在历史小说批评方面表现得尤其明显。

对于世纪之交的长篇历史小说创作来说,信史原则仍旧是一种写作价值。在这种价值的背后,更重要的是埋伏着一种写作欲望:为历史翻案的欲望。翻案文章,是后人重新叙述历史的常见方式,其价值基础却暗含着克罗齐所谓的"一切真历史都是当代史"的意味。因为后代人重述历史,基本上是与后人的现实需要相联系,沉睡的历史人物或历史事件在当代被唤醒、复活,很大程度上是因为作家所处的历史文化进程向他们提出了与历史往事相似的问题,重新叙述历史,实际上是作家根据自己的精神需要重构历史叙事对象。恰如郭沫若所分析的:"罗贯中写《三国演义》时,他是根据封建意识来评价三国人物,在他并不是存心歪曲,而是根据他所见到的历史真实性来加以形象化的。但在今天,我们的意识不同了,真是'萧瑟秋风今又是,换了人间'了!"②所以,他创作历史剧《蔡文姬》《武则天》,实际上是干着"借古人的骸骨来,另行吹嘘些生命进去"③的工作。作家唤醒历史,大致就是做这种事情。这种事情的实质,恰如马克思所说:"当人们好像刚好在忙于改造自己和周围的事物并创造前所未有的事物时,恰好在这种革命危机时代,他们战战兢兢地请出亡灵来为自己效劳,借用它们的名字、战斗口号和衣服,以便穿着这种久受崇敬的服装,用这种借来的语言,演出世界历史的新的一幕。"④

在这种创作动机驱动下,"翻案文章"就成为新世纪历史小说的艺术常态和叙事策略。曾国藩在很长一段时间里,被主流历史视作"汉奸""卖国贼"和"刽子手",唐浩明认为与史不符,创作《曾国藩》为之翻案。雍正皇帝在民间传说

---

① [清] 张道深(竹坡):《批评第一奇书〈金瓶梅〉读法》,载 [明] 兰陵笑笑生著、[清] 张道深评《金瓶梅》,齐鲁书社,1991,第30页。

② 郭沫若:《替曹操翻案》,《人民日报》1959年3月23日。

③ 郭沫若:《〈孤竹君之二子〉幕前序话》,《创造季刊》1923年第1卷第4期。

④ 马克思:《路易·波拿巴的雾月十八日》,载《马克思恩格斯选集》(第一卷),人民出版社,2012,第669页。

中，是一个谋父、逼母、弑兄、屠弟、贪财、好杀、酗酒、淫色、诛忠、任佞的独夫暴君，心胸狭隘、刻薄寡恩、深沉狡诈、心口不一，而二月河笔下的雍正皇帝，则是一个腹有雄才大略、忍辱负重、顾全大局、勤于政务、办事干练、体恤民情、爱护民力的"冷面王"形象。作为统一帝国的秦王朝存在时间短促，素来被冠以"暴秦"的名称。孙皓晖则认为，是"以儒家观念为核心的官方意识形态的刻意贬损"，才使秦帝国形象"狰狞可怖面目全非"，留下"暴虐苛政"的恶名。①《大秦帝国》就是为"奠定自己文明基础的伟大帝国"秦王朝翻案，告诉老百姓和知识阶层：大秦帝国和西方罗马帝国一样，是"高悬于人类历史天空"的"太阳"，是东方文明的正源。②这种带有强烈感情色彩的宣言性文字和创作行为选择，在世纪之交的传统长篇历史小说中，是一种普遍现象。通过翻案性写作，吸引读者，播撒新知，似与现实中毁誉交加的变革行为遥相呼应，以证实穷则通变，变可强盛的真理性。

第二，英雄史。帝王将相、才子佳人的传奇人生，极易成为文学创作选择的题材，其中种种好处，亦如郁达夫所论。世纪之交传统长篇历史小说繁盛的特殊性之一，是其正处于一个剧烈变化的社会转型期，冷战政治突然断裂和中国政治经济迅猛勃起，促使中国社会和文化思想发生巨大的波动，传统的社会文化秩序发生了危机。在晦明交替之际，历史小说家自然会遵从时代的需要唤醒历史，所以，这一时期的长篇历史小说的历史叙事，大都选择在改天换地或重要的历史转型时期。故事的开端表现出相似的社会处境：要么国家前途危如累卵，要么社会局势处处暗流涌动，虽处盛世，却是危机遍布。这一点，我们可以从二月河的"落霞三部曲"各卷本的标目轻易地感受到："夺宫""惊风密雨""乱起萧墙""九王夺嫡""雕弓天狼""恨水东逝""夕照空山""日落长河""天步艰难"。康雍乾三朝，本是清朝最为强大的盛世时代，但是，小说故事展示的却处处是疾风劲雨，清王朝在它最强盛的时代似乎就日日处在危亡的边缘。

这种壮怀激烈的故事情境，是文学家刻意营构的。乱世危情为英雄豪杰的

---

① 孙皓晖：《秦帝国是中国统一文明正源》，载《中国文明正源新论》，上海人民出版社，2012，第68页。

② 同上书，第70页。

出场和演出提供了必要的舞台，英雄豪杰在其中尽情展示才情，力挽狂澜，以自己的文治武功称雄于世。读者阅读英雄豪杰的历史故事，可以满足他们对传奇人生的羡慕，潜意识地表达自己对丰功伟业的向往，缓解自己对现世的失望情绪。从社会学角度讲，传统长篇历史小说热衷塑造的英雄豪杰形象，正好符合马克斯·韦伯所说的"卡里斯玛"人物类型。这类人物大都出现在乱世危局，自身具有超乎寻常的力量及品质，具有把一些人吸引在自己周围成为追随者、信徒的能力，并借以个人魅力及荣誉声望等突出表现赢得群体推举，而后逐渐获得权力地位，被众人无条件崇拜。他们的政治统治或号召力，是建立在"非凡地献身于一个人以及由他所默示和创立的制度的神圣性，或者英雄气概，或者楷模样板之上（魅力型的统治）"①。世纪之交是转型期，急剧变化的社会现实，使人产生激情和希望，也使人困顿和头晕目眩，在心理上，社会大众急需有类似"卡里斯玛"型人物引领自己，解决现实问题。同时，在全球化语境下，凸显民族身份已经成为一种文化政治，而历史英雄人物凝聚的民族品质，使关于他们的历史叙事更容易显示民族血统和民族品质。上述两种状况，促使历史英雄成为世纪之交长篇历史小说的叙事主角。

第三，通俗性。这是世纪之交传统长篇历史小说一个重要的审美特征。通俗性，是与读者密切相关的一个文学审美评价标准。世纪之交长篇历史小说之所以能够在这个时期繁盛，与转型时期社会读者的精神文化需求有关。在激烈的社会竞争中，愈来愈需要聪明和计谋，读史可以明智；浮躁的社会心态需要愈来愈多的自重与自省，读史使人深沉；多元的社会价值观愈来愈需要历史的镜鉴与比较，读史可以鉴今；历史英雄主义素来是国家、民族、社会继往开来的不竭动力，读史使人振奋。但是，对于读者来说，正史往往隐奥难读，而历史小说则将国家的兴废存亡、行事的是非成败、人品的好丑贞淫，以文学的方式一一生动地罗列出来，读者开卷了然，直至熟如指掌。正如吴沃尧所说："使今日读小说者，明日读正史如见故人，昨日读正史而不得入者，今日读小说而如身临其境。"② 新世

---

① [德]马克斯·韦伯：《经济与社会（上卷）》，林荣远译，商务印书馆，1997，第241页。

② [清]我佛山人（吴沃尧）：《历史小说总序》，载《月月小说》1906年第1卷第1期。

传统长篇历史小说回应了读者需求，将历史小说化和通俗化。同时，历史小说通俗化，在历史与读者之间架构了一座桥梁，传统长篇历史小说因此也在这个时期占领了巨大的读者市场。

世纪之交传统长篇历史小说的通俗性还有自己的特征。一般来说，文学作品通俗性往往表现为形式的通俗化和语言的通俗化，世纪之交的传统长篇历史小说也有一部分作品使用了传统长篇小说的章回体结构形式，譬如二月河的"落霞三部曲"，但是，大部分作品还是采用了现代散文体的小说体式；小说的语言也不尽然追求浅显直白的俗语，反而很多作品力图复活传统文学典雅古拙的语言风格（尤其是人物的对话，因故事主角多是上层统治者和知识分子，语言上也相应采用了很多拟文言句式，四字句、对偶句和骈体排比句的使用非常普遍）。

世纪之交传统长篇历史小说的通俗性，主要通过故事的通俗性和思想的通俗性表现出来。故事多写帝王将相和才子佳人史迹（才子佳人故事多是依附在政治军国大事之上），小说的情趣，主要在于展示帝王将相在政治军事斗争方面的胆识谋略、才干武艺，或运筹帷幄，决胜于千里之外，或忠肝义胆，文死谏武死战，带有浓郁的正统史传的气韵。或者还间写草莽英雄，贩夫走卒，乃至鸡鸣狗盗之辈、三教九流之属，他们围绕在帝王将相周围，形成一个人生大舞台，从而使舞台上演出帝王将相、才子佳人的传奇人生，显得分外耀眼靓丽。同时，作家显然深谙世纪之交读者的心理，紧紧抓住最能够吸引他们的部分——帝王将相的权谋和才子佳人的情感，充分利用历史叙事的戏剧性，集中笔墨，极尽婉转曲折之能事：政治权谋波谲云诡，变幻莫测，男女情感摇曳多姿，悱恻缠绵，故事情节惊心动魄，跌宕起伏，读者因之被牵引到故事深处，通宵达旦，难能释卷。

文学思想的通俗性首先表现在，传统长篇历史小说的历史叙事基本继承了传统历史演义和民间文学的基本特征：有明确的歌颂正义、鞭挞邪恶的倾向性，并追求强烈的艺术效果，即所谓"说国贼怀奸从佞，遣愚夫等辈生嗔；说忠臣负屈衔冤，铁心肠也须下泪"①。除此之外，世纪之交传统长篇历史小说在表达思想的通俗性方面，还有时代的特征。换句话说，历史叙事所表达的思想，实质是世纪之交通行的时代思想。有的描写英雄"出师未捷身先死"，是一种现实告诫：世事多变幻，改革多艰难；有的叙述豪杰历尽磨难，最后博得云开日现，是告诉今人：自古有其事，有志者事竟成。诸如此类浅显明白的道理，被一部部传统长篇历史小说重复诉说，相互叠加，谱写成一部雄浑有力的民族交响大乐，在中华大地上反复吟唱，激励着尚在跋涉途中的中国大众不畏艰难，前仆后继，自强不息，从而在一个高歌猛进的时代，现代汉语文学在连接传统时，终于有了走出灰败色调的迹象，创作出一种雄浑壮丽的美学风格。

二、新历史小说

（一）新历史小说与新历史主义

言及新历史小说，必然波及一个西来的文学批评概念——"新历史主义"。后一个概念在评论界虽然有很多争议，但是，它的巨大影响力还是会造成一种印象：新历史小说与大多数现代汉语文学一样，主要是接受西方文化思想而生成的文学现象。这样一种阐释完全忽视了新历史小说的生成历史，也忽略了新历史主义理论进入中国的历史。

作为一种创作现象，新历史小说早在 1980 年代中期就已经开始，一般认为，其发端始于 1986 年乔良的《灵旗》和莫言的《红高粱》；其题材，涵括虚远的远古至当代的"文革"时期；其创作，跨越了 1980 年代至今的寻根文学、先锋文学、新写实小说及新生代小说，而世纪之交的长篇小说更是其文学重镇。很多闻名遐迩的作品，如《白鹿原》（陈忠实），《第二十幕》（周大新），《敌人》《人面桃花》《山河入梦》（格非），《米》《我的帝王生涯》（苏童），"故乡"系列（刘震云），《活着》《许三观卖血记》（余华），《九月寓言》（张炜），《孔子》（李冯），《丰乳肥臀》《檀香刑》《生死疲劳》（莫言），《银城故事》（李锐），《受活》（阎连科），《圣天门口》（刘醒龙），

---

① [南宋] 罗烨：《醉翁谈录》，载孔另镜编辑《中国小说史料》，上海古籍出版社，1982，第 5 页。

都可以归于这个文学范畴。不过，其作为一种理论批评术语，则始于1992年。①
该年，陈思和在《文汇报》上发表的那篇著名文章《略谈"新历史小说"》，把"新
历史小说"的概念明确界定为"民国时期的非党史题材"小说。②当然，陈思和的
定义并不是"新历史小说"的最终定名，但是却拉开了关于这个文学现象理论探
讨的大幕，张清华、陈晓明、王彪、李星等一批学者加入这个讨论行列，"新历史
小说"由此开始成为文学批评的一个重要理论术语。

"新历史主义"，是一个纯西方的文化学术概念和批评方法，在1970年代末
初露锋芒，1980年代末迅速崛起扩张，对当时据守正统的解构学派产生巨大冲
击。约在1991年，这个理论进入中国学界。赵一凡在该年的《读书》第1期上
发表《什么是新历史主义》，简要介绍这个西方学术概念。随后，1980年代长于
介绍西方新近学术思想的《当代电影》，于1992年第4期发表了李淑言的同名文
章《什么是新历史主义》。这两篇文章都是粗陈梗概，重在点睛，引人注意，而
不能详细介绍，使人据之为应用知识。达到后一种效果的，是1993年张京媛主
编的《新历史主义与文学批评》（北京大学出版社）。这部译作翻译了新历史主义
理论代表人物斯蒂芬·葛林伯雷、海登·怀特、弗雷德里克·詹姆森等人的知名文
章，比较系统地介绍了这个西方的新锐理论，其后，"新历史主义"作为一种批评
方法在中国学界开始流行起来。

正像斯蒂芬·葛林伯雷所说，这个概念是有"广告色彩"③的，很容易把一个
具体的命题衍化为一个普遍通行的事物。中国学界在接受"新历史主义"概念时，
就没有注意到这个概念生成的文化背景。西方"新历史主义"发生的大前提，是
源于1960年代的美国历史主义危机，1980年代福柯主体诗学传入美国，和当时

---

① 作为一个名词，"新历史小说"出现得更早，如李星《新历史神话：民族价值观念
的倾斜——对几部新历史小说的别一解》（《当代文坛》1988年第5期），吴秀明、周天
晓《〈张学良将军〉与现代新历史小说》（《当代作家评论》1989年第3期）等。这说明这
个名词在1980年代后期已经被学术研究界使用，但是，它成为成熟的理论术语，还是在
1992年以后。

② 陈思和：《略谈"新历史小说"》，《文汇报》1992年9月2日第6版。

③ ［美］斯蒂芬·葛林伯雷：《通向一种文化诗学》，载张京媛主编《新历史主义与文
学批评》，北京大学出版社，1993，第1页。

的解构主义诗学相激荡，从而使传统的马克思唯物史观受到质疑，附带着黑格尔理性史学亦遭到广泛批评与诘难，致使知识界反历史化趋势愈演愈烈，"不但动摇了历史主义的基石，如目的论、因果律、阶段说与理性进步史观，而且指向思辨、意义、人文主体等元哲学命题，危及历史知识的合法存在"①。

这种思想与中国 1980 年代后半期出现的"三信"危机——信仰危机、信心危机、信任危机——相对接，因此，新历史主义的很多思想和概念，可以很好地用来阐释产生于"三信"危机时代语境的新历史小说作品。中国学界最热衷接受的是海登·怀特的思想，他认为，新历史主义一个突出特点，是"表现出对历史记载中的零散插曲、逸闻逸事、偶然事件、异乎寻常的外来事物、卑微甚或简直是不可思议的情形等许多方面的特别的兴趣"②。这种论断显然非常适合评价中国的新历史小说，而且，新历史小说对"历史记载中的零散插曲、逸闻逸事、偶然事件、异乎寻常的外来事物"的偏好，客观上实现了对在特定的历史时空中占优势的社会、政治、文化、心理以及其他符码的"破解、修正和削弱"。同时，诸如此类的新历史主义观点应用在新历史小说的评价上，势必可以提升新历史小说的价值阐释深度和文学史地位。

但是，这里需要注意两个史实：一是新历史小说发端时间在新历史主义理论进入中国之前，小说家在创作之初没有如此明确的新历史主义理论自觉。其中不能排除一种可能，即新历史小说的历史叙事无意中契合了西方所谓的"新历史主义"精神，但是，这不代表它的文学渊源来自新历史主义，"无意中契合"和"主动追求"，本来就是两个完全不同的主体行为。在新历史主义传入中国后，有些作家可能会注意到这个理论装置，并且在创作中应用之，可是后来的"主动追求"不能篡改新历史小说最初并不是生成于新历史主义的客观事实。二是新历史主义发源于西方知识界的新左派，主要是对抗主流意识形态的霸权统治，而生存于1990 年代的中国新历史小说背后深深隐藏起来的逃逸避世因素，远远大于对抗批评的因素，其中或许客观存在某些论者所欣赏的知识分子批评抗世精神，可是，

---

① 赵一凡：《什么是新历史主义》，《读书》1991 年第 1 期。

② [美]海登·怀特：《评新历史主义》，载张京媛主编《新历史主义与文学批评》，北京大学出版社，1993，第 106 页。

对于当代作家的精神追求，我们不敢高估。这不是鄙薄某位当代作家，而是特殊的文化环境造就了当代特殊的写作群体，现存的史实使我们对这种整体性的抗争精神持怀疑态度。所以，宣扬新历史小说具备现代性批评抗世精神，有改变主流历史叙事的欲望，其阐释因素已经远远大于创作者的写作意图。

总之，从本体论的角度来看，新历史主义批评方法，充其量是新历史小说的阐释系统。它的出现，有助于学界进一步认识新历史小说，并且，借助这种方法，使我们认识到新历史小说的幽微之处，放大了新历史小说的价值。但是，这些不能从根本上改变新历史小说已经不再是历史典籍的附属的本体特征。

（二）新历史小说与民族传奇小说

笔者首先言说"新历史小说"与"新历史主义"的关系，并不是要刻意排斥西方文化思想对中国作家的影响。从写作实践来看，新历史小说肯定受到了西方影响，这一点不但可以从文学文本中显示出来，这一时期作家们发表的大量创作谈也可以直接泄露新历史小说与西方文学确实有血缘关系。可是，正是上述原因，使我们在很长时间内把目光集中在西方理论上，从而完全忽略了它身上还有中国本土传统挤压下的自身文学发展逻辑。

之所以这么讲，是因为新历史小说与传统文学有着深厚的渊源关系。中国传统意义上的"小说"在文类上属于子部典籍，偏离了正史系统，偏重于艺术性的虚构和创造。鲁迅说："小说亦如诗，至唐代而一变，虽尚不离于搜奇记逸，然叙述宛转，文辞华艳，与六朝之粗陈梗概者较，演进之迹甚明，而尤显者乃在是时则始有意为小说。"[1] 既然"有意为小说"，呈现历史就不再占据创作的第一位，而让位于如何呈现历史，即对艺术价值的追求领先了对历史认知价值的追求。在题材上，唐传奇一方面仍然留有先秦和六朝小说的痕迹。《汉书·艺文志》云："小说家者流，盖出于稗官。街谈巷语，道听途说者之所造也。"[2] 先秦小说，多是"余

---

① 鲁迅：《中国小说史略》，载《鲁迅全集》（第九卷），人民文学出版社，2005，第 73 页。

② ［西汉］班固：《汉书·艺文志》，载许嘉璐主编《二十四史全译·汉书》（第二册），汉语大词典出版社，2004，第 791 页。

文遗事"①，六朝小说往往是"传录舛讹""变易之谈"②，而唐代传奇则是"传写奇事，搜奇记异"，如唐李公佐《南柯太守传》、王度《古镜记》、张鹭《游仙窟》。另一方面唐传奇的一个艺术新象，是辑录近事，如元稹《莺莺传》、陈鸿《长恨歌传》、白行简《李娃传》，近代乃至当代生活开始成为小说的写作对象。

中国唐以前的小说尤其"表现出对历史记载中的零散插曲、逸闻逸事、偶然事件、异乎寻常的外来事物、卑微甚或简直是不可思议的情形等许多方面的特别的兴趣"，这说明上述特征就不仅仅是西方新历史主义的专宠。有证据证明，新历史小说家在创作过程中无意暗合或有意借鉴了中国古代小说的传统，尤其是以唐传奇为代表的中国小说传统。新历史小说故事取材大多继承了中国早期小说的艺术特征，如《我的帝王生涯》《九月寓言》《受活》等作品，题材要么出于稗史，要么都是"尽设幻语"。同时，新历史小说取材近代史的作品尤多，而且在描写近世题材时亦如唐传奇一样，热衷"传写奇事，搜奇记异"。

莫言在一次访谈中专门谈到，他初学写作时主要借鉴西方艺术经验，1985年"文化寻根"热潮掀起后，他开始意识到："一味地学习西方是不行的，一个作家要想成功，还是要从民间、从民族文化里吸取营养，创作出有中国气派的作品。"③正是基于这种自觉的文学反思和觉醒，他开始将童年记忆、个人体验、传统文化和西方艺术相糅合，终于找到了属于自己的文学风格。他深有感触地说："历史在某种意义上就是一堆传奇故事。历史上的人物、事件在民间口头流传的过程中，实际上就是一个传奇化的过程……历史是人写的，英雄是人造的。人对现实不满时便怀念过去；人对自己不满时便崇拜祖先，这实际上是很阿Q的。"④"传奇"赋予了莫言小说神奇、瑰异的艺术景观，是其魅力的根基。格非也不止一次地谈到，中国传统小说对他"影响很大"，因为他曾经花费了很多时

---

① [南朝梁]刘勰著、范文澜注：《文心雕龙注·卷四·诸子第十七》，人民文学出版社，1958，第308页。

② [明]胡应麟：《二酉缀遗》〔《少室山房笔丛》（选录）〕，载黄霖、韩同文选注《中国历代小说论著选（修订本）》（上），江西人民出版社，2000，第153页。

③ 莫言、王尧：《莫言王尧对话录》，苏州大学出版社，2003，第125页。

④ 莫言：《我的故乡与我的小说》，载杨扬编《莫言研究资料》，天津人民出版社，2005，第32页。

间研究中国的传统小说，感觉到"中国人对小说的观念与西方截然不同"，这促使他在写作《人面桃花》时"重新回到中国的传统叙事"。① 这样的表述以及文学特质，不单单出现在上述两位作家笔下，很多作家、很多作品都有明显的中国传统的痕迹。1997 年，西方理论在现代汉语文学批评界还是一面铁幕，张清华先生就敏锐地指出：新历史小说"同传统的更'旧'的历史小说则有着更相接近的特征，如'民间视角''野史'和'稗史'的视角同样也是历史上的《三国演义》《水浒传》和大量历史演义小说所采取的方法和视角"②。这是对当时文学创作实际的准确判断。

新历史小说与民族传统的对接点有很多，尤其在艺术手法和审美风格上表现得十分明显，这些传统艺术手法和美学精神渗透到创作中，大大提高了世纪之交现代汉语文学的审美品质。这种特征，笔者将另章论述，这里不再赘述。除此之外，新历史小说的叙事内容和主题，也赓续了文化传统，体现出浓郁的民族风情。

新历史小说兴起之初，有两种类型小说很引人瞩目，一是"匪行小说"，二是家族或村落史小说。匪行小说的代表作家是莫言、贾平凹、尤凤伟等，这种小说多以中篇流行于世，少见长篇之作。1990 年代中期后，匪行小说逐渐式微，不过至今仍有余绪，在世纪之交某些长篇小说（如《圣天门口》），土匪或近似于土匪的人物，仍然是重要的故事元素或艺术形象。从艺术渊薮角度讲，匪行文学，是中国特殊的文学艺术形式，庄子就曾经专门为大盗盗跖立传，在庄子看来，强盗也能够通达人生的最高境界"道"。新历史匪行小说的艺术渊薮，主要来自中国传统的历史演义和侠义公案小说，最典型的代表是《水浒传》《说唐演义全传》和《三侠五义》等，这些作品都是出自传统文化积淀比较深厚的区域，文本背后大都隐藏着某种文化思想，主人公及其行为往往暗合着某种"道"的内涵或标准。而新历史匪行小说的作家大都出于山东、陕西、河南等有深厚文化传统积淀的地域，看来也不偶然。张清华先生就指出，这些作家创作的匪行小说的故事角色和

① 格非、于若冰：《关于〈人面桃花〉的访谈》，《作家》2005 年第 8 期。
② 张清华：《十年新历史主义文学思潮回顾》，载白烨主编《中华人民共和国成立 70 周年优秀文学作品精选 文学评论卷》，北京十月文艺出版社，2019，第 356 页。

历史时间，往往是"作为历史过程的象征符号"，"作者所真正探求的则是隐藏在情节与故事背后的永恒的人性与文化内容"。①这种判断，可谓一语中的。

王安忆的《遍地枭雄》是匪行小说的变体，其精神也符合上述特征。这是一个现实题材的匪行小说，故事的主角是一个叫燕来的司机，他本是一个初涉尘世、谦逊平和、循规蹈矩的青年，无意中被三个劫车犯强行带到"江湖"之中。而三个抢劫犯却是颇"另类"的盗贼，尤其是首领"大王"，喜欢讲故事、论道理，抢劫行为颇符合庄子"盗亦有道"的风范。在短短几日的相处中，燕来由恐惧到喜爱，最终投奔这伙另类强盗，演出了一出现代的"上梁山"的故事。王安忆说："由来已久，我想写一个出游的故事，就是说将一个人从常态的生活里引出来，进入异样的境地，然后，要让他目睹种种奇情怪景，好像'镜花缘'似的。"②"出游"是一种故事的"壳"，在王安忆看来，这个"壳"像亚当夏娃类的男女故事、奥赛罗类的杀人故事一样，可以上百年供人使用，"却没有磨蚀光泽"，关键就在于同样的"壳"可以装进不尽相同的东西。王安忆采用了传统的"出游"（匪行）的"壳"，看似是一个具体的写作行为，实际上却是一种精神的"出游"，是倦于尘世庸扰，在书斋慵懒冥想出的寓言故事，像极了《南柯太守传》《枕中记》和《镜花缘》。小说的主旨显然无关乎现实中真实发生的某一事件，而是借此表达一种生活体验和人生态度，小说的文化韵味远远大于它的现实况味。

家族或村落史小说大都是长篇小说，在新历史小说中占有举足轻重的地位。世纪之交不少深受读者喜爱的作品，就是家族或村落史小说，其中包括《白鹿原》、《最后一个匈奴》、《故乡天下黄花》、《故乡相处流传》、《活着》、《许三观卖血记》、《丰乳肥臀》、《檀香刑》、《受活》、《人面桃花》系列小说、《生死疲劳》、《圣天门口》等作品。以家族为题材的文学作品，在中国有优良的文学传统，中国古代六大奇书中，《金瓶梅》和《红楼梦》都属于这种类型。现代汉语文学中，这种类型的小说也不在少数，巴金的《家》《春》《秋》，路翎的《财主底儿女们》，老舍的《四世同堂》，梁斌的《红旗谱》，张炜的《古船》，也是这种类型。

---

① 张清华：《走向文化与人性探险的深处——作为"新历史小说"一支的"匪行小说"论评》，《理论学刊》1995 年第 5 期。

② 王安忆：《遍地枭雄·后记》，文汇出版社，2005，第 243—244 页。

家族或村落史小说倍受中国作家青睐的原因，显然与中国传统上是一个以家庭为本位的伦理社会有关。家庭和村落作为社会最基本的构成单位，麻雀虽小，却五脏俱全，一个家庭或一个村落，就是一个瞭望中国民族生活的窗口。从写作来说，聚焦一个家庭或村落，便于艺术操作，通过回顾一个家庭或村落的历史，便能够反映出中国社会的方方面面，烛照出其中的幽微之处。这种对历史的观照，也符合历史小说的真意。明代张无咎认为，"小说家以真为正，以幻为奇"，好的小说要"兼真幻之长"。①家族或村落史小说历来受到方家好评，其根本亦在于此。

张炜的《九月寓言》和阎连科的《受活》，是世纪之交描写村落史的代表性作品。《九月寓言》描写了一个部落式的村庄，生活于其中的是一群流浪者，这很容易让我们联想起西方的流浪汉小说，然而它又不是冒险或建功立业的流浪汉故事，而是类似中国民间"走西口"或"下关东"的传说。而且，《九月寓言》不是描写流浪，而是描写流浪者的聚集村落。村民们以不同的方式流浪到这个贫瘠的地方，不约而同地选择停留下来，惘然不顾世人的蔑视与轻贱，就是因为这个地方有吃食，可婚居，为生存和生命延续提供了最基础的条件。小说描写了这种基于生命本能的生存状态，颇符合中国民族安土重迁的民俗传统。在维持生命之外，他们的享受极其廉价，却是乐此不疲。奔跑，成为他们生存之外最重要的生命特征，从年轻一辈的赶鹦、肥、挺芳、欢业，到老一辈的闪婆、金祥、露筋和不知名的流浪汉，他们的人生（尤其灵魂）一直处于不满足的奔跑状态。华莱士·马丁在《当代叙事学》中揭露了一个叙事的秘密："叙事的形式就是某些普遍的文化假定和价值标准——我们对于重要，平凡，幸运，悲惨，善，恶的看法，以及我们认为是什么推动运动从一种状态到另一种状态——的实例。"②乍一看，《九月寓言》极似韩少功的《爸爸爸》，张炜故意模糊小说时间的确切所指，似乎鸿蒙初辟，无始无终，然而，小说言辞和人物行为等诸多叙事形式，明显戏仿我们非常熟悉的"文革"生活，好像终泄露了这部小说的秘密，可以把它理解为一

---

① [明] 张无咎：《批评北宋三遂新平妖传叙》，载黄霖、韩同文选注《中国历代小说论著选（修订本）》（上），江西人民出版社，2000，第 242 页。

② [美] 华莱士·马丁：《当代叙事学》，伍晓明译，北京大学出版社，1990，第 97 页。

部具有现实批判意向的作品。

这种理解显然贬低了《九月寓言》的价值，还是王安忆说得好：寻根小说"是用非意识形态的情节、人物，就是那种非常乡土化原始性的材料，最后做成的还是个意识形态化的小说，就是说，它依然是现实世界的再现。而《九月寓言》正相反，它用意识形态化的语言创造出的却是非意识形态化的一个世界。它绝对不是我们所熟悉的公认的现存世界，它是独立的，有自己的逻辑，这个逻辑顺理成章，但不是我们这个现存社会的逻辑，而它所使用的材料非常具体"①。王安忆所谓的"世界"，是张炜刻意建构的一个脱离"现存社会逻辑"的诗化世界，其中的人从形象和精神都呈现自然生物的状态，最终和自然合为一体，融入了茫茫野地。张炜说："万物都在急剧循环，生生灭灭，长久与暂时都是相对而言的；但在这纷纭无绪中的确有什么永恒的东西。"②故事是悲剧，还是喜剧，都不重要，张炜在意的是一种自然的、尽性而为的生命状态，就像作品中赶鹦的奔跑一样，可以是无缘无故，但却代表着生命过程中经常出现的茫然、冲动或者无法解释的情绪，而这些恰恰是生命的本真状态。以文学的方式感悟、描述一种生命哲学，在中国唐代传奇作品中随处可见。可以说，张炜也与王安忆一样，以自己的方式对接上了民族传统。

阎连科在《受活》中也营构了一个诗化世界，这个世界是一个叫"耙耧山脉"的受活庄。中外文学自古就有作家擅长建构这样的文学世界，给人以无限美好的联想和想象，譬如，施耐庵的水泊梁山、《说唐演义全传》的瓦岗寨、福克纳的约克纳帕塔法县，在现代汉语文学中也有作家建构了类似的文学世界，如沈从文的湘西世界、莫言的高密东北乡。这种文学世界往往是虚构的艺术世界，与实际的地理风貌相差甚远，而与作家的题材、构思的独创性和独特的艺术风格相关联，同时也最能显示民族的某些特征。这样的文学世界一旦成功建立，就在民族文学的地图上标上了图志，创建它的作家是它的"唯一的主人和所有者"。所以，能够成功建构这样的文学地理图志，对于中外作家，都是一种无上的荣耀。当然，

① 王安忆：《〈九月寓言〉的世界》,《小说界》1997 年第 4 期。
② 张炜：《九月寓言·融入野地（代后记）》，人民文学出版社，2005，第 296 页。

这样的幸运儿自古就不多，阎连科和他的"耙耧山脉"正行走在这条路上。

《受活》是"耙耧山脉"世系中最重要的一部作品。小说最突出的特点，是"奇"，难怪刘再复读后说："中国出了部奇小说。"[①] 其"奇"之处，从小说文本的多个层面上显示了出来：受活庄奇。它的村民全是残疾人，很久以来"不知有汉，无论魏晋"，是一个化外世界，只是因为一个残疾的女战士茅枝才将其带到了文明世界。而这次入世之旅虽然暂时解除了生存危机，但是却把受活村拖入无边无际的世俗挣扎中，村民们再也难以回到无欲无求的自然状态。受活庄人奇。他们每个人都有一种在外人看来很奇特的身体和人生，受活庄人竟然把这种生命缺陷推演到极致，供人参观欣赏，也赚取别人的钱财，获得了最为轻松的生存方法。最奇的是受活庄的村长柳鹰雀。这个村长，为了让自己的子民实现天堂之梦，在当下发财致富的现代化大浪中构思出一个奇异的工程项目：利用受活庄人的特殊才能，组织演出团体，在全国巡回演出，赚取钱财，在受活庄附近的魂魄山建造一座列宁纪念堂，并组织代表团，准备到莫斯科去把列宁遗体买回来安放在山上，以吸引全国乃至世界各地的人前来瞻仰，从而收取数不尽的入场参观费。赌徒的狂想和救民的侠气混杂在一起，让人捧腹大笑，又令人潸然泪下。奇人，奇事，奇情，奇景，是《受活》有阅读魅力的根源。

不只是《受活》，以奇人奇事入小说，成为新历史小说一种重要的叙事策略，这种叙事策略，延及新世纪其他题材的长篇小说，使这一时段的长篇小说呈现出整体性的"传奇"美学特征。新历史小说的传奇化，显示出它们与中国本土文化之间的逻辑联系。正如上论，新历史小说家在创作中的确受到西方文学和文化思想的影响，但是，文化传统对后世文学潜移默化的联系纽带永远不会割断。而且，传统的幽灵对读者亦有潜移默化的影响，这会造成即使创作者以西方传统理念创作出作品，接受者仍然会选择从他们熟悉的文化层面确立对该作品的阅读，从而使作品显示出民族品质，这样一种阅读，也会引诱创作者偏离原初的西方传统，而转向回归民族传统。

---

① 刘再复：《中国出了部奇小说——读阎连科的长篇小说〈受活〉》,《当代作家评论》2007 年第 5 期。

(三) 从解构历史到建构历史

探讨新历史小说，必然无法忽视它的新历史叙事。新历史小说的历史叙事当然不在着力还原或建构历史，其首要的目标还是小说的审美表现和艺术创造。所谓"新历史"并不代表着真实的历史，只是小说家实现思想表达和艺术创造的承载之物。幻设虚构，是新历史小说最常见的手段，所呈示的历史故事，可能在某些细节或精神方面与真实的历史有吻合之处，但是，总体上来说，仍然是"小说家言"，而不是历史学家言。所以，以考据的心态和方式去论证新历史小说的真实性，显然不符合小说的艺术特性。不过，考察新历史小说的历史叙事，依然可以从中触摸到世纪之交作家的创作心态和文化思想的变化，以及发现这个时代关于民族历史与传统的认识及思想正在悄然发生变化。

上述论述已经说明，带有后现代思想特征的新历史主义，与中国新历史小说并没有直接的源生关系。新历史小说之所以生成，除了受到本民族文学传统的启发外，与这个时期特殊的历史文化语境有密切的关系。1980 年代逐渐势强的"三信"危机和固有的主流意识形态压力，导致了新历史小说在 1980 年中后期以多种怪诞不经的故事和形象呈现这个时期的时代思想意识。1990 年代初，知识界普遍有一种颓废、怀疑情绪；随后市场经济确立和发展，整个社会又有一种强劲的进取精神；再加上 1980 年代文学以天下为己任的承担精神仍有留存，诸种因素驱使世纪之交的新历史小说处于一种现代性启蒙意识与后现代性文化保守意识杂居的主题状态。

古典思想、现代思想和后现代思想杂居，也使 1990 年代新历史小说的历史叙事比较杂乱，但是总体上还有迹可循。一部分新历史小说对于历史和传统文化的态度，还是接续 1980 年代的文学传统，以精英知识分子立场，对民族历史生活和文化传统持一种"五四"立场的批判取向。而持这种立场的作家，大都是中青年作家或先锋文学背景的作家。他们早期的新历史小说，大都对历史和传统取虚无主义态度，人性的卑贱和精神的荒芜，成为他们的重点表述对象。代表性作品有刘震云的"故乡"系列，格非的《敌人》，苏童的《米》《我的帝王生涯》。如刘震云的《故乡天下黄花》，以一个普通的北方乡村为视点，来透视中国历史的本质。小说开场即写杀人，类似杀人故事遍布全书，不能终止，故事的结尾这样写道：

> 一年之后，村里死五人，伤一百〇三人，赖和尚下台，卫东卫彪上台。卫东任支书，卫彪任革委会主任。李葫芦任革委会副主任，但不准经常吃"夜草"。
>
> 两年之后，卫东与卫彪闹矛盾。
>
> 一年之后，卫东下台。卫彪上台，任支书兼革委会主任。李葫芦任副主任。
>
> "文化大革命"结束，卫彪、李葫芦下台，作为"造反派"抓起来，被公安局老贾关进监狱。被抓那天，李葫芦痛哭流涕，说："早知这样，还不如听俺爹的话，老老实实卖油了。"一个叫秦正文的人上台。
>
> 五年之后，群众闹事，死二人，伤五十五人，秦正文下台，赵互助（赵刺猬儿子）上台。①

这令人眼花缭乱的"上台""下台"闹剧，目的就是抓住那个有斑斑血迹的"木头疙瘩"（象征权力的印章），以及"吃夜草""吃小鸡"的权力。之前为获得此权力而付出流血代价的主要是夺权者，现在夺权者却退居到了幕后，流血牺牲的只是一些无辜的民众。可悲的是，流血的民众没有因此而痛苦，更谈不上愤怒与反抗。当曹丞相为争夺沈姓小寡妇而驱使这些民众血溅疆场时，他们仍向曹丞相表白："丞相，离开了你，我们变成了一堆毫无趣味的人。我们前进没有方向，我们生活没有目的。我们成了几十万浑浑噩噩的、没头没脑、多一个不嫌多、少一个不嫌少的苍蝇。"（《故乡相处流传》）人的独立精神、人格操守在强大的权力碾压下丧失殆尽。刘震云著此类作品来告诉读者：中国历史上典型的"群氓"，历来就是墙头草，随风倒，曹操与袁绍，清王朝与太平天国，谁得势拥护谁，谁有权就依附谁。精神如此苍白、人格如此卑贱的"群氓"充当了历史发展的主体，历史将以何种面目出现就可想而知。

---

① 刘震云：《故乡天下黄花》，人民文学出版社，2009，第 352 页。

刘震云之所以这么做，当然不是为了质问历史，而是要探触是什么原因导致出现这种历史。从上述现象，他看到了权力的魔影，而在这恶魔背后，他还发现了贫穷。确切地说，他看到，人们疯狂地争夺权力和因此丧失人格操守的根本原因，是生存物资的匮乏（贫穷）。贫穷激起占有物质的欲望，一旦欲望无法满足，又促使人们仰慕、屈服于占有充足物质财富的人，屈服权贵，放弃尊严，仍旧是为了求取更好的生存机遇。刘震云的作品在 20 世纪末显得格外意味绵长，就是因为他以文学的方式表现了历史的两大蛊毒——"贫穷"和"权力"，尤其是"贫穷"氤氲成其早期所有小说的背景，是所有罪恶的渊薮所在。这种对中国生活的认知，使其小说意蕴超出了同时期大多数作品。

1990 年代中期之后，新历史小说的虚无主义倾向有所缓解，即使先锋派作家在表现贫穷、阴谋、痛苦、灾难和毁灭等历史众生相的同时，也展示有一些被称作民族根性的东西在支撑着种族的延展。他们文化态度的翻转，无疑具备丰富的含义。如余华，曾经是最冷酷的先锋作家，他用毫无感情色彩的笔触，肢解了人们关于生命和人生的任何美梦。自《活着》出版后，《许三观卖血记》《兄弟》却把目光转向亲情。亲情，是人类情感中最普通、最古老，也是人类最珍视的感情，尤其在中国这个重视血缘关系的古老国度，自古以来就讲究"亲亲、父父、子子"，其存在就更具有特别的意义。正是这种原因，对亲情的珍视已经内化于中华民族的深层心理结构。古往今来，以亲情为主题的作品为数众多，很多是感人肺腑的名篇，受其影响，几乎人人都能吟唱几句"慈母手中线，游子身上衣。临行密密缝，意恐迟迟归"一类的词句。对亲情进行艺术彰显，自然能够显示"中国"特征，也较容易唤起读者的阅读兴趣与审美认同。或许正是这种原因，余华的《活着》和《许三观卖血记》才拥有了巨大的读者市场。

《活着》事实上是一部死亡记录，福贵一直被动地等待着一次又一次死亡的降临，无奈地承受着一次又一次死亡的折磨，死亡对于福贵来说，不可能只是简单的每个生命必至的终点，它同时还连接着亲情、灾难和痛苦。"活着"就是受难，或者说生存就是苦难，这仍然显示了余华对民族生存历史的尖锐批判。《活着》中每个人都无力把握自己的命运，都无法尽兴享受自己的人生。龙二竭尽心虑谋算了福贵的家产，但不久的将来他却因此而丧命；春生在新中国成立后春风得意，"文革"时却上吊自杀；福贵失去了家产，却保全了性命，保全了性命却一次次失去了亲人。《活着》是以福贵的生活演绎中国道家"祸兮福之所倚，福兮祸之所伏"的哲学命意，表现了余华对人生的悲观认知。

《许三观卖血记》主人公的名字就暗示了这部小说仍然是与道家哲学相关的故事，而其情节确实还是有关"活着"的故事。只不过死亡不再是余华表现的重心，"活着"的严酷性也不仅仅是死亡，它更重要地表现在你努力想活着，即使以最平凡的方式活着，现实却不给你这样的权利。许三观实际上是一个极易满足的人（这似乎也是中国人的天性，使许三观的人生具有了普遍性），只求能够糊口，能够保全妻儿活着他就已十分快乐。但现实却没有给他提供这种机会，他无法"仰诸其外"，只好"求诸自身"——以卖血来缓解苦难对现实人生的一次次倾轧。最为可悲的是，他卖血的权利最终也被剥夺。当泪流满面、旁若无人的许三观在大街上痛哭时，他内心充满的肯定不是由于无法卖血而产生的生命价值不再有意义的委屈与悲伤，而是因为卖血权利被剥夺意味着他失去了应对变幻莫测的人生灾难、卑贱地"活着"的最终依靠，因而内心充满了无力面对未来的恐惧。许三观的这种人生在中国的历史空间中曾是极其平凡的，正是这种平凡性使其生存方式具有了普泛性，这才真正显示了现实的残忍性和生存的严酷性。暴力并不仅仅与鲜血、死亡等景象连接在一起——鲜血与死亡不可能发生在每个人的每一天生活中，因此它们并不能对每个人都产生现实的恐惧与威慑，泛化在生存中的磨难、艰辛和困苦，才是一种更为严重、更为持久的暴力，《许三观卖血记》的意义就在于利用普通人的普通人生故事宣告了平凡性"暴力"的可怕之处。

然而，两个极度苦难的故事，却没有像《现实一种》一样让人绝望。余华宣称在《活着》中他改变了与现实的紧张关系，不再是"一个愤怒和冷漠的作家"，不再以个人的道德判断认识世界，而是"用同情的目光看待世界"。[①] 这种改变，集中表现在他开始用一种温润的笔触描写亲情，亲情与生命连接在一起，成为支撑福贵、许三观们"活着"的原始动力。亲情是苦难中的亲情，由于苦难的存在，

---

① 余华：《〈活着〉前言》，载《余华作品集》（2），中国社会科学出版社，1995，第292页。

余华的家庭亲情故事超越了个人，具有了与更广泛的读者沟通的可能，从而使余华的作品流溢着耀眼的魅力。因为，在人类的生存经验中，苦难是一个如蚁附膻的人生主题，对苦难铭心刻骨的痛苦记忆与畏惧，使人们很容易同情与怜悯处于苦难中的人群。据尼采对古希腊悲剧的阐释，悲剧的艺术作用之一，就是使人们目睹悲剧人物的苦难，对之产生同情与怜悯情绪，从而激发他们蔑视现实苦难的勇气，超越苦难，勇敢地生活。不管对苦难的艺术作用如何解释，总之，它可以在文学世界中产生一种艺术的审美力量，吸引读者并与之对话，从而形成作品的经典魅力。《活着》与《许三观卖血记》的成功就印证了这一点，它们的亲情主题同时又是苦难主题的背景性存在，二者相得益彰：一方面，在亲情的映衬下，苦难的主题意义得到进一步深化，苦难因为亲情更能吸引读者的关注；另一方面，主人公没有"大难临头各自飞"，亲情因此更显珍贵和富有魅力。亲情，这个经常在"五四"文学传统中与封建家庭、道德礼教有密切关联的概念，曾经被理解为背后隐藏着压抑生命活力、抑制人身自由的"死魂灵"，在新的文化语境中，却处处闪耀着温润的光泽。而先锋派作家对其态度的变化，也显示出他们的文学创作已经不再像早期那样单纯依赖西方文学传统，而是开始正视民族的历史和传统，不仅仅"仰诸其外"，还开始"求诸自身"。

到了新世纪之后，新历史小说家言及历史和民族传统又有新变：批判的意向仍然存在，但是，一种有关传统的喜剧性主题和美学开始逐渐出现。一方面很多作家对民族传统表现出很大信心，不再盲信西方文化传统，转而积极在文学形式上追求鲜明的民族风格；另一方面，在文学主题上表现传统的民族生活与哲学，乃至赞美某种具备整体性的传统民族生活和精神。

这一方面突出的代表是莫言，其在新世纪的两部长篇小说《檀香刑》和《生死疲劳》，都显示出上述特征。《檀香刑》的故事本事，是山东胶东半岛的一次抗德运动，故事的主角孙丙，虽然任侠好善，恃才傲物，放荡不羁，但毕竟是一个乡村戏班班主，身份卑贱，易遭庸人讥笑与漠视，然而，历史的巨轮无意碾压过他的身边，他于无意中被推上了历史的大舞台，却演出了一部可歌可泣、威武雄浑的历史大剧。檀香刑，极其野蛮残忍，但是，这种酷刑使读者见证了一个平凡落魄的猫腔戏班主，成长为具有铮铮铁骨的民族英雄，他羸弱的血肉之躯，竟然爆发出如此坚韧的生命强力。残忍与狂欢，戏剧与真实，牺牲与雄壮，奇妙地组合在一起，使《檀香刑》呈现出怪异的小说美学。小说形式上采用了山东高密"猫腔"的艺术形式，故事呈现、人物形象塑造具有鲜明的舞台特征，但是，小说没有因为戏剧性而改变人物和故事原汁原味的民族生活本色。人物的言辞、思想和行为，植根于普通的民族生活土壤中，他们的思想、行为和故事，很难用一种单一的价值标准予以量度。所以，《檀香刑》的历史叙事已经不是简单地转喻一个历史本事，而是借此描写一个奇特的民族、一群奇特的人和一种奇特的人生，正像他们生活的高密东北乡，"无疑是地球上最美丽最丑陋、最超脱最世俗、最圣洁最龌龊、最英雄好汉最王八蛋、最能喝酒最能爱"（《红高粱》）的吊诡意象。奇特性，恰恰是我们回顾中国民族传统所获得的最直接的生命感受，是一种现代性的、充满歧义的知识感知，如果用单一的、进步的现代性来评价这种充满吊诡意味的叙事对象，显然难以胜任。

《生死疲劳》延续了这种传奇化的构思方式，完全是一个幻设的通灵故事：地主西门闹在新中国成立后被枪毙，因为不服从命运安排，不愿喝忘却前世恩怨的孟婆汤，带着仇恨的种子，六次重回轮回道，欲为自己申冤辩屈。这是一个完全中国化的故事：小说的内容有佛道色彩，是中国化的，小说形式采用章回体体式，也是中国化的。以往的中国故事，都是在西方知识视野观照下的叙事，故事的内容和故事的形式，都要受到西方知识视野的检视和评判。《生死疲劳》似乎在努力挣脱西方知识视野的困扰，老老实实地再现中国农民的生活、感情和思想。虽然内容也展示与外来文化相关的现象（如阶级革命和市场经济），但是，正是因为它们的存在，才打乱了农村本来平静祥和的社会秩序和发展轨迹，导致了历史的荒诞和现实的混乱。作者站在今天问题多多的现实世界，重温农业文明时代的思想和哲学，道、佛两家大道轮回的思想，以及对生命的达观、淡定，不免渗透到小说文本中，就像西门闹一样，最终领悟到"一切来自土地的都将回归土地"的人生至理。小说主题意蕴，是展示一种东方式的人生哲学，传统文明不但没有被严厉批判（作品中批判的恰恰是具体的历史行为），反而显示为一种充满智性的人生哲学。这种形式的传统叙事，在现代汉语文学中是难得一见的，它的出现，意味着随着国人感知传统的知识装置正在发生颠倒性的置转，催使现代汉语文学关于民族传统的叙事也相应发生一种文化策略上的扭转。

第二节　从乡村故事承接中国传统

这种特征的扭转，在世纪之交乡村题材的长篇小说创作中有更为突出的表现。

传统中国是一个农业社会，乡村是民族传统荟萃聚集之地，也是藏污纳垢之地。欲探知中国文化的精髓，乡村就成为首选之地；要讲述"中国"故事，乡村也是最好的叙事对象。正是这种原因，自现代以来，乡村就一直是现代汉语文学稳定的叙事对象。

可是，由于不同时代、不同世情语境的变化，认知主体的知识结构也随之不断重建，有关乡村形象的描写却是不一致的。在"五四"启蒙视野下，乡村是残破的、冥顽不化的和令人伤感的。在革命视野下，乡村是被压迫的、充满力量的但尚不纯洁的。1990 年代前期的新历史小说的乡村叙事，试图揭示被上述两种知识装置遮蔽的乡村"风景"，还原乡村世界生动活泼、自由自在而又藏污纳垢的生活本相和生命形态。至世纪之交，由于中国政治经济崛起而带来的民族自信心的增强以及全球化知识背景引起的文化民族主义意识高涨，民族传统逐渐从一种被歧视的对象转化为一种具有社会重建价值的力量。新世纪认知主体知识结构的再次重建，导致文学中乡村的形象发生了颠倒性的置转，有关乡村的叙事也逐渐从革新传统转变到维系传统谱系，从批判传统的遗患到批判现代性历程对传统的伤害。在此过程中，出现了三种乡村叙事典型：一种是惋惜传统灵光消逝的反思性叙事，在民俗风情的消散中描写民族传统无可挽回的颓败，充满悲悯色彩；一种是挽歌式的乡村叙事，在挽歌之中可以触摸到温润和坚韧的乡村，关于传统的喜剧性美学在现代大地上潜滋暗长出来；一种是刚健雄浑的边地乡村叙事，一些飘荡的幽灵在当代遇到了复活的契机，凸现出重建民族传统的努力。

一、迎向灵光消逝时代的民族风情

在世纪之交，守护传统逐渐被一些文学家视为时代的文化责任。对于一个民族传统的承传来说，这是一个积极的现象。安东尼·吉登斯说："没有守护者的传统是不可想象的，因为守护者具有享有真理的特权；真理是无法实证的，只能通过守护者的解释和实践显示出来。"① 世纪之交一些文学家就扮演了守护者的角色，用文学解释民族传统在家庭、族群、社会和民族国家发展中的作用。当然，解释是不能仅凭理念来完成的，因为抽象的理念是无可着力的，而与传统相关的传统仪式和程式往往是保证传统存留的实用手段之一。在社会实践中，借助某些仪式或程式，可以赋予传统以整体性的社会框架，以供后人膜拜与效仿。同样，以文学复活传统，亦需要表述传统仪式或程式，这样才能把传统与"真理"结合起来，赋予传统以情感力量，从而在灵光消逝的年代保证传统的存在。这种显现在文学中的仪式或程式，最常见的审美形态是地方民俗、民族宗教等民间性生活。

关仁山的长篇小说《白纸门》是叹喟民族风俗逐渐流逝的作品的代表。小说故事发生在一个叫雪莲湾的海边渔村，村中有用白纸剪画作门神的独特风俗，谓之"白纸门"。在雪莲湾文化生态系统中，白纸门意味着做人一生坦荡、正直和无私；同时，白纸门与月亮同色，还包含着中国"夜不闭户，路不拾遗"的平安治世的理想。故事的主角七奶奶是村里最后一位裹了小脚的女人，她能够剪一手好门神画，且她的钟馗、穆桂英、魏征等门神画特别通灵，能够为雪莲湾人祈福辟邪，因此成为雪莲湾的精神领袖，倍受人们尊重和爱戴。因为坚守古老的传统，雪莲湾人内心平静，喝酒、赶海、过龙帆节，无拘无束，自由自在。但是，随着海水被污染，商品大潮涌向雪莲湾，渔民们被迫改变生活方式，金钱和权力逐渐腐蚀了纯净的灵魂，争权夺利、投机取巧、忘义取利，成为村民生活的常态。在过去，雪莲湾人仰望白纸门，能够在门板上望见自己的脸、自己的灵魂，无论生活多么难以忍受，多么激荡人心，门总会打开，总会有出路，总会有改善，有安慰，有补偿，有信念，有宗教。可是现在物质生活渐趋丰裕，雪莲湾人的灵魂却躁动不安，情感不断受到打击，心灵承受了更多痛苦。白纸门一直在与现代社会角力，七奶奶凭借个人威望，力图把雪莲湾人拉回到正常的生活轨道，也拯救过雪莲湾一时，但是，变幻的生活环境已经释放了雪莲湾人人性中的恶魔，七奶奶的白纸门最终挡不住村民无尽的欲望；反之，白纸门、龙帆节却变成村民们吸金

① [英]安东尼·吉登斯：《生活在后传统社会中》，载[德]乌尔里希·贝克、[英]安东尼·吉登斯、[英]斯科特·拉什《自反性现代化：现代社会秩序中的政治、传统与美学》，赵文书译，商务印书馆，2001，第101页。

的工具，逐渐沦为现代人的"风景"。一些雪莲湾文化最坚贞的守护者如一代大船师黄木匠吐血身亡，祖宗的家脉血脉与海脉已经不能相连；雪莲湾文化忠诚的守护者疙瘩爷、大雄等都远离传统，追寻不可满足的物欲；雪莲湾的精灵麦兰子、麦翎子姐妹，一个日渐憔悴，一个远走他乡；像黑娃一样的浪子大鱼被雪莲湾人孤立，只能混迹于糟乱的江湖，独自咀嚼孤独。最后，七奶奶舍身成仁，化身为"雷震枣木"，最后一次为雪莲湾人消除灾难。从叙事方法来看，《白纸门》的笔法还是传统的现实主义风格，不过在很多地方，关仁山又别出机杼，用民间故事和文化典籍织成一种古典气氛，营造神秘而温馨的古典乡村图景。文末又用理想主义的情怀描写雪莲湾人似乎在觉醒，但是，却无法排除无尽的苍凉像大海的浪潮一样淹没了读者的心胸，让人生出"无可奈何花落去"的慨叹。

铁凝的《笨花》是一部以家族史转喻民族历史的宏大叙事小说，整部小说以笨花村向家三代为核心，描写近代中国的历史风云。这样一种以家族为网纲的叙事方式，是对《红楼梦》叙事传统的复活。而其以家族故事转喻国族命运所显示的宏阔气势，让人很难相信其笔力出自一个女性作家之手。在这个宏大叙事之外，小说的魅力和趣味更多的是从关于乡村生活的"小叙事"中流泻出来。譬如《笨花》的开端是典型的戏剧开场"交代前史"的艺术手法，铁凝用素描式的笔墨，简笔勾勒笨花村人物身份和风俗人情。开章简要交代西贝家情况，随后，铁凝开始生动地描写笨花村流动的黄昏：笨花的黄昏从牲口打滚开始，之后鸡蛋换葱的、卖烧饼的、卖酥鱼的、卖煤油的，顺次接踵而来，最后是走动儿的走动和向文成点灯。"黄昏像一台戏，比戏还诡秘。黄昏是一个小社会，比大社会故事还多。"[1] 一节繁密琐碎的描写，看似简简单单，了无深意，却是自自然然，从描写一家生活到描述一村生活，戏剧的帷幕缓缓拉开、扩张。而且，作家不只是散点透视，而是在视点流动中逐渐聚焦向家，小说主要的描写对象——向家人就这样在不经意间出场了，却站稳了笨花村的中心。从副墨到正笔，自然流动，就像《红楼梦》写贾家先从甄士隐开始、写林黛玉却先交代香菱的悲惨命运一样，是一种高超的艺术手法，自然平实，娓娓动人。"笨花的黄昏"既像一部精彩的现代舞台短剧，生动活泼、

---

[1] 铁凝：《笨花》，湖南文艺出版社，2008，第 6 页。

意趣盎然，又似敦煌壁画，鲜活灵动、韵味十足，一个秩序井然、生机盎然的乡村世界跃然纸上，看似是清澈透明的画面，又涌动着某种暧昧的世俗生活气息。

与这个艺术场景相比，另一个经典场景看花窝棚，更具有民俗色彩。收花时节，花主们早早搭上简陋的窝棚，在野外看花。一些女人或为了生存，或别有所图，专在夜里钻看花人的窝棚。不管是明月当空，还是伸手不见五指，"于是窝棚和女人在花地里就成了一道风景线"[①]。花主们因此直到霜降，也一直拖着不拆窝棚，"拖一天是一天，多一夜是一夜。那时的夜只属于看花人"[②]。而在男女之事之外，还有专做窝棚生意的糖担儿，在花地之间游走卖货，手持一面小锣，敲打出喑哑的锣声。"这小锣叫糖锣，糖锣提醒着你，提醒着你对这夜的注意；提醒着你，提醒你不要轻易放弃夜里的一切。"[③] 这时候笨花的野外流动着某种暧昧气味，随着那闪闪烁烁的窝棚灯火、喑哑断续的锣声，在窝棚之间荡漾。在我们的文化教育中，中国文化是一种严肃规正的道德文化，循规蹈矩是每一个中国人的本分，然而，看花窝棚却为笨花人开辟了生命狂欢的一个场域，在鲜活的生命面前，高傲的道德规训被排除到笨花村的看花窝棚之外，生存维持和生命享受被高高供奉到人性祭台之上。本来是有浓重色情意味的文学描写，却被铁凝处理得既色、香、味俱全、俱佳，有浓郁的人间烟火气息，同时又没有丝毫色情意味，不促使人产生任何肮脏的联想和想象，这种功力确非寻常庸手所能完成。这样的场景，与"笨花的黄昏"及其他民俗性描写组合在一起，形成《笨花》特有的民俗镜像，传统乡村世界的独特风情从其中自然流泻出来，与中国文学古而有之的田园诗意传统相勾连，贯通了民族文学的血脉。同时，这个民俗镜像又是笨花世界的一极，它给笨花世界附上浓墨重彩，使其成为一个独特的乡村世界，它与笨花的另一极——国族大叙事——纠结在一起，复现了近代中华民族宏大而具体的历史风貌，从而又穿越了中国文学的田园诗意传统（包括以沈从文为代表的现代田园诗意传统）。一个宏阔而又具体入微的艺术世界，就一步步地建构起来了。

《水乳大地》是一部具有人类学意义的长篇小说，有关地理风情、民族生活和

---

① 铁凝：《笨花》，湖南文艺出版社，2008，第67页。

② 同上。

③ 同上书，第68页。

民族宗教，有诸多精彩描写。小说的故事能够吸引诸多读者，很大程度上也是源自这一方面的描写。小说开始就写基督教入侵藏地，颇似加西亚·马尔克斯的《百年孤独》中写西方传教士用枪炮和金钱打开拉美的大门，故事走向似乎也是对西方殖民侵略的文化控诉。写法上，《水乳大地》也显示确实受到了拉美魔幻现实主义的影响，可是，故事的展开和故事的结局却逐渐越出了读者的期待视野。故事主干以藏传佛教、藏地苯教、纳西东巴教、基督教之间的宗教冲突和野贡土司家族与大土匪泽仁达娃家族、纳西族长和万祥延及三代的恩爱情仇为主线，其间交织着各种变乱艰辛，情节异常复杂。基督教征服这片土地的故事只是众多线索的一支，到故事的结尾，基督教也没有真正征服这块土地及生存在其上的人们的灵魂，故事反而描述西方教士百年藏地传教史，充满了无数艰辛、血泪和牺牲，这种值得尊重的历史努力的结果，也只是使基督教成为这块神奇土地上的一个弱势教派。故事的结果不像是基督教征服了这片土地，而是它也像其他教派一样拜倒在这片神奇土地的脚下。这种事实正符合马歇尔·伯曼所说："构成宗教生活核心的东西是经验而不是信仰或教条或神学。"[1]沙利士神父初到藏地，带着征服者特有的傲慢俯视东方神秘民族，但是，漫长的藏地生活，改造了他的生活习性、他的语言，乃至于他的文化信仰，他最后成为一个痴迷东巴文字研究的学者，其研究嗜好甚至危及了他的传教事业。这种外来文化与本土之间关系的文学观察，在以往的现代汉语文学中鲜有表现，范稳成为这一方面的先行者。正是这种发现，使他在使用外来资源时没有迷失方向。"由于作者深刻地体悟了他所描写的这片土地，领会并感应到它的神韵，使他关于魔幻的笔墨不是移植，而是本土化的，富于创造性的。"[2]小说中对本土神奇特性的描写，占据了绝对的笔墨优势。

《水乳大地》在文学笔法上也显示出较多的古法。中国自古文学讲求"山似论文不喜平"[3]，《水乳大地》深得传统诗文神韵。小说的精彩之处就是婉转曲折

---

① [美]马歇尔·伯曼：《一切坚固的东西都烟消云散了——现代性体验》，徐大建、张辑译，商务印书馆，2003，第148页。

② 雷达：《雷达专栏：长篇小说笔记之二十：范稳的〈水乳大地〉》,《小说评论》2004年第3期。

③ [清]袁枚：《随园诗话》（上），顾学颉校点，人民文学出版社，1982，第23页。

的情节，一波三折的节奏，再加上瑰丽传奇的想象和中国传统的互文性的预述手法，使整部小说波澜起伏，动人心魄。死而复生的凯瑟琳，骑着羊皮鼓飞行的敦根桑布喇嘛，滚动的有知觉的头颅，手接响雷的人，颜色变幻的盐田，与魔鬼对话的泽仁达娃，对于我们这些远离藏地的人来说，虽然已经分不清其文学的本事到底来自何方，但是，因为它们产生在这块神奇的大地上，让我们觉得这不但不是故弄玄虚的呓语，反而生出对这块土地的崇拜。作家还常用算命、占卜、偈言，或梦境、诗词等来预叙故事的未来，渲染本土宗教的种种神奇法力，并在小说的叙事中设置具体的互文性细节，使叙述时时处于对未来事件的期待和不断印证的流程中，神奇怪诞，却又不让人产生"荒诞不经"的评判结果和拒绝心理，而且，因为众多神秘事件的堆积，让人对神性生出敬畏。故事自始至终充塞着凶杀、复仇和各种残忍或丑恶的事件，作家也不回避描写人物的各种苦难生活以及人为的灾难，但是，大峡谷中的各种族群对宗教的执着坚守和在生存中表现出的坚强韧性，使其因宗教或生存带来的罪恶得到某种程度的消解，同时产生对执着坚守的人性及情操的尊重之心。小说的阅读效果就是对神性生出敬畏，对人性产生尊重和崇拜这块神奇的土地，从而灵魂受到触动。小说的重心与其说是叙述历史，不如说是描写灵魂，小说叙事情节虽然异常复杂，但是因为有宗教冲突和世俗冲突两大线索支撑、附着，整个故事杂而不乱。两大线索总体上是平行关系，但又相互交织，交织点就在对"灵魂"的争夺与理解上。大峡谷人（不管是藏族人、纳西族人、汉人，还是西方传教士），一生都生活在灵魂与魔鬼的搏斗中，他们对灵魂解放的偏执追求，让现代不知灵魂为何物的无神论者自惭形秽。所以，从根底上说，《水乳大地》是一部利用传奇化的手段，通过民族宗教和民间生活描写如何处置灵魂的小说，这种写作在现代汉语文学中还不多见，而其显示出来的艺术力量，也证明了它是一部好小说。

二、在挽歌与喜剧之间的当代乡村故事

当下中国文坛，不关注社会和现实的作家几乎不存在。诚然，关注社会和现实不一定就只写现实题材，然而，现实题材的作品一天天增多却是一个不争之事实。在所有关注现实的作品中，农村题材仍旧是重镇。只不过受到时代文化的影

响，世纪之交的农村题材作品正在通过行动走出传统写作的阴影。

1980 年代以来，中国以创造财富为核心的现代化建设，使整个社会快速迈向现代化社会。同时，生活就像一个陷阱，经过近 30 年的发展，现代化的行为和它的结果之间的裂缝开始清晰地呈现在国人面前：环境危机、可持续发展、社会均衡发展、身份差异等由现代化产生的副产品，开始日益成为社会的重要问题。新世纪初的社会和文化危机，促使中国精英阶层开始思考现代化的合理与合法性，"科学""进步"等"真理性"理念，受到新的知识观念的审视。生活的悲哀在于，我们永远无法抓住梦想中的现实。我们以往认为，只要我们决绝地隔离传统、批判传统，我们就能够靠近现代，摆脱传统的幽灵，而经过一个世纪的颠簸，我们发现，即使实现了财富积累，我们仍然生活在"他处"。蓦然回首，我们发现，过去与现代，在历史的长河中并没有本质的区别，而面对现在的冰冷，过去还留给我们些许温情。虽然这种温情主要存在于想象之中，但是，它还是影响了现代人对传统的感情。于是关于传统的文学叙事，产生了一道裂缝：对过去时代的诅咒、怨怼，不再是小说的主流，取而代之的是对传统充满温情的珍视和缅怀，一种喜剧性的挽歌开始在世纪之交农村题材的长篇小说中唱响。此类作品产生在新世纪，不是以"保守主义"之类的名词能简单定义得了的，其中所隐含的现代性的"自反"思维和思想，值得我们对之投以深深的一瞥。

这种文学叙事的变化，在贾平凹的作品中鲜明地表现了出来。传统 / 现代，乡村 / 城市，一直是贾平凹小说的两对基本范畴。传统文化与现代文化的冲突，以及这种冲突对乡村生活的影响，一直是他的小说题材与主题，但是，在世纪之交，同样的题材与主题也出现了裂缝。

贾平凹对传统和乡村的态度十分复杂，在新世纪之前，他的小说对它们虽然有眷恋与不舍，但是，批评是主调。如他在 20 世纪末最后一部长篇小说《高老庄·后记》中说："在传统文化的其中浸淫愈久，愈知传统文化带给我的痛苦，愈对其的种种弊害深恶痛绝。"[①] 所以，我们在《高老庄》中看到，他把大学教授子路塑造成一个充满聪慧却又格调不高的矮子，内在的原因恐怕与子路回到乡村

---

① 贾平凹：《高老庄·后记》，人民文学出版社，2008，第 360 页。

后，传统的"弊端"逐渐湮没了他的现代特征有关。而到了《秦腔》，贾平凹似乎失去了对传统"弊端"无情批判的力度，而代之以一种难以言说的内心矛盾：

> 当我雄心勃勃在二〇〇三年的春天动笔之前，我奠祭了棣花街上近十年二十年的亡人，也为棣花街上未亡的人把一杯酒洒在地上，从此我书房当庭摆放的那一个巨大的汉罐里，日日燃香，香烟袅袅，如一根线端端冲上屋顶。我的写作充满了矛盾和痛苦，我不知道该赞歌现实还是诅咒现实，是为棣花街的父老乡亲庆幸还是为他们悲哀。那些亡人，包括我的父亲，当了一辈子村干部的伯父，以及我的三位婶娘，那些未亡人，包括现在又是村干部的堂兄和在乡派出所当警察的族侄，他们总是像抢镜头一样在我眼前涌现，死鬼和活鬼一起向我诉说，诉说时又是那么争争吵吵。我就放下笔盯着汉罐长出来的烟线，烟线在我长长的嘘气中突然地散乱，我就感觉到满屋子中幽灵飘浮。①

贾平凹创作《秦腔》是要决心"为故乡树起一块碑子"，"碑子"在传统文化中一般表达对过去的纪念和尊重，"亡人"和"幽灵"也传达出对祖先缅怀、尊敬的信息，而这一切都以一种氤氲着深深乡土情感的文字表达出来，泄露出他对乡村传统无尽眷恋的不舍情绪，它使对传统乡村文化"弊端"的批判力度大大弱化了。

《秦腔》的变化，表现出一个时代文化的变化。清风镇是一个封闭的乡村，以夏家"仁义礼智"四兄弟为首，清风镇人生活有诸多艰难和问题，但是，众人尚能过着平静祥和的生活。引生自残是一个象征性事件，他对白雪的感情纯洁而真挚，然而由于有着不伦之恋的成分，自残行为表现出他对传统伦理秩序的遵从，虽然笨拙、残忍，却又包含着自尊、自重的成分，让人产生怜悯与同情。随着市场化和商业文化成为时代生活的主角，清风镇人的物质财富渐趋丰裕，而传统的道德伦理和人际交往的原则被市场经济条件下的商业原则取代。与引生相对的，是黑娥抛弃老实巴交的丈夫，白娥在物质的驱使下甘受三踅的玩弄，身为教

---

① 贾平凹：《秦腔·后记》，人民文学出版社，2008，第563—564页。

师的庆玉不顾父子伦常夫妻之情与黑娥通奸。虽然种种病象的病灶根本上是人性的弱点所致，但是，商业文化似乎为这个病灶提供了一个适宜的发育温床，助长它泛滥蔓延。

现代化是把双刃剑，它带来社会飞速变化，可是，革故鼎新也引来整个农村社会结构和文化思想有走向毁灭的趋势，仁义礼智被冲破，伦理纲常被破坏，传统美德逐渐丧失，《秦腔》充分表现了传统乡村日渐凋敝的悲剧性思想主旨，谱写了一曲传统文化的挽歌①。时代创造了新的文化，却没有建立令人信服的文化新秩序，悲剧性地呈现传统秩序的倾颓就成为必然的文学走向。雷蒙·威廉斯说："在我们历史中的某些特定阶段，复兴悲剧一直是一个策略，它出自人们需要传统的意识。尤其在本世纪，当人们普遍认为这个文明正在受到威胁的时候，用悲剧的理念来描述受到当今乱世之威胁或破坏的重要传统的做法显而易见。"②从这个角度看，作品关于"秦腔"的描写和细碎记录，就是一个文化策略。"秦腔"意象不是故事的构成要件，与实际生活需要无关，只是夏天智等清风镇人带有审美趣味的生活消遣。可是这种生活的修饰性构件，却赋予清风镇人生命某种必需的滋味，即使在生活中只占有修饰性角色，它们却使清风镇人的生活不再苍白。

以"秦腔"为代表的传统生活方式的消逝，相应地会带来对那个时代的回忆和眷恋，哀悼传统消逝反而催生追慕和珍视传统的现实行为。在这个意义上，《秦腔》就不是一个简单的表示哀悼的挽歌。米兰·昆德拉说："小说不是作者的忏悔，而是对陷入尘世陷阱的人生探索。"③通过《秦腔》，贾平凹在思索现实的陷阱，并通过对乡村传统的缅怀来质疑现代性发展的合理性。所以，他一方面以浮世绘

---

① "挽歌"的思想主旨，是2005年罗岗在上海举行的《秦腔》作品研讨会上提出，会上栾梅健也附和这个观点。这次研讨会以《秦腔：一曲挽歌，一段情深——上海〈秦腔〉研讨会发言摘要》为题发表在《当代作家评论》2005年第5期上。在此后，众多文章都以"挽歌"作为题目，评价《秦腔》，如刘志荣《缓慢的流水与惶恐的挽歌——关于贾平凹的〈秦腔〉》（《文学评论》2006年第2期）、王春林《乡村世界的凋蔽与传统文化的挽歌——评贾平凹长篇小说〈秦腔〉》〔《海南师范学院学报》（社会科学版）2005年第5期〕等。自《秦腔》后，乡村在市场化环境中的凋敝愈发引人注意，"挽歌"也成为此类作品的一个基本主题和情感基调。

② [英]雷蒙·威廉斯：《现代悲剧》，丁尔苏译，译林出版社，2007，第6—7页。

③ 米兰·昆德拉：《小说的艺术》，董强译，上海译文出版社，2004，第34页。

的方式立体凸显传统乡村的颓败及其被妖魔化的过程，另一方面又描写了刚毅严正、视土地为生命的夏天义，宽厚仁慈、德高望重的夏天智，纯洁善良、温柔贤惠的白雪，自尊自重、自怜自爱的引生，对这些人物及其品质的赞美，从某种程度上是以一种前现代的文化来为现代性"补天"，文学在这里成为一种想象性的解放力量，从而使乡村挽歌式的叙事从深层渗透出喜剧的因子。

这种喜剧性因子在《高兴》中被放大。这是一部描写农民流落城市的小说，按照 20 世纪的文学传统和文学惯性，这种故事的基调应该是悲剧性的。而从故事表层来看，《高兴》也似乎没有改变这种文学传统和文学惯性，但是，在展示人物生活及其精神的时候，却使用了喜剧性的反笔。从 20 世纪的文学传统来看，现代汉语文学作品描写的城市流民大多像闰土、祥子，或臧克家笔下的"老马"，死干苦熬，呆滞木讷。这个历来被轻贱忽略的群体，却在《高兴》中扭转了世人对他们的凝固认识。刘高兴、五福、黄八、杏胡这些生活在城市最底层的拾荒者，没有一个是以上述面目出现在读者面前的。他们依旧是被忽略的一群，然而他们自己却从来不以为意，反而于其中自得其乐。他们的精神状态很难以现代价值去评判，但是，脱离现代价值评判系统，贾平凹却带领我们发现了另一个亮丽的人生风景。就连最不为世俗道德容忍的妓女，贾平凹也为她们的存在寻找了一个充满神性的理由（小说中信言凿凿的佛妓锁骨菩萨的故事，把淫秽与圣洁、肮脏与牺牲结合在一起，使自以为纯洁的现代人自惭形秽）。贾平凹说："我要写刘高兴和刘高兴一样的乡下进城群体，他们是如何走进城市的，他们为何在城市里安身生活，他们又是如何感受认知城市，他们有他们的命运，这个时代又赋予以他们如何的命运感，能写出来让更多的人了解，我觉得我就满足了。"[1]如果说《秦腔》是对乡村颓败现象的放大，能够让我们正视熟视无睹的乡村现实的严重现状，《高兴》则是扭转人们对于进城农民的误解，让我们见到了可敬可佩的新时代农民。

这种扭转主要通过主人公刘高兴表达出来。这个人物很容易让人想起阿Q，处于社会底层，生活窘迫，背井离乡；面对人生挫折，从不放在心上，而是为自己寻找开脱。可是，这个人物绝对不是阿Q，他有阿Q的精神胜利法，却有知识、

---

[1] 贾平凹:《我和刘高兴——长篇小说〈高兴〉后记》,《美文》(上半月刊)2007年第8期。

有品位、有心计、懂谋略，善良、朴实、自尊、自重。他本名叫刘哈娃，却把自己的名字改为"刘高兴"，每天喜眉笑脸地面对生活的苦难。面对城市人的轻视，他想的是"遇人轻我，必定是我没有可重之处"。同时，他又以自己的方式快乐生活，感染和帮助身边的人，努力在城市中寻找自己的位置。生活在贫瘠的环境中，他有丰富的内心世界和情感追求，对爱与生活有自己独到的理解。这个人物，完全是以喜剧的姿态来面对严酷的现实生活。利用这个人物，贾平凹对当代读者施行了反启蒙，扭转了我们对于中国农民由来已久的阿 Q 印象。

当然，这种扭转也是借助于时代的力量，就像当年的赵树理能够写出新时代的农民一样。电影《高兴》无疑捕捉到了这种扭转的痕迹，以刘高兴和孟夷纯的爱情故事为主线，演出了一部农民在城市的大狂欢。它剔除了小说《高兴》的悲剧因子，不过，也不能否认小说《高兴》确实存在着许多喜剧性元素。它昭示着由于新世纪时代文化的重建，有关乡村传统的叙事伦理正在发生某种变化甚至是扭转。

三、狼族传说与民族重建

在各个种族的民间叙事中，狼族传说都是一个重要的组成部分。中国也不例外，我们是在"狼来了""狼外婆"的故事熏陶中长大的。与这两个故事相反的是人狼传说，在这种诡异传说中，一般是人类的孩子被狼族叼走变成了人狼，本质上是一个人性迷失的故事。不过，在中国文学中，狼族传说很少进入严肃文学叙事，这种历史状况在世纪之交发生了扭转，狼族传说不但进入严肃文学的神圣殿堂，而且数量之多，寓意之丰，都是以往难以见到的。

首先，不能不提及两篇短篇小说《狼行成双》（邓一光，1997 年）和《母狼》（郭雪波，1998 年）。它们产生的时间相近，在读者中有很大影响。前者是以拟人化的手法写一对生存在艰难环境中的狼，主题似乎有关"爱情"；后一篇是写人狼冲突，母狼反哺人类孩子的故事，主题关乎伟大的母爱。然而，两篇小说对动物情感的肯定，对践踏动物情感与尊严的谴责，对动物母爱的赞美，都超出了传统狼族传说的主题归纳，也有异于中国传统的狼族故事。它们对狼性的肯定，体现出用一种反思现代性的方式审视人与自然的关系，其中潜藏着重新定位人类与自然之间的伦理关系的隐秘意图，以反驳现代以来"人类是万物之灵长"派生出来的人类优先性的自然生态伦理。这种"自反性"的文化思考，似乎也与中国古代哲人列子的"天地万物与我并生，类也。类无贵贱"①的思想相沟通。

当地球上没有地方不受到人类改造自然环境的影响的时候，这种"自反性"思维就成为一个具有普遍性意义的文学主题，它的存在，"靠的是提出一种有关文化对自然之债务的说明"②。贾平凹的长篇小说《怀念狼》似乎也是在延续着这个主题。但是，长篇小说的体式给贾平凹更开阔的闪展腾挪的空间，小说的主题不再单面地思考狼或人的优先性问题，而偏向了关于自然界中人与自然的辩证关系。小说镜头对准贾平凹一生梦萦魂绕的商洛山，在这个区域里，历史上狼灾曾经像土匪一样是民生苦难的根源之一，上千年来，这里的百姓都在与狼群做决绝的生死争斗。新中国成立后，人类的集体猎狼行动，几乎杀尽了这一区域的狼。小说的反讽意义在于，当年的猎狼队队长如今却成为狼的最真诚的守卫者。

贾平凹显然不想把笔停留在这个反讽故事上，而是想探向其背后，去发掘更隐秘的意义。小说开端设置了城市叙述者"我"，一个祖籍乡村的第三代城市人，"一张苍白松弛的脸，下巴上稀稀的几根胡须"③；"我"的儿子，可能再也长不出胡须，成为受人讥笑的那种奶油小生。而我的舅舅——那位猎狼队队长——行为粗鲁，却满脸胡子拉碴，身体孔武有力。这种代与代、乡村人与城市人之间的对比，暗含着人种退化的批评和焦虑。这种批评与焦虑曾经是1980年代文学的一个主题，《怀念狼》又向前进了一步。小说故事的焦点放在了舅舅身上，他和其他猎户在没有狼之后，竟慢慢传染上了一种怪异的病，先是精神萎靡，浑身乏力，视力减退，再就是脚脖子手脖子发麻，日渐枯瘦，性格也逐渐趋向怪癖，精神上越来越痛苦。这种怪病开始传染到周围人群，而狼于此时重新出现，并且在伤害周围的人。人们最终发现，这些狼竟然是人变异而来的。这是另一种意义的人种退化，退化的方式很容易让我们想起尤奈斯库的名剧《犀牛》。只不过《犀牛》是

---

① [战国]列子：《列子·卷第八·说符篇》，载杨伯峻撰《列子集释》，中华书局，1979，第269页。

② [英]凯特·里格比：《生态批评》，刘玲译，载阎嘉主编《文学理论精粹读本》，中国人民大学出版社，2006，第193页。

③ 贾平凹：《怀念狼》，作家出版社，2000，第2页。

隐喻集体异化给个体带来的压迫与恐惧，表达个体在现代社会里的焦虑；《怀念狼》则表达一个种群在对立面消失之后集体的畸变与沉沦，是一个种族在现代社会的焦虑。《怀念狼》显然带有民族寓言的性质，就像詹姆逊所说："所有第三世界的文本均带有寓言性和特殊性：我们应该把这些文本当作民族寓言来阅读，特别当它们的形式是从占主导地位的西方表达形式的机制——例如小说——上发展起来的。"①《怀念狼》表现了狼与人的互依关系，狼群的缺位使人类种群自然延伸失去了凭借，种族的退化与畸变就不可避免。这样一来，《怀念狼》的意蕴与《狼行成双》《母狼》有了区别，狼族传说与民族重建产生了直接的文学联系。

除了狼之外，《怀念狼》颇有意味地描写了另一个动物——大熊猫。在当代的民族叙事中，大熊猫，外形姿态可爱、性格平和而种姓历史悠久，内含着一个有别于龙或睡狮的中华民族形象想象。这个民族形象象征及文化想象，是典型的霍布斯鲍姆所谓的"发明的传统"。一个民族"发明传统"，常常被解读为有关民族重建的文化政治。大熊猫取代中国龙，成为中国在世界舞台上的国家形象，本来就是近四十年的事情，其背后或许隐藏着中国国际政治建设的需要。而到了新世纪，大熊猫诚然可爱，但其笨拙和繁殖艰难的特征，已很难满足已经迅速发展的中国及其国民对自身民族想象的需要。在这种状况下，就有必要重新审视原有的文化系统，从民族传统中寻找新的资源，重估文本，重构形象。《怀念狼》一开始就颇有意味地描写大熊猫艰难的生产过程和大熊猫研究专家迂腐可笑的行为，本就暗含着对这个近四十年"发明的传统"的不以为然。小说从描写大熊猫游离、转移到描写狼族，本身就暗示着原有的民族叙事发生了表达危机和美学困境，而狼族叙事，则体现了以文学方式对现实矛盾的一种想象性解决。

这种狼族传说与民族重建的隐秘联系，从另一个闻名遐迩的文本中更显明地表达出来。

姜戎的《狼图腾》（2004），是新世纪长篇小说的传奇文本。这部长篇小说在短短的四年时间里突破了240万册的销售量，是市场化环境的一个畅销奇迹。《狼

---

① [美]詹明信（詹姆逊）：《晚期资本主义的文化逻辑：詹明信批评理论文选》，张旭东编，陈清桥等译，生活·读书·新知三联书店，1997，第523页。

图腾》畅销的秘密，很大程度上在于它勾起了一个时代重构民族形象的集体幻想。这个幻想的基础是建立在游牧文化 / 农耕文化、过去 / 现代二元对立思维之上的。故事主题展开的依凭是几十个狼族故事，尤其是几场惊心动魄的草原大战，如狼羊之战、狼马之战、人狼大战等。通过这些狼族故事，塑造了狼族机智、狡黠、顽强、团结和拥有高度的组织性、纪律性及牺牲精神的品质，彻底改变了狼族残忍、奸诈、以强凌弱、忘恩负义、人类的敌人、人性的反义词等传统文化印象。小说可读性极强，故事的叙述和衔接比较圆融，语言生动形象，写景叙事极富张力，但是，又很难说这是一部艺术上多么出色的长篇小说。

小说的缝隙主要出现在叙述人陈阵身上。他在故事中的角色是一个来自北京的知青，被看作游牧文化的崇拜者的代表。作家既通过他笨拙的、充满枝节的草原经历来展现草原上游牧群体与动物群体之间优美的平衡，又常常借他之口，像一个义愤填膺的文化愤青、一个草原游牧文化忠诚的布道者，滔滔不绝地宣示原始草原文化的优越、农耕文化的没落以及一个成功的但无知的现代性的危险。陈阵过于激越的"布道"，是（故意）泄露作家对"软弱"的农耕文化的失望，以及对当下中国物欲横流带来的精神危机的忧虑。姜戎在接受记者采访的时候，明确表示讨厌将《狼图腾》当作"趣味性"故事去读："写完《狼图腾》之后，我的心情始终是沉重的。一下子从书稿中的'原始草原'回到这个喧嚣的社会，暂时会有一种情感上的疏离与排斥。《狼图腾》终于出版了，面对公众和媒体，我担心会有人问我'狼'的那些有趣的故事——我很怕掉进'有趣'的氛围里。"其写作意图是"在'中原大地'的农耕土壤上，竖立了一个具有可比性的参照系，让人们更清晰地看到本民族的弱性"[1]。所以，《狼图腾》从本质上讲仍旧是关注国民性和民族性格重建的旧题小说。美国学者潘卡吉·米舍尔说："姜戎采用鲁迅式的手法，试图通过文学来转变民族性格，用小说描写自己与牧民的生活来升华主题。"[2] 这无疑是看到了姜戎小说的秘密。他与鲁迅的相通之处，都是用文学的方

---

① 姜戎：《从草原回到喧嚣社会——我的心态决定我缺席》，《新京报》2004 年 4 月 27 日第 4 版。

② [美] 潘卡吉·米舍尔：《荒野的呼唤——评〈狼图腾〉》，林源译，《当代作家评论》2008 年第 6 期。

法进行"灵魂改造"。在长达四万字的写作后记中，姜戎极力把草原游牧文明与华夏文明对接起来，并通过种种资料和史料证实华夏文明的起始文化形态是游牧文明，以重申用游牧文化重构民族的合理合法性。

《狼图腾》是一个洋溢着文化民族主义想象的喜剧性文本。像那些乡村叙事文本一样，它的喜剧性是通过对有价值的民族文化或民族性格的再发现来实现的，它让处于精神困境中的国人看到希望、坚守的意义和勇气。这种吊诡的喜剧性叙事，在世纪之交（尤其是新世纪）蔓延开来，譬如《水乳大地》《额尔古纳河右岸》《藏獒》《藏地密码》《伏藏》等很多边地题材的作品，都出现了这样的特征。这些作品把某种古老传统或"发明的传统"作为现代传统重建的价值基础，呈现出浪漫、传奇的风格。但是，此类文学试图使比城市环境更为荒蛮、驯化了的、理想化了的"传统"固定下来，其思维的现代性和可行性也十分可疑。

第三节　从文人故事承接中国传统

在世纪之交的长篇小说创作中，有一类主要以文人为写作对象的小说颇为引人注目，它们从另外一条路径上承接了中国传统。

在展开这个话题之前，我们需要谈一谈"文人"的概念。

这个概念的直观理解，"文人"即"读书人"或受过一定程度系统教育的人——我们现在更热衷用"知识分子"这个名词来指代这个阶层。但是，"知识分子"不是一个中国古而有之的概念，它是一个现代词语，来自西方现代语言系统，它在传入中国的时候，发生了我们前面所说的"翻译的政治"。

现代中国主要是在三个层面上接受西方的"知识分子"概念：一是朱利安·班达所指的"人类的良心"，"他们的活动本质上不追求实践的目的，只希望在艺术的、科学的或形而上学沉思的活动中获得快乐，简言之，他们旨在拥有非现世的善"。① 二是特指葛兰西所谓的"有机知识分子"，是"资本主义企业家同自身一起

---

① ［法］朱利安·班达：《知识分子的背叛》，佘碧平译，上海人民出版社，2005，第78 页。

创造出工业技师、政治经济专家、新文化和新法律体系的组织者等人员",是为资产阶级服务的"专业人员"。①三是萨义德所谓的"具有能力'向（to）'公众以及'为（for）'公众"的人，而他们"在扮演这个角色时必须意识到其处境就是公开提出令人尴尬的问题，对抗（而不是制造）正统与教条，不能轻易被政府或集团收编，其存在的理由就是代表所有那些惯常被遗忘或弃置不顾的人们和议题"。②需要强调的是，我们所谓的"文人"，不同于以上任何一种描述，侧重指有传统生活特征和审美趣味的读书人，他们历来是中国文学稳定的写作对象，在中国文学中形成了特有的文人文学传统：不以文人的政治抱负为主要宗旨，而是关注他们的生活、情感、思想、情操，形成一种有关文人的日常生活叙事，文学分类可归之于传统世情小说、才子佳人小说或士林小说。当然，世纪之交长篇小说中的"文人"，又不免受到现代文化的影响，有一些形象兼顾了现代知识分子和传统文人的双面角色，这些形象在这两种角色之间的纠结，隐含着某种时代文化的意义，其形象塑造，也是对现代汉语文学人物形象的新的审美贡献。

在世纪之交，一部分作家继承了中国文人文学的某些传统，在长篇小说写作中形成了一次状写文人的创作热。他们主要运用文人的话语表达文人的经济、宗教、情感等生活方式和态度，展示文人的日常生活风貌，表现出文人特有的生活情趣和审美趣味；在文学风格和追求上，继承了古典文学对智性和审美敏感的传统，体现传统文人文学特有的品质、趣味和风格。就题材来看，可以分为艳情小说、拟才子佳人小说和新文人小说三类。

一、情色叙事与文人趣味

世纪之交，随着"陕军东征"，文学情色描写逐渐增多，尤其在长篇小说领域，情色描写在1990年代蔚为大观，成为许多长篇小说重要的描写区域，情色叙事也成为这类长篇小说作家征服读者、表达主题意图的一个重要的叙事策略。

---

① [意] 安东尼奥·葛兰西：《狱中札记》，曹雷雨、姜丽、张跣译，中国社会科学出版社，2000，第1—2页。

② [美] 爱德华·W.萨义德：《知识分子论》，单德兴译，生活·读书·新知三联书店，2002，第16—17页。

1990 年代蔚为大观的情色叙事，很容易唤起人们关于中国古代艳情小说的文学记忆。

艳情小说是一种题材上很极端的中国世情小说门类，在明清之际甚为风行，其优秀的作品如《金瓶梅》《肉蒲团》等。优秀的艳情小说的艺术价值不在专写性事，而是以性事描写为载体，为叙事策略，着意描写众生世相，塑造的形象鲜活生动，呼之欲出，并且能够从写人状物中深刻地洞悉某种社会发展趋势和人生意义，表现出鲜明的世俗教化特征。进入现代之后，这种小说传统受到大力挤压，鲜见佳作。

1980 年代，中国文坛出现了张贤亮的《绿化树》《男人的一半是女人》和王安忆的"三恋"系列、《岗上的世纪》，不过，性事描写比较含蓄隐晦。张贤亮对性的描写，明显透露出性与政治的隐秘关系，着眼点显然不在性，而在政治隐喻。王安忆的性描写，比张贤亮大胆、直露，但是同样有一种意义的暧昧性，而且，女性作家的身份也使她有所拘束，对心理体验的重视要多于感官，所以，其性事描写与其说是受到了中国传统的影响，不如说是来自西方劳伦斯文学的营养。

到了 1990 年代后，陕西作家再次打破这个禁忌。1993 年前后，出现了几部陕西作家创作的长篇小说——《废都》、《白鹿原》、《最后一个匈奴》（高建群）、《八里情仇》（京夫）和《热爱命运》（程海），它们都不约而同地把男女性事作为重点写作内容，其带有自然主义的性描写，明显有中国传统艳情小说的风格，这些小说也因此震动天下。其中《废都》是这批作品的领军，它以西京名士庄之蝶为主人公，描写西京文人的艳情韵事，诗酒文会，颇有《金瓶梅》的色彩，充满了世俗生活特征和趣味，而在性事上的大胆直露，更似《肉蒲团》《灯草和尚》，因此倍受抨击。

客观地说，《废都》的艳情描写并没有达到理想的艺术高度，比较粗俗，境界流于下层，给人以腌臜和猥亵之感。但是，它的存在也有其特殊的价值。从文学写作的角度来看，《废都》打开了当代汉语写作的一扇窗户。自然主义的性描写一直是现代汉语写作的一个禁忌，自《废都》后，性事成为一个重要内容，出现在现代汉语文学（尤其是长篇小说）中。不管接受者是否愿意，性事作为人类生活的一部分，包含有丰富的人类学内容和文化信息，本就是文学的一个题材领域，也是中国文学传统的一个部分，不应该被排除在现代汉语写作之外。从发生学的角度看，《废都》等作品出现在当代禁欲的大文化环境中，其极端的写法以及因此而来的极端的反应，可以视为当代文化转型的一个符号，其中隐藏着丰富的信息和内涵。夏志清说："中国可能一向固守孔子的中庸之道，是一个务实的民族；但中国人的小说所讲的却是另外一回事；表面上虽总是强调节制和谨慎，它的人物在不顾一切地追求爱情、荣誉和欢乐时所走的却是趋于极端的路。"[①]《废都》在艺术上即反映出这种极端性，庄之蝶混乱的男女关系和腌臜的床帏之事，确实让一直生活在比较纯净的道德文化环境中的当代读者大吃一惊，不过，这个时代文化对之的反应同样显示出极端性特征。极端反应既反映在对之的极端反击中，又反映在对之的极端迎合中，前者是主流文化对之的蔑视、愤怒和禁绝，后者是商业文化有意借之刺激、迎合读者的低级情趣而进行的商业化操作。极端的文学以及极端的反应，只不过是现代汉语创作以别开生面的新形式再次展示了当代文学特有的创作现象。

不过，《废都》作为一个特殊的文学考察对象，不能仅因其性事描写低俗就完全将之归于低俗小说。纵如上述，《废都》的性事描写，主要是继承《金瓶梅》等通俗类世情小说的传统，但是，能够显示其艺术价值的，显然不在此处。传统世情小说虽然比较擅长描写世态人情，但是，因为其阅读对象主要定位为市井小民，所以其艺术勾画偏重市民口味，而因此对中国文学诗文传统所体现的细腻精致、含蓄蕴藉的美学稍显迟钝。如《金瓶梅》间有家宴友会，场面描写也比较细腻，但流于粗俗；其文也有诗文典故，但大多流于教化。而《红楼梦》之所以历来被视为中国最伟大的古典小说，很大程度上是因为它以小说的形式凸显了中国文人文学精致细腻、含蓄蕴藉的美学风格和趣味。《废都》在世态人情之外，主要关注以庄之蝶为首的文人生活，因此在多处沾染了传统文人小说的痕迹。如它明显有"以才学为小说"的文人小说特征，天文地理，诸子百家，诗文辞赋，灯谜酒令，医卜星相，无所不包，无所不有；人物举动嗜好，只言片语，环境一草

---

① [美]夏志清：《中国古典小说》，江苏文艺出版社，2008，第24页。

一木、一砖一瓦，矜才炫博，连篇累牍，取名皆有依傍，判词谶语具富深义，非文人无法领会其趣味，显然是文人文学特有的文学品格。

对传统文人文学的偏嗜，也不阻挡现代因素的浸入。贾平凹显然是以极高的兴致详细描述庄之蝶这个角色荒淫无度的生涯，但是，同时又为他堕落沉沦的程度所震惊。庄之蝶是西京古城四大名人之首，其发迹不管是充满艰辛，还是偶然机遇，必然伴随着向上的进取精神，而小说家却选择在他的人生顶点描绘他的坠落，自然别有深意。小说展示的也不是这个西京才子的惊人写作才华，而是他的邪情痞趣。从某种程度上，可以将其沉湎女色以及其他古怪嗜好理解为他对江郎才尽的逃避，企图从中寻找安慰以攫取久违的创作灵感，但是，这种寻找就像吸毒，结果证明他选择了沉沦的不归路。不仅庄之蝶如此，西京其他三个名人亦如此，他们荒唐无稽的生活和苍白的精神世界，象征了西京古城文化的整体堕落。同时，小说从另一个方面又展示了西京文化的颓败和堕落，显然也不是庄之蝶们的行为推衍所致，反之西京的时代文化可能是导致庄之蝶们堕落的罪魁祸首，因为在西京杂乱肮脏的大染缸中，谁都无法逃避被染黑的结果。小说因此具备了社会批判的色彩，而这种批判性是小说的主要支点和着力点。

庄之蝶最终身败名裂颇符合传统世情小说因果报应的结局，但是，小说家显然不想失去自己的主体性，而安排了庄之蝶出走西京城。"出走"，是一种典型的现代知识分子的文化行为，可是，贾平凹明显又对这种出走的结果缺乏文化自信。小说结尾的环境描写，颇有意味，西京仍然欣欣向荣，充满生命活力，但是，西京环境肮脏杂乱，处处藏污纳垢，真正维持着社会运转的权力仍在（市长在最后意味深长地出现了）。而且，庄之蝶只有出走行为，却没有目的地，或许正暗示着他处亦如此处，庄之蝶已经无处逃遁，所以只能给他安排死去的结局。小说的结尾颇有深意：

> 周敏就使劲地拍打候车室的窗玻璃，玻璃就拍破了，他的手扎出了血，血顺着已有了裂纹的玻璃红蚯蚓一般地往下流，他从血里看见收破烂的老头并没有听见他的呐喊和召唤，而一个瘦瘦的女人脸贴在了血的那面，单薄的

嘴唇在翕动着。周敏认清她是汪希眠的老婆。[①]

周敏见到庄之蝶正在逐渐死去，按照生活的实际逻辑，其本能反应应该不是拍打一个门户敞开的候车室的窗玻璃，小说文本呈现的故事显然是一种小说家行为。行为的焦点已经离开了庄之蝶，而转向了周敏——他站在一具死尸旁，极其恐惧，就像一个被窒息的、濒临死亡的呼救者。这个场景像极了鲁迅著名的铁屋子，只是鲁迅的铁屋子是死一般的沉寂，而这里却是尖利的挣扎。此处亦如他处，"东京"即"西京"，庄之蝶的今天或许就是周敏的明天。而汪希眠老婆的出现，进一步虚化了这个场景，她就像一个饥饿的魔鬼，渴望舔舐周敏们的鲜血，读到此处，阴森与绝望，自然像充塞周敏的胸膛一样，也盈塞了读者的胸膛，令人产生虚无绝望的情绪。贾平凹似乎是以此结局，来演示色欲焚身这个传统小说主题，又似乎在其中掺杂了知识分子无处逃遁的现代主题。两种主题相交织，使《废都》呈现出晦暝莫辨、混沌多义的美学特征。

这种古今杂糅的写作态度，在新世纪的《风雅颂》《所谓作家》等以传统文人为主角的小说中仍有承续。它们都以文人名士为写作对象，文中也不乏文人艳情韵事的描写与叙事，故事结局大都以文人名士的失败、死亡或出走为结局，而其主题呈现都难以用一个确定的概念加以概述。这是传统在现代承转过程中的一种经典特征。

二、拟才子佳人小说

从某些特征上说，才子佳人小说也是世情小说的一种。这种小说仍以男女情事为题材，只是对象更倾向于以文士佳人为主角，因而有别于市井百姓的婚恋故事。鲁迅将其特征概括为："至所叙述，则大率才子佳人之事，而以文雅风流缀其间，功名遇合为之主，始或乖违，终多如意，故当时或亦称为'佳话'。"[②]

在这里，之所以在这个名词前加"拟"字，是因为世纪之交长篇小说中有很

---

① 贾平凹：《废都》，北京出版社，1993，第 518 页。

② 鲁迅：《中国小说史略》，载《鲁迅全集》（第九卷），人民文学出版社，2005，第 196 页。

多才子佳人故事，但是，它们与传统才子佳人小说还有区别。传统的才子佳人小说是通俗类小说，主要流布市井民间，且如鲁迅所述，形成了一定的写作程式。世纪之交此类小说虽然也以文士佳人为主角，但其文学渊源更接近于唐传奇以来的文言小说：故事男主角是有一定知识修养的文人，女士则不一定全是佳人，有世俗女子，甚至还有的是妓女；故事的结局大抵不采取大团圆的结局，多以悲剧收尾。

当然，拟才子佳人小说仍符合传统才子佳人小说的基本规范，这个规范就是主写男女情事，而且很多都牵扯到一男多女的关系。中国传统社会是一个伦理社会，男女之事也是社会伦理纲常的一个重要组成部分。我们现在常常用现代男女爱情关系去衡量传统男女情事，这是有问题的。自"五四"之后，"爱情"这个词随着西方现代观念的流入，逐渐附加了自由、平等等人权概念，它与中国古代男女之间的"情"是有区别的，所以，以古今错位的概念衡量传统男女情事，往往会文不及意。譬如，世纪之交长篇小说中经常出现一男多女的关系，如果用现代男女平等、一夫一妻的观念去衡量这种男女关系，自然就会得出一些道德性的评价，像庄之蝶、夜郎（《白夜》）、子路（《高老庄》）、杨科（《风雅颂》）等，都要受到现代道德观念的批判。可是，在传统社会，这种一男多女的结构，本身就是现实社会一夫多妻制的反映，多女侍一男，并不意味着女子没有自尊，也不意味着她们因此不能收获"爱情"。清人沈复的《浮生六记》是一部自叙传性质的作品，主要记录自己的夫妻关系。他与妻子陈芸情投意合，琴瑟和谐，恩爱非常，但是，陈芸仍然允许沈复纳妾，甚至得知丈夫心慕某个女子，还为他们牵线搭桥，促使他们互结连理。我们可以很容易在《红楼梦》等多部古典作品中找到这种社会关系的痕迹。中国古代男女关系的评价尺度，在于是否遵守了社会伦理，只有逾越社会伦理规范，才被视作不正常的男女关系。所以，古代涉及男女情事的小说，根本冲突不在是否存在多角关系，而在是否遵守伦理秩序。"情"与"理"的冲突，才是核心的冲突。而勇敢的男女往往因为顺从心（性）的需要，积极追求真正的"情"，才最终冲破了被视为"男女之大防"的伦理。

从现代观念出发，《风雅颂》中的杨科就有可能被视为一个小丑和笑料，然而，换为传统角度，我们却发觉他是一个正常的传统文人。以一个传统文人的面目出现在现代社会，正好说明他是一个不合时宜的人，一个社会的落伍者。妻子的背叛，并没有引起他感情上的波澜，这是因为他对妻子早已经没有了"情"，他在发现妻子越轨丑行的一刹那发生的变态性的行为，反向证实了这样一个本来有着正常人情、人性的文人已经被现代社会机制压扁了。随着他逃出城市，回到寻找他的精神故乡的路途中，他逐渐恢复了正常的文人本色。他与妓女们胡天胡地，偷窥子侄辈的洞房性事，从本质上说，都是从"性"、从"心"、从"情"的结果。在阅读过程中，随着故事的展开，读者也不会把杨科视作一个内心龌龊的卑鄙小人，他在现代社会无可逃遁，恰恰反向批判了社会的不平和不公，而这种笔法，恰恰是传统才子佳人小说所要达到的艺术目的。

除"情"之外，才子佳人小说还关注"才"和"色"。如《玉娇梨》的男主人公苏友白所言："有才无色，算不得佳人；有色无才，算不得佳人；即有才有色，而与我苏友白无一段脉脉相关之情，亦算不得我苏友白的佳人。"①"色""才""情"，是才子佳人故事的基本元素，也是能够吸引读者的基本元素，而对这种性质的元素的重视，也反映出它是传奇的流脉。现代汉语文学作家在描写男女情事时，实际上也继承了这种文学传统，从《伤逝》《家》《寒夜》《红豆》等作品中都可以寻找到痕迹。

世纪之交某些长篇小说作家在写作男女情事时，就贯彻了三元素结合的写作原则。最为明显的是天津作家温皓然，她的作品是典型的拟才子佳人小说，有很强的通俗色彩，同时，又多处呈现出现代批判思想。其代表作《箜篌引》是一个典型的一男多女的故事。男主人公墨历宏览博学，精通诸艺，有深厚的古典文化素养，与世无争，但却命运多舛，频受小人打击。而其命却又桃花灿烂，身边环绕着众多的美人才女，其中尤以穆蘗罗、秦芙为胜。小说的故事结构显然受到了《红楼梦》的影响，墨历独爱貌美如花、才情高远而患有不治之症的才女穆蘗罗，色、才、情，是他们结合的主要特征，让读者很容易想起贾宝玉与林黛玉的天作之合。而其他美女之所以在这场情爱竞争中败北，根本原因就是有才、有色而没有情。当然，温皓然小说之所以受人称赞，就是因为她善于在一个通俗的"鸳鸯蝴蝶派"故事中加入其他传统元素，譬如，在这部作

---

① ［明］荑秋散人：《玉娇梨》，冯伟民校点，人民文学出版社，1983，第54页。

品中，遍布诗词歌赋，小说因此显示出对传统文学的智性和审美的敏感；小说丹枫呦鹿的故事和众多佛教故事野语偈言，也是模仿《红楼梦》，与中国神秘主义文化建立了联系，产生了绚丽传奇的文学色彩。在传统之外，小说又杂入现代元素。墨历的悲惨遭遇，多不是命运使然，而是现实社会的罪恶，以及这罪恶环境酿就的人性。作者虽然没有把批判的矛头直接对准现实社会，但是，正是它的本末倒置和颠倒黑白，才发酵生成了种种丑恶的人性面孔，商业社会唯钱至上的机制，催使人的欲望无节制膨胀，也最终毁灭了人的肉身，同时也连带毁灭了善良的人们。

《废都》之后，贾平凹一时间成为当代争议最大的作家，1994 年《废都》被禁，也使他在很长一段时间里十分愤懑和感伤。不管人们怎么评价《废都》被禁这件事情，它确实对贾平凹的创作产生了直接的影响。《白夜》《高老庄》《土门》等作品，基本上排除了粗俗成分，尤其是随后的《白夜》，虽然仍写男女情事，却十分纯净与节制。这纯净与节制，影响了其他笔墨的使用，从而使《白夜》的审美形态十分符合含蓄蕴藉、诚挚节制的传统文学风格，也使它成为贾平凹小说的一部佳作。小说的故事核心是西京"闲人"夜郎与两个才貌双全的美女虞白、颜铭的恋情故事。这种一男两女、钗黛合流、双峰对峙的故事结构，灵感显然来自《红楼梦》。才女虞白，读《金刚经》，弹焦尾琴，清雅高贵，"心较比干多一窍，病如西子胜三分"，是一个典型的林黛玉式的纤纤病弱的美人。这种病弱敏感的美人形象，不用说也是受到了《红楼梦》的影响。以夜郎和虞白、颜铭的悲剧感情为核心，贾平凹铺写西京的世态人情，多处串写歌赋文章、琴棋书画，同时不失烟火味道。其中再生人故事、目连戏、剪纸画、布堆画等，充溢着民俗风味。小说以精灵一样的夜郎被捕为结局，再次显示出贾平凹 1990 年代小说特有的虚无主义色彩，读后让人像贾平凹一样伤感不已。

不仅仅贾平凹从《红楼梦》获得这样的灵感，在新世纪，格非《山河入梦》中的姚佩佩，也是这类形象。她虽然没有病弱的形体，但是，孤苦伶仃、无父无母的命运，以及对世俗社会的无力，都与林黛玉、虞白相类。这种病弱敏感的美人形象，自然很容易引起读者的同情与怜悯，产生一种文学审美情绪。小说的寓意，也在于因她们所代表的美的悲剧或毁灭，产生对造成美的毁灭的力量的憎恨。

三、新文人小说

新文人小说，是一种比拟的名称，并没有形成一个特殊的小说类别或创作倾向。这里只是意指在世纪之交长篇小说中，出现了一些以底层知识分子为描写对象的作品，而这些人物，很难归入班达、葛兰西或萨义德所谓的现代知识分子群体名下；同时，这些人物在性格上善良真挚，诚实直率，粗放慷慨，行为上倾向随性而为，或狂狷放达，或懒散乖羁，既不似西方文学中的"零余者""局外人"，被放大为社会的牺牲品的代称，也不是新生代文学中的愤世者，通过种种异端性的放荡行为曲折地表达对社会文化的不满，而更像传统文化中生活在社会边缘的文人或隐士，有自己的情操和理想，不合流于世俗，只以温和的行为姿态乖离于尘世。但是，他们没有对抗社会的思想或行为倾向，在低俗的生活中，也能够随遇而安，取得生命的快乐。因为这些人物在精神气质上更接近于中国传统上处于社会边缘的文人隐士，但是其所接受的教育、思想行为又是典型的现代人，所以姑且将以这种人物为主要描写对象的小说称作"新文人小说"。这类创作的代表作家是新世纪开始发迹的李师江和徐则臣，另外，范小青的《赤脚医生万泉和》，也显示出这种文学气象。

李师江和徐则臣都是"70后"作家，成名于新世纪，创作上有很多相似的地方。他们都歆慕古典传统，都有取材历史的作品，如李师江的《像曹操一样活着》《福州传奇》，徐则臣的《午夜之门》，且都是他们的重要作品，形式上有明显的古典文学传统印记；李师江的《中文系》和徐则臣的《水边书》均是记载"70后"青春成长的小说，皆将自己的旧影轻痕投印其中。他们之间更重要的相似点是他们都寓居北京，因描写"京漂"生活而声名鹊起。徐则臣的《跑步穿过中关村》《鸭子是怎样飞上天的》《天上人间》，李师江的《逍遥游》，是近几年"京漂"文学中难得的佳作。他们都以个人眼光和亲身经历切入时代，以个体小叙事及边缘生存观照社会生活，小人物的人生遭遇，细碎的日常生活，无限切近一种黏滞的真实，努力表达个性的声音。

两人尤其擅长塑造有一定知识修养、身居底层的城市边缘人。譬如《逍遥游》中的李师江、吴茂盛，《天上人间》中的边红旗，都被有意塑造为有别于正襟危坐的人、道貌岸然的人、装腔作势的人、委曲求全的人。这些人物在身份上有的是盗版书商，有的是小报编辑，有的是假证二道贩子，然而，不管从事何种职业，他们在精神上都亲近文学，喜爱诗歌，并且为此真诚地做过奉献——尽管这些奉献大抵以失败而告终，但是，他们是真正的文学爱好者。可能由于各方面的限制，他们很多事情做得不"美"，像吴茂盛行事粗俗，自我感觉良好，与人相处完全不顾别人的感受，极似戏剧中的丑角。这种人物在现实生活中也不乏其人，大都不为世人所喜，但是，他们很少虚伪、矫饰地生活，总体上比较坦诚，有点坏心眼和小伎俩，也放在脸上让你看，与人为善、不伤害他人，他们身上还残存着人类最基本的美德。譬如小说中的"李师江"，他对女人肉欲的渴望远多于爱情。他一边享受着小莫的身体，一边连一句敷衍安慰小莫的情话都不愿意说，但是，当小莫走投无路来投奔他的时候，尽管自己经济状况极其糟糕，他仍然收留了小莫，也没有逼着她找工作以缓解经济压力。小莫出走后，他没有漠然视之，而是积极寻找。在物欲熏心的年代，这个人物没有失去人的良知。李师江后来的人生状态，越来越像吴茂盛，对朋友惫懒，对女人痞赖，三言两语，就直奔性事，越来越粗俗，但是，他也像吴茂盛一样，尽管严酷的现实使他越来越粗粝，却没有使他失去做人的根本，他依旧善良，依旧渴望友情，所以，他在伤害了王杰和王欣后，知道积极弥补过失。这种人不管外表多么粗粝，心灵的质地总是柔软的。

从文学品相上看，李师江和徐则臣的小说更似朱文，而与王朔相差甚远。王朔小说描写了很多"雅痞"，他们表面上反主流的背后，却不自觉地流露出一种高高在上的贵族气息。1990 年代，以朱文为代表的新生代作家也以生活在城市边缘的读书人为描写对象，但是，他们行为和思想表现出的极端，让他们与普通人区隔开来，像卫慧、棉棉作品中的人物一样，被视为另类，因此失去了与普通读者沟通的机会。而李师江、徐则臣笔下的"新文人"，显然有深厚的现实生活根基。

1990 年代中期以来，越来越多的大学生滞留北京、上海等一线城市，被称为"蚁族"，就像边红旗所说的："觉得自己像只蚂蚁，和一千多万只的其他的蚂蚁一样。"[①] 徐则臣和李师江就描写这种人的生活、思想、情绪和感情。他们描写这种人事业的挫败，感情的创伤，但是，他们笔下的人物没有意识形态的重负，

---

① 徐则臣：《天上人间》，新星出版社，2009，第 16 页。

也没有太多极端的行为和思想，有关他们的生活描写，更多与日常生活内容相关。这种人行事似乎比较乖张，可是他们的行为却包含着原始的、本色的、朴素的、生机勃勃的生命内容。这种人也可能牢骚满腹、怨天尤人，然而，对于现实生活，他们并不仇视，而是积极融入其中。就像边红旗，一边抱怨北京生活的艰难和世人的庸俗，一边毫不犹豫地大声说："我喜欢这地方。北京，这名字，听着都他妈的舒服。"①他不满足像蚂蚁一样生活："蚂蚁太多了，拥挤得找不到路了，找不到也得找，不然干什么呢？"②发牢骚，有抱怨，但是，他们还是积极融入生活。在北京等一线城市，有多少像边红旗、李师江这样的人，他们生活艰难，匍匐在社会底层，却藐视生活的困难；他们诅咒生活不公，却仍然喜欢北京；他们有独立的精神追求，却不好高骛远。李师江与徐则臣的小说的价值，就在于诚实地描写这类"新文人"游荡在城市边缘，默默承受着那么多的孤独和心灵折磨，然而却依然坚韧地生活，寻找自我，确认自我。写作方式似乎是漫不经心，却十分贴近这个时代的生活核心，反映了真实的现实生活。

两位"70后"作家的写作有很多相似性，也各有自己的写作风格。徐则臣毕业于北京大学，后又在《人民文学》杂志做编辑，写作上比较守正，是一种厚重的现实主义风格，但是，也稍显呆滞。李师江虽然毕业于北京师范大学，也一直生活在北京，但是，他的作品先是在台湾发表，然后才在大陆引起业界注意，小说较少束缚，文学风格也行诡道。小说情节写得琐碎而变态，情绪疯狂，结构散漫。这种写作风格，不能不说与作品的读者定位有关，正如李师江所说："我知道我的书只适合一部分人阅读：他们既不想从我的书里得到什么教育，也不想得到道德启示，他们只是阅读，然后跟我会心一笑。"③正是因为这种定位，李师江写起来往往随心所欲，无所拘束，其小说因此显得比徐则臣作品灵动一些。

与李师江和徐则臣的城市边缘文人相比，范小青的《赤脚医生万泉和》则写的是乡村的边缘文人。《赤脚医生万泉和》是一个乡村历史题材的长篇小说，算不上优秀作品。这或许是因为范小青是一位文人气质比较浓的作家，她熟悉的写作

---

① 徐则臣：《天上人间》，新星出版社，2009，第15页。
② 同上书，第16页。
③ 李师江：《逍遥游·后记》，远方出版社，2005，第200页。

对象是城市和南方小镇生活，一旦进入不熟悉的乡村，她本来灵动隽永的笔致就显得凝滞起来。这篇小说的成功之一，就表现在她塑造了乡村医生万人寿、万泉和父子俩。在农业社会，乡村医生就是农村中知识的化身之一，即使在新中国的后窑大队第二生产队，也是因为村民们大多缺乏知识，万人寿父子才受到村民们的尊重。万人寿是老派文人的形象，能力超群，富有权威，但是，因为中风，早早地退出了村子的中心舞台。故事的主角是万泉和，一个在人们眼里并不合格的乡村赤脚医生。他行为木讷，颟顸可笑，时常有点像傻子（作品的结尾似乎证明确实如此）。但是，这种认识显然是一种世俗认识，他有自己的理想，为此他没有把心力放在医术精进上，而一辈子念念不忘做一个好木匠。这种不求实利、唯尚理想的执拗，是一种典型的书呆子形象。而他毕竟生活在新的社会条件下，并没有因痴迷理想而完全变成现代的孔乙己，而是力所能及地帮助困苦中的乡亲。他敬畏生活，心地善良，内心纯洁，对人间充满温情，富有宽容精神，即使别人一再伤害他，他也很宽厚地对待他人。以功利的眼光看，这种人是百无一用的书生，处处受到别人的轻慢和欺凌，但是，在没有受到世俗污染的人（如马莉、万里梅、曲文金）眼中，他是一块璞玉，应该受到尊敬和保护，而对真正看透了世界的人来说（如万小三子），万泉和才是这个世界的瑰宝。

可是，这种人以及他的生活，正在成为一个影像，一种色调，逐渐离我们而去。范小青对此虽然有些感伤，但是，并没有绝望之气，就像小说中的万泉和一样，以一种温和的态度面对这个世界。从这点看，她的写作与李师江、徐则臣的小说一样，对这个世界也持一种积极的姿态。

第四节　从神话故事和民间传说承接中国传统

除历史之外，民族神话和民间传说可能是后人"亲近民族本源之处"的另一条最便捷的路径。乡村故事和文人故事很大程度上是民族传统隐藏之处所，而历史与神话故事、民间传说则是民族传统的嫡子，是其最纯正的血缘纽带。

神话产生于初民生活环境中，很多民间传说与神话亦有难以分清的血脉关系，也是来自久远的民族生活。我们一般把神话视为虚构的精神产品，而马林诺夫斯基则不这样认为，在他看来：

> 神话总的说来也不是关于事物或制度起源的、毫无价值的一种臆测。神话绝不是幻想自然，并对其法则做出狂妄解释的产物。神话的作用既非解释，亦非象征。它是对非凡事件的陈述，那些事件一劳永逸地建立起部落的社会秩序，部落的经济活动，艺术、技术、宗教的和巫术的信仰与仪式。我们不能简单地把神话视为文学作品里的、活生生的、很吸引人的、虚构的故事。神话论述了寓于社会群体的制度与活动中的根本现实，它论证了现存制度的来龙去脉，提供了道德的价值、社会差别与社会责任，以及巫术信仰的可资追寻的模式。这一点构成了神话的文化作用。①

从人类学的角度看，神话故事和民间传说不能被视作单纯的文学虚构故事，它们不仅包含丰富的先民的历史生活信息，还折射出他们的思想、宗教和价值观念。这些因素成为每个民族历史建构的源头，化入该民族的集体无意识之中，潜在地形塑着每个个体的文化性格。所以，在每个民族历史发展的重大转折阶段，民族文化和文学都会不期然地重温民族神话和民间传说，以期寻找到再次扬帆起航的勇气或缘由。在新世纪，中国面临的新的发展态势，使回到民族本源之地又一次成为文学创作的必由之路。

一、从"重述神话"活动谈起

在实际创作中，文学与民族神话或民间传说从来就没有隔断联系，后者幽灵地游荡于文学的天空，常常不知不觉地肉身化到文学文本中。新世纪的特殊性在于，民族神话和民间传说取下了戴在幽灵面孔上的面具，直接显身至文学创作。促使幽灵直接显身的力量，一是来自时代的文化需要，这种需要明确显示为全球化时代各民族重申民族差异性的文化诉求，二是来自商业资本对商业

---

① [英]马林诺夫斯基：《巫术与宗教的作用》，载史宗主编《20世纪西方宗教人类学文选》，金泽、宋立道、徐大建等译，上海三联书店，1995，第 96 页。

利润的敏感和追逐。这种文学与时代之间的微妙联系，生动地呈现了新世纪文学创作的复杂性。这次文学与时代相互激荡的戏剧性场景，集中展示在"重述神话"活动上。

新世纪以来，"新神话主义"创作在世界文坛和影视界形成席卷之势，神话和民间传说成为全球范围内方兴未艾的文化产业的重要动力、产业资源和文化资本，其背后隐藏的文化效应和商业利润，诱发了 2005 年迄今全球三十多个国家、三十多个出版社共同参与的"重述神话"活动。这项活动的过程，透露出十分丰富的信息，让我们窥视到了资本时代文学生产的某些奥秘，对之分析，显然有助于我们了解当代文学的生产机制，也有助于我们理解"传统"在新世纪成为文学关注热点的奥秘所在。

一般说来，文学现象的呈现是先有文学，然后才有可能出现对之的关注和研究。"重述神话"显然异于过往的文学现象。2005 年伦敦书展上，英国坎农格特出版社宣布名为"重述神话"的大型书系已经正式启动，并于 10 月 22 日法兰克福书展举行全球同步首发仪式。同一时间，中国在北京西单图书大厦举行呼应性的首发仪式。会议高调宣布，这是一个由英、美、中、法、德、日、韩等三十多个国家和地区的知名出版社参与的全球跨国出版合作项目，参与者包括日本的大江健三郎、加拿大的玛格丽特·阿特伍德、英国的简妮特·温特森和凯伦·阿姆斯特朗、尼日利亚的齐诺瓦·阿切比、葡萄牙的若泽·萨拉马戈、美国的托妮·莫里森、意大利的翁贝托·艾柯等十余位诺贝尔文学奖、布克奖获得者和畅销书作家，中国作家苏童也位列这个阵容。而发布会上高调推出的图书只有英国作家凯伦·阿姆斯特朗的《神话简史》、加拿大作家玛格丽特·阿特伍德的《珀涅罗珀记》以及英国作家简妮特·温特森的《重量》。苏童的作品是一个计划中的意念之物，仍然在中国媒体上引起广泛的兴趣和普遍关注。

这次活动性质，完全可以从中国媒体积极介入的姿态显示出来。全国有多家媒体对之报道，有一些杂志全程跟踪报道了这一项目的始末。而大多数的报道具备明显的导向性，如一家媒体这样报道苏童《碧奴》的发行：

《碧奴》无疑是本年度最值得期待的图书之一。昨日，记者获悉，长约 16 万字的苏童《碧奴》中文版将于 8 月中旬正式出版上市，并在 9 月的 BIBF(北京国际图书博览会)上举行全球首发仪式。据悉，苏童用了四个月的时间完成这个最新的长篇小说……出版方重庆出版集团北京华章同人策划陈乾坤透露，苏童还将于 9 月开始巡回签售，成都已确定为继北京、上海、广州后的第四站。同时，出版方破例独家将《碧奴》开头公布，以飨读者。……在 6 月的新疆书市上，《碧奴》新书预告遭到各地代理商的哄抢，订货量远超过 10 万册。[①]

这篇报道的时间是 2006 年 7 月 13 日，而《碧奴》的出版时间是 2006 年 9 月。撇开出版时间的差异不谈，我们看到了对一部没有亲眼看到的文学作品，执笔记者却不遗余力地做出了明显具有导向性的报道，完全缺乏谨严、慎重的态度。类似报道中出现最多的词是"将"，它表明人们实际上是在为一部当时并不存在的事物举行某种拟宗教仪式的舞蹈活动，极尽虚饰夸张之能事，泄露了类似新闻典型的虚构性、臆测性特征，其中的奥秘不言而喻。[②]《碧奴》出版后，发行单位举行了盛大的首发仪式，并高调宣布创作者苏童将到多个销售网络巡回签售。其他参与"重述神话"项目的叶兆言、李锐及其作品，无一例外地受到发行机构的强力推出和媒体的热捧。这一系列明显有炒作嫌疑的行动，向我们坦陈了商业资本常见的运作模式。

"重述神话"另一个力量是来自主流文化。在"重述神话"的启动仪式上，与会人士包括中宣部、中国新闻出版总署、出版单位重庆出版社所在市重庆的权要人士。重庆出版社本来是一个名不见经传的地方出版社，能够请动如此之多的高层人士与会，背后的原因，或许正如时任新闻出版总署副署长的柳斌杰所强调的："中央确定了文化走出去的战略政策，中国出版要积极参与世界文化交流与合作，在全世界培育中国出版的品牌。利用国外的渠道、市场，把中国文化传播到

---

① 彭骥：《苏童新长篇孟姜女"碧奴"》，《成都商报》2006 年 7 月 13 日第 6 版。
② 另外，2005 年"重述神话"项目出版的三部作品，获得了当年"中国最美的书"的称号，并且拟被推荐参加 2006 年度"世界最美的书"的评奖。这一消息也被媒体高调宣示，其夸张和虚饰，又现一斑。

世界文化主流市场中去。"① 在中国经济崛起之后，主流意识形态逐渐意识到文化软实力在形塑民族国家形象方面所起到的重要价值，所以，在新世纪之后，增强中国文化软实力，让世界了解中国文化，已经成为中国一个重要的文化政治。正是商业资本和主流文化政治"合谋"，才有了新世纪轰轰烈烈的"重述神话"活动。

不过，现实生活中，主观愿望与实际结果总是存在偏差，"重述神话"活动遭遇了类似境遇。与出版社热闹的宣传场面似乎不相称，《碧奴》受到了文学批评界的抨击。《后羿》《人间》出版后，销售显得有些冷寂，出版社的热烈期待再次受到打击。而《格萨尔王》的读者市场反应更加冷清，不但读者对之冷淡，批评家也视若无睹，甚至连"捧杀"或"骂杀"的文字也鲜见于世，更遑论积极严肃的评论。

在该项目启动之初，重庆出版社声称每年推出 5—7 位中国重量级作家重写中国神话作品，现在看来，这种美好的设想恐怕要落空了。文学作品毕竟是一种精神产品，主流意识形态和商业资本可以影响其生产过程，但是，很难成为决定文学成败的终极力量。当然，这样说并不是要求作家摆出一副清教徒的姿态，完全退守、皈依自己的内心世界。人类精神活动从来就不是在真空中进行的，尤其在目前的文化语境中，作家不可能在象牙塔里埋首创作。如何处理好文学创作与主流意识形态、商业资本的关系，将是一个需要重点探讨的课题。这个课题摆在作家面前，也摆在主流意识形态和商业资本面前。目前，很难说"重述神话"项目已经无路可走，而且，即使把它归入失败者的行列，也不能因此就否定这次活动中出现的文学作品的艺术价值，其行走的方式也为以后类似的文学活动提供了宝贵的经验。

二、同故事叙述：一种承接传统的有效方式

历史故事、神话故事和民间传说承接传统，实际上是依靠一种叙事方式——同故事叙述——来完成。所谓"同故事叙述"，就是后人围绕一个经典故事，不断重新构思、建构的叙事行为。我们必须清楚，传统的世界阔大幽远，而其存在

---

① 转引自《出版参考》2005 年第 11 期（上旬刊）的"参考咨询"：《全球同步出版项目"重述神话"全球发售》。该栏目的负责人是韩阳，他在《出版参考》上多次发布了有关"重述神话"的消息。

和流转显然不能依靠虚远、混沌、无法言说、没有实物感觉的抽象理念进行。我们谈论某种传统，往往谈论的是某种流转下来的实物遗产，譬如，一段城墙，一部典籍，一种风俗，或者某种虽然阔大但是仍然可以感知的生活方式。正如希尔斯所说："使其成为传统的，被认为是基本因素的东西，在一个外部观察者看来，在延传和承袭的相继阶段或历程中基本上保持着同一性。"[①] 新世纪"重述神话"的长篇小说维系与传统之间的血脉联系，就是利用"同故事叙述"来保持传统延传的同一性。这种同一性是依靠保持核心故事、核心人物和核心文化意象来完成的。

目前，"重述神话·中国卷"已经出版的四部作品《碧奴》《后羿》《人间》和《格萨尔王》，都是依据流转了上千年的中华民族初民神话或民间传说改写而成。每一个神话故事或民间传说的流转过程，都是不断确认和明晰自己基本 / 核心因素的过程。就拿古代著名的民间传说孟姜女哭长城的故事来说，其核心内容是相传秦始皇时，劳役繁重，一对青年夫妇万喜良、孟姜女新婚三天，新郎被迫服役修筑长城。喜良经年不归，孟姜女身背寒衣，千里寻夫，历尽艰险来到长城，得到的却是丈夫饥寒劳累而死、埋身长城墙下的噩耗。孟姜女哀痛不已，痛哭于城下，三日三夜而不休，长城为之崩裂，露出万喜良的尸骸，孟姜女于绝望之中投海殉夫。这个故事分别以历史、诗文、歌谣、说唱、戏剧等多种形式广泛流传，可谓家喻户晓。它的核心人物是孟姜女夫妇，核心故事是哭长城，核心意象是孟姜女哭崩长城。而确立和明晰上述核心故事元素，经历了漫长的历史过程。

孟姜女故事及人物雏形初现在《左传·襄公二十三年》，其中记载齐将杞梁战死，其妻据礼为之吊丧，受到齐庄公称赞。《孟子》又加孟姜善哭的记载，其中淳于髡曰："杞梁之妻善哭其夫而变国俗。"[②] "哭"自此逐渐衍化为孟姜女故事的核心意象。《古诗十九首·西北有高楼》云："上有弦歌声，音响一何悲？谁能为此曲，无乃杞梁妻。"据传，因为孟姜善哭，在山东莒南一带古有孟姜哭调，专为丧调之用。至西汉，始有孟姜哭倒城墙的记载，刘向《说苑·善说》中说：

---

① [美]爱德华·希尔斯:《论传统》，傅铿、吕乐译，上海人民出版社，2009，第14页。
② 孟子:《孟子·告子下》，载杨伯峻译注《孟子译注》，中华书局，1960，第284页。

"其妻悲之，向城而哭，隅为之崩，城为之阤。"① 刘向所编纂的《列女传》也有杞梁之妻大哭十天，城墙为之崩裂的故事。三国时期，这个故事与长城结合，哭长城的情节出现。而至唐代，孟姜女哭长城的故事几乎完全成型，诗僧贯休《杞梁妻》云：

> 秦之无道兮四海枯，筑长城兮遮北胡。
>
> 筑人筑土一万里，杞梁贞妇啼呜呜。
>
> 上无父兮中无夫，下无子兮孤复孤。
>
> 一号城崩塞色苦，再号杞梁骨出土。
>
> 疲魂饥魄相逐归，陌上少年莫相非！

此诗所述内容已是众所周知的孟姜女故事的主要情节。宋时孟姜女故事在民间大盛，已有民间筑庙纪念的记录，今辽宁省绥中县孟姜女庙还留有文天祥为之撰写的楹联。元时这个故事完全成熟，进入戏剧舞台，陶宗仪《南村辍耕录》、钟嗣成《录鬼簿》等对此均有记载。在这些戏曲中，杞梁之妻孟姜转化成孟姜女，杞梁衍生出杞良、范杞良、范希郎、范喜郎、万喜良等名。

这个故事在流转过程中，不仅经历了各种艺术形式，而且故事内容不断变化、推衍，但是，其核心的故事内容和核心人物基本不变。传统在流转过程中，必然有不断的变异，同时，支撑传统成其为传统的，却是其基本元素稳定不变。就如希尔斯所说："作为时间链，传统是围绕被接受和相传的主题的一系列变体。这些变体间的联系在于它们的共同主题，在于其表现出什么和偏离什么的相近体，在于它们同出一源。"② 同出一源的共同主题，保证了形成某种有关传统的文化共同体的可能。这样一来，重复就成为传统流转的基本机制。《碧奴》重复了孟姜女千里寻夫的故事，尤其是其中最著名的"哭"的行为。

与之相似，其他"重述神话"作品亦如此承转传统故事。《后羿》分为上下

---

① [西汉]刘向:《说苑卷第十一·善说》，载向宗鲁校证《说苑校证》，中华书局，1987，第272页。

② [美]爱德华·希尔斯:《论传统》，傅铿、吕乐译，上海人民出版社，2009，第14页。

两卷，上卷为"射日"，下卷为"奔月"，分别重述了中国两个著名的神话故事和民间传说"后羿射日""嫦娥奔月"的故事。《人间》是演绎中国四大民间传说之一白蛇传的故事，原故事的几个基本元素借伞、盗仙草、水漫金山、断桥、雷峰塔镇妖、祭塔等成为《人间》的基本情节构成。《格萨尔王》基本故事也是承转藏族英雄格萨尔的神话传说，原故事的降生、征战和升天故事结构也强制性地复活在阿来的《格萨尔王》中。传统的流转就是"通过近乎强制性的重复来建立它们自己的过去"①。这种强制性的重复，是维系一个民族传统能够保持同一性的保证。

而后世读者之所以倾向于阅读来自传统的故事，很大程度上是因为沧海桑田的变化，使人们愿意追随某种不变的信仰或情感。这是因为与其他生物不同，人类在维持生命及其延续的同时，还会不停追问生命的意义。面对永恒的世界和短暂的个体生命，人类很容易陷入绝望之中。神话故事或民间传说就是把人类自身"放置于一个更为宏大的背景之上，从而揭示出一种潜在的模式，让我们恍然觉得，在所有的绝望和无序背后，生命还有着另一重意义和价值"②。而在现在这个时代，科学与技术好像已经完全摧毁了神话和民间传说存身的土壤，实际情形是科学与技术进步并没有给人类提供安全与保障，反而因为现代世界持续不断的变化，人们更加没有安全感，精神更加茫然。在全球化物质极度丰富的今天，全世界几十个国家组织"重述神话"活动，虽然不否认其中有商业资本追求利润的目的，但是，这个项目之所以得以成立，基本动因还是因为现代人有从民族神话传统中寻找精神慰藉的需求。就像凯伦·阿姆斯特朗所说："神话如同科学和技术，它不仅不会让人们疏离这个世界，恰好相反，它让我们更有激情地栖居其中。"③其中的奥秘，就在于神话与民间传说是一门艺术，它通过连接久远的民族传统，在历史之外，谱写永恒的人类故事和精神传奇，让我们从眼前由偶然事件织就的混乱无序的社会网络中超脱出来，保持生命所必需的心理平衡状态。

重复性保持了传统的同一性，但是，任何一种传统流转，都不能够单纯依赖

---

① [英]E.霍布斯鲍姆：《第一章　导论：发明传统》，载 [英]E.霍布斯鲍姆、[英]T.兰格《传统的发明》，顾杭、庞冠群译，译林出版社，2004，第 2 页。

② [英] 凯伦·阿姆斯特朗：《神话简史》，胡亚豳译，重庆出版社，2005，第 3 页。

③ 同上书，第 4 页。

重复。幽灵之所以有复活的可能，是因为人们的现实需要，它为幽灵现世打开了通道。希尔斯洞察出了其中的奥秘，他说："使用一个不变的名称增强了认同意识。一个集体与其早先状态的认同使稳定的 traditum 更易于被延传和被继承。但是，认同意识既不能保证这一点，也不是延传过程所不可或缺的因素。传统依靠自身是不能自我再生或自我完善的。只有活着的、求知的和有欲求的人类才能制定、重新制定和更改传统。传统之所以会发展，是因为那些获得并且继承了传统的人，希望创造出更真实、更完善，或更便利的东西。"①

而对于文学创作来说，保持素材的同一性显然也不是文学创作成功的充分条件。严肃文学的要求之一是创新性以及由此而来的个性。所以，不管是从历史取材，还是从神话故事或民间传说取材，改变和创造，都是必需的。不过，由于历史、神话或民间传说都具备强大的运行惯性，完全改变原始素材常常受到强大的来自传统阅读惯性的反击。这样一种题材特点，给重述者带来很大的压力。李锐说："一个在千百年的传说中早已经定型的神话，一个千锤百炼的故事，怎样重述？如何再现？对于我们更是绝大的挑战。"② 所以，题材的特点，已经决定了重述的方法。任何擅长于从传统汲取素材的作家，都不会根本改变原始素材，他们经常所做的工作，是增添。

增添，是一个十分适合重述神话或民间传说的写作行为。因为原始神话或民间传说篇幅较短，情节也比较简单，这种朴素的文学形式反而为后世重述行为留下驰骋笔力的广阔空间。同时，增添，也不是一个简单的写作行为。增添是在民族神话和民间传说的故事原型和人物原型的基础上，尽量使重述故事打上所处时代尤其是作家自己的精神印记，使传统的故事既仍属于传统，又能够成为真正属于作家自己的故事。增添的奥妙不是在于极力张扬自己的个性，而是在于在尽量保证同一性的同时，把自己的个性特征隐藏在同一性之中，让普通读者以亲切愉悦的心情接受一个既古旧又新鲜的故事，而专业读者又能够为之匠心独运拍案叫绝。"重述神话"实际上是一个对增添的"度"要求非常高的

---

① ［美］爱德华·希尔斯：《论传统》，傅铿、吕乐译，上海人民出版社，2009，第15页。
② 李锐：《偶遇因缘（代序）》，载《人间：重述白蛇传》，重庆出版社，2007，第1页。

艺术工作，如何在旧与新、继承与创造之间寻找平衡与支点，成为他们的工作成功与否的关键。

李锐、蒋韵的《人间》，是一部比较成功的"重述神话"作品。正如前述，小说重述保留了《白蛇传》的核心人物（如白娘子、许仙、青蛇、法海）、核心故事、核心意象，但是，李锐、蒋韵并没有忘记自己。故事的开端、发展和结局都顺从了原始模式，主线故事通过白娘子向往人间生活，嫁给许仙，但人妖不同界，白娘子被视作既存社会秩序的破坏者，从而受到维护秩序者法海的惩戒——这也是原始故事的主题。在原始模式之外，李锐又加入了新的故事。《人间》改变了惩戒的具体实现方式，并合理地微调了故事结局：白娘子以一种意想不到的方式修炼成人，她与小青都以死亡而告终，她们再也无法显形，雷峰塔及白娘子只能成为一个美丽传说。

在这个故事之外，《人间》又附着了三个故事：一是粉孩儿的故事。粉孩儿的原型是原始故事中的许士林。在原始故事中，许士林的角色功能并不重要，只是完成古典故事特有的大团圆结局，体现出典型的因果相报的主题，并没有太高的审美价值。重述故事却是一个成长故事——一个典型的西方文学主题，把一个人们眼中的"异类"的艰辛、孤独、痛苦展示得淋漓尽致。儿童视角的选择和心理刻画的深度，赋予这个形象很高的审美价值，使其成为现代汉语文学一个成功而独特的艺术形象。不过，这个成长故事没有脱离中国文化氛围，他的中国式传奇既具有神话故事特有的瑰丽，又有民间传说特有的通俗奇崛，作品并没有因为心理分量的增加而减少故事性。

第二个是法海的故事。在原始故事中，法海是一个及其扁平化的人物，顽固、呆板、残酷，没有人情味。冯梦龙在《白娘子永镇雷峰塔》中，把法海描写成一个"恶僧"形象。他在民间传说中也极不受人喜欢，据鲁迅《论雷峰塔的倒掉》记载，他在把白娘子镇压到雷峰塔下后，受到惩罚，无处可逃，就龟缩到螃蟹的壳里不敢出来。而在《人间》中，法海既是一个坚定的修道者，又是一个充满悲悯情怀的智者。李锐在这个人物身上增加了很多人性成分，且人性冲破了神性束缚，战胜了神性。这是典型的现代元素的增添。

第三个故事是一个现代的"我"的故事，实际上没有太多的故事过程。这个人物表面上充满了神秘性，承担了表达生命循环轮回的佛道主题的任务。撇开附着在上面的故事因素，她事实上就是一个超叙事者角色，把上面几层不同时空的故事连缀在一起，主线故事和几个副线故事叠加在一起，形成了一个巨大的框套式故事结构，表达了作家对当下世界的思考："身份认同的困境对精神的煎熬，和这煎熬对于困境的加深；人对所有'异类'近乎本能的排斥和迫害，并又在排斥和迫害中放大了扭曲的本能。"[①] 这种主题已经显示出穿越民族性的特征，具备了利用民族传统表达世界性话题的可能。世界范围内的"重述神话"项目，着眼点显然不仅仅是保持民族个性，其在世界范围内发行的雄心，表现出它还在为民族文学寻找一种世界性的沟通途径。《人间》的成果，正显示了它寻找到了民族性与世界性之间的平衡支点。笔者认为，《人间》是"重述神话·中国卷"四部作品中最成功的一部，也是艺术价值最高的一部。

三、不可靠的同故事叙述

从接受美学的角度讲，文学文本是一个历史现象。这意味着每一个文学文本都是一个开放性文本，需要经过读者环节的参与才能最终完成。也就是说，一部文学作品的成功与否，与读者的接受参与程度有莫大的关联。从文学生产的角度来说，文学销售是文学生产的终结环节，虽然文学销售好坏与营销策略有很大关系，但是，终端购买者（即读者）仍旧是最终的决定力量。所以，在现代汉语文学创作 / 生产中，读者 / 市场成为重要的考量对象。"重述神话"项目，在启动之初和启动过程中，商业操作贯穿始终，最终目的也是使这个项目获得读者 / 市场的支持。只是，如上所论，"重述"活动是一种特殊再创作行为，读者对这种创作的期待视野有别于其他文学创作行为，因为"重述"行为同时伴随着增添，增添在复活了神话故事和民间传说的同时，也必然带来事实 / 事件的变化，而这种变化往往暗隐着知识 / 感知上的价值判断发生裂变，从而"修正"了原故事的性质与意义。对于习惯从神话故事和民间传说中寻求认同意识的读者来说，变化可能经常超出了他们的期待视野。

---

① 李锐:《偶遇因缘（代序）》，载《人间：重述白蛇传》，重庆出版社，2007，第 2 页。

如果把期待视野视为读者的阅读心理的堡垒的话，关于"重述"的堡垒分外坚固，改变它需要别样的力量。一旦力量冲击的强度不够或者冲击的方式不被接受者接受，就可能造成同故事叙述"不可靠"的印象，从而会产生对具体的同故事叙述创作的不信任，乃至于批评。从问题的本质看，"重述神话"项目没有获得预期的效果，不是说参与写作的四位中国作家实力不够，也不是说他们写作了完全失败的作品（从艺术上讲，《人间》以及《后羿》《碧奴》《格萨尔王》可以位列世纪之交取材历史、神话故事和民间传说的所有长篇小说中艺术价值最高的作品之中），而是因为他们的同故事叙述被读者贴上了"不可靠性"的标签。这种不可靠性印象背后隐藏着复杂的接受心理和文化因素。

"重述神话"的不可靠性印象，源自文学创新活动。我们前面讲过，同故事叙述的魅力，在于保持原型故事的基本元素（核心人物、核心事件和核心意象），它们是读者与作家作品建立信任的基础，然而，一旦这个基础被破坏，重述的神话故事或民间传说就潜伏着被反击的危险。在这一方面，《碧奴》重述成败的经验就极具警示性。

首先，《碧奴》的故事来自孟姜女哭长城的民间传说，孟姜女可以说是这个故事最重要的符号，但是，苏童将这个能够勾起人们美好想象的名字改成了一个奇怪的名字"碧奴"。改名不仅改掉了一个人们耳熟能详、闻之见之亲切的名字，更要命的是删除了与之相伴的美丽故事。尽管关于"孟姜女"名称的考据工作已经做得很细致，可是民间还是愿意接受一个葫芦生在孟、姜两姓人家之间，瓜熟蒂落，生成的可爱小女孩乃为孟姜两家共养女儿的传说。这个名字由来所蕴含的神性，可以解决哭崩长城这种非人力可为所可能潜藏的矛盾。其次，杞梁在《碧奴》的故事中实际上只是一个符号，其角色功能只被定位为一个受害者，其位置被信桃君及其复仇者取代。信桃君故事的出现，完全改变了故事的性质。动人的哭长城故事，是对统治阶级暴虐行为的控诉，也是对被奴役者不畏强暴、坚贞不屈精神的歌颂。正如文天祥在孟姜女塑像旁书写的楹联所云："秦皇安在哉，万里长城筑怨；姜女未亡也，千秋片石铭贞。"其中包含的冲突，有惊天地动鬼神的力量。而《碧奴》在作品开始就浓墨渲染信桃君的故事，改变了原型故事走向，把一个控诉残暴统治的民间传说演绎为一个政治上层的权谋故事。在这个故事框架中行走，碧奴的形象和哭长城的意义就显得有些边缘，信桃君的故事因此也显得无聊。第三，在关于碧奴的故事上，苏童集中描写路途中的碧奴，其意自然想以此来彰显碧奴的苦难与艰难，如他所说："我对孟姜女命运的认识其实是对苦难和生存的认识。"①《碧奴》的艺术特色也正是显示在路途中，其中关于鹿人、马人的故事，以及信桃君复仇者的故事，想象极为瑰丽、奔放。但是，这种尽性展示狂放想象力的写作，使碧奴的旅途过于漫长；过多叙事因素的杂入，也使故事像碧奴的旅途一样漫长难耐，就失去了民间传说所需要的简洁流畅的故事风格。在这个过程中，碧奴的人生命运并没有发生本质变化，只是"哭"行为的重复，虽然苏童对之描写极具想象力，可是，过多没有太大变化的"哭"，表明原型故事最动人心魄的意象行为被滥用了，所以，到了最应该表现"哭"的威力的时候（即如何哭倒长城的时候），作家却江郎才尽，只好用侧笔表达它的效果。而读者从一开始被其吊起的胃口，蓄积的情感，因为这种虎头蛇尾的描写没有得到充分满足和释放，自然会产生败笔之感。

与《碧奴》相比，《后羿》约束了作家过多的自主性发挥，基本保持了原型故事的基本元素。叶兆言显然为这个创作做了充分的资料准备工作。重述后的小说文本分为上下两卷，各有所本。古代典籍关于后羿的记载有两种，一是神话中的射日英雄后羿，一是历史记载的篡权、昏聩的帝王后羿。"射日"和"奔月"的本事是神话，而昏聩而亡的后羿的本事是历史中的人物。所以，在故事上，《后羿》丰满而多汁，读起来也颇有趣味。故事在结构上分为上下两卷，形成两个相对独立的故事段落，避免了因故事长度可能带来的臃肿，形成一定的故事节奏，给读者留下喘息的空间，也符合神话故事或民间传说的艺术特点。这部小说的致命危机，主要出现在语言上（尤其是下卷）。譬如其中有一段对话：

> 后羿憋了一会，气愤地说：
> "大胆倍伐，朕一向待你不薄，你却敢如此对朕！"
> 倍伐冷笑说："无道昏君，人人可以诛而灭之。还是赶快打开城门，让

① 苏童：《碧奴·自序》，重庆出版社，2006，第 2 页。

我的大军进城，或许还可免你一死！"①

这种语言是典型的平庸乏味的电视剧腔调，看起来面目可憎，读起来也味同嚼蜡，总体感觉像一团乱麻堵住了心口，有一种恶心感，遑谈美感呢。有研究者认为《后羿》的语言有三宗罪：一是"用抽象性词语来叙事"，二是"运用滥调的成语或者四字词语"，三是"解释性和说明性的段落比比皆是"。②语言的平庸会导致故事的平庸。《后羿》的状况让我们想起鲁迅的《补天》和《奔月》，鲁迅娴熟地掌握了"重述神话"的技巧，语言上能够把现代汉语与古典语言结合在一起，既注重语言的时代性，又保持了神话语言的想象力。在同辈作家中，叶兆言本来是把现代汉语与古典白话结合得最好的作家，但是，在《后羿》中，他遗失了最锋利的武器，没有创造出《追月楼》一样的、充满想象力的、具有古典韵味的作品。在"重述神话"项目启动之时，发行方代表石涛曾表示："我们对作品的要求是，创意、力度、好看；无论是从重述神话还是小说本身来看，它都必须是一部令人手不释卷的优秀畅销书。"③叶兆言可能受到了畅销书观念的影响，力求在语言上显示通俗化特征，却最终阻塞了这本书的艺术、接受与销售之路。

由于种种原因，"重述神话"的同故事叙述必然会产生"不可靠"印象，但是，不可因此就停止对传统的"重述"。"重述"行为是文学创作的常态，不能因为"不可靠"指责，就丧失"重述"的勇气。实际上有一些批评意见也是意气之词，如有论者在言及《碧奴》时说："苏童跟陈凯歌的《无极》犯了相似的错误：用无神论去书写神话，用无信仰去讴歌信仰，用反童话去叙写童话。"④问题的要害，不在于有神论无神论的区别，因为"重述"神话，逼迫写作者退回到蛮荒的思想状态，显然是无稽之谈，也不符合文学进化的规律。解决问题的秘诀，在于创造

---

① 叶兆言：《后羿》，重庆出版社，2006，第198页。

② 文贵良：《〈后羿〉：重述神话的价值追求与语言搏击》，《读书》2007年第5期。

③ 转引自《"重述神话·中国卷"启动：三代作家打造中国神话书系》，《中华儿女》（海外版）2005年第5期。

④ 吴雁：《苏童在〈碧奴〉里犯错？》，《新民周刊》2006年第37期。

者需要知道"重述"活动的特性，努力从新/旧、现代/传统之间寻找平衡与支点，只有这样，才能既有所继承，又有所创造。

第三章
世纪之交长篇小说中的"中国结构"

　　一般说来，小说故事内容和结构形态是最便宜明确传达传统信息的部分，"传统的幽灵"也多选择这两条常见路径现形显圣。所以，在内容之后，我们需要接着探讨世纪之交长篇小说中存在的中国文学传统结构形态。这不仅仅是一个研究逻辑，世纪之交长篇小说创作的史实表现亦如此。

　　世纪之交亲近传统的长篇小说在结构形态上的"向古"倾向的确非常明显，古典小说的长篇章回体结构、史传文学的纪传体结构、文言小说的笔记体形态以及某些古典小说深层的审美结构，异常醒目地出现在世纪之交长篇小说文体艺术中，并且吸引了广泛注意和阅读兴趣。在这个时段，"向古"的结构形态，就像一面面标识"中国传统"的旗帜，甚或似祭祀活动中的仪式，招揽着向往古典或崇拜传统的信众向古老的传统行注目礼。杨义说："结构是以语言的形式展示一个特殊的世界图式，并作为一个完整的生命体向世界发言。"[①] 在新世纪，中国社会生活发生了巨大变化，现代汉语文学终于可以"理直气壮"地开始把中国小说的传统形态与严肃的精英文学创作结合起来，"明目张胆"地发掘中国文学形式的现代性潜力。同时，这些作品在汲取传统文体形式营养的同时，也保持着开放性和兼容性，没有排斥西方文学和现代以来汉语文学的成果，表现出兼容并取的艺术特征。同时，由于多个方面的原因，世纪之交长篇小说实现传统小说形态的结果有很大落差，这种艺术质量的落差不仅仅表现在不同作家之间，在同一个作家的不同作品之间、各种古典形态之间，都有差别。其中的经验和教训，亦值得我们总结与思考。

---

　　① 杨义：《中国叙事学（图文版）》，人民出版社，2009，第45—46页。

第一节 重返中国传统的结构形态之一——章回体结构

自1980年代以来，莫言始终站在时代文学的潮头，试验着各种各样文学技艺，吸引众人的眼球。纵观莫言的写作，思想意识和文本内涵并没有发生明显位移，但其写作常常给人耳目一新的感觉，原因之一是其花样翻新的文学形式实验。2006年，他的长篇小说《生死疲劳》面世，可谓石破天惊。小说的选题路数与其以往的作品并没有本质不同，即以家族小说的故事模式表现近半个世纪中国农村历史。这次使人惊奇的，是他直接采用了中国古典长篇章回体小说的结构形态。对于当代汉语小说创作来说，章回体小说并不鲜见，十七年时期的《吕梁英雄传》和《烈火金刚》，就采用了工整对仗的回目，1990年代二月河的"落霞三部曲"系列历史长篇小说，2003年熊召政的四卷本长篇历史小说《张居正》，也采用了章回体的结构形式，然而，上述小说的"类通俗小说"性质，使读者心安理得地接受了其结构体例上的传统特征。莫言素来被视为先锋文学作家，《生死疲劳》采用章回体结构形式，无疑开阔了人们的期待视野，使他们看到了现代汉语文学与民族传统重新结合的可能与魅力。同时，瞩目《生死疲劳》，也促使人们回眸以往的文学历史，《康熙大帝》《雍正皇帝》《张居正》《所谓作家》等章回体小说，以及一些使用工整字句为章节标目的小说重新进入了研究视野，传统小说的文本价值、小说体式与文学传统的关系等诸问题，再次成为文学研究的重要话题。

一、程式的力量

章回体是中国古代长篇小说的经典体例模式，其发展经历了漫长的历史过程。一般认为，章回体小说的始祖为平话。胡适说："宋朝是'章回小说'发生的时代。如《宣和遗事》和《五代史平话》等书，都是后世'章回小说'的始祖。"[①]王国维在《大唐三藏取经诗话跋》中也指出："此书与《五代平话》《京本小说》

---

① 胡适：《中国短篇小说的略史》，载易竹贤辑录《胡适论中国古典小说》，长江文艺出版社，1987，第590页。

及《宣和遗事》体例略同。三卷之书，共分十七节，亦后世小说分章回之祖。"①
在明清之际，章回体逐渐成长为成熟的中国古典长篇小说的经典模式。在漫长的
历史过程中，章回体结构建立了自己独特的文体成规和美学况味，也因之与读者
形成了审美呼应，成为"有意味的形式"。

皮亚杰说："结构是一个由种种转换规律组成的体系。……正是由于有一整
套转换规律的作用，转换体系才能保持自己的守恒或使自己本身得到充实。"②章
回体区别于现代小说的形式意味首先在标题的表述。对仗性标题，不仅仅是一种
文学形式表达，其背后隐藏着种种叙事成规。首先，对仗性标题，是一种古代小
说典型的"预叙"手法。预叙，就是预先透露故事信息，让听众粗知叙事梗概或
走向，从而影响读者的审美期待，产生特殊的审美效应。这种叙事手法常见于中
国古典叙事艺术中，在西方不常见。法国著名叙事学学者热奈特指出："与它的
相对格——追叙相比，预叙明显地较为罕见，至少在西方叙事文化传统中是这
样……而'古典'小说（广义上讲，其重心主要在 19 世纪）的构思特点是叙述
的悬念，因此，不适合于作预叙。此外，传统式虚构体中的叙述者必须装作是在
讲故事的同时，'发现'了故事的真相。因此，在巴尔扎克、狄更斯或托尔斯泰的
作品中，我们很少见到预叙。"③

而据有关研究者的研究，预叙手法在中国较早的典籍《左传》中就有出现，
至明清章回体小说中得以大成，其一个突出的路数就是通过章回回目预告本章故
事内容或走向，如《三国演义》第一回"宴桃园豪杰三结义，斩黄巾英雄首立功"，
看回目，读者即知本回讲述的大致内容。自"五四"以来，中国学界一般视中国
古代章回体小说为"通俗文学"，如鲁迅在《中国小说史略》中说："元明之演义，
自来盛行民间，其书故当甚伙，而史志皆不录。惟明王圻作《续文献通考》，高
儒作《百川书志》，皆收《三国志演义》及《水浒传》，清初钱曾作《也是园书目》，

---

① 王国维：《大唐三藏取经诗话跋》，载丁锡根编著《中国历代小说序跋集》，人民文
学出版社，1996，第 756 页。

② [瑞士]皮亚杰：《结构主义》，倪连生、王琳译，商务印书馆，1984，第 2 页。

③ 转引自童庆炳主编《文学理论新编》（第 3 版），北京师范大学出版社，2010，
第 174 页。

亦有通俗小说《三国志》等三种。"① 在"五四"俗文学为正宗的时代语境下，这种思想流布甚广，也直接影响了后人对章回小说的认知。然而，美国学者浦安迪则"从阅读的直感出发"，"相信明清章回小说作为一种新兴的长篇虚构文体，是文人小说"。② 浦安迪的感知不错，明清之际一些著名的小说评点者如金圣叹、天花藏主人等就把这类小说称为"才子书"。"才子书""文人小说"强调的是章回体小说的文人写作特征。

这种特征在章回体小说对仗性回目上鲜明地表现出来，且不说工整对仗的回目所体现出来的文人审美趣味，回目隐含的预叙艺术同样显示出它与平话审美情趣的不同。平话的读者对象是普通民众，这类作品一般惯于以故事和悬疑来吸引读者，而章回体小说却在回目中预叙故事大致的内容和结局，故事的审美焦点就从对故事内容和人物命运的关注，转移到如何展开故事叙述的技巧和对故事意义的涵咏上。这是一种典型的文人趣味，反映出文人文学特有的对智性和审美的侧重。中国古典小说在明清之际走向成熟，也是这个原因，其高端作品《三国演义》《水浒传》《红楼梦》等典型地表现出这种特征。

新世纪的部分长篇小说试图恢复文人文学的这种审美趣味。《生死疲劳》的各个回目力求对仗，如"受酷刑喊冤阎罗殿　遭欺瞒转世白蹄驴""人将死恩仇并泯　狗虽亡难脱轮回"，体现出章回体小说的审美特性。有一些作品虽不用对仗，但章目力求工整，如《大秦帝国》以"六国谋秦""蒹葭苍苍""雨雪霏霏"等四字词句为每一章的标目，似乎受到了话本小说的影响，有类似于章回体小说的艺术追求。对仗性标题从形式上返回传统，而预叙手法则在继承的同时，显示出作家的智慧和审美趣味，读者在预知故事结局的情况下，就不会完全沉浸在故事之中为之拘束，从而能够保证相对独立的阅读姿态，饶有趣味地注视着作家如何行文表述预述的故事。在这个过程中，作家与读者自得其乐，形成了微妙的文学互动，使文学作品成为一种高级的精神消费对象。

章回体小说虽然有文人小说的特征，但是也不排斥故事，相反，故事性还

---

① 鲁迅：《中国小说史略》，载《鲁迅全集》（第九卷），人民文学出版社，2005，第11页。
② ［美］浦安迪讲演：《中国叙事学》，北京大学出版社，1996，第22页。

成为其核心的美学特征，这种特点也被世纪之交的长篇章回体小说继承下来。譬如，二月河《康熙大帝》的第一部《夺宫》，核心事件是康熙擒鳌拜，叙事比"落霞三部曲"的其他部作品单纯，尽管如此，"夺宫"的故事发展跌宕交叉，人物关系重叠错综，非一般现代汉语小说可比。因为章回体小说叙事大多不喜欢简单平淡，而追求一波未平、一波又起的故事效果，而且要求故事有头有尾，有始有终，眉目分明，脉络清楚，所以，《夺宫》部分叙事强调惊、奇、险等特征。小说从顺治因情退位开始，交代故事因由，随后写幼帝康熙即位，四辅臣辅政，以康熙与鳌拜斗智斗勇为主线，旁叙伍次友与康熙的交往以及以"悦朋店"为中心的民间生活故事。作家努力把紫禁城与悦朋店、朝堂与内廷、帝王与权臣塑造成掎角之势，既营造出紧张激烈的故事情境，又落笔从容，张弛有道。整个故事如舟行大江，常常在偏狭处行险笔，于平静处见惊雷，波澜起伏，姿态尤奇；又"如尺幅画内，收束万壑千岩；方寸锦片，攒簇回文百韵"[①]。这样的小说叙事方式以及形成的故事张力，在现代汉语小说中比较少见，所以，"落霞三部曲"出版后，能够海内大通，倍受读者青睐，也是有道理的。这种小说路数走的是通俗文学的传统，但是，又在其中掺入文人的智慧和审美趣味，一定程度上可以弥补现代汉语小说短于叙事的缺陷。尤其在目前民族艺术（包括电影、电视剧）普遍不会讲故事或轻视故事，而小说在逐渐失去读者市场的时代语境下，汲取传统章回体小说讲故事的技巧，无疑对小说家及文学生存有莫大帮助。

其次，对仗性标题的第二个特征，是利用回目控制故事节奏。章回体小说由于强调故事及其繁复性，常常人多事繁，难分伦次，这种叙事美学要求作家拥有高超的结构故事技巧，以对仗性标题控制故事节奏就是其中一个有效的技巧。如《生死疲劳》第二回"西门闹行善救蓝脸　白迎春多情抚驴孤"，同一回叙述了两个时代、两个空间的两个故事。"西门闹行善救蓝脸"故事重心在过去，"白迎春多情抚驴孤"故事重心在现实。似乎在不经意间，小说就形成了两个对比性的行文空间。这种叙事方式显然比单向时间叙事丰满有汁，因而也更高妙。同时，古

---

① 孟芥舟等：《女仙外史回评（选录）》，载黄霖、韩同文选注《中国历代小说论著选（修订本）》（上），江西人民出版社，2000，第401页。

典章回体小说有别于话本小说之一，就是叙事不仅仅是单纯表述故事，而是为了塑造人物性格。两个故事，两个时代，两个空间，却连接着两个完全不同的西门闹：过去的西门闹有田产，有爱心，有尊严，自信而强悍；现在的西门闹没有人形，是一头驴孤，软弱，可怜。两种截然有别的故事情境，两个完全不同的西门闹，世事沧桑变化之剧，让人扼腕叹息。

除了在回目内部形成差别变化，在回目之外，经常也有审美变化。福斯特说："节奏在小说中的作用是：它不像图像那样永远摆着让人观看，而是通过起伏不定的美感令读者心中充满惊奇、新颖和希望。"①《生死疲劳》的第二回故事与第一回"受酷刑喊冤阎罗殿　遭欺瞒转世白蹄驴"形成节奏性变化：第一回故事紧张激烈，讲"死"，残酷，凄苦，让人紧张得透不过气来；第二回讲"生"，叙述金龙与宝凤以及西门驴的降生，"生"的故事给两个家庭带来欢乐和希望，故事节奏因而舒缓下来，前一回因为惨烈血腥的故事叙事而带来的不适，也由于"生"的喜悦而消散，故事的色调因此发生了新变。小说叙事如果能够在欢乐处令人击节歌唱，在悲伤处能够让人掩面坠泪，那么，这样的叙事就已经到达小说写作的妙处。而《生死疲劳》利用对仗性回目调适故事的节奏和情感色彩，不仅有向上述两种倾向行走的痕迹，而且能够在短短两回之间婉转自如，转化出两种不同叙事风格，不能不让人击掌叹服莫言的写作功力。

二、章回体结构形式的本体势能与因势利导

作为一种结构形式，章回体自有一定的写作成规需要遵循，它们形成章回体的本体势能，在具体的文学写作和文学继承活动中显示规范性效用。同时，任何一种文学传统在流转过程中，不可能一成不变。就像话本小说转向章回体小说的过程中，诸如"欲知后事如何，且听下回分解"等固定的小说叙事模式逐渐消失一样，新世纪长篇小说在继承章回体结构模式的同时，也顺应时代文学语境发生了一些变化。刘勰在《文心雕龙·定势》篇云："夫情致异区，文变殊术，莫不因情立体，即体成势也。势者，乘利而为制也。如机发矢直，涧曲湍回，自

---

① [英]爱·摩·福斯特：《小说面面观》，苏炳文译，花城出版社，1984，第148页。

然之趣也。圆者规体，其势也自转；方者矩形，其势也自安；文章体式，如斯而已。"①"势"形成之后，自然会"即体成势"，但是，形成"势"，还要有"情"的作用，要按着自然趋势发展，"因情立体"，不可固守某种"体"而局限文学的自然发展。后世承传既定文学结构形式，同样需要因势利导，在继承之中有自我调整和自我创新。

在传统章回体结构形式中，叙述人在小说叙事中占有重要的作用。他表面上是故事的叙述者，实际上承担着确立故事重心的功能。即叙述人在章回体小说中如同读者的导游，穿行在小说的大观园中，引导读者在不同时刻和不同地段聚焦不同的事件、人物和情节，并掌握着行程节奏、情感倾向和小说价值取向。随着叙述人的叙述，小说形成了读者对信息的选择路向。世纪之交的章回体长篇小说继承了这种叙事优长，同时也有所改造。在传统的章回体小说中，叙述者常常是故事的旁观者，一般不承担故事角色功能，是全知全能的叙事者，而在现代小说中，叙事者的功能发生了显著变化，叙事者经常就是故事的亲历者，在故事中承担了相应的角色功能，全知全能的传统叙事逐渐为限制性叙事所取代。

《生死疲劳》典型地体现出这种现代小说的特征。整部作品的主要叙事者是小说主人公西门闹，叙述者站在西门闹立场上来叙述自己的冤屈、不解和愤怒。限制性叙事凸显了西门闹的心理，主题价值取向因此得以明确指认，再结合外在事件，内外交集，小说的审美空间增厚、阔大，大大增加了小说的主题深度。如果不采用限制性叙事，仅单面叙述外在故事，就很难达到这种艺术效果。选择限制性叙事视角，使《生死疲劳》在内容上表现为一部"怒"书，作品的主调因此表现为对非正常历史和非正常人性的控诉，让读者理解了生命个体在历史行程中的艰险、坎坷、孤苦与无奈，从而更深刻地感受历史生存和现实生命的实质。

在继承现代小说"小传统"之外，《生死疲劳》有所创制，形成了自己独特的艺术特征。这种创制就是小说中的六世轮回思想与传统章回体形式的结合。在以往现代汉语文学中，古典哲学思想很少显明地进入文学写作中，少数作品如格非

---

① ［南朝梁］刘勰著、范文澜注：《文心雕龙注·卷六·定势第三十》，人民文学出版社，1958，第 529—530 页。

的《敌人》表达了"簪缨之族，五世而斩"的人生哲学认识，但是，这种中国人特有的人生审美况味表述得很隐晦，隐藏在西方话语背后，很难被读者感知到。《生死疲劳》却利用章回体结构形式鲜明地表述中国人的人生哲学思想，这种写法以及达到的艺术效果，是对现代汉语文学的贡献。小说的六世轮回思想，主要通过西门闹六次转世投胎故事显示。小说叙述人西门闹是以鬼魂的形式出现在现实生活中，他的灵魂分别肉体化为西门闹、西门驴、西门牛、猪十六和狗小四五种形象（西门闹的第六次轮回"猴轮回"只是一笔带过，没有详细描写，因此也没有形成独立的文学形象）。五种形象虽然呈现的具体生活各具特征，但是，他们因为西门闹的灵魂统一为一个整体，小说因此在外在形式上成为一个整体性叙事。保持叙事的整体性，恰恰是文学结构的重要功能。在文学效果上，这种鬼魂穿越时空的方式，又颇符合民间的故事想象，因此很容易被中国读者接受。

在此基础上，莫言加入了自己的思想印记。如上所述，叙述人以五个形象出现在《生死疲劳》中，并没有造成小说由于有过多叙述人形象而芜杂忙乱，主要是因为这五个形象都统一在西门闹的鬼魂形式之下。除此之外，他们的整体性还依靠其在小说中叙事功能的统一——五个形象的角色功能都是受害者。普罗普在研究神奇故事流转的形态学时发现，"角色的名称和标志是故事的可变因素"[1]。西门闹的名字可以变为西门驴、西门牛、猪十六、狗小四，其标志如种性、年龄、生活状况、外貌特征都可以发生变化，而且，这些变化"赋予故事以鲜明的色彩、美和魅力"[2]。不过不管五个形象的名称和标志发生了何种变化，其受害者的角色功能都没有变化。故事就在这种变与不变之间寻找张力。变的部分"赋予故事以鲜明的色彩、美和魅力"，使整部作品表层的审美过程不是单调枯燥，而是万紫千红；不变的部分是角色的命运最终都是一种悲剧性结局，从中暗寓着故事的主题意蕴。

按照普罗普的理论，神奇故事在后世流转过程中很容易发生变化，但是基本不会改变故事的逻辑走向。神奇故事的逻辑走向一般是危机出现⇒危机来临⇒危

---

① [俄]弗拉基米尔·雅可夫列维奇·普罗普：《故事形态学》，贾放译，中华书局，2006，第82页。

② 同上。

机⇒消除危机的因素出现⇒消除危机，即故事从开始的平衡⇒不平衡⇒新的平衡的过程。这样一种故事结局接近于中国古代的大团圆结构。但是，《生死疲劳》所演示的却是危机出现⇒危机来临⇒危机⇒新的危机出现……这样一种永远无法达到平衡的过程。这种悲剧性的认知结构，彻底宣告了六世轮回的悲剧本质。

《生死疲劳》最后的结尾颇有意味，小说立意要写西门闹的六世轮回，而最后一次猴轮回却三言两语就交代了，这与前面五次轮回的繁复形成鲜明对比。在第一次阅读的时候，读者很容易以为莫言已经江郎才尽，无法再出生花妙笔，但是，掩卷沉思才能体会其妙处：如果没有这次简笔描写，小说"疲劳"的意味就凸显不够。西门闹前五个轮回形象繁复经历所见证的，无一例外是残酷历史和悲惨人生，是人生的折磨与痛苦，它们使西门闹已经没有力量和勇气经历另一次轮回。以简笔交代第六次轮回，显示的不是"笔的疲劳"，而是在其深层寓意的生命的疲劳，存在的疲劳，故事由此卒章显志，真正有"巧收幻结之妙"[①]。如果没有这种"巧收幻结"，我们很难真正体会到"一切来自土地的都将回归土地"所隐含的无尽的苍凉。

《生死疲劳》在结构形式上的另一个特征，是在章回体之外，又把整部小说分为"驴折腾""牛犟劲""猪撒欢"和"狗精神"四个独立的叙事板块。这种叙事板块是典型的中国古典小说传统，现代小说理论称为"缀段性"结构。"缀段性"结构这一概念来自亚里士多德《诗学》。亚里士多德曾对这种结构提出严厉批评："在简单的情节与行动中，以'穿插式'为最劣。所谓'穿插式的情节'，指各穿插的承接见不出可然的或必然的联系。"[②]亚里士多德所谓的"穿插式的情节"后来被人理解为"缀段式"结构，指各情节之间没有"可然的或必然的联系"，即前后因果关系不明显的情节。西方现代小说叙事理论强调故事情节之间要有周密的组织联系，影响到现代人对中国古典小说传统的判断，如陈寅恪的说法颇具代表性："至于吾国小说，则其结构远不如西洋小说之精密……如《水浒传》《石头记》

[①] [清] 毛宗岗：《读三国志法》，载 [明] 罗贯中著、[清] 毛宗岗批评《毛宗岗批评本三国演义》，凤凰出版社，2010，第4页。

[②] [希腊] 亚里士多德：《诗学》，罗念生译，人民文学出版社，1962，第31页。

与《儒林外史》等书，其结构皆甚可议。"[①]

正如笔者已论，现代文学批评主要接受来自西方的知识系统，这必然带来对另一个完全不同的知识起源的中国文学与文化产生误读。而以中国文学文化知识系统评价本土文学与文化，可能会得到截然不同的结论。中国小说诚然不尚因果逻辑[②]，但是，这不等于说中国古典小说叙事结构不严密。中国古典小说的艺术特色主要体现在重视小说叙事的纹理，常常字无虚用，事无虚设。如毛宗岗说："三国一书，有首尾大照应、中间大关锁处。……凡若此者，皆天造地设，以成全篇之结构者也"，"真一篇如一句"。[③]张竹坡说，《金瓶梅》"起以玉皇庙，终以永福寺，而一回中已一齐说出，是大关键处"[④]。"缀段式"结构看似各自独立分散，其间却埋伏着诸多照应与关合。如有隔年下种的妙着，有奇峰对插、锦屏对峙的妙方，还有添丝补锦、移针匀绣的细微，诸般手段层出不穷，让人眼花缭乱。这种细腻绵密的小说叙事风格正显示了中国文人文学尤尚智性和审美的特征，小说叙事也明显透露出文士的才气。浦安迪认为，中国章回体小说看似不具备时间化的统一性结构，但是，它们的内在结构是统一的。明显的表现是《水浒传》等经典章回体小说基本上存在主次两种结构：主结构大约是十回一个缀段，如《水浒传》中有"武（松）十回""林（冲）十回""宋（江）十回"等，每十回形成一个叙事节奏；在主结构之内还潜隐着次结构，即每十回中的第三、四回在局部性布局中占有重要的作用，即主结构之内还存在着叙事分量的变化，这又是一种节奏变化。[⑤]"缀段式"结构在"赋予故事以鲜明的色彩、美和魅力"之外，还带来了特殊的叙事大节奏。

《生死疲劳》四个叙事板块在叙事效果上就产生了这种叙事节奏。"驴折腾"

[①] 陈寅恪：《论再生缘》，载《寒柳堂集》，生活·读书·新知三联书店，2001，第67页。

[②] 中国古代有些短篇小说的因果逻辑十分严密，如《世说新语》关于石崇的故事两则，短短两三百言，叙事曲折完整，人物气韵生动，堪称此方面的典范。

[③] [清] 毛宗岗：《读三国志法》，载 [明] 罗贯中著、[清] 毛宗岗批评《毛宗岗批评本三国演义》，凤凰出版社，2010，第9、8页。

[④] [清] 张竹坡：《批评第一奇书金瓶梅读法》，载《中国古典文学名著分类集成 文论卷》（三），百花文艺出版社，1994，第181页。

[⑤] [美] 浦安迪讲演：《中国叙事学》，北京大学出版社，1996，第62—77页。

和"猪撒欢"叙事紧凑，节奏明快，"牛犇劲"和"狗精神"叙事枝蔓相对杂多，节奏较为舒缓。这样一来，第一、三部分，第二、四部分，就形成呼应，整部作品的故事气势和文学风格因此保持相对的平衡。同时，四个缀段的笔墨重点各自集中，所塑造的艺术形象也各自不同，驴的潇洒与放荡，牛的憨直与倔强，猪的贪婪与暴烈，狗的忠诚与善良，形成四种不同的叙事色调，丰富了小说呈现的艺术世界。同时，各部分又不均匀用墨，第一、第三部分明显倾力较多，艺术效果也更为明显，尤其是第三部分"猪撒欢"，是《生死疲劳》的精华部分，也最符合莫言的艺术禀赋，读之，很容易被拉入作家刻意营构的奇异瑰丽的艺术世界，让人感叹不已。在继承之外，莫言吸纳了现代小说的结构艺术，四个缀段故事是按照由远及近、自"古"至今的时间逻辑排列的，这样一来，就通过不同历史时空的四个缀段故事反映了近半个世纪的中国历史，而四个故事性质的相近，又保证了故事及其主题意义的统一性和完整性。在近半个世纪的历史中选择四个故事，而其中又利用西门闹、蓝脸等贯穿始终的人物在小说"外形"上保证小说的完整性，这种构思匠心和技巧，让我们看到了类于老舍《茶馆》般的艺术结构功力。

三、世纪之交章回体结构小说的缝隙

《生死疲劳》在利用章回体结构的时候，取得了不少成绩，让我们看到了现代汉语文学与文学传统结合的魅力，但是，这并不是说章回体完全适应了现代汉语文学写作，其中还有很多缝隙需要补足。这些缝隙同样出现在新世纪其他章回体汉语小说中，其经验教训亟须写作者去总结。

客观地说，章回体结构形式在世纪之交出现，就是一个很讨巧的事情。其"巧"在于，在世纪之交民族传统已经式微而国人又逐渐意识到这个问题严重性的时候，在题材上选择历史人物和历史故事，在体裁和技法上充分显示传统叙事的魅力，就更容易获得读者的认同。章回体小说是这样，笔记体、纪传体等传统结构形式的"幽灵复活"了，究其根底也是这种原因。在特定时代，传统确实具备某种程度的"广告效应"，成为俘获读者的有效手段。

问题不在于世纪之交的作家在写作上有意"讨巧"——写作很多时候就需要"讨"很多"巧"——而在于这种"巧"能否生成好的文学效用，产生优秀的

甚至是无与伦比的美丽；"巧"能否产生好的历史的效果，弥补文学传统的不足，并在传统基础上更上一层楼。《生死疲劳》给人以意犹不足的感觉，与其结构形式在现代性转换过程中尚存在诸多缝隙有关。

《生死疲劳》章回体结构形式的优长是利用章回体和"缀段式"结构控制叙事节奏，但是，四个悲剧性缀段故事连接在一起，也使小说的节奏和情感色调相对单一。小说在叙事过程中也注意到了保持节奏变化，但是，变化相对不大。四个悲剧性故事缀段连接，从纵深上推进了小说的悲剧性主题。可是，过于整齐划一的步伐显然不符合历史实际，对于以解释历史生存真相为主要任务的《生死疲劳》来说，这不免是一个缺陷。作家关于历史、人性和生命的执着认知，妨碍了艺术真实的有效传达。在故事过程中，本来存在着叙事转化机遇，譬如蓝脸单干是故事的一个重要情节，作品似乎透露出了一些蓝脸固执的原因，但是，与现代汉语文学中有相似角色功能的另一个农民形象梁三老汉相比，蓝脸在这个方面就缺乏形象的生动性和行为的合理性解释。故事完全可以在此处加入喜剧性故事，交代与蓝脸单干相关的可信性事件及其心理、情绪状态。一方面可以使这个重要情节圆融可信，使人物塑造丰满可亲；另一方面，也可以从故事主线中挣脱出来，斜插出一枝红杏，舒缓过于集中和紧张的故事节奏。金圣叹感慨《水浒传》有很多高明的艺术手法，其中之一为"横云断山法"：

> （《水浒传》）有横云断山法：如两打祝家庄后，忽插出解珍、解宝争虎越狱事；又正打大名城时，忽插出截江鬼、油里鳅谋财倾命事等是也。只为文字太长了，便恐累坠，故从半腰间暂时闪出，以间隔之。[①]

蓝脸事完全可以用类似"横云断山"的方法，这样一定程度上可以避免文字太长而造成的"累坠"。"累坠"的结果，使后来的故事由于趋同化而造成"审美疲劳"，读者在阅读过程中也因此感到无力卒读。文学结构的功能之一，就是在

---

① [清]金圣叹：《读第五才子书法》，载[明]施耐庵著、[清]金圣叹批评《金圣叹批评本水浒传》，凤凰出版社，2010，13—14页。

写作过程中自我调整，以使作品形式能够把作品主题发挥尽致。这说明当代作家在借鉴文学传统的时候，还缺乏相应的艺术调整能力。

如上所论，中国古典章回体小说极重视小说叙述人。叙述人不仅仅承担着故事引领者的功能，其情感倾向和价值判断也会影响故事走向和小说意义。尤其在文人逐渐加强了在小说中的能动作用之后，叙述人在文本中的作用就更加重要。随着叙述人在故事中地位的提高，对叙述人的要求也相应提高。因为叙述人经常要以自己的情感倾向和价值判断影响读者，实际上就要求他具备具有穿透力的认知结构以及相应的非凡洞察力。所以，中国伟大的章回体小说的故事初始情景往往包含一种笼罩全篇的哲学思想，依之可以穿透一切故事事件。这种概括性的哲学思想，不但能够据之解释故事的思想内涵，还可以保证整部故事结构的整体性。

《生死疲劳》六世轮回的思想勉强可以达到这种目的，然而与《红楼梦》等作品相比，明显可以看出其缺陷。《红楼梦》在作品之初就张启"色""空"观念的故事主题，同时，在这种主题之中，还包含着各种合理性情感和冲突，作家没有偏执地以一种概念压迫其他概念，以一种合理性抑制其他合理性。所谓"钗黛合一""双峰并峙"，不仅仅是人物形象美学，还是处理复杂性事物的结构美学。这种对故事的掌控能力首先需要作家对自己时代的生活有敏锐认知，而且认知水平要远远高于时代的认知水准。但是，我们没有看到世纪之交的现代汉语文学作家（包括莫言）具有这种能力，所以，他们的作品在涉及具体的价值选择的时候，往往跋前疐后，捉襟见肘。

这一点在章回体长篇历史小说中表现得特别明显。长篇历史小说大多要做翻案文章，但是，如何处理翻案后的结果，作家们显然估计不足。在《雍正皇帝》《张居正》中，二月河和熊召政主要是极力利用现代西方文明理念重构雍正和张居正的复杂性，但是，这种复杂性可能存在缺乏事理的合法性；有一些行动和思想似乎是合理的，但是，换一种角度或方式，这些行动或思想竟然可以用另一种截然相反的合理性取代。这说明现代西方文明理念和中国传统形式结合，显然还存在缝隙，写出的故事、人物、主题往往难以令人信服。在这个过程中，笔者以为，现代汉语作家缺乏属于自己的、足以面对时代问题的知识装置，缺乏处理不确定性现象的能力，他们对自己时代的观察和把握显然不如曹雪芹、兰陵笑笑生。所以，在文学结构设置中，现代汉语作家没有能力设置如《红楼梦》《金瓶梅》一样的包容性哲学理念以统制全局，作品因而也缺乏相应的精神深度。

另外，章回体结构形式的缝隙还产生在对"通俗性"的艺术追求上。通俗性虽然不是章回体小说的本体特征，但是其源自话本小说的艺术源流，使通俗性在很长时间内遮蔽了章回体小说的文人文学气质。这导致后世承传章回体艺术结构往往以走向通俗性为主要目标维度。在 20 世纪，章回体结构形式主要流行于鸳鸯蝴蝶派等通俗小说以及革命通俗演义小说，可以证明此点。世纪之交的《生死疲劳》、"落霞三部曲"、《张居正》等作品，故事与语言的通俗性特征也非常明显。通俗艺术也有艺术精品，问题在于，作家们为了迎合读者而通俗，会因而降低作品的艺术品质和精神深度。

上述几部作品尚不至于如此，但是，不可否认有一些作品因此而损害了作品的艺术价值。譬如，《所谓作家》（王家达，2003）是一部描写知识分子精神历程的作品，小说以作家胡然为主角，以《文艺春秋》杂志为基地，描写了一群有良知的知识分子在世纪末的悲剧性生活。小说的写实特征非常明显，新世纪像这样敢于直面现实的作品也不多。小说采用了章回体结构形式，很多回目对仗工整，也富有思想，如"野风活剥金大天　细酸勇批黑文章""钱教授告密首善地　糊涂人签名血泪衣"等。不过，章回体结构体式的选择显然影响了小说的审美定位，无论是故事还是结构，《所谓作家》都显示出强烈的通俗倾向。故事采用的是典型的才子佳人模式，以胡然与几个女人的故事为主线，情色叙事成为作品重要的故事内容，如"浴美人醉倒作家先生　奇作品轰动高原文坛""拉赞助深山拜财神　野鸳鸯偷情度假村""攀高枝才女上北京　肖市长慧眼识风流"等，这样一来，作品的情色叙事就严重干扰了故事的主题表述。当然，作家似乎是想通过几个女人的背情弃义来抨击世风日下和文人整体的道德堕落，但是，作家显然没有能力穿越自己的审视对象，从而使故事内容和主题表达都只能停留在大众思想层面，并没有提供"陌生化"的艺术感知。并且，整部作品在回目上也没有全部使用章回体，说明作家对章回体结构的认知也不全面。有些章的题目明显有媚惑读者之嫌，如第一章"'一匹好马'和年轻寡妇的露水之恋"，这种回目和结构选择，显示出不少当代作家还没有为如何使用传统章回体做好艺术准备。

第二节　重返中国传统的结构形态之二——纪传体结构

一、寻找一种叙事程式——折扇式列传单元

现代以来，中国人的小说观念发生了很大变化，小说被视为虚构性文学，是一个共识。尽管如此，在阅读过程中，中国读者还是对小说里事件的关注比对小说本身更感兴趣。这很大程度上是因为中国的小说传统受史传文学影响很大，即便是虚构性故事，作家也要利用各种方式，将其讲述得煞有其事。长此以往，真实可信逐渐成为小说故事存在的基础，也是中国小说重要的美学传统，以至于不管是作家还是读者，都不知不觉地将真实性作为小说存在的一个重要价值依据。我们查看明清时期的小说评点，无论是对《三国演义》《水浒传》，还是对《金瓶梅》《红楼梦》《西游记》，评点家都是将这些著作首先与《史记》相比较，即将真实性作为首要的评价标尺。在这种文化传统熏染下，在普通读者的阅读期待中，认知价值往往要排在小说价值的首位。最简略的故事，只要可信、动人，读者就愿意接受。他们可能以为，所有的小说故事都安放着现实的桌椅，而读者的阅读取向和任务，首先就是要找到它们，对号入座。难怪多少世纪以来，中国的文人愿意不断以史传的形式编撰逸闻趣事，而读者也似乎乐于接受这种作品。

这种文学创作和阅读传统，可能是西方批判现实主义文学在新文学首先得到认同的原因，也是现实主义小说之所以能够在现代汉语文学中占据优势位置的重要原因。虽然文学的真实性包括情感的真实和事理的真实，而且，实现这些真实不一定非要依靠现实中真实发生的事件，也可以通过虚构来完成，但是，如果小说能够被读者有效接受，真实可信依然是基础。在这种情况下，即便是虚构性小说，作家也会极力以"精密证明步骤"来体现真实性，因为在中国的阅读传统中，这是作家征服读者的不二法门。

"精密证明步骤"的实现方式有许多种，如身临其境般的叙事、密不藏针的景物描写、度人如己的细腻心理刻画……作家会寻找各种艺术手段使其作品达到"真实可信"的程度。而在实现这个任务的过程中，结构仍然是绕不过去的艺术考量。罗兰·巴特说，叙事作品"具有一个可资分析的结构，不管陈述这种结构

需要多大的耐心。因为最复杂的胡乱堆砌和最简单的组合是不可同日而语的。如果不依据一整套潜在的单位和规则，谁也不能组织成（生产出）一部叙事作品"[①]。因此，结构往往被视为文学创作的一个根基性工程，寻找合适而便宜的文学结构形式，是实现"真实可信"艺术品质必须重视的问题。在中国，我们的先辈很早就寻找到了一种可以提供直接实现"真实可信"的结构程式——纪传体结构。

纪传体结构程式，是司马迁为适应历史人物叙事而创造的，对中国叙事艺术产生了深远影响。中国许多文言和白话小说，都使用了纪传体结构程式。典型的如"三言"，没有一个故事里的人物是没有来历的，"某生，某时、某地人也"，是这类故事最经典的开端句式。纪传体结构程式对现代汉语文学也有影响，最著名的例子当然是《阿Q正传》。鲁迅选择"传"的形式，首要目标就是要达到真实可信的艺术效果。尽管在这部著名小说中，鲁迅煞有其事地交代，该作品是戏拟古代纪传体体式，似以之来标明该作品不是完全仿袭古制，而是现代性创制，作品的风格也确与纪传体典重的史传风格截然相反，但是，《阿Q正传》的传统痕迹依然相当明显，其基本体式仍然没有更改纪传体人物传记的结构格局，只是在写法上加入了诸多创造。在此之后，纪传体结构在新文学上就难有佳作。

古典纪传体小说结构程式艺术到《水浒传》到达顶点。金圣叹说："《水浒传》一个人出来，分明便是一篇列传。至于中间事迹，又逐段逐段自成文字，亦有两三卷成一篇者，亦有五六句成一篇者。"[②] 前文我们讲过的"武（松）十回""宋（江）十回"等，即以十回成一个人物纪传。说其达到这种艺术的顶点，是因为整部《水浒传》在外形上是章回体结构形式，而其内在结构方式就是纪传体。金圣叹说："《水浒传》七十回，只用一目俱下，便知其二千余纸，只是一篇文字。中间许多事体，便是文字起承转合之法。"[③] 即《水浒传》的每一个人物的纪传写法是相似的，多个人物纪传组合在一起，形成了"折扇式列传单元"（杨义语），小说故事内容

---

① 罗兰·巴特：《叙事作品结构分析导论》，载伍蠡甫、胡经之主编《西方文艺理论名著选编（下卷）》，北京大学出版社，1987，第474页。

② [清] 金圣叹：《读第五才子书法》，载 [明] 施耐庵著、[清] 金圣叹批评《金圣叹批评本水浒传》，凤凰出版社，2010，第11页。

③ 同上书，第10页。

展开的方式，就是一种"清明上河图"式的人物画卷，可以折叠成章，又可以挥扇而观。所以，我们看《水浒传》洋洋洒洒几十万言，人物塑造上百个，但是却杂而不乱，就是因为作家是用最清晰可辨的"折扇式列传单元"组合成复杂的"水浒"叙事序列。

在现代汉语文学中，纪传体结构多见于中短篇小说。"折扇式列传单元"纪传体结构形式适用于长篇小说创作，但因为现代汉语长篇小说创作受西方小说影响颇大，因此在其中难见这种程式艺术的魅影。当然，不能因为这个判断就排除现代汉语长篇小说存在人物传记式作品的可能，相反，人物传记式的长篇小说很多，现代时期如老舍的《二马》《赵子曰》，当代时期的如王安忆的《富萍》《米尼》，不过，这些传记体长篇小说基本上是借鉴西方小说艺术而成的。

现代批评家在论及纪传体结构的时候，常常以为"以人物为线索组织材料"和"塑造人物性格"是其基本特征。这种意见原也不错，但这些论者没有注意到，西方传记小说也具备上述基本特征。譬如，《米尼》就是以米尼为中心线索，来描写其生活和情感经历。不过，西方传记式小说的传统，是以一人为叙事中心，这类似于中国中短篇纪传体小说。它的独特性主要体现在重视情节的因果逻辑联系，并且要求在故事的逻辑变化中写人物的性格和情感的变化，是一种典型的成长型叙事。这种传记特征与中国纪传体文学重视呈现历史事件的意义、人物的主要特征而不重视性格发展的传统有所不同。王安忆描写米尼这个人物，重心显然不是批评外在的社会或某种道德性价值观念，而是像其《小城之恋》等早期小说一样聚焦自然的人性。小说用多个逻辑严密的事件，来描写米尼等人因为自我无法超越本我欲望而被其吞噬，是一种具备现代性特征的现代文学经典叙事。而在这个过程中，人物的性格和情感经过了多次变化，最终他们不仅生活离开了原点，性格和情感也离开了原点。这类小说不一定像中国古典小说一样注重性格的准确勾画，但是，其对心理深度的开掘显然超出中国纪传体的古典小说。

西方传记体小说因为主要围绕一个中心人物组织材料，所以很难出现类似于中国古典长篇小说"折扇式列传单元"的结构形式。世纪之交，现代汉语小说创作出现了多部以"折扇式列传单元"为结构形式的长篇小说，代表性的作品是刘震云的《手机》《我叫刘跃进》、毕飞宇的《推拿》和陈润华的《偶然的南方》。这几位中国作家到底是怎样寻找到这种古典小说结构形式的，其中的勾连关系实在难以考证。但是，在传统形象被重新置换的时代大语境下，这种传统结构的"幽灵"复活了，当然不是出乎意料的偶发事件。我们现在可以清晰地看到的是，寻找到这种结构程式，为作家构思作品、调遣材料、表达主题带来了诸多便利，而这些便利才是"折扇式列传单元"结构形式复活的直接原因。

二、《推拿》："以人为本"的传承和叙事方式的开拓

折叠式列传单元，一般涉及多个人物，这种结构方式注定不可能把小说焦点集中在一个人身上。焦点分散，相应要求关于一个人物的叙事不可能像西方传记小说一样面面俱到，而中国纪传体叙事结构恰好符合这种要求。纪传体叙事一般没有一个贯穿始终的事件，只有若干小规模事件连缀成序列。当然，这不是说事件之间缺乏逻辑联系，故事的逻辑性不是依靠情节的因果联系来完成，而是依靠贯穿性人物。一个列传的中心人物往往既是主要的塑造对象，也承担线索人物的角色功能。这种结构形式看似简单，似乎只是一个人物列传单元与另一个人物列传单元的组合连接，实际上对创作者要求甚高。创作者必须对每一个列传人物的一生行事及性格特征有明晰准确的把握与判断，随后，经过反复酝酿，进行缜密的艺术性构思，形成明确的主题思想和成熟的意蕴脉络，然后，围绕着这个意蕴脉络和人物的主要性格特征，选择恰当的事件或情节，结构每一个列传人物故事，最后，还需要注意各个列传单元之间的照应和关锁，从而形成小说一贯的、全面的整体气势。因为更注重小说整体意蕴的表达，而不注重人物性格的全面展示或精神成长，所以，这种结构非常适合描写具有类型化特征的人群。

从这个角度讲，《推拿》的结构选择无疑走在了正确的道路上。小说除《引言》和《尾声》外，其余章节都是以人名为标目的列传单元——这是典型的"折扇式列传单元"结构形态。《引言》部分虽然不是列传单元，但是，在全书中的位置异常重要。《引言》的标目是"定义"，定义的对象是"推拿"。实际上《引言》叙事很简单，毕飞宇似乎也不是要给"推拿"下一个精确的学术定义，只是用人物故事简要地将"推拿"与带有色情意味的按摩区别开来。定义的文学目标，是把"推拿"与一个特殊的社会群体——盲人建立对应关系。"推拿"被模糊定义

为"盲人从事的中医按摩术"。在这个定义过程中，小说的叙事聚焦就逐渐从"推拿"转移到盲人身上，而这部小说就是要描写这个特殊人群的社会生态和精神面貌。这种写作目标，显然非常适合毕飞宇，因为他在当代文坛上就是写以另类人而闻名。我们看他的《青衣》《玉米》等作品，从某种程度上来说都是以纪传体的形式来写社会生活中的另类人物。只不过这些作品都是关于单个人物的"列传"，没有写出多个人物列传单元而形成整体性的"折扇式列传单元"结构形态。

确定写作对象和写作中心，对任何创作来说都是很重要的。而"以人为本"，恰恰是纪传体文学的长处。所以，《推拿》选择"折扇式列传单元"结构形式，既适合作家的艺术个性，也符合描写对象的要求，这种选择无疑使《推拿》具有了成功的可能。而毕飞宇也给读者提供了这样的文本。小说选择了一个有推拿手艺的盲人群体，塑造了沙复明、王大夫、小孔、小马、都红、金嫣、泰来等多个盲人形象。毕飞宇虽然重点塑造了沙复明和王大夫，但是，二者显然不是《推拿》的中心人物。通篇看起来，毕飞宇似乎在笔墨上对这个群体人物故意"雨露均施"，然而，在不多的笔墨中，很多人物形象却各具特征，栩栩如生。如金嫣的泼辣乐观，都红的美丽与外柔内刚，泰来的乡村式自卑，小孔的娇憨与聪慧，小马面具式的冰冷，季婷婷的善良与大度，沙复明的精明与博识，王大夫的隐忍与深沉。几乎每一个盲人，都有一副独具的面孔。在一部并不算长的长篇小说中，描写了这么多的人物，成功塑造了这么多鲜明的人物形象，对文字、笔力都要求甚高，毕飞宇能够完成这个任务，显然与精心构思和选择得当的艺术结构密切相关。张莉认为，"《推拿》独有的结构其实也缓解了盲人日常生活的沉闷"，"就此部小说和小说面对的人物的特殊性而言，结构的有效性是在于它打破了日常生活的简单与冗长"。[①] 张莉显然看到了《推拿》文学结构形式的力量，但是，她却没有看到这种结构的艺术渊薮。

当然，表现盲人的生命状态也可以选择西方人物传记的方式进行，譬如这篇小说完全可以以王大夫或都红或其他某个盲人作为线索人物，但是，这种故事更像是英雄传奇，而"折叠式列传单元"显然更适合表现一个群体整体的生命形态。

---

① 张莉：《日常的尊严——毕飞宇〈推拿〉的叙事伦理》，《文艺争鸣》2008 年第 12 期。

金圣叹曾经这样评价《水浒传》的构思："或问：施耐庵寻题目写出自家锦心绣口，题目尽有，何苦定要写此一事？答曰：只是贪他三十六个人，便有三十六样出身，三十六样面孔，三十六样性格，中间便结撰得来。"①毕飞宇在构思《推拿》时，或有意或无意地与《水浒传》发生了契合。其笔下的人物虽然都是盲人，但是，毕飞宇却刻意区分开先天盲和后天盲；在后天盲的盲人之间，又注意描写他们因为各自经历和心理历程有不同，导致各人接受生活的方式也会产生不同，因而对爱情的追求和表达方式有不同。从"同"中，小说可见整体性，从"不同"中，可见这个群体人生、人性的丰富性，毕飞宇就是在"同与不同"之中描写了一个特殊的人群。有论者说："真是压根儿没想到毕飞宇会把一群盲人的世界刻画得那么活灵活现，他们的心思、他们的情感、他们的爱情、他们的友谊，他们对世界、对美、对时间、对人、对物的理解，算不上匪夷所思，然而绝对令人如醍醐灌顶。"②金圣叹夸赞《水浒传》"叙一百八人，人有其性情，人有其气质，人有其形状，人有其声口"，"施耐庵以一心所运，而一百八人各自入妙者，无他，十年格物而一朝物格，斯以一笔而写百千万人，固不以为难也"。③毕飞宇曾经有长期在特殊学校任教的经历，很早的时候就下决心要写一写聋哑人、盲人等特殊人群，正是有充分的艺术准备，长时间仔细观察、体悟盲人的生活和心理，格物致知，因此能够如施耐庵一样，掌握了以"同与不同中有辩"描写群体人物的写作秘诀。

来自《推拿》里的盲人的声音和对世界的看法，震撼了我们，突破了我们对于盲人的习以为常的理解。从某种程度上说，《推拿》也是一部"翻案小说"，它通过描写一个特殊的盲人群体，改变和拓展了人们对世界的认识。毕飞宇在一次访谈中特别强调"不想在《推拿》里涉及太多的社会问题"，以期"尽一切可能"

---

① [清] 金圣叹：《读第五才子书法》，载 [明] 施耐庵著、[清] 金圣叹批评《金圣叹批评本水浒传》，凤凰出版社，2010，第 10 页。

② 陈克海：《黑暗中的舞者——读毕飞宇〈推拿〉》，原载 2008 年 10 月 10 日《文汇读书周报》，参见中国作家网 2008 年 10 月 13 日，http://www.chinawriter.com.cn/2008/2008-10-13/67951.html，访问日期：2021 年 8 月 15 日。

③ [清] 金圣叹：《金圣叹批评本水浒传·序三》，载 [明] 施耐庵著、[清] 金圣叹批评《金圣叹批评本水浒传》，凤凰出版社，2010，第 5 页。

回避社会。① 但是，一方面，好的文学叙事都会"穿越"具体事件和人物，而与普遍性产生联系。另一方面，我们不得不在此特别指出，在新世纪的语境下，作家之所以愿意选择传统的艺术形式，除了其提供了成功的组织材料的范式外，很大程度上是为了便于文学传播而迎合读者的审美期待视野。当他们这样做的时候，却没有注意到，任何一种既成的文学范式，都是社会群体的资产，群体的价值观念和思维模式会相应隐藏在其中。卡勒说："如果人的行为或产物具有某种意义，那么其中必有一套使这一意义成为可能的区别特征和程式的系统。"② 所以，当小说家选择适当的文学范式的时候，在某种程度上，他已失去自我控制，因为文化惯例渗入他的文学之中，以致他的个人表达带有附着于他所选择的表达方式的社会意义。作为经典的述史体例，纪传体是一种"典重"的结构形式，它常常在具体的历史人物与历史事件之外表达历史识见和教训，所以，选择这种结构体例，注定会使文学叙事要超出具体文本之外而表达"宏大主题"。

实际上，这一点毕飞宇已经意识到，或者这本就是他要达到的目的。在一篇创作谈中，毕飞宇称写作《推拿》的原因，是因为在盲人朋友们中看到"尊严"和"自尊"，他立意要表现他们可贵的"尊严"和"自尊"。随后，不知不觉间，他把对一个群体的尊严、自尊，与民族与时代联系起来，并伤感地说："在我们这个时代，尊严是严重缺失了。"③ 他说："我一直渴望自己能够写出一些宏大的东西，这宏大不是时间上的跨度，也不是空间上的辽阔，甚至不是复杂而又错综的人际。这宏大仅仅是一个人内心的一个秘密，一个人精神上的一个要求，比方说，自尊，比方说，尊严。"④《推拿》的目的是写一群另类的人的生活、情感和精神，而因为优异的写作，文本意义又超越了写作意图。所以，这部小说的真意可用一种饶舌的方式表述出来——写人，写特殊的人；写特殊的人，写人。从这个角度说，《推拿》是成功之作。

---

① 张莉、毕飞宇：《理解力比想象力更重要——对话〈推拿〉》，《当代作家评论》2009年第2期。

② [美]乔纳森·卡勒：《结构主义诗学》，盛宁译，中国社会科学出版社，1991，第25页。

③ 毕飞宇：《〈推拿〉的一点题外话》，《当代作家评论》2009年第2期。

④ 同上。

对于以承继传统为特征的文学作品来说，仅仅尾随传统显然是不够的，建立文学基业，亦需要创新和超越，需要确立属于自己的文学风格。《推拿》很难说超越了前辈，更无从说毕飞宇以此建立了文学的不世功业，不过，在这部作品中，毕飞宇没有被传统湮没，而是充分显示了自己的文学个性。

传统的纪传体文学一般采用全知全能的叙述人视角，是一种外聚焦叙事。明清之后，随着传统长篇小说艺术逐渐成熟，内焦点叙事也自然而然地出现了，这大大提高了中国小说的叙事艺术。《推拿》的叙述继承了这种艺术，如小说中有一段这样的叙述：

> 小马没有想到他的"我坏"也成了一个笑料。不知不觉的，小马已经从一个可有可无的局外人演变成事态的主角了。还没有来得及辨析个中的滋味，小马彻底地乱了。他不知道自己是怎么动起手脚来的。他的胳膊突然碰到了一样东西，是两砣。肉乎乎的。绵软，却坚韧有力，有一种说不上来的固执。小马顿时就回到了九岁。这个感觉惊奇了。稍纵即逝。有一种幼稚的、蓬勃的力量。小马僵住了。再不敢动。他的胳膊僵死在九岁的那一年。他死去的母亲。生日蛋糕。鲜红鲜红蜡烛所做成的"9"。光芒四射。咚的一声。车子翻了。头发的气味铺天盖地。乳房。该有的都有。嫂子。蠢蠢欲动。窒息。[1]

这一段主要是从小马的内视角叙述突如其来的异性接触造成的震撼。多用短句，甚至一词一个句号，来表现小马瞬息万变的心理思绪。故事实际的时空一眼可尽收眼底，可是，小马的心理时空却异常辽远。短短的一段文字，一次偶然的肉体碰触，把各种不同的心理感受一下子唤醒，使小马刻意紧紧约束起来的情感释放出来，回到正常的生命状态。而在内视角中，小说家了无痕迹地加了一句："不知不觉的，小马已经从一个可有可无的局外人演变成事态的主角了。""小马僵住了"是外聚焦的叙事，一个叙述人就站了出来，默默地、怜爱地看着这一群

---

[1] 毕飞宇：《推拿》，人民文学出版社，2008，第52页。

欢乐的人们和惊悚不安的小马。故事本就存在两个世界：现实的故事世界和小马广袤的心理世界，叙述人的出现，又在这两个诗意世界之外，笼罩了一个审美空间。三个审美世界彼此对话、交融，《推拿》的艺术因此充满了张力。

另外，《推拿》的叙述人即使站在全知全能的视角位置，与传统的叙述人也有区别。《推拿》的叙述人显然不太热衷紧张曲折的情节叙事，而更重视对人物内心世界和情绪、情感、精神的剖析。小说有多处精彩的对盲人内在精神的剖析段落：

> 就说沉默。在公众面前，盲人大多都沉默。可沉默有多种多样。在先天的盲人这一头，他们的沉默与生俱来，如此这般罢了。后天的盲人不一样了，他们经历过两个世界。这两个世界的链接处有一个特殊的区域，也就是炼狱。并不是每一个后天的盲人都可以从炼狱当中穿越过去的。①

> 后天盲人的沉默才更像沉默。仿佛没有内容，其实容纳了太多的呼天抢地和艰苦卓绝。他的沉默是矫枉过正的。他的寂静是矫枉过正的。他的澹定也是矫枉过正的。他必须矫枉过正，并使矫枉过正上升到信仰的高度。②

毕飞宇的文笔历来就有一种深邃性，在事件和人物灵魂深处曲径探幽，当代只有极少数作家能够与之比肩。夏志清认为，中国说书人和小说家"没有抱负去探求内在意识的世界"，他们的作品也因此没有达到"心理现实主义的境界"。③作为新世纪的中国作家，毕飞宇已经规避了中国说书人和小说家的缺陷，能够用细腻而深邃的笔力去探触人的深幽隐奥的内心世界，其小说的心理深度因此大大增加，《推拿》也因此具有了诗性的、温暖的、丰润的文学特质。

三、《我叫刘跃进》：故事叙述与蒙太奇组合

《推拿》写人，《我叫刘跃进》则写事。传记体作为经典史著结构体例，本就

---

① 毕飞宇：《推拿》，人民文学出版社，2008，第44—45页。
② 同上书，第45页。
③ [美]夏志清：《中国古典小说》，江苏文艺出版社，2008，第24页。

擅长叙述故事，《史记》在这方面就有很多经典的叙事片段，所以，中国传统叙事艺术可以为现代汉语文学作家提供很好的艺术经验，新世纪的长篇小说家对此也有所吸收。

从艺术生产的实践过程来看，《我叫刘跃进》的特殊性在于其出场方式。这部小说有些名声，很大程度是因为同名电影《我叫刘跃进》[①]——一部被称为"中国首部作家电影"的影片。"作为一个概念，'作家电影'在中国是中国电影集团公司的新提法，是指作家拥有导演的推荐权、资金的使用权及介入发行权的新制作模式的电影。"[②]"作家电影"的提法，究其本质，是一种电影市场行为，利用成名作家的市场号召力来使电影资本利益最大化。这与我们目前讨论问题的关系不大，但是，这种机制把作家在电影制作过程中的地位抬高到前所未有的高度，必然影响小说《我叫刘跃进》的创作。因为据传这部小说是先有剧本，后有小说，果真如此的话，电影《我叫刘跃进》肯定会对小说文本写作产生影响。这种说法笔者没能证实，即便如此，小说《我叫刘跃进》依然与电影存在扯不断的联系，它的出版时间与电影放映几乎同步，一上市就狂销了40万册。从艺术上讲，小说《我叫刘跃进》算不上是一部优秀作品，它能够热销，不能不怀疑是依靠了电影的力量。

刘震云一直与电影界有密切联系。笔者一直很喜欢冯小刚导演的两部电影《手机》和《天下无贼》。两部作品前后错一年出世，都带有反思现代性的特征，主题意蕴思维之深，是冯小刚其他电影难以比拟的。我因此喜欢上冯小刚的电影，也为此对冯小刚充满信心，但是，冯小刚随后推出的作品如《夜宴》等，令人大失所望，又退回到普通商业电影的水平。冯小刚为什么在《手机》和《天下无贼》中风格有如此之大的变化，我想主要得力于刘震云，因为这两部电影都有刘震云的影子。前一部改编自刘震云的同名小说，且刘震云是该电影的编剧；后一部刘震云是监制人。这两种身份，都可以使刘震云影响冯小刚。如两部电影的片头都十分精彩。电影片头，是电影常用的形式，其功能大致是设置一种故事的

---

① 这种文学生产方式在中国当代文坛也不鲜见，在新时期文坛有很多经典案例。在世纪之交，文学作品因电影或电视剧成名，也是一个重要的文学生产现象，值得研究者关注。

② 杨柳：《〈我叫刘跃进〉：作家和电影谁主沉浮？》，《电影》2008年第3期。

初始情景，使观众入巷，进入电影。而《手机》的片头则不是这么简单，《手机》所讲述的是一个现代人发生诚信危机的故事，以之反思物质与科技的发展并没有给现代人带来幸福，反之，现代科技使现代人的灵魂蒙尘，失去了朴实做人的本色。《手机》的片头是一个过去式，情节简单，粗略，但是观众看到在简陋的生活环境中，人们仍有真情和快乐。在片头中，歌星杨坤用沙哑、忧伤的歌声咏唱传统乡村故事的时候，让观众很容易对比现实的粗俗和急功近利，去怀念失去的纯情时代。新旧对比，是刘震云新世纪以来喜用的小说结构，小说《手机》就是这种过去与现在、乡村与城市之间的对比。

这种对比性结构，在一般电影中很少见到，但却是中国话本小说常用的手法。话本小说在结构上有"入话"环节，一般在小说正文没有开始之前，先讲述一个独立的故事，它往往与正文故事意思相近或相反，其结构功能是在文首"敷陈大义""隐括全文"，暗示正文故事的走向或性质。这种明显带有文人审美气息的文本元素，随着刘震云进入冯小刚执导的电影中，极大地提高了电影的审美深度。而一旦刘震云退出冯小刚的创意团队，类似的文人审美气息也随之隐退，冯小刚电影就难以企及上述两部电影的层次，审美品质不可避免地发生退化。

小说《手机》的结构也是"折扇式列传单元"形式，只不过在写作上却不像《推拿》、《紫檀木球》(苏童)，每一章都把焦点集中在标目人物的身上。这恰恰证明了刘震云在这部作品中使用了纪传体结构体例，主要是因为写作上的便利。小说《手机》共三章，第一章"吕桂花"和第三章"严朱氏"是过去故事，第二章"于文娟　沈雪　伍月"是现代故事，整部小说在叙事逻辑上并没有按照顺时序进行，所以，初读完让人猛一下摸不着头脑。电影《手机》只以第二章为主线，故事线索就非常清晰（而从艺术品质上看，第三章才是小说最优秀的部分，叙事朴实，意味深长）。《我叫刘跃进》吸收了这个经验，没有采用新旧对比的结构模式，然而故事结构严密紧凑，情节委婉曲折，明显显示出小说的创作受到了电影的影响。因为电影的受众常定位为大众，对故事的基本要求是线索简单清晰，情节曲折动人，冲突紧张激烈。小说故事就采用了单线条的顺时序叙事方式：工地厨师刘跃进被偷走了一个包，在抓贼追包的过程中，他无意中得到了另一个包，巧合的是，这个包里藏有一个 U 盘，其内存储有关系到房地产商人、一系列高官等上层人物生死存亡的重要资料，于是乎，商人、官人、警察、小偷团伙、私人侦探都卷入了追捕刘跃进、寻找 U 盘的复杂的叙事旋涡之中，一番阴差阳错过后，商人、小偷和官人最终都受到了惩罚。

这显然是一个适合大众传播，也会得到大众喜爱的、善有善报恶有恶报的老套故事。从小说各章标目看，也可以看到刘震云刻意迎合大众的痕迹：很多人物的名字，读者非常熟悉，如青面兽杨志、曹无伤、杨玉环、麦当娜，这些熟悉的名字自然会激发观众或读者的联想与想象，甚至使他们在瞬间回到某种原始典型的故事情景中。可是，故事中的这些人物不但不具备高贵的身份，反而或是小偷，或是妓女，或是无赖。期待视野反差之巨，让人情不自禁地发出"扑哧"一笑，产生了刘震云需要的幽默效果。

《我叫刘跃进》故事虽然异常曲折，但是，由于采用了"折扇式列传单元"结构形式，以小说人物为标目，折扇式铺排，展开情节叙述，小说故事因此环环相扣，条理清晰，杂而不乱，流畅自然。因为"折扇式列传单元"往往以情节片段为结构区分故事单元，焦点转换清晰，与电影的蒙太奇手法异常相似。蒙太奇手法通过不断地镜头转换、组接，保证电影故事快节奏行进，从而保证在有限的舞台时间和空间中讲述一个完整的故事。它相应地产生了一种艺术效果：不断转换与组接镜头，可以以较简洁的艺术方式表述比较宽阔的观察视野，也就是说可以用最少的"笔墨"表述更多的内容。电影利用蒙太奇手法组织叙事单元，既保证了叙事的快捷性，又可以用四两拨千斤的方式表述丰富内容，所以，成为最基本的电影艺术手段。《我叫刘跃进》使用一种类似于蒙太奇的"折扇式列传单元"结构故事，以较少的笔墨表述较多的内容。从这个角度看，《我叫刘跃进》的叙述艺术显然成功了。

但是，叙事成功并不等于文学作品就成功了。从小说文本呈现的审美形态可以看到，《推拿》和《我叫刘跃进》采用"折扇式列传单元"结构故事，便宜了文学创作，文学叙事也因此通畅明晰。但是，相比于《水浒传》等传统长篇小说，用力显然不够，各单元缺少必要的、深层次的勾连关锁，似乎仅仅是为了便于写作而采用了这种叙事结构形式，有偷懒省力之嫌。可以解释的原因，是当下文学创作多求数量和速度，作家们在一年甚或是三四个月间就完成一部几十万字的长篇小说创作，似成为常见之事。[①] 而金圣叹称道《水浒传》的原因之一，就在于“古人著书，每每若干年布想，若干年储才，又复若干年经营点窜，而后得脱于稿，裒然成为一书也。”[②] 这样创作出来的作品，才经得住读者细品回味。而今人失去了这种从容写作的环境和毅力，往往率尔着手一部作品的创作。这种仅仅为了省时省力的便宜而选择的叙事结构，导致小说因此缺乏精雕细刻的打磨，故事走向大多单一，意蕴较为单薄，难成大作。《我叫刘跃进》似乎就是叙述了一个曲折的故事，除此之外，好像很难寻找到别样的乐趣，小说也因此缺乏让人咀嚼咂摸的意味。有些地方，为了追求速度，故事单薄，成为一团枯墨，没有化作富有生命韵律的叙事曲线。

从写作初衷来看，这种结果显然不是刘震云想要的。刘跃进的故事是一个“拧巴”的故事，刘震云称其为“羊咬了狼”的“黑色幽默”，他主要借此表达对生活的观察和他的生命感受，刘震云说：“本来这个事是个苍蝇，它突然变成了大象，接着大象又变成了老虎，老虎反过来要吃刘跃进。这种不可掌控的状态，是我最感兴趣的。每天一个人，遇到十件事，有八件事都处在不可掌控的状态。不可掌控的状态特别容易出悲剧，也特别容易出喜剧，更容易出悲剧之中的喜剧。”[③] 不用看故事，只凭借刘震云一番话，我们就可以觉察到这是一个韵味十足的故事，它仅仅抓住了生活的“不可控制”特征，这是一个深刻的洞察。“不可控制”，可以说是生命的一种本质性存在。米兰·昆德拉说小说是“存在的探究”[④]。刘震云试图通过一个故事来探索生命的存在状态，显示了大抱负，但是，电影的消费方式，使刘震云不得不顾忌观众与市场。迎合市场和观众的结果，是小说加强了故事的曲折性，小说故事妙则妙兮，也足够曲折，不过，过于曲折的故事表述、单向的故事进展和陷于油滑的幽默，遮蔽了故事可能存在的意蕴深度。换句话说，蒙太奇式的故事结构，影响了《我叫刘跃进》故事意蕴深度的呈现，使它

---

① 据毕飞宇称，《推拿》的创作时长约五个月，这种写作速度在当前非常普遍，莫言、余华等人都有类似的创作经历。

② [清]金圣叹：《第五才子书施耐庵水浒传回评（选录）》，载黄霖编、罗书华撰《中国历代小说批评史料汇编校释》，百花洲文艺出版社，2007，第 330 页。

③ 高桥：《制片人刘震云与〈我叫刘跃进〉》，《大众电影》2007 年第 19 期。

④ 米兰·昆德拉：《小说的艺术》，董强译，上海译文出版社，2004，第 18 页。

不能成为一部好小说，也不如刘震云在这个时期创作出来的《手机》《一句顶一万句》等作品。

第三节　重返中国传统的结构形态之三——笔记体结构

一、《马桥词典》风波与形式"陌生化"的关系

在世纪之交，因单部作品酿成文学事件的，《废都》居其一，《马桥词典》亦居其一。1996年，《小说界》第2期发表韩少功的长篇小说《马桥词典》。这部作品让人印象最深的是其怪异的文体形式——以词典的词条体例结构作品，或许是因为1990年代已经对1980年代后期先锋文学新、奇、怪的形式实验产生了"审美疲劳"，因此在此作面世之初，在文学评论界虽然有一些反响，但是，真正使其名扬天下，却是因为一个文学外部事件。1996年12月5日，《为您服务报》发表著名评论家张颐武和王干的两篇文章，一石激起千层浪，《马桥词典》一时间成为文坛中心话题，为数众多的作家、批评家卷入"马桥词典事件"中，事件最终诉诸法律以求解决路径，也开了当代以法律力量介入文学问题的先河。

时至今日，回顾这个事件，判断双方是非曲直，已经无关紧要，重点在于它提供了"一次观察九十年代文化思潮、文学批评、文人风气、大众传播及公众读解行为的机会"[1]。张颐武和王干的文章都不长，论述也较粗疏，但是，为什么引起了这么大的风波？主要是因为张文指责《马桥词典》是一部"粗陋的模仿之作"，"无论内容或形式"，都完全照搬塞尔维亚作家帕维奇的《哈扎尔辞典》，但是，韩少功却没有勇气承认这一事实。[2]王干则指责这部作品"模仿一位外国作家，虽然惟妙惟肖，但终归不入流品"，更反感它"广告满天飞"。[3]张、王二人的愤怒是有背景的。自新时期以来，西方文学和文化一直是现代汉语文学主要的资借对象，然而，很多作家"羞于"袒露自己资借了他人的资源，对自己文学的人文渊薮讳莫如深，却又有向人炫耀其文学"原创性"或文学智慧的嫌疑，然而，他们

---

① 田原整理：《〈马桥词典〉纷争要览》，《天涯》1997年第3期。

② 张颐武：《精神的匮乏》，《为您服务报》1996年12月5日。

③ 王干：《看韩少功做广告》，《为您服务报》1996年12月5日。

的文学文本最终泄露了其渊薮印迹，这让一些人很反感。

1994 年，《外国文艺》第 2 期发表了帕维奇的《哈扎尔辞典》，虽然我们没有资料证明韩少功本人确实看过这部作品，但是，1980 年代的中青年作家，很少忽略西方的新锐作品，尤其是已经翻译成汉语的西方新锐作品。这种猜度毕竟缺乏说服力，不过，《马桥词典》的"编者说明""笔法索引"以及关于罗国（马桥）的故事，明显与《哈扎尔辞典》的内容相似，这些相似部分说明《马桥词典》"独一无二"的说法确实有些牵强。张颐武其时年轻气盛，血气方刚，直接指出《马桥词典》的渊薮所在，并指责韩少功"虚伪"，实际上反映了当时批评家们对花样翻新的文学形式技巧已经不满（甚至不屑），以及对作家们欲盖弥彰的"借艺"行为的不耐与反感。王干指责《马桥词典》"广告满天飞"，很大程度上是因为该书封底的夸饰性商业营销修辞和出现在其他期刊上某些批评家不乏恭维的评说文字，这表明当时人们还不适应商业化侵入文学生产的行为。陈思和认为这样的批评，是"出于文学观点分歧而发泄批评者的内心嫉愤，学术问题在这儿不过是一件批评道具"。①尽管陈思和的观点是同情韩少功而批评张颐武的，不过，这句话还是切中肯綮。"马桥词典"风波，已经不仅仅是关涉一本书的艺术问题。

而韩少功却满腹委屈。因为，从常识来看，任何文学创作都不是无源之水，无本之木。艾略特认为，批评的习惯是发现作家的个人性特质、他与前辈的"异点"，而实际上，"我们却常常会看出：他的作品中，不仅最好的部分，就是最个人的部分也是他前辈诗人最有力地表明他们的不朽的地方"。②所以，从这个角度来说，韩少功在创作中资借他人的文学经验，不应该受到指责。况且，《马桥词典》在文学内容和文学风格上与《哈扎尔辞典》有明显不同。后者是一个典型的西方"神奇故事"，这个"神奇故事"是按照后来者（辞典编纂者）"回顾"哈扎尔民族历史的方式来进行的。"红书""绿书"和"黄书"三种交叠式叙事结构，也是一种典型的西方后现代历史叙事方式。而故事的呈现，充满了西方式的神秘

---

① 陈思和：《〈马桥词典〉：中国当代文学的世界性因素之一例》，《当代作家评论》1997 年第 2 期。

② ［英］托·斯·艾略特：《传统与个人才能》，载［英］戴维·洛奇编《二十世纪文学评论（上册）》，卞之琳译，上海译文出版社，1987，第 129 页。

性。"西方式神秘"往往通过悬疑的方式进行，读者一旦进入故事，就被故事牵引着急吼吼地冲向谜底，而不到最终揭开谜面，阅读者永远无法知道事件的了局。这种文学叙事的重心在故事。中国式神秘故事则不然，其谜底在故事开始已经交代出来，文学的重心不是故事，而是如何展开故事，重欣赏和审美过程。贾宝玉和金陵十二钗的命运，在《红楼梦》开篇就明明白白地告诉了读者，读者阅读行文是验证故事，是对人物的担忧，而《哈扎尔辞典》的"梦"被反复提及，它究竟是什么，作者就是不告诉读者。《马桥词典》显然不是《哈扎尔辞典》的悬疑风格，而具有中国文学传统的从容不迫的气质。

　　每个国家、每个民族，都有自己的文学气质。现代汉语文学批评的一个致命缺陷，就是常常局限于西方的知识装置，戴"有色眼镜"审视中国文学和问题。这会导致批评家主要从西方视野来评价现代汉语文学，而忽略了它们身上的民族文学特性。这也是让韩少功感到委屈的原因。《马桥词典》最能引发读者兴趣并引起争论的，是它作为小说文体的耳目一新。在一次访谈中，崔卫平对此赞叹不已，而韩少功却如是说：

　　　　你最好说"耳目一旧"，因为这本书的文体也可以说十分"旧"，至少可以"旧"到古代笔记小说那里去。

　　　　…………

　　　　古代的笔记小说都是这样的，一段趣事，一个人物，一则风俗的记录，一个词语的考究，可长可短，东拼西凑，有点像《清明上河图》的散点透视，没有西方小说那种焦点透视，没有主导性的情节和严密的因果逻辑关系。我从80年代起就渐渐对现有的小说形式不满意，总觉得模式化，不自由，情节的起承转合玩下来，作者只能跟着跑，很多感受和想象放不进去。我一直想把小说因素与非小说因素作一点搅和，把小说写得不像小说。我看有些中国作家最近也在这样做。当然，别的方法同样能写出好小说，小说不可能有什么最好的方法。不过散文化常常能提供一种方便，使小说传达更多的信息。①

当人们都把目光折向《马桥词典》的语言和形式，以及它与西方文学纠缠不清的关系的时候，韩少功却指出其文学的渊薮在"旧"，在它与笔记小说的关系，这是另一个知识认知视野。

实际上，这部小说的笔记体美学特征非常明显。全书没有贯穿始终的中心故事和中心人物（"我"只是一个叙述人，不是故事的焦点和行动元），更多的是辑录一段趣事，一个人物，一则风俗或考证一个词语，长短不一，东拼西凑。这种小说特征的民族性不言而喻。然而，我们现在已经完全被西方叙事理论驯化，对于小说的认识被西方的知识装置凝固，所以，对现代汉语文学很多本土特色视而不见，听而不闻。西方故事的一个基本原则是情节层层相因，而中国古代传统的小说则不尽然。桓谭说："若其小说家，合丛残小语，近取譬论，以作短书，治身理家，有可观之辞。"②"丛残"即意味着细碎、片段，相对于长篇经传，桓谭称之为"短书"。中国古代关于"小说"最初的认识，就是这种"丛残小语"式的"短书"，故事或因果逻辑，并不是这种小说的本体特征与关系。在魏晋六朝的志怪小说中，小说家们的创作大多是采用"缀片言于残阙，访行事于故老"③的方式搜集而来的，事往往是断片性的，只是粗陈梗概，多叙述而少描写。且在中国古代文学中，与长篇章回体小说相比，笔记体小说是另外一个传统，而且更古老，更具有文人气质。明朝胡应麟曾把小说分为六类：志怪，传奇，杂录，丛谈，辨订，箴规。这六类中，除传奇非"丛残小语"外，其他都是笔记体小说，注重辑录琐语、逸闻、杂志、考证等。今人刘叶秋归纳从魏晋到明清的笔记，把它们大致归为三大类：故事类笔记，历史琐闻类笔记，考据、辨证类笔记。④仔细阅读《马桥词典》，自然会发现其文体及结构形式是典型的笔记体小说形式。可是，由于我

---

① 韩少功、崔卫平：《关于〈马桥词典〉的对话》，《作家》2000 年第 4 期。

② [东汉] 桓谭：《新论（选录）》，载黄霖、韩同文选注《中国历代小说论著选（修订本）》（上），江西人民出版社，2000，第 1 页。

③ [东晋] 干宝：《搜神记自序》，载丁锡根编著《中国历代小说序跋集》，人民文学出版社，1996，第 50 页。

④ 刘叶秋：《历代笔记概述》，北京出版社，2003，第 4 页。

们局限于西方的知识装置，这种传统形式在我们眼中已经很陌生了。它被"陌生化"，甚至不是因为我们缺乏关于笔记体小说的知识，而是西方知识装置"屏蔽"了我们的认知触角向这个方向探伸的可能。这是一个世纪中国文化西化的后果，它已经形成一种新的思维惰性。

而对于新时期现代汉语文学来说，"笔记体小说"这个概念本不应该让大家陌生，因为在 1980 年代初，汪曾祺、孙犁、林斤澜、贾平凹、何立伟等人已创作了故事类的笔记体小说，且引起了广泛关注。李庆西在 1987 年初就明确将这一群作家的创作称为"新笔记小说"，其论文《新笔记小说：寻根派，也是先锋派》（发表于《上海文学》1987 年第 1 期）成为研究"新笔记小说"的最初成果，并对以后的一些研究产生了影响。何镇邦在《新时期文学形式演变的趋势》一文中，指出了"新笔记小说"概念的特点："不太注意情节的完整性和丰富性，只写一个人或数人的片断，或对某一个人物作点粗笔勾勒的素描，或写某些生活场景；篇幅短小，也不注意结构的缜密和完整；大多借题发挥，言近旨远、微言大义，具有诗化、散文化或哲理化的特点；语言简洁洗练、富于幽默感，或淡泊疏朗，或含蓄调侃，显得洒脱自如。"① 刘再复在《近十年的中国文学精神和文学道路》一文中，根据不同的审美倾向和创作方法，将新时期不到十年的文学概括为三种基本流向，分别是现实主义流向、现代主义流向和民族文化流向。对民族文化流向，刘再复又将其分为两种情况："一种是林斤澜、汪曾祺这些老作家，他们相信我国传统小说的艺术魅力，并且试图发展这种魅力。因此，他们更多地从传统小说特别是从我国笔记小说和小品文中吸取营养，使得小说不再那么呆板。他们自由地抒写，加上对现实采取一种调侃的态度，因而，小说显得既温柔敦厚，又挥洒自如。……林斤澜、汪曾祺等作家对传统的某些已经过时的观念采取一种玩赏的态度，而不是采取一种批判的态度，即使有些地方批判了，也是一种淡淡的、玩味式的批判。从思想史的角度来要求，这是难以令人满意的，但从纯文学的要求

---

① 何镇邦：《新时期文学形式演变的趋势——对一种复杂文学现象考察的提纲》，《天津文学》1987 年第 4 期。

来说，却表现出一种特别的情趣。"①

从这个时期的文学研究来看，"新笔记体小说"的研究比较完备，为什么人们在审视《马桥词典》时却忽视了这种特征？究其原因，一是因为 1980 年代的"新笔记体小说"多是故事类的笔记体作品，即使这些作品故事情节之间层层相因的逻辑序列并不明显，但是，它们毕竟注重"故事"，与西方观念中的"小说"没有产生太大抵牾，而《马桥词典》中很多部分是词语考证，没有情节元素的风俗地理、琐记杂文等，很难让人们将之与"新笔记小说"联系起来，也因此具备了"陌生化"艺术效果，对读者的阅读期待视野产生了很大震动。二是因为传统的笔记体小说一般是"短书"，少见长篇体式②，《马桥词典》是以长篇小说的体式呈现于世，这也致使它的笔记体结构形式在人们眼中显得过于陌生，这样一来，人们也很难将《马桥词典》与"新笔记小说"概念连接起来，《马桥词典》中的笔记体元素被读者和批评家忽视就不足为奇了。

二、组合的力量

不仅仅是《马桥词典》的文体和结构形式采用了笔记体，韩少功另一部作品《暗示》也延续了这种长篇小说形式的探索。在韩少功之外，有这种自觉探索意识的还有谈歌的《家园笔记》、王蒙的《尴尬风流》、蝼冢（霍香结）的《灵的编年史》、陈润华的《偶然的南方》等，诸多作品以及它们的影响力，促使我们可以将之作为一个文学现象来思考。

这些作品在结构形式上的共同特征首先是具备笔记体小说的特征。一是继承传统笔记小说"杂"的特征。笔记体小说的内容主要是情节简单、篇幅短小的故事，其中有的故事略具短篇小说的规模。而历史琐闻类笔记和考据、辨订类笔记小说，则天文地理、文学艺术、经史子集、典章制度、风俗民情、神鬼怪异、医

---

① 刘再复：《近十年的中国文学精神和文学道路——为即将在法国出版的〈中国当代作家作品选〉所作的序言》,《人民文学》1988 第 2 期。

② 今人有将《儒林外史》归为笔记体范畴，多是一家之言，难以得到众人认同。即使它在结构之中有笔记体的因素，但其章回体的外形，也使其笔记体特征只能以潜结构的形式存在。

卜星象、逸闻琐事，几乎无所不包，形同随手记录的零星的材料，内容极为庞杂，有一种百科全书式的气势。这种特征在《马桥词典》《暗示》和《家园笔记》中表现得尤为明显。这类作品追求杂取广纳的丰富性，注重史料的考证、辨订和吸收。从这个方面可以看出笔记体小说受到史传文学的影响，企图以丰富翔实的材料来证实内容的真实性和价值。所以，我们看这一类作品，大多偏向选择已逝的事物作为写作对象，执笔作记都以真实可信为目标，因此铺排材料，拟通过翔实的材料使写作对象"烛幽显影，物无遁形"。正是因为这种艺术努力，文学虚构故事却给读者以真实的震撼。当然，考据和辨订这两种古代笔记小说的笔法，并不真是为了恢复历史真实，而是小说家言——一种诗学的真实，通过艺术的"真实"，来营造一种亦真亦幻的文学效果。

二是打破情节律，不以层层相因的情节叙事作为小说的叙事中心。这些笔记体长篇小说缘事极简短，甚至数行即尽。有些故事或情节虽稍有长度，也只是有两三页，相比常态的短篇小说也属于短制。如《马桥词典》中关于万玉的故事较长，也不过三四千字，是一个较短的短篇小说的数量。《尴尬风流》的故事，大多二三百字，只能粗陈故事梗概。同时，因为缺乏情节的因果逻辑，这些笔记体长篇小说基本放弃了对故事情节连续性的追踪，因而也消解了对人物性格成长的追踪。这些笔记体小说叙事不是引人入胜，简直是"拒"人入胜，重在"事"的趣味以及"事"后的品味。这是中国文学的传统美学特征，讲究所谓"形在江海之上，心存魏阙之下"的"神思"。[①] 譬如，《说郛》中有一段故事：

> 孔子尝游于山，使子路取水，逢虎于水所，与共战，揽尾得之，内怀中；取水还。问孔子曰："上士杀虎如之何？"子曰："上士杀虎持虎头。"又问曰："中士杀虎如之何？"子曰："中士杀虎持虎耳。"又问："下士杀虎如之何？"子曰："下士杀虎捉虎尾。"子路出尾弃之。因恚孔子曰："夫子知水所有虎，使我取水，是欲死我。"乃怀石盘，欲中孔子，又问："上士杀人如

---

① [南朝梁] 刘勰著、范文澜注：《文心雕龙注·卷六·神思第二十六》，人民文学出版社，1958，第 493 页。

之何？"子曰："上士杀人使笔端。"又问："中士杀人如之何？"子曰："中士杀人用舌端。"又问："下士杀人如之何？"子曰："下士杀人怀石盘。"子路出而弃之，于是心服。[①]

故事是中国古典小说典型的白描手法，简洁、明快而富有韵味。全文主用对话，且对话的句式变化不大，基本上是重复性的语言；对话之间，是极其简略的叙事连接，虽然简短，但却有力。短短两百多字，声态并作，子路的威勇、粗猛、可爱，孔子的沉着、敏慧、促狭，跃然纸上。中国传统小说的故事重心不在结果，而是过程的展示以及因此而来的审美感受。如写子路用"问孔子曰""又问曰""又问"，一次比一次急促，而孔子永远是"子曰""子曰""子曰"，沉着应对，这种简朴的语词却勾画出子路打虎后的欣喜、扬扬自得却又故作深沉，但是，其不善掩饰的粗直性格泄露了他的秘密，在听到孔子与之设想完全相反的回答后，失望，沮丧，以至于最后气急败坏；而孔子洞穿了子路的秘密，沉着应对子路，机智又兼有些促狭的回答，与我们熟知的端庄、稳重的夫子形象又有所区别。所以，故事的叙述语言极其朴素，气韵却绕梁三日，意味绵长，需要细细咂摸，方品得出。这种叙事方式在《尴尬风流》中多处体现出来，王蒙往往散去雕饰之墨，以简笔白描自然勾勒，反而"使彼世相，如在眼前"，给人无尽的品味和联想。

上述特征只是使这些小说初具笔记体小说的形态。这些小说的难度，在于它们是长篇作品，不同于传统笔记小说都是"短书"。短篇小说的结构虽然也要机巧，但是，长篇小说的结构显然更需要艺术功力。传统长篇小说一般依靠因果逻辑来安排故事，因为每一个因果逻辑事实上表现为一种时间逻辑，所以，可以按照故事的开端、发展、高潮、结局的时序来安排故事。这个过程还可以使用倒叙、插叙、预叙等手法带来叙事节奏的变化，但是，无论如何变化都会遵循故事情节的因果逻辑关系，这样一来，就能够保证故事的整体性。长篇小说显然需要这种整体性，不管故事有没有逻辑，长篇小说如果没有整体性，那么它能不能被

---

① [南朝梁]殷芸编纂：《殷芸小说·卷二·周六国前汉人》，周楞伽辑注，上海古籍出版社，1984，第47页。

称为"长篇小说",就要打上问号。

《尴尬风流》《马桥词典》等维持整体性各有凭借或手段。《马桥词典》和《家园笔记》主要依靠一个共同叙事对象,前者是"马桥",后者是家乡野民岭(以原居民古、李、韩三家为中心,是家族小说的模式)。《尴尬风流》《马桥词典》《暗示》《偶然的南方》都有一个贯穿始终的叙述人。当然,在这几部小说中,这种以叙述人来连接整体性的方式,也会受到质疑。如《尴尬风流》被视为长篇小说,很多人就不以为然,因为这部作品每个故事中的"老王"完全可以换作不同的老李、老刘、老张等,他作为文学作品的"这一个"形象,说服力似乎不足。

也就是说,依靠上述艺术特征来维持笔记体长篇小说的整体性,力量显然还不够。然而,《尴尬风流》等作品确实是长篇小说,这种整体性的奥秘,是依靠"组合"的结构力量。所谓"组合",即将众多有相似功能的断片攒聚在一起,形成集锦式或"叶片式"叙事结构形式。"集锦"或"叶片"的关系,大多呈现平行的结构形态,极少数有交叉或第连关系,它们聚合在一起,从不同方向、以不同方式表现中心写作对象。

韩少功在一次访谈中,曾经谈到过《马桥词典》的结构艺术,他说:"可能是长篇与中短篇不一样,长篇可能是中短篇局部的组合,而中短篇仅仅是局部,可能有一个中心,而长篇主要是这些局部的组合,它的功能在组合的过程中出现。我从《马桥词典》中抽出过两个短篇发表,但在别人看来那不过是传统的短篇,但放到《马桥词典》中之后,又不一样了,这种新效果一定靠组合起来才能产生。"[1]组合,可以产生不同于单个短篇或中篇的结构力量,它能够把分散的因子耦合起来,产生整体性的力量或意义。尽管在《马桥词典》的"条目首字笔画索引"中暗示了小说可以有另外的读法,这些读法可以形成像《哈扎尔辞典》一样的"阳本"和"阴本",但是,无论在《小说界》上初次发表,还是以后的历次出版,它都保持了自然的顺序。可见,《马桥词典》看似随意的结构安排,背后还是隐藏着某种组合逻辑电路。而且,小说看似散乱的组合,内部很多地方是保

---

① 韩少功、李少君:《叙事艺术的危机——关于〈马桥词典〉的谈话和其他》,《小说选刊》1996 年第 7 期。

持了连续性的。譬如关于马鸣的故事，用了两个相连的词条"神仙府"和"科学"；万玉的故事用"发歌""撞红""觉觉佬""哩咯啷""龙"五个词条来叙述。这些连续性词条各自独立，组合在一起，又可以形成局部整体性的叙述板块。组合的秘密，就在于形成局部的整体性，众多类似的叙事板块连接在一起，从局部到整体，形成关于马桥的整体性图景，从而保证了小说的整体性。

《家园笔记》主要通过多个人物笔记组合在一起，形成小说的整体性。它的人物笔记有些类似于纪传体，但是，缺少纪传体故事大块大块的故事段落，而多似魏晋志人小说的路数，注重人物品评，往往只以只言片语或某一行为细节来论定一个人的优劣，如有一段文字描写抗日英雄陶振岳：

> 陶振岳自知难逃一死，神色安然。孙连仲怒道："我待你不薄，你为何要跑？"
> 陶振岳恨道："我和罗毓凤闹不来。"
> 孙连仲皱眉道："太太说话你也不听？"
> 陶振岳气呼呼地说："我是你的兵，又不是你太太的兵。"
> 孙连仲大怒："老子今天毙了你。"
> 陶振岳哈哈大笑："那就别废话了。"说罢，转身就朝外走，头也不回。
> 孙连仲扑哧笑了："是条汉子。"[1]

陶振岳土匪出身，本来是孙连仲的部下，因为看不惯孙的姨太太罗毓凤飞扬跋扈，愤而出走。这一段就把陶振岳江湖豪士的精神风貌三言两语地描画了出来。这种以人物故事为结构的笔记体小说手法，后来发展成古典长篇小说的因子，可见于《儒林外史》。鲁迅指出，《儒林外史》"全书无主干，仅驱使各种人物，行列而来，事与其来俱起，亦与其去俱讫，虽云长篇，颇同短制；但如集诸碎锦，合为帖子，虽非巨幅，而时见珍异，因亦娱心，使人刮目矣"[2]。陶振岳的故

---

① 谈歌：《家园》，百花文艺出版社，2016，第159页。
② 鲁迅：《中国小说史略》，载《鲁迅全集》（第九卷），人民文学出版社，2005，第229页。

事，在小说中只占极小的比重，关于他的故事就在此叙述，完后简单交代其命运结果，其他部分再不赘及。这种写法使这部时间跨度上百年的小说不会因为枝杈过多而在每一个故事中节外生枝，保证了故事的简洁流畅性，也减少了不必要的叙述重量。而鲁迅所提出的"碎锦式"结构，实际是所有笔记体长篇小说的共同的叙事结构形式，它们在"合为帖子"中产生了叙事的力量，形成了"清明上河图"式的散点透视文学图景。实际上，我们稍微注意一下中国古典长篇小说，就可以发现，这种美学特征不仅见于《儒林外史》，它几乎是所有文人文学长篇小说类作品（尤其是《红楼梦》）的共同特征，已经形成了中国文学特有的民族传统，所以，其对后世文学产生影响，亦是意料之中的事情。

三、"子书叙事"与"大家小书"

明代胡应麟把中国古代文言小说归于"子部"书典系统，他在《九流绪论（下）》中专讲小说，云："小说，子书流也。然谈说道理，或近于经；又有类注疏者。纪述事迹，或通于史；又有类志传者。"[1] 子部小说一般是博学鸿儒所作，《太平广记》《剪灯夜话》《聊斋志异》《阅微草堂笔记》在知识系统上明显有别于一般的文人之作。鲁迅称赞纪晓岚的《阅微草堂笔记》所云："惟纪昀本长文笔，多见秘书，又襟怀夷旷，故凡测鬼神之情状，发人间之幽微，托狐鬼以抒己见者，隽思妙语，时足解颐；间杂考辨，亦有灼见。叙述复雍容淡雅，天趣盎然，故后来无人能夺其席，固非仅借位高望重以传者矣。"[2] 子部小说主体是建构兼有知识性和文学性为主的笔记体作品，以知识性和说理性为文体特征，一般刻意透露广博的知识和高人一等的识见。这种特征表明子部书形成了独特的"子书叙事"范式：在内容上爱广博采，搜奇征古，以"博"示人，以意义"精""深"服人；而在叙事上则纪事成林，文笔简古。"子部叙事"有强烈的文人气质，按照现代文学理论来阐释，有强烈的主体性特征，写作者要么好为人师，动辄教训；要么有浓

---

① [明]胡应麟：《少室山房笔丛（选录）·九流绪论（下）》，载黄霖、韩同文选注《中国历代小说论著选（修订本）》（上），江西人民出版社，2000，第149页。

② 鲁迅：《中国小说史略》，载《鲁迅全集》（第九卷），人民文学出版社，2005，第220页。

烈的名教色彩，道德立场坚定；而阅读者则必须有相应的知识储备，否则无法领会著者文笔之妙意。

世纪之交的长篇笔记体小说继承了这种"子部叙事"传统，行文过程中透露出强烈的创作主体色彩。这种主体性叙事与现代小说限制性叙事结合，使创作主体的主观意图外泄得更为明显。倍受人关注的《尴尬风流》《马桥词典》等作品，大都使用了限制性叙事：《马桥词典》等作品是第一人称"我"，《尴尬风流》中的叙述人"老王"也是限制性的第三人称叙事。

长篇笔记体小说的限制性叙事，往往从著者的主观心理、情绪和感受出发，观察叙事对象，叙述人物故事、风土民情、逸闻掌故。故事行文尚简，但是，在描绘风俗民情、辨订逸闻掌故、表达心理感受时，却文笔繁复，尤好发表顿悟似的议论。韩少功对这一点颇有心得，他如是说：

> 我选择感受式的议论，如果离开感受，它就和小说的亲缘关系弱了。感受性的议论，容易和小说融合，与氛围、人物融合。议论进小说，肯定得有一个共同的目标，如果议论和小说叙事目标不同，那么肯定融合不起来，共同的目标就是对人性进行一种新的发现和揭示，只有当叙事手段不足以达到这种发现和揭示的深度时，议论才出来帮忙，来拆除和打破传统叙事文体的束缚。但如果议论只是炫耀学识，增长篇幅，就无助于人们对人性的认识，就是强制性的。文学毕竟是文学，抽象手法是为了更好地呈现具象，而不是取代具象，不是要走向概念化。现在有些抽象艺术变成了新的图解，我对此不以为然。我的小说兴趣是继续打破现有的叙事模式。[①]

从这一段话看来，韩少功对子部笔记体小说传统有深切的了解。子部小说在叙事上枝叶扶疏，不着全力，这就给创作主体直接进入小说文本"炫耀学识"留有空间。议论进入小说，可以弥补由于叙事空疏遗留下来的空缺，把分散的故事、

---

① 韩少功、李少君：《叙事艺术的危机——关于〈马桥词典〉的谈话和其他》，《小说选刊》1996 年第 7 期。

人物、风俗描写"融合"起来，使小说的意义指向更加明确。主观性议论，是笔记体小说必不可少的"组合"材料的手段，且已经具备了文体美学的特征。韩少功指认现代小说有抽象化和概念化的弊病，何尝不是某些笔记体小说的问题？他提出以"感受性的议论"取代"强制性"议论，实际上反映出对议论文学化的要求，他所谓的"感受性的议论"，在很多时候和很多作品中即一种"顿悟式议论"。

重议论的文学品格，比较容易泄露文学文本的写作意图。从《马桥词典》，我们可以看出韩少功的文化意识与 1980 年代相比有很大变化。有研究者认为，"这部《马桥词典》依然是'寻根文学'的继续，也是他寻根究底的怀疑个性的又一次体现"①。笔者也认为《马桥词典》是寻根文学的延续，但是，这种延续已然与 1980 年代的文学有质的区别。在 1980 年代，韩少功文学寻根是因为遗憾"绚丽的楚文化到哪里去了？"才扬起了"寻根"的大旗。他认为，"文学有'根'，文学之'根'应深植于民族传说文化的土壤里，根不深，则叶难茂"，所以，他要到民族传说中寻找"传统文化的骨血"，以实现"一种对民族的重新认识"。②但是，《爸爸爸》《女女女》等作品表述的不是对民族性的肯定，反而是从民族传说挖掘、晾晒民族的劣根性，这是一种"五四"立场的批判国民性的文学。《马桥词典》明显少了当初的尖酸刻薄，冷峻讥诮，而多了平和、温情和怜爱。这种态度的变化，源自其现实生命感受发生了变化。韩少功在 1994 年的一篇长文中感慨"民族感已经在大量失去它的形象性"，他说：

> 当工业文明覆盖全球，故乡与祖国便在我们身后悄悄变质。不管在什么地方，到处都在建水泥楼，到处都在跳霹雳舞，到处都在喝可口可乐，到处都在穿牛仔裤，到处都在推销着日本或美国的汽车。照这样下去，所有的城市正在模仿成同样的面容，所有的黄昏正在复制出同样的风韵。你思念的故乡，与别人的故乡差不多没有两样；你忠诚的祖国，与别人的祖国也差不多

---

① 周政保：《新奇的〈马桥词典〉》，载 1997 年 1 月 19 日香港《文汇报》，转引自田原整理《〈马桥词典〉纷争要览》（《天涯》1997 年第 3 期）。

② 韩少功：《文学的"根"》，载《夜行者梦语——韩少功随笔》，东方出版中心，1994，第 13—16 页。

没有两样。那么这种思念和忠诚还有多少意义？还如何着落？[①]

　　笔者没有材料直接证明《马桥词典》的创作是为上述生命体验所驱使，但是，可以想象，1990 年代时代语境的变化，对其时人们的思想必然有诸种影响，对于韩少功这种有深厚民族情结的作家来说，震动必然很大。一种经验是，一旦以一种追忆的方式回顾乡村的时候，诗意的情绪往往随之而来。这种情绪会唤醒审美意识中潜隐的历史元素，把曾经灰暗的乡村换上新装，含情脉脉地凝视与赞美。《马桥词典》对"马桥"充满温情的眷恋、回顾，对应了上述的生命感受，所以，我们看到，与以前的现代汉语文学相比，很多传统画面和传统人物的色彩都发生了翻天覆地的变化。譬如，神仙府的马鸣，是此前现代汉语文学中孔乙己和阿 Q 的混合型，可是，《马桥词典》却将其可笑的因素降到最低程度，而张扬他与世无争、法天敬地的道家人生，自有其神奇性和合理性。这种人物及其生命态度，有一种魏晋风度，其价值已经不是以进步为标准的现代性尺度所能裁判的。而韩少功对之奖掖有加，难怪有论者将这个文本称为后现代主义的小说，对马桥人的奖掖，自然含有对"所有的黄昏正在复制出同样的风韵"的不满。韩少功正在通过重写乡村，覆盖其原初对乡村冷峻的批评。

　　"子书叙事"带来的世纪之交长篇笔记体小说另一种结构特征，是"大家小书"。因为子书注重知识性和说理性，笔记体小说的文人气质就较一般小说浓郁。短篇体制诚然可以给创作者提供"炫耀学识"的平台，可是，"短制"往往难以让人尽兴。在这种情况下，长篇小说因为其体裁特点，自然容易博得作家的青眼赏识。它可以提供一个宽敞的平台，供创作者驰骋笔墨。创作者可以随意记叙，毫无拘束，尽情展示才情、学问、见识。当然，也并不是每个人都能够获得这种写作资格，他们须有"名士"身份，否则，其作品恐怕销路就是问题——这又是新世纪文学生产必须考量的问题。《尴尬风流》，明显显示出这种"名士"写作的特征。

　　所谓名士，在这里指那些精通文学、颇有名声、能够回避官场和世俗生活的纷扰屈辱、以吟诗作文自娱或与朋友消遣的文人。他们因为有一定的社会地位或

---

　　① 韩少功：《世界》，《花城》1994 年第 6 期。

声望，不必担忧没有读者或市场，所以能够以一种超拔的精神或自我消遣的态度来考察周围的生活。他们的学问和见识，使他们有能力从不经意处或小问题上显示别具一格、高人一等、令人耳目一新的见解。他们的文学笔力，使他们有能力把一些习见的事情与人物写得活泼生动，亦庄亦谐，饶有趣味。

王蒙被认为是一个富有智慧的作家，也曾被称为"过于聪明的作家"。不管是褒是贬，王蒙的文学确有一种特立独行的智慧，尤其在晚年，其对世界、人生、人情的练达，更加炉火纯青。《尴尬风流》是其古稀之年的作品，以白描之笔描写赋闲在家的老王300多个居家故事。此老王不一定就是生活中的王蒙，但是，其生活和思想印记还是有王蒙的影子。赋闲在家的老王是一个思想的智者，又是一个不通世俗人情的弱者。王蒙以自己的生命体验来写老王的尴尬，同时，又写这个有"名士"之风的老王对世界的达观。王蒙说："所谓'风流'，就是在困惑中继续寻找一种回应挑战的姿态，能够战胜、超越挑战的境界。说白了，就是不必理会是非，该做什么还做什么。"① 所以，《尴尬风流》篇制虽小，其中大有可观，这就是"大家小书"。

《尴尬风流》或许还有一个"尴尬"，即其虽云长篇，但是却形同短制，其300多个故事在作品中有堆积之嫌。也就是说，其存在还可以有其他选择，或250个故事，或100个故事，不一而足，300多个故事的组合没有必然性，这会导致人们怀疑其创作不能构成一个有机的整体。这种尴尬，可能对于其他长篇笔记体小说也客观存在。这给基于创新的作家提了一个醒：当反抗一种规范的时候，文学创新也需要建构相应周严的规范，并且能够被接受。目前，这两者都存在着问题，而对这个问题的回答，或许是这种小说文体及其结构形式以后需要努力的方向。

第四节　重返中国传统的结构形态之四——网状结构

上述三种结构形态，是显性的文学结构外形，其民族特性，一眼即明，在具体操作中，相对容易把握，同时，其结构出的文本的意义也相对简洁明晰。人类生

---

① 王蒙：《关于"尴尬风流"》，《杂文选刊》（下）2009 年第 9 期。

活的意义，是逐步征服困难和无知，并探索生命深层的意蕴，文学结构也是逐步从线条化叙事迈向复调叙事，由简单澄明迈向繁复多义。中国古典小说的艺术结构走出了相似的历程，在长篇小说形成之初，《水浒传》《三国演义》《西游记》等作品的结构形式主要是线性连缀式的纪传体或纪事本末体，至《金瓶梅》和《红楼梦》后，长篇小说在章回体的结构线索就由粗犷趋向细密，逐步接近生活的原生态。

后人将《红楼梦》的深层结构称为"网状结构"或"网络式结构"。所谓网状结构，顾名思义，即叙事的线索犹如一面铺开的大网，纵横交叉，而又井然有序，纲明目晰。这种作品一般有一个中心人物或轴心事件，借之可以将松散的材料聚集起来。张竹坡在《金瓶梅》第一回回评中说："一部一百回，乃于第一回中，如一缕头发，千丝万丝，要在一提起来，即一线一线同时喷出来。"①即说《金瓶梅》的说话行事，看似一路东藤西蔓，拉拉杂杂，而实际上并不是另起叙事炉灶，重新下米，所有的人物和事件就像喷壶倾水，"便皆叙出"。这种纲举目张的方式，就是一种典型的网状结构。

世纪之交不少长篇小说有意借鉴了这种结构资源，同时，有些作品在结构过程中有意无意地回避外形上的"向古"痕迹，结合现代小说的艺术经验，有意模糊情节线索，淡化结构形式的戏剧性特征，以接近生活原生态，形成了多样化的网状叙事结构。有意模糊，更能够说明世纪之交长篇小说在承传传统时的"幽灵化"特征。这些小说注重传统与现代融合，相较于单纯凸显传统结构形态的作品而言，艺术雕琢更加精致，文学的审美价值也相应得到提升。

一、《檀香刑》：圆形网状结构

网状结构作为中国小说成熟的结构形式，在形成过程中形成多个样态，《檀香刑》体现了一种圆形网状结构。

对于《檀香刑》的结构形态，实际上早有定论。小说的结构外形分为三个部分，"凤头""猪肚""豹尾"三个部分，层次清晰，一目了然。莫言在该作品之后，还郑重其事地附加了一篇后记，以说明这部小说的结构特征。他说："我在这部

---

① [明] 兰陵笑笑生：《金瓶梅》，[清] 张道深（张竹坡）评，齐鲁书社，1991，第 1 页。

小说里写的其实是声音，小说的凤头部和豹尾部每章的标题，都是叙事主人公说话的方式"，"这是一种用耳朵的阅读……我有意地大量使用了韵文，有意地使用了戏剧化的叙事手段，制造出了流畅、浅显、夸张、华丽的叙事效果。民间说唱艺术，曾经是小说的基础。在小说这种原本是民间的俗艺渐渐地成为庙堂里的雅言的今天，在对西方文学借鉴压倒了对民间文学的继承的今天，《檀香刑》大概是一本不合时尚的书。《檀香刑》是我的创作过程中的一次有意识地大踏步撤退，可惜我撤退得还不够到位"。① 这篇后记对读者阅读影响很大，它不是简单地告知读者写作经历，而是对民族传统资源价值的重新确认，加强了《檀香刑》结构形态来自民间俗文学的认知，引导读者将阅读期待自然而然地指向"民间的俗艺"。之所以如此，是因为在新世纪的文化语境中，"民族""传统"以及"民间"，已经逐渐成为与时代主流价值体系相联系的词语。当莫言宣称"《檀香刑》是我的创作过程中的一次有意识地大踏步撤退"的时候，他实际上把自己置于一个价值立场，而这种立场会有意无意地排斥或屏蔽其他认知作品的路径。更进一步说，《檀香刑》的结构形态和"后记"，以无可置疑的姿态告知人们这部小说的结构形式是源自中国"民间的俗艺"，它遮蔽了这部小说的文人传统和莫言自己的精英写作意识。

我们在这一章的前面几节谈结构形态，即谈小说在结构外形上有明显的民族传统特色。按照西方结构主义的观点，叙事学旨在发掘叙事文体的不变的深层结构，即试图分析叙事文体共有的各种要素及其关系，建立一套叙事体的普遍结构模式。从这个理论视角看，文学作品就不仅仅具有外形上的结构形态，在其内部还存在着一个深层的、具有决定性力量的结构形式。《檀香刑》的深层结构形式就是网状结构。石昌渝在研究《红楼梦》结构的时候指出："网状结构的前提是小说情节含有多种矛盾，这多种矛盾不仅存在于情节的始终，而且贯穿在每一个场景里面。假若我们对情节截取一个横剖面，那么在这个横截面上有着多种矛盾，主要矛盾犹如轴心，各种次要矛盾都归向和牵制着这个轴心，或者说这个主要矛盾的轴心辐射开来，决定着各种次要矛盾，同时也被各种次要矛盾决定。它像一张

---

① 莫言：《檀香刑·后记》，作家出版社，2001，第513、517页。

网，故称为网状结构。"① 小说的线性结构是出于对故事戏剧性的要求而刻意建构的，网状结构是小说的高级结构形态，逐渐在淡化故事的戏剧性，比较切近生活的实际情形，因而故事情节安排更复杂。小说情节一般由两对以上的矛盾冲突过程构成，矛盾一方的欲望和行动不仅受到矛盾另一方的阻碍，而且要受到同时交错存在的其他矛盾的制约，而冲突的结果是矛盾的任何一方都没有料到的局面。

《檀香刑》生动地演示了这种结构的艺术效果。小说的基本矛盾冲突是孙丙抗德，这个基本矛盾冲突被多重矛盾紧紧包裹，织成了复杂的矛盾网络。孙丙与德国人的冲突，是冲突的基点；紧裹其外的，是孙丙与官府的冲突。这两个冲突揭示了清朝末年社会的阶级矛盾和民族矛盾异常尖锐，清王朝上层统治者已经成为国外殖民势力的代理者，它与民间的矛盾一起，动摇了清王朝的统治。然而，这部小说不是旨在表达历史理念的作品，其艺术生动性主要通过其他途径传达出来。莫言的构思妙笔表现在没有过多留恋小说的基本矛盾，而是侧锋出笔，倾力把笔墨堆积到与基本矛盾相关的其他矛盾上。一是孙丙与钱丁的冲突；一是媚娘与知县夫人的冲突；一是钱丁与赵甲的冲突。孙丙与钱丁的冲突直接的原因，是孙丙对知县权威的冒犯，《斗须》一章是整个故事的基础，没有斗须，就没有薅须，没有薅须，孙丙就不会解散猫戏班子，成家娶妻生子，《悲歌》《神坛》等章就有可能不会发生。《斗须》虽然不是故事发生的必然原因，但是，其偶然性已经潜伏了后来导向主要冲突的可能。媚娘与知县夫人的冲突，本来是女人之间争风吃醋的矛盾，但是，这对矛盾在故事中同样不可或缺。因为媚娘线索的存在，才使知县夫人"恨屋及乌"，派刘朴薅掉孙丙的胡子，为故事埋下变数；同时，因为媚娘，县令钱丁处处宽容孙丙，最终导致事情更加无法控制，以致几十人死亡和檀香刑出现。钱丁与赵甲的冲突，表面是因为二者之间的家仇和性格冲突，实际上表现为统治者内部的冲突。在钱丁看来，赵甲作为刽子手，扮演了为虎作伥的角色，并因此多次得到慈禧、袁世凯等上层统治者的接见、封赏，而他这等宵衣旰食、勤谨办事的能臣却得不到重用。钱丁与赵甲的矛盾，深层反映了钱丁等正统官员与慈禧、袁世凯等自私自利的上层统治者之间的冲突。这种统治者之间

① 石昌渝：《中国小说源流论》，生活·读书·新知三联书店，1994，第 41 页。

的分歧，也是导致钱丁对孙丙宽容的原因，从某种程度上来说，他实际上在潜意识中认同了孙丙的所作所为，所以才有宽容的举动。三个矛盾都归结到小说的基本冲突上，保证了小说成为一个有机的整体。同时，三个矛盾因为与基本矛盾结合，使三种个人性冲突的性质发生扭转，个人冲突上升为阶级冲突和民族冲突，人物的精神品质和小说的意义因此得到升华，小说的境界得到极大的拓展，变为一个圆融广阔的艺术世界。

但是，如何组织故事冲突和呈现小说主题，对作家是一个考验，《檀香刑》一个突出的艺术创新就在于采用了"圆形"网状结构形态。莫言是非常有创造力的作家，也是颇讲究写作策略的作家，他在小说的结构外形上采用了一个经典的文章结构：凤头、猪肚、豹尾——一个中国读者喜闻乐见的传统中国文章章法，但是，在具体实现这个章法结构的时候，有很用心的创新。

小说的"猪肚"部分基本上讲述了故事的主要内容，故事很完整，几乎可以独立成书，在写法上沿用了传统的顺时序讲述故事的方式，全部采用客观全知视角写成，虽也杂了追忆性的倒叙以交代事件的来龙去脉，但所占分量较轻。小说的创新部分主要在《凤头部》和《豹尾部》。两部分在行文风格上与《猪肚部》形成巨大反差，使用限制性叙事讲述故事，句式多采用韵文。据莫言所述，这样做是为了突出"声音"——猫腔的声音，从而保持"比较多的民间气息"和"比较纯粹的中国风格"。[①]莫言这样讲是有误导性的，他试图通过对"民间"的强调，把自己装扮成一个忠诚于传统的人，但是，这《凤头部》和《豹尾部》的艺术呈现却暴露了他的真正的身份——他仍然是一个拥有浓厚的文体实验情怀的先锋作家。《凤头部》和《豹尾部》全部使用限制性叙事，这在传统小说中是不可见的，属于现代小说的叙事技巧。《媚娘浪语》《赵甲狂言》《小甲傻话》《钱丁恨声》等部分，虽然展示了某些故事进展元素，但是，这些元素在整个故事中所占分量极其微弱。限制性叙事主要呈现了不同人物各自对事态的立场，形成了重复性的叙事效果，这些人物形象如同站在一个圆周上，从不同侧面对《猪肚部》故事给予了自己的叙述与解释，从而形成一种圆形网状叙事结构。乍一看，《檀香刑》的圆

---

① 莫言：《檀香刑·后记》，作家出版社，2001，第517页。

形网状结构似乎运用了类于纪传体的"折扇式列传单元"，但是，它的中心不在故事进程的挪展，不是类似于中国画长卷的展开，而是回环式重述、重释。圆形网状叙事结构，在世界文学中可能已有先例，但是，这种将其与中国"民间的俗艺"结合，是现代汉语文学结构形态的一次创新。

这个艺术创新，带来独特的审美效果。限制性叙事首先凸显了叙事人物的情感和精神品质。对每个人物情感的集中展示，可以增加小说内容的心理深度，让读者探知人物深沉的内心世界和事件的深层意义，有助于塑造人物。譬如，钱丁形象，如果单纯依靠客观性外部叙述，就很容易将其类型化。限制性叙事却建构了一个复杂的人物形象，他既有官员的循规蹈矩，威权重体，又有传统文人的名士风流；既是干事之能臣，又有着某种王朝末期官员的狭隘；既有文武双全的才能，又不得不依靠裙带关系维持自己的政治生涯。通过心理情感的袒露，小说塑造了一个有才揽世、无力补天、循规蹈矩、委曲求全而又深明大义、有血有肉、有情有义的官人形象。

其次，《猪肚部》虽然叙事比较丰满，但是，仍有空疏之处，限制性叙事可以对之采用"补编"的方式，使叙事圆融丰满。如《小甲傻话》和《小甲放歌》在叙事上并没有提供新的故事元素，因为其是傻子，心理深度刻画也可有可无。但是，如果没有这两个部分，我们就无法理解故事的冲突，檀香刑的描述也会因此逊色不少。他成为连接钱丁与媚娘、孙丙、赵甲之间关系和冲突的一条纽带。因为小甲是傻子，才直接导致了媚娘出轨。没有小甲，钱丁与孙丙、媚娘与县令夫人、钱丁与赵甲之间的矛盾就可能缺少触发的触媒，小说的主要冲突会因此失去发生的土壤。

第三，不同的人物从各自立场形成了对同一事件的不同声音。"浪语""狂言""傻话""恨声"，不同的声音形成故事不同的主调，《檀香刑》似悲剧，又似喜剧；似正剧，又似闹剧；似崇高，又似戏谑；似伤感，又似雄壮，一个小说故事呈现如此复杂的声调，不能不说是大笔力。目前，我们所见关于《红楼梦》的序言最早的是清人戚蓼生所写，他对《红楼梦》评价甚高："吾闻绛树两歌，一声在喉，一声在鼻；黄华二牍，左腕能楷，右腕能草。神乎技矣，吾未之见也。今则两歌而不分乎喉鼻，二牍而无区乎左右，一声也而两歌，一手也而二牍，此万万所不能有之事，不可得之奇而竟得之《石头记》一书，嘻，异矣！"①《檀香刑》在艺术上可能远远比不上《红楼梦》，但是，单论其结构，已经达到了"一声两歌""一手二牍"，即一笔写几家事情的程度。从这个角度来看《檀香刑》，笔者以为它是新世纪长篇小说的一部精品。

二、《人面桃花》：空间连缀式网状结构

在已有的论述中，我们已经多处论述《人面桃花》的传统印记，尤其是《红楼梦》艺术的幽灵在这部小说文本中附体显形了。文学结构上，《人面桃花》也承传了传统的网状结构模式。

从小说结构的外在形态看，《人面桃花》分为四章：第一章《六指》，第二章《花家舍》，第三章《小东西》，第四章《禁语》。第一章和第三章都是以人物为章目，似乎是"折扇式列传单元"，但是，第二章是以地名为章目，一下子就把可能出现的列传单元链条从中切断了，无法形成"折扇式"的结构序列。而且，从第一、三章的内部构成看，这两章也没有形成关于六指和小东西的列传，因为他们并不是故事的中心叙事对象，也就是说，他们没有占据叙事的中心位置，因而没有成为叙事的焦点人物，只是介入叙事中心的辅助性环节。有研究者认为，《人面桃花》承传了《红楼梦》三位一体的人物谱系模式②，我以为这是一个精当的判断。

格非是一个对写作有清醒认识的作家，在《人面桃花》之前，他已经多年停止长篇小说创作，很大的原因是因为他的创作产生了危机。格非后来回忆道："1997 年底，……我已经有了一个初步的研究计划，选题是中国现代的抒情小说，选择这个题目的初衷与我自己创作上遇到的问题有关。我自己的写作一度受西方的小说，尤其是现代小说影响较大，随着写作的深入，重新审视中国的传统文

---

① [清]戚蓼生：《石头记序》，载黄霖、韩同文选注《中国历代小说论著选（修订本）》（上），江西人民出版社，2000，第 498 页。

② 王俊敏：《回归传统：论〈人面桃花〉的红楼韵味》，《现代语文》（文学研究版）2007 年第 1 期。

学, 寻找汉语叙事新的可能性的愿望也日益迫切。"① 从新世纪格非对自己创作道路的追忆及其各种文学文本中, 多处显示了他从民族传统文学吸纳营养的踪迹。譬如, 从人物设置来看,《红楼梦》中秦可卿、警幻仙子、警幻之妹兼美, 乃至于王熙凤, 是多位一体的; 而在《人面桃花》中, 陆秀米、陆侃、张季元、王观澄也是多位一体的。这种人物结构设置, 使《人面桃花》总体上可以看作关于一个传奇女子陆秀米的纪传。

但是, 如果读者就此将之看作关于一个女性的"精湛传奇", 那就大错特错了。格非的欲望远超于此。他是以陆秀米为个案, 集录近代知识分子的"列传", 聚焦陆秀米很大程度上是为了便于小说的叙事操作。所以, 在具体小说文本中, 虽然以"六指"和"小东西"为章目, 但是, 六指与金蝉一样, 神秘莫测, 扑朔迷离, 难以接近, 因而难以成为叙事的落脚点; 小东西是秀米的陪衬, 借此来说明其与世俗的距离和冲突, 也难以成为叙事的核心焦点, 且在后半章, 因为死亡, 小东西远离了叙事的中心, 更不可能成为实际的叙事中心。而格非又是一个对叙事原则和写作技巧有清醒认识的作家, 在叙述这两个人物的时候, 他使用了外在焦点叙事, 没有把笔探入人物的内心世界, 这就造成这两个人物在艺术效果上相应缺乏心理深度, 给人以隔膜之感。因此, 以他们为第一章和第三章的题目并不是因为他们是叙事纠结的焦点, 而是利用他们承担一定的叙事功能。

这两章事件繁复杂乱, 革命、情爱、乱伦、庸众生活等, 涵括甚广, 矛盾错综复杂, 是典型的网状结构小说特点, 亦有一种"一声两歌""一手二牍"的艺术品质。但是, 在种种杂乱或变化之中, 有一点是固定的, 即空间。第一章、第三章故事发生的空间都是在普济——陆秀米的家乡, 中国最美丽的文化传说"桃花源"的所在地。而第二章的"花家舍", 直接就是一个空间意象, 亦是"桃花源"的现实存在。第一章陆侃要在普济建造风雨长廊, 想把普济变成"不知有汉, 无论魏晋"的武陵桃源; 张季元组织了反清蜩蛄会, 要用革命构建一个大同世界。他们的美好愿望还只是存在于想象阶段, 第二章王观澄则用行动实现了文人们苦心孤诣的世外桃源构想, 在花家舍圆了陆侃和张季元的梦。第三章陆秀米在普济

---

① 格非:《废名的意义》,《文艺理论研究》2001 年第 1 期。

办学堂，仍然是在继续陆侃、张季元和王观澄的梦想。三章因为梦想的桃花源，一个大同世界，一个历史想象空间，连缀在一起，各自独立，自成世界，而又因陆秀米贯穿全篇，使小说文本保持了有机联系，成为一个整体性艺术架构。所以，《人面桃花》的艺术结构，事实上是以普济⇒花家舍⇒普济的空间易位而连缀成篇的网络式结构形态。

以空间为审美对象，中国文学有深厚的传统。小说方面譬如瓦岗寨、梁山泊、大观园，都是著名的空间意象，它们各自形成了独特的审美境界和社会理想。中国传统叙事本身就非常注重事件或情节的板块，至于板块与板块之间的因果逻辑是否层层相因，倒不是最重要的。因为中国传统叙事主要源自历史叙事，中国历史哲学与西方一个重要的区别点就在于，西方历史叙事之间有层层相因的因果连接，它提供了认识过去的功能。因果连接首重的是历时性叙事，所以，福柯的知识考古学虽然坚决反对传统历史叙事的整体性立场，坚持历史的"断裂"性特征，但是，因为其强调每一个叙事序列的"即时"（即不可重复的历时性）性特征，仍然极易在西方获得认同。中国历史叙事的伦理在于"以史鉴今"。"以史鉴今"在很大程度上是以共时性取代历时性，历史的时间逻辑不是历史叙事的要点，历史叙事的关键在于历史事件背后的道理，这种道理是可以在后世生活中复活的。所以，中国的历史叙事非常注重事件或情节板块，每一个情节板块往往蕴含着一个独特的演示某种"道理"的角色功能。从历史人物或事件中吸纳经验与教训，才是中国历史叙事的伦理要害。

注重板块和共时性，自然会重视叙事空间。在叙事学中，叙事时间是纵向性关系，叙事空间是横向性关系。中国古典历史叙事哲学影响了中国古典长篇小说的叙事美学建构，客观上导致了中国古典小说在叙事中也常常以空间易位来结构情节。譬如张竹坡在谈到《金瓶梅》的读法时说："凡看一书，必看其立架处，如《金瓶梅》内，房屋花园以及使用人等皆其立架处。"[①] 其所谓"立架"，即小说的空间结构关系和人物结构关系。张竹坡强调解读小说关键在于查其立架，就

---

① ［清］张道深（张竹坡)：《杂录小引》，载［明］兰陵笑笑生著、［清］张道深（张竹坡）评《金瓶梅》，齐鲁书社，1991，第 3 页。

是因为"立架"是中国古典小说基本的审美特质，在小说美学中占有举足轻重的地位。

中国传统的文人文学作为以阅读、审美为主要趣味的书面文学（这有别于口头和话本文学以道德教化为主要伦理目标），在表达方式上积累了许多今天被称之为现代小说的审美因素，这也是它们之所以能够进入现代知识视野并最终幽灵重现的内在原因。古典小说的空间观念，就潜藏着某种现代性的理念，为其现代转化留下可能。20世纪60年代后，西方开始出现一种后现代地理学理论。后现代地理学"以富有意味的不同方式同时观照时间和空间，认为历史与地理具有交互作用，在业已摆脱了内在范畴特权的逼迫以后的世界中，历史与地理是存在的'纵向'与'横向'关系"①。也是就说，对历史的观照，可以通过空间途径来完成，这样，历史就可以从单纯依赖时间因果链条的秩序中走出来。这种理论在现代的兴起，也间接证明了中国古典叙事理论具备幽灵重现的现代品质。

《人面桃花》无疑是一部融合了传统与现代元素的作品，小说的空间结构也有现代与传统耦合的印痕。作为网状结构小说，《人面桃花》充满了各种各样、不同层次的冲突，但是，这不是这部小说的叙事重点。这部小说最突出的叙事特点是叙事的时间逻辑处处留有空缺，残缺不全，而种种矛盾冲突往往表现为空间的冲突。除了普济与花家舍两大空间外，每一章的空间内部都有一对以空间为支点的冲突。第一章阁楼与陆家大院，第二章江心岛与花家舍，第三章皂龙寺与普济。在各对矛盾中，前者都是反叛性力量，后者都代表着一种既成秩序。阁楼和皂龙寺酝酿并制造理想与希望，陆家大院和普济则代表着庸众的现实生活，是压抑创造的日常生活；而江心岛与花家舍关系相反，花家舍代表着一种理想生活，江心岛则代表着人的黑暗欲望，它在井然有序的花家舍世界的中心埋藏了深深的祸根，是灾难的导火索。这样一来，第二章就和第一章、第三章形成反讽性的对比，可以加强整部小说的意蕴。

《人面桃花》是近代知识分子的"列传"，但是，它没有像其他描写"革命"

---

① [美]爱德华·W.苏贾:《后现代地理学——重申批判社会理论中的空间》，王文斌译，商务印书馆，2004，第17页。

历史的小说的矛盾一样，描写革命中的阶级冲突或种族冲突，而是以空间／区域的冲突来取代阶级冲突、种族冲突。历史真相被表述为历史想象空间与现实空间的矛盾，即"桃花源"与普济的冲突。空间冲突成为《人面桃花》文本故事最深层和最深刻的冲突。历史想象空间是一种异质性空间，其无法实现的特征，使其表现为一种虚无的空想。可是，现实生命并不是生活在一种虚无的内部，它们需要种种安置各种个体和实物的实体，因此，尽管陆侃和王观澄曾经身居高位，为世人崇拜，但是，一旦他们为虚无的理想所左右，其妻儿、属下都可能背叛他们而去，所以，宝琛敢腹诽自己的老爷："天底下的读书人，原本就是一群疯子。"[①]在普济人看来，秀米等人是因为整日沉浸在"桃花虚境"中，"遂至疯癫"。普济人和花家舍的叛逆们一样，注重的是活生生的现实感受或欲望，理想可以被涂上各种各样亮度不同、不等的色彩，但是，必须是能够安置各种个体和实物的实体。一旦违背这个常识，人们就会排斥、脱离理念中的"桃花源"，去寻找实体性的安身立命之场所。这种命意，似乎就是《人面桃花》的主题所向，是格非反顾历史的思考与总结，是以小说方式重新演绎中国传统历史叙事的伦理。

而陆秀米等人的悲剧性所在，就是生活在一个无法与现实沟通的世界，理想与现实的巨大反差，酿成了他们的人生悲剧。从这个角度讲，格非仍然是一个人文主义者，他在《人面桃花》中关注的还是具体的人，并对之怜悯与同情。陆秀米通过自身的悲剧，完成了对自己的"第二次启蒙"，她最后对人生的感悟"东篱恰似武陵乡""错认陶潜作阮郎""人心徒有后时嗟"，令人慨然叹喟，怅然若失。小说结构普济花⇒花家舍⇒普济，空间的往复循环，内在地反映了这部小说的悲剧性意蕴。

三、《笨花》：蛛网式结构

在新世纪的长篇小说作家中，铁凝很少提及回到古典文学民族传统。在笔者的印象中，铁凝的文学资源主要来自现代文学"小传统"，尤其是她的前辈孙犁和梁斌。而这两位作家的文学风格，有某种俄罗斯文学的色彩，前者把屠格涅夫的

---

① 格非：《人面桃花》，上海文艺出版社，2012，第 10 页。

抒情与中国古典诗情结合起来，后者则受到了托尔斯泰史诗性小说的影响，追求宏阔辽远的叙事气势。《笨花》明显有《战争与和平》的痕迹：以几个家族为叙事线索，结构全篇，在宏大叙事中夹杂个人叙事，以家族细事填充、丰满历史阔大的空间。不过，同样的网状结构，《笨花》与《战争与和平》还是有所不同。《战争与和平》是以安德烈家族、皮埃尔家族、娜塔莎家族、库拉金家族为叙事线索，四条线索是网纲，时而交叉，时而平行，之间并不存在过于明显的主次关系。而《笨花》虽然也写了几个家族，如向家、西贝家、小袄子家，但是，主要以向家为主，在叙事分量上，其他任何一个家庭都不具备与向家相提并论的分量。在具体叙事过程中，《战争与和平》往往以事件或场面为叙事中心，而《笨花》则淡化叙事情节，集中描写琐碎细致的日常生活。这些区别表明，《笨花》的文学结构还是有不同于前辈作家的史诗特色。

虽然没有资料表明，铁凝在创作《笨花》时受到了传统文学的影响，但是，《笨花》的这种结构特征，仍然让我们看到了传统幽灵的魅影在其中闪烁。在《贾夫人仙逝扬州城　冷子兴演说荣国府》一回中，曹雪芹给我们勾画了四大家族的大致轮廓，很容易让人误以为小说将会全力描写四大家族，而在实际操作中，《红楼梦》却是以贾家为叙事中心，其他三家置于背后作帷幕。三家在正文中出现的人数有限：史家只有史湘云出现在故事中；薛家全家出现，却是寄居在贾家之中，已被纳入贾家的叙事系统；王家基本上没有重要人物出现。这种以简驭繁的写作方式，是中国传统文学常用的手法，倍受称赞。《笨花》的家族叙事，与其说是《战争与和平》式的，不如说是承接了《红楼梦》式的民族叙事传统。小说把笔墨集中在向家，向家十几口人几乎全被浓墨重彩地渲染过，而地位仅次于向家的西贝家，则主要描写了梅阁和时令。而向家的每一次重要活动或重要事件，总要牵扯着各种矛盾，牵动各个方面，"一击空谷，八方皆应"，如同贾家一样，向家像一只硕大的蜘蛛，盘踞在蛛网的中央，随着它身行移动，逐渐织就成一面庞大复杂而又井然有序的网，所有与它相触的事物都被网于其中。这是典型的蛛网式网状结构。

《笨花》蛛网式结构的另一个特征，是按照日常生活的本来面目展开故事。《笨花》生活流的叙事描写，最成功的要算小说开始的"笨花的黄昏"和笨花的窝棚。除此之外，生活流的叙事比比皆是。譬如第三章向文成给元庆媳妇看病一节，看病故事从"活犄角"的故事讲起，似乎是讲古，实际上是交代这个可怜女人的病因——其故事隐含着不尽的忧愁和困苦，但是，讲古的方式却以平静的笔趣，控制了汹涌的情感倾泻；接着写元庆媳妇的情人走动儿来请向文成为她看病，这个过程又兼带笨花人对走动儿的窥视，简笔勾勒了农村的人情；接着才写向文成看病，可是看病没有成为主要的描写对象，而是把笔转向向文成借机以拉家常的方式教育元庆的儿子奔儿楼孝母，终于唤起奔儿楼对母亲的同情；可是，他的母亲毕竟与走动儿有不为世俗称许的关系，所以接下来并没有写奔儿楼陡转孝顺母亲，而是走动儿侍候元庆媳妇。这种写作就符合生活的本来面目和日常道德伦理，由活犄角⇒元庆媳妇⇒走动儿⇒向文成⇒奔儿楼⇒元庆媳妇和走动儿，就像蜘蛛结网一样，一格接着一格，自然而然、结结实实、周严密实地缠绕起一张叙事的网络。王蒙曾高度评价《红楼梦》的叙事结构，他说："这样的结构只能来自生活，来自宇宙和人生的启迪。正因为作者对生活的执着，才写出了每个人物的言谈举止……这种丰满的结构体现着丰满的内容，方方面面，林林总总，剪不断，择不明，写出了很多很多，留下的空白同样很多很多。这是令古今中外做小说的人羡慕的啊！"[1] 尽管没有材料证实铁凝在写作中承传了《红楼梦》，但是，对相似民族生活的观察，或许使她无意中接踵于曹雪芹，生成了《笨花》的蛛网式小说结构。

蛛网式结构的艺术特点，是笔墨轻重分明，愈接近网的中央，笔墨愈浓，反之，愈远离中心，笔墨愈疏淡。向家人居于网格的中央，所以，向家人着墨最多，西贝家和小袄子家次之，然后是甘子明、瞎话、甘运来，再次走动儿、奔儿楼等不一而足。在相同人群中，着墨也不同，向家人中向喜、向文成、取灯着墨最多，然后是同艾、向桂、武备。这一点也与《红楼梦》塑造人物的方式相似，譬如，有金陵十二钗，还有金陵十二副钗。着墨不同，描画出不同的人物影像，或细致，或粗糙，或活灵活现，或只是一个影子。这种结构营造的艺术画面，就如同中国水墨山水画，愈近愈清晰，直至纤毫毕现，愈远愈模糊，

---

[1] 王蒙：《红楼启示录》，生活·读书·新知三联书店，1991，第109—110页。

显得阔大辽远。

除了人物，笨花村也居于蛛网式结构的中心，在笨花村之外，有保定，有武汉，有烟雨江南。对笨花村的描写最细致，从个人家事到风土人情，无所不备，肌理细密，气韵生动，浮动着浓厚的乡土气息。保定生活虽然涉及军旅和军国大事，焦点仍然是私人的家庭生活，所以把向喜娶二丫头描写得绘声绘色，保定向家小院生活显得风生水起。镜头再往远拉到武汉，镜头就开始向广角拉伸，既描写家庭生活的幸福与烦恼，又不遗漏军旅和政治生活的残酷艰险，诡计多端。在这个视野之外，是向喜的江南军旅生涯，完全用简笔勾勒，几乎不成故事。这种结构完全像一张蛛网，愈往外愈疏朗，愈向中心愈紧凑细密；又像投石池塘，愈在中心波纹愈明显，愈远愈细微，直至痕迹全无。

《笨花》是一部历史小说，作品展示了从晚清末年一直到抗战胜利的五十多年间的中国社会的变迁过程，其中频繁现身的就有孙传芳、王占元、吴光新等真实的历史人物。这很容易把小说拖入宏大叙事的窠臼，而且，小说的叙事格局确实具备宏大叙事的架构。然而，同样是历史小说，铁凝面对历史的姿态与进入历史的方式却与许多小说家存在着格外明显的差别。这种差别很大程度上是因为她对小说中心的定位，并以这种蛛网式结构实施了创作意图。小说文本因此以笨花村和笨花人为中心，形成了特殊的中国乡土历史叙事。《笨花》的成功，这种蛛网式结构当分一杯羹。

第四章
世纪之交长篇小说重返民族传统的叙事策略

　　传统的幽灵在世纪之交长篇小说中现形显圣的方式多种多样。有些作品复活传统的幽灵的行迹比较隐蔽，深藏不露，以至于单纯的、对外围知识不感兴趣或对民族文学传统知识所知不多的读者，难以想象到所读的某个具体文本竟然暗藏着如此之多的传统的幽灵。类如《红楼梦》的深层结构在《笨花》中的幽灵化，是只有专业批评家或对古典文学知之甚深的读者才能够较为容易地触摸到传统幽灵的肌理的。除此之外，世纪之交长篇小说还有一种创作现象非常值得我们去观察和研究，即有为数不少的作品，在"积极地恳请"传统的幽灵现身显形，复活传统的行迹比较主动、明显。过去不少文学家常常故意模糊、遮盖自己对前人的模仿与学习印记（当然，这并不·定构成文学作品的缺点），也很忌讳别人提及他因阅读某人的作品而创作获益，但是，很多世纪之交的文学家显得格外"坦荡"，他们似乎不愿轻易放弃把古典诗学融入"现代"之作的尝试，好像他们相信，相对年轻的诗学理论如果"攀附"了遥远的血缘关系，不仅可以为自己贴上古老的、高贵的、显学的艳丽标签去招揽读者，而且，通过"篡改"遥远的传统而建立起来的、也许更为合理的写作原则，或能使自己的文学创作受益。为了达到上述目的，不少文学家刻意使传统的幽灵醒目地凸显在文学文本中。

　　在这种状况下，传统的幽灵现形显圣，就成为世纪之交长篇小说赓续传统的叙事策略。它不仅赋予世纪之交文学以古典诗学的印记，而且在作品接受方面，即作品影响读者方面，占优势位置。毕竟民族传统已经深化到每个民族的深层心理结构中，一旦唤醒沉睡的民族文化集体无意识，人们是乐于阅读和接受民族文化协约区域的作品的。从创作的实际状况来看，在世纪之交，文学叙事策略显示出来的对传统的明晰追求，超出了现代汉语文学发展过程中的任何一个时段，而文学文本显示出来的古典美学的紧凑性和优越性，也明显超出以往任何时段。从这个角度看，世纪之交，称得上是传统幽灵显形的一个特别历史时段，亦值得我们对之展开研究。

第一节　误读传统与修正传统

我们一再言及，文学家复活传统的幽灵，直接为他们的艺术操作提供了不言而喻的便利：民族传统可以准备基本的故事框架、人物构型乃至具体的技术技巧。不过，文学创作同时又是一种对个性化要求极高的工作，对于试图有所作为的作家来说，亦步亦趋，尾随前人，一味模仿传统，显然不足以成就他的"伟大"功业。所以，承续传统而又越离传统，就成为"强力"文学家从事文学创作的一种常态行为。耶鲁解构主义批评家哈罗德·布鲁姆将这个过程称为"影响的焦虑"，并提出了越离传统的方式——六种"修正比"。在这一部分，我们将借布鲁姆在《影响的焦虑》及其续作《误读图示》中的三个概念"灾变""误读"和"修正"，来探讨世纪之交长篇小说承续传统常用的叙事策略。

一、"灾变"或新的转型契机

"灾变"的概念，是布鲁姆在《误读图示》中提出来的。他认为"强力诗人"的"诗歌的力量源于一种特殊的大灾变"，"在诗歌显形之际，在一个人再生为诗人的可怕过程中，大灾变是一个核心因素"。① 关于什么是"大灾变"，布鲁姆语焉不详，在这里他主要探讨的是"强力诗人"的"再生"问题。至于为什么"再生"，却是《影响的焦虑》所集中探讨的问题，而这个问题是与"大灾变"密切相关的。布鲁姆在《影响的焦虑》中谈到，影响是一种幸福，它可以指导诗人走上正确的

---

① [美]哈罗德·布鲁姆：《误读图示》，朱立元、陈克明译，天津人民出版社，2008，第7—8页。

创作道路，然而，影响对于后来者又是苦涩的，会产生"焦虑"，因为"影响乃是不折不扣的个性转让，是抛弃自我之最珍贵物的一种形式。影响的作用会产生失落感，甚至导致事实上的失落。每一位门徒会从大师身上拿走一点东西"①。对于"强力诗人"来说，这就是对自己灵魂和创作激情、个性的出卖，所以是"灾难"。这种"灾难"，使后世作家在故人已成的巨大成就面前难以为继自己的创作。对于"强力诗人"来说，这是无法忍受的。诗人"再生"，就需要战胜"伟大的死者"。意识到巨大的困难并使之成为战胜"伟大的死者"的文学动力，这就是布鲁姆所谓的"大灾变"，它成为"诗歌的动力"。

布鲁姆的"灾变"概念，可以给我们认识1990年代文学转型带来启示。以往我们强调传统形象在1990年代后发生"置转"或"颠倒"，是因为当时的市场经济机制逐渐形成，直接导致了1990年代以后关于传统的"知识装置"发生了"置转"，传统的形象因此在社会文化（包括文学）中发生了巨大变化。这个解释可以帮助我们理解1990年代以来文学创作的外部环境。而对于文学批评来说，我们注意的更多是文学本身的衍生机制。具体地说，从文学自身的艺术发展的角度，1990年代以来文学转型往往被理解为对1980年代文学的反动，最直接的目标是对当时已经在文坛上确立霸主地位的先锋派文学的反动。这构成了1990年代以来文学转型知识谱系的另一种力量和意识形态。

1980年代的先锋文学以令人眼花缭乱的小说形式实验震动了文坛，极大地改变了中国作家、批评家和读者对于文学（尤其是小说）的审美认知。这些"新""奇""怪"的小说形式美学，直接私淑于西方现代主义文学。一时之间，卡夫卡、博尔赫斯、略萨、马尔克斯等众多知名或不知名的西方或拉美小说家及其作品被先锋小说家奉为圭臬，而这一部分中国先锋小说家也确实取得了不凡的成绩。但是，先锋文学在最鼎盛的时候已经潜藏着巨大的危机（灾难）。

1988年，先锋小说尚处于巅峰时刻，王蒙却在这一年写了一篇很有名的文章《文学:失却轰动效应以后》，描述现代汉语文学自1984年以后就很难出现"轰动"的效应：文学热"已经大体是文人、文学爱好者圈内的事了，很少涉及圈外

---

① [美]哈罗德·布鲁姆:《影响的焦虑》，徐文博译，江苏教育出版社，2006，第6页。

人"；1987 年以后，"连圈内的热也不大出现了"；一批比较年轻的作家，"出手不凡"，"佳作不断"，"但也陆续露出了后力不支的样子"，"从长远来说，在实现'全民皆小说家'之前，读者需要的仍然是亲切的、诚实的、精神上更多而不是更少有力量的作家"。① 王蒙指出"轰动效应"缺乏的原因很多，文学本身的问题是"后力不支"以及读者流失。这种分析切中了先锋小说的要害。以先锋小说的领军人物马原为例。吴亮视马原为"一个小说中偏执的方法论者"："马原确实更关心他故事的形式，更关心他如何处理这个故事，而不是想通过这个故事让人们得到故事以外的某种抽象观念。"② 但是，方法论作为人类审视世界而获得的哲学认知方式总是有限的，这种有限性是被个体生命的时限性和人类实践活动的有限性决定的。方法论的有限性，决定了文学方法和形式的试验终有尽头。陈晓明指出："进入 90 年代，当代先锋派已经无所作为，多半也是因为形式方面的创造已经难以花样翻新，或重复，或退化，皈依于传统或投身于潮流。"③ 先锋小说家所崇拜的西方偶像以及他们自身的创作，已经成为先锋小说家难以克服的巨大障碍，这个巨大障碍成为先锋小说"灾变"的原动力量。

而正如笔者所论，现代汉语文学的典型思维是中 / 西、古 / 今二元对立思维，怀疑"现代"，自然导致与古典和解，检讨西方传统，必然驱使现代汉语文学作家把目光转回中国民族传统。现代汉语文学审美的多种可能性，往往就在中 / 西、古 / 今两队序列中穿梭、摇摆。1990 年代先锋小说的"灾变"，自然也驱使先锋小说家回到传统文学之路（包括西方传统小说之路）。文学家毕竟不能仅仅只是形式、手法和技巧上的创新天才，更应该对人类的道德关系和人性意识投以严肃的兴味关怀。

从阅读的角度说，小说作为一种文学阅读形式，故事内容及其意义历来是读者关注的中心，并因此形成了相应的审美期待视野。读者阅读小说，很大程度上

---

① 阳雨（王蒙）：《文学：失却轰动效应以后》，原载 1988 年 10 月 18 日《文艺报》，转引自洪子诚主编《中国当代文学史·史料选：1945—1999》（下），长江文艺出版社，2002，第 884—889 页。

② 吴亮：《马原的叙述圈套》，《当代作家评论》1987 年第 3 期。

③ 陈晓明：《先锋的歧途》，《大家》1994 年第 2 期。

是读故事，看人物，领受其中蕴涵的思想能量，或从阅读中获得审美娱乐享受。小说形式作为小说的有效组成部分，虽然也能够带来上述艺术效果，但是，它对读者的审美效应往往是间接的或次要的，而且，领会艺术形式的审美效力，可能需要相应的乃至于专业性的审美修养与能力。先锋小说令人烦恼之处在于：它要求读者具备专业批评家的艺术水准，并对之保持一种持续性的分析性注意力，而且，其强度要求之高，浸淫要求之深，以至于读者很难分力欣赏先锋小说的内容，不免轻慢了先锋小说内容方面的价值。这种风格换来的是延宕了的形式美学魅力，普通读者想要充分领悟这种魅力，却可能有力不从心之感，而小说思想内容的重量因为被形式掩盖，读者也无暇顾及。也就是说，虽然很多先锋文学作品内蕴有巨大的思想能量，但其活力之不足也是掩盖不了的事实。读者因此而远离先锋文学，是可想而知的，毕竟，对于普通大众来说，小说的传统是认识世界或"娱人为本"。

程光炜先生后来追述先锋文学兴起的原因，有一个有趣而又深刻的意见，给我们开辟了另一条认识先锋小说与阅读关系的有效路径。他认为，先锋文学兴起的一个历史维度被人们忽视了，即"文学消费"，它成为"先锋小说的强劲的助力"："这就是'文学消费'正在取代'政治需要'而变成促使'当代文学'转型的全新因素。"① 我们可以沿着程光炜先生的观点继续下行，或许能够触摸到 1990 年代以来文学转型的一个重要驱动力量——"消费"。先锋小说作为"消费文化产品"，其消费对象是城市读者，但是，这种以新、奇、怪为标志的刺激性"消费文化产品"，很难在城市消费文化中长时间占据垄断地位。因为城市消费文化一个特征是为"时尚"之狗所追赶，寻新求变，永远是城市消费文化最强劲的内驱力。而且，新、奇、怪成为时尚所喜爱的符号，人们可以对之不求甚解，但是，文学从根本上来说还是一种沟通活动，当文学一直处于无法与更多的读者沟通的状态，它就迈入一个尴尬的处境。莎士比亚借其作品人物之口说："要是一个人写的诗不能叫人懂，一个人的才情只有早熟的孩童随和着说懂，那比之小客栈里

---

① 程光炜：《如何理解"先锋小说"》，《当代作家评论》2009 年第 2 期。

开出一张大账单来还要命。"① 在这种情况下，先锋小说在市场中失宠就是再正常不过的事情了。所以，从市场消费的角度看，先锋小说在 1980 年代也埋伏着"灾变"危机。

从文学史来看，"灾变"不是灾难，而是文学的福音，它可以带来文学审美艺术的新变化、新推进。而对于 1990 年代的先锋小说来说，"灾变"导致文学转型的方向是多维度的，其中一个重要的选择维度就是从民族文学传统寻找资源。以余华为例，他是先锋小说的代表作家之一，怪异的语言、形式和文学主题，是其身为先锋小说家的标签。可是，余华又是一个先知般的作家，1988 年的《古典爱情》和 1989 年的《鲜血梅花》，就开始借助古典的力量。《古典爱情》讲了一个典型的"倩女幽魂"故事，这类故事在《搜神记》《幽明录》、唐传奇、"三言"、"二拍"和《聊斋志异》等文言小说中多处重现。《鲜血梅花》代表了以武侠故事捕获读者的努力，小说表层也是一个人们耳熟能详的"善有善报，恶有恶报"的故事。虽然这两部小说的中心意蕴迥异于传统小说，但是，故意重复古典故事或其模式，自然可以唤起读者沉睡的文化记忆，能够产生可预知的、强劲有力的审美效应。这样一种具有明显叙事策略倾向的写作，事实上也帮助作家捕获了读者，并趁机传达了作家自己的人生认知或思想理念。

《活着》《许三观卖血记》和《兄弟》与民族传统之间，也有一种"不透明的关系"。之所以说"不透明"，是因为余华表现得比较隐晦。这种"不透明关系"除了我们已经分析过的关于"亲情"的内涵外，在叙事策略上表现为人物塑造艺术。与其他作家不同，在世纪之交，余华很少在文学的外在形式上直接显示与民族传统的亲和关系。但是，"不透明"不等于没有，2008 年，在韩国的一次学术会议上，余华袒露了心扉：

　　一个优秀的作家必须了解自己民族传统中特别的性格，然后在自己的写作中伸张这样的特别性格。在中国，许多人都十分简单地将现代性的写作与

---

① [英] 莎士比亚:《皆大欢喜》，载《莎士比亚全集　喜剧卷》(下)，朱生豪译，译林出版社，1999，第 140 页。

其文学的传统对立起来，事实上这两者之间的关系是互相推进的关系，因为一个民族的文学传统并不是固定的和一成不变的，它是开放的，它是永远无法完成和有待于完成的。因此，文学的现代性是文学传统的继续，或者说是文学传统在其自身变革时的困难活动。正是这样的困难活动不断出现，才使民族的传统或者说是文学的传统保持着健康的发展。……在今天，寻找和发扬各自民族传统中的特别性格显得尤为重要和紧迫，而且这样的特别性格应该是开放的和互相交流的。①

这一段话说明，余华也认识到文学发展中的"困难"恰恰是文学继续发展的动力。而其与文学传统连接的写作"策略"，是塑造"民族性格"。而民族性格往往都是一种已经成熟或定型的性格，这意味着他笔下的人物往往是性格无发展的类型人物或漫画人物。余华三部作品的人物恰恰就是典型的类型人物或漫画人物，如《兄弟》中的李光头，是一个冥顽不化、丑陋不堪的典型，他的一切行动都是从本能冲动出发，无论是兄弟之情、生存需要，还是性的需要，无不可以归结于此。这种类型人物，恰恰是对一类中国人及其性格的精湛无比的塑造。

对于这种类型人物及其塑造笔法，中国读者显然不陌生，我们早已从《西游记》《三国演义》《水浒传》等中国古典小说中熟稔了这种人物造型技法。中国古典小说在这个方面确已形成了成熟的经验，并且达到了极高的艺术水准。如古人评《西游记》的人物艺术所云："即如《西游》一记，怪诞不经，读者皆知其谬。然据其所载，师弟四人，各一性情，各一动止，试摘取其一言一事……亦知其出自何人，则正以幻中有真，乃为传神阿堵。"②虽然我们无法在余华与民族性格塑造之间建立坚实的证据线索，但是，这种艺术手法的相似性，依然可以让我们坚信他与民族传统有微妙的联系。按照布鲁姆的解释，传统的影响是不可抗拒的，往往是传统选择了莎士比亚，而不是莎士比亚选择接受哪一种传统的影响。余华对中国古典小说人物塑造技法的接受，或许也符合这种神秘的文化遗传机制，而

---

① 余华：《文学和民族》，《名人传记》2008年第4期。

② 睡乡居士：《二刻拍案惊奇序》，载黄霖、韩同文选注《中国历代小说论著选（修订本）》（上），江西人民出版社，2000，第266页。

这正是传统幽灵化的魅力之所在。

我们在此证实余华小说人物具有类型化特征，这可能会遭到维护余华的读者的批评。因为在很多人看来，类型化几乎就是简单化的同义词。事实并非如此，类型化只是人物塑造方式的一种，与表意的深浅无关，类型化的人物也可以表现深刻的文本意蕴。类型化人物在西方被称为"扁平人物"，福斯特说扁平人物"最纯粹的形式是基于某种单一的观念或品质塑造而成的"，"当作者想集中全部力量于一击时他们最是便当，扁平人物对他会非常有用，因为他们从不需浪费笔墨再做介绍……而且一出场就能带出他们特有的气氛——他们是些事先定制的发光的小圆盘，在虚空中或在群星间像筹码般被推来推去；随便放在哪儿都成，绝对令人满意"。①当作家集中于一点形塑一个人物时，往往能够于雷霆一击中正中人心、人性或社会的要害，彰显出极大或极深的社会隐喻。仔细想一想福贵的魅力，或许正是缘法于此。

中国古典小说创作有明显的理念先行印迹，每一个文本都试图表现某种先在的宇宙理念或写作者的某种生命感悟，即使最成熟的长篇章回体小说也不脱此窠臼。张竹坡认为，做文章的关键是抓住"情理"二字，人物塑造亦围绕于此下笔，"于一个人心中，讨出一个人的情理；则一个人的传得矣。虽前后夹杂众人的话，而此一人开口，是此一人的情理；非其开口便得情理，由于讨出这一人的情理方开口耳。是故写十百千人皆如写一人，而遂关乎有此一百回大书也"②。类型人物是理念先行类写作必不可少的叙事策略，每一个类型人物都包含着某种"情理"，挖掘出"情理"就使相应的人物具备了高度的典型性。余华小说的理念先行特征，是同辈作家中最强的，其每一部作品几乎都是演绎某种先在的理念或来自生活的感悟，而对福贵、许三观、李光头的典型塑造，无疑成功地塑造了某些民族性格，也传达了作家对中国社会的精深认识，透视出深沉的人文精神和某种意识形态色彩。而其之所以能够成功塑造出这类人物，也是与"灾变"效应有莫大关系的。

---

① [英]E.M.福斯特：《小说面面观》，冯涛译，人民文学出版社，2009，第57、58页。

② [清]张竹坡(张道深)：《批评第一奇书〈金瓶梅〉读法》，载[明]兰陵笑笑生著、[清]张道深评《金瓶梅》，齐鲁书社，1991，第32页。

二、误读——承续"中国故事"的准备与前奏

可是，承继传统是一种复杂的文化活动，肯定不能依靠简单地模仿或学习去完成。即使我们信言确凿地说：余华小说在塑造人物性格时有传统的幽灵飘荡，但是，也不可否认其中也存在着现代小说笔法的幽灵，这一代作家的人生和创作经历使他们能够以开放的姿态面对古今中外的文学传统。而且，异域传统渗透到文学创作活动中，也使余华小说人物具备了深刻的心理深度和精神深度。

然而，1990 年代的"大灾变"之后，民族传统已经是一种无法拒绝的礼物，这也是一个不可否认的事实。尤其在世纪之交文化民族主义观念渐强的时代语境之中，注定了现代汉语文学要不断从民族传统中寻找"圣经"的"神迹"，民族传统的幽灵现影显圣，就成为经常之物。

但是，承传传统肯定也不是简单的包含关系，尤其是讲述"中国故事"不可能是简单地重复或复制过去神话、民间传说或已成的文学故事。在一个"向古"之心比较强烈的时代，古代优秀文学和文化典籍很容易成为时人崇拜的文化偶像，会产生各种各样的"诱惑"——《红楼梦》的诱惑、孟姜女的诱惑、章回体的诱惑……但是，正如我们在第一章所论："在文学实践活动中，后人既不能全盘继承和实现整体性的民族传统，也不可能完全拷贝一个个体偶像，即使是那些最没有创造性的狗尾续貂的作品也不例外。"不可复制性的原因，既有实际文学操作的困难，还涉及一个作家的自尊。即使是最拙劣的模仿者，也会不自觉地偏离原作的轨道，在创作出的文学文本上尽力打上自己的烙印。

布鲁姆把后世作家伸张写作个性、欲冲出传统的庇荫的心理行为，称为"影响的焦虑"，他认为："文学影响理论的真谛恰恰是其无可抗拒的焦虑：莎士比亚不会允许你们去埋葬他，去回避他，去取代他。"[1] 后世作家当然也不会安心躺在父辈的庇荫下而循规蹈矩，且有建立自己王朝的野心。这种情况就导致了"误读"和"修正"行为，"'影响'乃是一个隐喻，暗示着一个关系矩阵——意象关

---

① [美]哈罗德·布鲁姆：《影响的焦虑·再版前言：玷污的苦恼》，载《影响的焦虑》，徐文博译，江苏教育出版社，2006，第 9 页。

系、时间关系、精神关系、心理关系，它们在本质上归根结底是自卫性的。……影响的焦虑来自一种复杂的强烈误读行为，一种我名之为'诗的误释'的创造性解读"。① 布鲁姆没有特别区别"误读"和"修正"，有时候二者也相互替用。但是，我们在此特意将二者分开，"误读"应该偏重于写作的前期，属于写作构思的准备阶段；而"修正"则是具体的写作行为，它把"误读"的结果落实到文学文本中，属于文学的具体表现。把二者分开，可以帮助我们更明晰地认识传统的幽灵肉身化过程中的运行轨迹。

布鲁姆在《影响的焦虑》中谈到，莎士比亚笔下"影响"的含义有两个："星球之光辉对我们命运与性格的'流入'是'影响'一词的初始意义"，"影响"一词的第二重含义是"灵感"。② 而"灵感"发生作用的方式是"误解"或"误释"，即他在《影响的焦虑》中所谓的"修正"和后来在《误读图示》中所谓的"误读"。有很多人解释为什么小说家偏爱历史题材，但是从来没有谁像哈罗德·布鲁姆解释得这么透彻。历史题材（或者说传统）为后世作家提供了基本的故事框架、人物构型，但是，这些元素都是基本层面的东西，它们无法形成一个新的文学创造活动和一个崭新的文学文本，因为，正如我们一再提及的，任何作家都不可能原封不动地承继这些故事或人物。作家们偏爱历史题材，更深层次的原因，是因为它们提供了"灵感"——神奇的使传统"再生"的妙方，它给作家和传统"再生"带来新的创造契机。灵感倏忽而来，倏忽而去，神妙莫测，但是，灵感生成于先期的生活积累，只有偶触契机才会喷发而出，传统只不过递给了小说家那把称作"阿里巴巴"的宝库钥匙，它帮助小说家叫开了灵感宝库的大门。同时，因为灵感来自作家日积月累的观察和积累，它投注在传统之中，使本来没有作家自我的传统打上"我"的烙印，传统因此成为"我"的素材、"我"的人物、"我"的精神映射物。误读、误解或误释传统，无疑在承继活动中充满了合理性。《三国演义》或者曹雪芹不可能把我们从当今感受到的社会禁锢中解放出来，但是，附着着灵感的"误读"，却把"我"对生活及生命的感悟嵌入悠远的传统肌体中，传

① [美]哈罗德·布鲁姆：《影响的焦虑·再版前言：玷污的苦恼》，载《影响的焦虑》，徐文博译，江苏教育出版社，2006，第14页。

② 同上书，第2页。

统不再是一个"死去之物"，而焕发出鲜魅的生命光泽，使与之相关的文学创作成为完成人的解放的又一次想象之旅。

布鲁姆说："伟大的作品就像文学批评一样，它总是在强烈地（或虚弱地）误读着前人的作品。"[①] 实际上，谈不上伟大甚至不成功的作品，只要涉及承继传统的问题，都会不同程度地误读前人的作品。久远的传统会给任何创作者都带来启示，同时也会遗留下巨大的压力，后来者除了"误读"，很难有能力或有可能摆脱传统幽灵的束缚。李锐在谈《人间》的构思时如是说："在一个千百年的传说之后去'重述'，你会被笼罩在一个巨大无比的阴影下面，你很容易就会跌进阅读习惯造成的期待陷阱之中。"[②] 在与其妻蒋韵"反复商讨、反复试探、反复修改、反复体悟"之后，才有了《人间》的主题："身份认同的困境对精神的煎熬，和这煎熬对于困境的加深；人对所有'异类'近乎本能的迫害和排斥，并又在排斥和迫害中放大了扭曲的本能。"[③] 这个主题如我们已论："已经显示出穿越民族性的特征，具备了利用民族传统表达世界性话题的可能。"它显然不是民间传说"白蛇传"的显性主题，而是现代人李锐站在现代知识立场对人类生活和人性做出的深刻体察和思考。

然而，这种主题"误读"又很难说完全背离了传统，完成了对原作的"谋杀"。因为"白蛇传"故事及其以后日渐成熟的戏剧，本身就埋藏着"身份认同"的困境和"人对所有'异类'近乎本能的迫害和排斥"的主题因子。我们必须了解一点：现代性的内容，并不是现代或当下的创制，一些现代性的信息，早已在遥远的时代被创制出来，它们一旦遇到合适的契机，就会从千年沉睡中复活过来。"诗的影响并非一定会影响诗人的独创力；相反，诗的影响往往使诗人更加富有独创精神——虽然这并不等于使诗人更加杰出。"[④] 传统不仅仅能够给现代汉语写作提供技巧借鉴，还可以提供思想资源。李锐、蒋韵对"白蛇传"的"误读"，就是在

---

① [美]哈罗德·布鲁姆：《影响的焦虑·再版前言：玷污的苦恼》，载《影响的焦虑》，徐文博译，江苏教育出版社，2006，第10页。

② 李锐：《偶遇因缘（代序）》，载《人间：重述白蛇传》，重庆出版社，2007，第2页。

③ 同上。

④ [美]哈罗德·布鲁姆：《影响的焦虑》，徐文博译，江苏教育出版社，2006，第8页。

原有意义上的增添，换句话说，原作给李锐、蒋韵提供了写作"灵感"，他们因此撑开了原来民间故事的意义空间，使这个久负盛名的民间传说境界更加阔大，是一种对原作的"正误"。因为它没有改变原作的意义走向，所以，《人间》面世之后，读者比较平静地接受了这个经典重述文本。

"误读"并非"弑父"，又不可避免地"弑父"。因为为了凸显"我"的身影，作家在承继传统时不免有"强烈误读"的冲动。"强烈误读是第一位的：必须有一种深刻的误读行为，一种与文学作品共陷爱河的误读行为。每个人的误读方法都跟别人不一样，但几乎可以肯定是一种模糊的读法——虽然其模糊性也许被遮盖着。"[1] 正是因为存在着"强烈误读"行为，世纪之交的长篇历史小说才产生了诸多"翻案文章"，从而产生了"新历史"的叙事。同样因为"强烈误读"冲动，"重述神话"活动才充满了激烈的争议。苏童感到"一个家喻户晓的故事，永远是横在写作者面前的一道难题"，他采取了完全以"我"为主的方式处理这个家喻户晓的故事："我去过长城，也到过孟姜女庙，但我没见过孟姜女。谁见过她呢？在小说中，我试图递给那女子一根绳子，让那绳子穿越二千年的时空，让那女子牵着我走，我和她一样，我也要到长城去。"[2] "谁见过她呢？"这种时间和空间的巨大缝隙，给了苏童驰骋想象力的自由和空间，他几乎完全抛弃了"孟姜女"的故事，由自己统治这个家喻户晓的民间传说，冒犯了人们的感情。这样一种"强烈误读"行为，已经破坏了"同故事叙述"的原则，表现出极大的创造力，但同时，也冒着极大的危险，直至可能被偏爱传统的读者抛弃。

三、修正——承续传统的必由之路

在误读之后，在新文本中寻求完全恢复原文本意义的"重释"方式已经不可能。因为误读（尤其强烈误读）行为，很大程度上是为了使新的故事偏离原来的故事轨道。苏童们在进行种种虚构的时候，十分清楚他们自己的行为是切切实实的虚构，是根据自己的需要臆想出新故事，是对传统故事的逃离。误读本身的价

---

① [美]哈罗德·布鲁姆：《影响的焦虑·再版前言：玷污的苦恼》，载《影响的焦虑》，徐文博译，江苏教育出版社，2006，第 14 页。

② 苏童：《碧奴·自序》，重庆出版社，2006，第 2 页。

值取向，就是期待产生背叛和对抗原故事的"修正主义"的写作行为以及后果。

布鲁姆的"修正"概念，也是基于这种价值立场上建立起来的。他追问："什么是修正论？……它是一种导致重新估量或再评价的重新瞄准或重新审视"，"修正论者力图重新发现，以便作出不同的估量与评价，进而'准确地'达到目的。……用辩证的术语来说，则重新发现是一种限制，重新评价是一种替代，重新瞄准是一种表现"。①抽象的概念叙述不能够让我们清楚它的含义，一些必要的对比或许能够帮助我们理解它的特点与效用。

这种对比首先让我们想到了"同故事叙述"。"同故事叙述"策略的要点，是在"重述神话"活动中保持传统流转的同一性，为此需要保持核心故事、核心人物和核心文化意象基本不变。"修正"策略则不同，"修正"远远不止停留于故事层面，还会延及文学创作的各个方面，从内容到形式，从思想到技法，都可以显示与传统的修正关系。即使面对故事，"修正论"虽然也会受到原故事的限制，像《人间》中一样，要在原故事的意义框架内重新发现原故事的现代性潜力，即便如此，这种对原故事的"误读"一旦落实到实践层面（即"修正"层面），《人间》也与"白蛇传"故事完全不同。譬如法海，在原故事中是一个"恶僧"形象，在《人间》中就不再是不食人间烟火的卫道者。他无法理解为什么因为卫"道"一定要让热血冷却成冰，为"大义"而铁面无情，他身上的人性内容完全超出了神性的成分。他的修行最终完全背离了师父的临终嘱咐，而成为一个充满感情和道德良知的僧人。这种"修正"充满了反讽色彩。

传统的"白蛇传"故事或许也潜隐着反讽意味，这种"不透明"的含义，隐晦地通过许仙这个软弱无力的男人"曲笔"显示出来：正是这个有色相的男人葬送了白蛇理想的人间生活。但是，反讽在"白蛇传"中处于虚无缥缈的外围，难以觉察，而《人间》深化和"修正"了这个反讽，使其像毛细血管一样遍布在《人间》各处。"修正"没有把这种反讽意图体现在许仙身上，而是设计了范巨卿——一个外表更加俊美的男人，小青日思夜想的对象，但是，正是他亲手杀掉了爱他

---

① [美]哈罗德·布鲁姆：《误读图示》，朱立元、陈克明译，天津人民出版社，2008，第2页。

护他的小青。白蛇身上集中了反讽意蕴，她的理想是成为一个人，为此不惜放下三千年的道行和身价，与普通平凡的许仙结婚，以品尝真实的人间生活，然而，即使她竭尽全力乃至拿出性命帮助人类，人类仍然视其为异类，这是一个巨大的反讽。当她临死之时，她却恳求法海："法师，让我变回蛇身，让我……走得安心，干净。"这又是一层尖利的反讽，不仅是对白蛇行为的反讽，更是对人类世界的反讽。至此，《人间》的反讽没有停步，仍然继续前行：当白蛇想返回蛇类的时候，却无法重新回到自身，人类的残害竟然助她修成了梦寐以求的真正的人形。这是一个巨大的、令人伤感无限的反讽，在变幻无常的命运（或世界）面前，各种行为都深嵌着无奈、无力和无意义的意味。反讽弥漫在整个文本之中，从人物到故事，从具体的文学手法到故事的套层结构，它完全"修正"了原来故事的矛盾冲突和故事意义，使其成为一个新的具有创新性的新故事与新传说。

反讽是"修正论"最心爱的叙事工具，也构成了拟传统文本基本的美学特征和美学风格。"同故事叙述"保留了原故事的某些碎片，使新故事保持了与原故事的"同一"关系；借助于反讽，"修正"行为"重新评价"和"重新瞄准"传统故事文本，极力引导新故事偏离了原始故事的叙事轨道。"修正"的根本目的就是使新故事别具他义。它与"同故事叙述"在具体文本中的关系，可以做一个比喻："同故事叙述"就像面具，而真正扣动扳机的则是隐藏在这个面具之后的"修正"。

"修正论"还可以与我们已论的"增添"相比较。在"重述神话"活动中，出现"增添"行为，是因为原来的神话故事或民间传说过于朴素简单，而不得不增加更多的故事材料，以充实原始故事的肌理，使之成为一个丰满多汁的新的有机体。"增添"如同"同故事叙述"一样，居于文本操作的表层，同样以不改变原故事的性质为要务。而"修正"则不同，"修正"不仅是叙事操作行为，还是一种叙事策略，它的"重新评价"行为，包含着写作者的某种价值诉求，而"增添"行为与价值评判没有必然的联系，主要是一种文本叙事操作。"修正"的目的，是极力为现在的故事文本增加个性因素，以使之区别于传统故事文本。所以，"修正"行为的结果，往往破坏了新故事与原故事之间的"同一"关系，导致了"同故事叙述"产生"不可靠"的特征。这种"不可靠"的叙事，不仅仅表现在"重述神话"的活动中，在新历史小说和长篇历史小说中都有明显的体现。所谓的"翻案文章"，就是从根本上"修正"人们耳熟能详的历史故事和历史人物遗留的常见面孔，读者从"修正"故事中获得了新的历史认知或审美感受。而所谓的"新历史"，也大多以与主流历史相冲突的民间稗史或野史"打碎"主流历史"连续的运动"，带来新鲜别样的历史气息，"修正"的意图更加明显。

在新世纪，一种新的历史小说"架空历史小说"受到读者的特别追捧。其代表作品《新宋》以一个现代人物穿越时空回到宋朝的方式，试图改变"王安石变法"乃至有宋一朝的历史结局。这种对历史的"修正"欲望更加张狂，完全体现出时人一种超常的自信和欲望。"修正"策略与"增添"行为的主要区别点，就在于前者拥有一种超越前人的野心或雄心。不管结局如何，因为存在"修正"行为，新建构的故事文本都被灌注了高密度的、"修正者"的主观意志，从而使新文本富有浓郁的当代意识；同时因为"当代性"的灌注，新建构的故事文本就不再单纯是传统的幽灵重新现影显圣，而是"借古人的骸骨来，另行吹嘘些生命进去"[①]。"修正"行为包含着当代的文化诉求和意识形态。

"修正"又使我们想到了世纪之交文化的一个流行词"戏仿"。世纪之交，有很多人以"戏仿"为关键词研究刘震云、余华、李冯等作家的作品以及一些电影电视艺术。人们常常将其与狂欢、荒诞、变形、讽刺、戏谑等词语连接起来，称其是"一种难以回避的表达方式"，具有现代性或后现代性的意义。笔者不认为这是一个合理的理论阐释，也不认为戏仿与"修正"有某种等值性。福斯特曾经郑重其事地为戏仿下了一个定义：所谓戏仿，"指幻想小说家为造就自己的神话借用某部较早的作品，出于自己的目的将其当作一个框架或是源头来用"[②]。福斯特比较敏锐地抓住了戏仿行为的艺术特点：将某个经典作品作为新作品的"一个框架或是源头来用"，这种做法与很多承继传统的所作所为相类。不过，福斯特认为，戏仿对那些有创作欲望而又不擅长通过个体的男女人物来观照世界的小说家有所助益。其描述虽然没有直接贬低戏仿行为，但是，他对这类写作的批评，反映出

---

① 郭沫若：《〈孤竹君之二子〉幕前序话》，《创造季刊》1923 年第 1 卷第 4 期。

② ［英］E.M. 福斯特：《小说面面观》，冯涛译，人民文学出版社，2009，第 106 页。

他对戏仿之作持贬斥态度。我们虽然不完全赞同福斯特对其举例文本的批评，还是比较认同他对戏仿的认知。因为世纪之交的各种（尤其是电影电视剧之中）戏仿之作，在写作态度上大多是不严肃的。凡有模仿或变形，都是浅层次的，多是适应现代传媒娱乐精神而为的作品，纵然捎带些许批评或讽刺的意味，也隐含着泄愤的冲动，却无法深挖它们的道德教训或哲学意蕴。优秀的文学或艺术作品，毕竟总有些东西与简单的"愤懑"不相容。类如《一个馒头引发的血案》的戏仿行为，除了作为奇形异想的重复增值外，很难与巴赫金所谓的"狂欢化"诗学或现代性以及后现代性等概念联系在一起。

从创作态度上看，显然不应该把"修正"与"戏仿"相类举。"修正"行为是一种严肃的创造活动，同样是面对已成的经典作品或某种传统，"修正主义"小说家，往往要在它们的雕梁上寻找合适的图样开始勾画自己的蓝图，或者在它们的画栋间反复观瞻，汲取力量。仅获得灵感当然还无法完成新任务，"修正"的终极意图是"重新评价"和"重新瞄准"，在"误读"的基础之上，进行新的文本创造。譬如，刘震云的《故乡相处流传》是一部为人瞩目的新历史小说，其叙事似乎受到了《三国志平话》的影响。《三国志平话》在入话部分，介绍三国故事及其人物是由汉朝开国时期的历史人物预先决定了的：汉献帝是刘邦的再生，刘备是彭越的再生，曹操是韩信的再生，孙权是项布的再生，前后两个时期的历史人物与历史事件几乎构成了一对一的类比关系。在《故乡相处流传》中，曹操、袁绍分别投胎为曹成与袁哨，其他几个人物如沈姓小寡妇、朱元璋、陈玉成、慈禧都与此相类。但是，《故乡相处流传》的类比结构，绝对不是要继承渗透在《三国志平话》的因果报应思想，而是为了揭示惊人的历史"秘密"以及突出历史人物的丑态。小说中尽管处处充满着戏谑和讽刺，然而绝不是"戏仿"，而是充满反讽意味的"修正"。刘震云借助与《三国志平话》相似的类比结构，拉长了历史的纵深距离——从一千八百年前的东汉末年到当代的"文革"时期，让几个声名显赫的人物：曹操、袁绍、朱元璋、慈禧化成千年不散的幽灵穿行于其间，以他们的生命轮回来寓言历史反复与循环的本质，以人物如跳梁小丑般的表演来暗示历史的卑贱与无意义。在完成对传统历史小说的"修正"的同时，刘震云扭转了中国古人"善有善报，恶有恶报"的人生哲学，其关于历史发展的虚无悲观情绪也内蕴于这种历史寓言之中。

　　总之，"修正"是一种严肃的叙事行为，它与"误读"一起，在世纪之交被严肃小说家重视，成为他们"建功立业"的常备工具，也是承继传统而又企图超越传统常用的叙事策略，在世纪之交的小说创作中占有重要的位置，而对这种叙事策略使用的娴熟程度和成功程度，往往也决定了他们作品的艺术品质与高度。

第二节　世纪之交长篇小说创作的跨文本性叙事策略

　　从影响的角度来看，误读与修正，就是后世作家处理文学创作与传统关系的两种基本行为。它们既可以被视为具体的叙事操作技术，也是后世作家建立自己文学王朝的方法策略，几乎可以适用于一切文学继承行动。而在具体的文学继承活动中，情况就复杂得多，涉及文本的内容、形式及创作技法等多个方面。本节拟借用热奈特的跨文本理论，研究世纪之交长篇小说具体文本与民族文学元文本之间的关系，以便更清楚地展示世纪之交长篇小说具体文本的历史传承关系。

　　近年来很多人都在文学批评中使用了热奈特的跨文本理论，不过，不可否认，有不少人忽略了它的潜文本理论——解构主义的"文本"理论。罗兰·巴特在为《通用大白科全书》所写的"文本"词条中，将其解释为"文本是文学作品的现象表层，是进入作品并经安排后确立了某种稳定的且尽量单一意义的语词的编织网"。在我们的理解中，"文本"含义相当含混，罗兰·巴特却说："归根结底，文本仅是视觉器官可感知的某种客体。"[①]"客体"限定，是将某种文本看作具体的历史之物，具备了"确立了"的"某种稳定"。对此，罗兰·巴特虽然没有详细说明，但他在论述中事实上是将具体文本视为一个历史存在，即具体的文本都是"以符号为中心"的历史存在物。文本的"可感知"特征，则表明文本研究的基础是在文学作品的"现象表层"。

---

　　① [法]罗兰·巴特：《文本理论》，载《热奈特论文选，批评译文选》，史忠义译，河南大学出版社，2009，第163页。

本节研究后世文本与元文本之间的承继联系，所关注的重点，主要就是文学作品的"现象表层"。选择文本理论，可以为进一步研究两个或多个具体文本之间的互文性关系提供便利。热奈特的跨文本理论虽然是研究一种普遍意义的诗学关系，但是，其理论基础还是基于"文本"的理念，因为其讨论问题的基础还是研究元文本与后继文本的具体关系。他通过具体的文本比较，发现了五种跨文本关系——文本间性、元文本性、副文本性、广义文本性和承文本性。世纪之交不少长篇小说文本，确实与某些传统文本有具体交合。二者之间或显或隐的互文关系，可以让我们透视到，在世纪之交，跨文本性叙事亦是一种重要的承传传统的策略。

一、承文本叙事策略：以《格萨尔王》与《尘埃落定》的互文性为例

在《隐迹稿本》一文中，热奈特重点分析了五种跨文本类型的第四种"承文本性"。他所谓的"承文本性"，即"表示任何联结文本 B（我称之为承文本，hypertexte），与先前的另一文本 A〔我当然把它称作蓝本（hypotexte）了〕的非评论性攀附关系，前者是在后者的基础上嫁接而成"[①]。通俗地说，所谓"承文本"叙事，就是后世文本在成文之前必然有一个蓝本（元文本）存在，承文本是过去蓝本的派生或嫁接。这样一种文学创作，在古今中外都不鲜见。譬如，西方文学中著名的例子是俄狄浦斯、奥德赛、唐璜、堂吉诃德等故事被不断重新演绎。中国古典文学中，《三国演义》的蓝本是陈寿的《三国志》和各种民间三国故事；《水浒传》的蓝本是《大宋宣和遗事》和其他民间水浒故事；《西游记》的蓝本是种种取经故事；《西厢记》蓝本是唐代传奇《莺莺传》。承文本故事，可能是古典时期最受欢迎的叙事方式。

在世纪之交的长篇小说中，也有很多是承文本写作，譬如，在不少杂志上出现了仿拟古典小说的短篇小说，如李冯的《十六世纪的卖油郎》《牛郎》。读者对中国文学略有了解，便知这些作品都有一个中国古典小说蓝本。它们之所以出

---

① [法]热拉尔·热奈特：《隐迹稿本》（节译），载《热奈特论文选，批评译文选》，史忠义译，河南大学出版社，2009，第 61 页。

现，也不是写作者无意而为之，而是某些作家或文学杂志有意组织而成。此举说明，在新世纪，一些作家或这个文学时代，是明确地把承文本作为叙事策略，以此与传统建立连接关系。不管这种连接关系属于何种性质，是忠诚传统，还是反动传统，以这种叙事策略创作出的文学文本，都是民族文学的承文本。

世纪之交，承文本写作最经典的莫过于"重述神话"活动。本小节之所以选取阿来的两个文本《格萨尔王》和《尘埃落定》作为研究个案，首先是因为这两个文本可以帮助我们清晰地认识承文本的两种方式：一种是承文本是蓝本的直接派生文本，可以称之为"二级文本"；二是"B 绝不谈论 A，但是没有A，B 不可能呈现现在的生存模样，……B 或多或少明显地呼唤着 A 文本，而不必谈论它或引用它"①。笔者拟借用热奈特的术语，称 B 文本为"隐迹文本"。《格萨尔王》和《尘埃落定》都是以藏族英雄史诗《格萨尔王传》为蓝本，前者可称为《格萨尔王传》的"二级文本"，后者则是"隐迹文本"。其次，研究这两个文本之间的互文关系，或许可以让我们觉察到同一时间的承文本之间可能存在着某种秘密。

《格萨尔王》作为《格萨尔王传》的承文本，是毋庸置疑的。《格萨尔王传》是一部流传极广的藏族英雄史诗，整个史诗有 150 多万行。据说现在还有 100 多个民间说唱艺人在传唱该史诗，所以，《格萨尔王传》被称为世界上唯一还在"活着"的史诗。史诗以藏族传说中的半人半神英雄格萨尔王为主线，结构上分为降生、征战和升天三个部分，内容涵括神话、宗教、政治、经济、民俗等早期藏族生活的方方面面，是目前所知的世界上最长的史诗。阿来的《格萨尔王》基本上是采用了"同故事叙述"的方式重构这个故事，故事的核心人物、核心事件和核心意象都没有改变，在故事结构上也相应地分为三个部分（亦是三章）：《神子降生》《赛马称王》《雄狮归天》。所以，从故事形态上看，《格萨尔王》是中国"重述神话"系列创作活动中与蓝本继承关系最清晰的承文本。

不过，正如我们多次强调的，小说家以各种方式（当然也包括叙事策略）标

---

① ［法］热拉尔·热奈特：《隐迹稿本》（节译），载《热奈特论文选，批评译文选》，史忠义译，河南大学出版社，2009，第 61 页。

识与传统的亲缘关系，根本原因是外在的市场要求或某种时代文化诉求。而从个人艺术发展的角度来说，作家还是更看重与传统"同中有异"。《格萨尔王》亦是如此。普罗普指出，神奇故事的衍变过程中，经常出现"形式的移置"，"移置对故事的形成起着巨大的作用，而且一旦形成又会生出新的情节，尽管它们脱胎于旧情节，是某种衍化、某种质变的结果"，移置的结果是形成相应的"异文"，相对于元文本，"所有的神奇故事都是异文"。[①]《格萨尔王》在结构形式上就清晰显示出"异文"特征。小说在原来的历史叙事之外，又加入了一条故事线索：一个现代说唱艺人晋美的故事，他沿着格萨尔在古岭国征战的历史足迹，追寻传说中的格萨尔王遗留的"宝藏"，矢志使真正的格萨尔王史诗传遍现在的康巴大地。两条线索并行推进，又时有交叉——通过格萨尔王与晋美的梦中对话，不留痕迹地将古今两个时空连接起来，显示了高超的小说技艺。

格萨尔王传说，主要是表述格萨尔的伟大功绩，而晋美故事的功能之一，则是表现格萨尔王传说在现代世界的逐渐湮灭以及因此而带来的焦虑、失望。格萨尔当年领天命下界岭国，是要降福祉于人间，以建立一个与别处"不一样的国"，但是，现在那个"百姓永享安康"的伟大的岭国早已不复存在。凡格萨尔征战的地方，尽管仍旧以各种各样的方式传唱格萨尔王的传说，但是，又有多少人真正懂得格萨尔？这是晋美的疑问，也是阿来的伤心之处。晋美所经之处，草原严重沙化，传说中的伟大的盐湖接近干涸，更重要的是，演唱格萨尔故事也因金钱的腐蚀悄悄变味，格萨尔的理想不仅没有复活的可能，甚至连理想的存身之地都在发生存亡危机。在现代生活中，格萨尔王传说有彻底成为"异文"的危险。两条线索的对话，已经不只是表现对一种文化传统走向衰落的焦虑，还包含着对文化重生无能为力的深深的失望，有一种深重的悲凉情绪。上述复杂的感情，也是现代人对传统典型的情绪。在"重述神话"活动中，能够如此真切地抓住当代人的传统文化情绪的，《格萨尔王》是做得最好的一部。

作为"隐迹文本"，《尘埃落定》的承文本性就不像《格萨尔王》那样明显。

---

① [俄] 弗拉基米尔·雅可夫列维奇·普罗普：《故事形态学》，贾放译，中华书局，2006，第83—84页。

坦白地说，在阅读《格萨尔王》之前，笔者并没有看到《尘埃落定》的承文本性特征。如果对这个伟大的藏族传说所知寥寥无几，就很难将之与《尘埃落定》建立跨文本关系。这也证明了笔者的一个判断：一个读者/批评家的知识结构很大程度上会决定他的认知边界。基于知识结构，我们可能会在阅读《尘埃落定》时联想到《红楼梦》，联想到福克纳的小说，但是，如果对藏族文化所知不多，则很少会想到它与《格萨尔王传》存在承文本关系。

在阅读完《格萨尔王》之后，我们可以发现，《尘埃落定》与格萨尔王传说有结结实实的承文本关系。

一是主人公的设定。关于麦其土司家的二少爷，很多研究将其与拉美文学或福克纳小说中的傻子形象联系起来，也有人将其与贾宝玉的"呆"联系起来。他们的共同特征是都有傻子或呆子的病理倾向，同时具备超越常人的眼光与智慧。人们在这样谈论的时候，都忘记了阿来的民族身份以及随之而来的文化血脉。

阿来曾经谈到过《尘埃落定》与民族传统的关系。在创作这部作品之前，他做过多年细致而艰苦的田野调查，以了解更为精细的民族文化历史与知识。这个行为的结果，就是使他发现了民间口传文学：

> 我本来只想搜集有关地方史的资料，却深入了民间的口头传说、村落的历史、英雄的传奇故事以及它们的不同版本中。这些传说没有文字记载，却一两千年流传下来，比历史书更优美，更激动人心；我体会到，这就是文学。这样，我的一个目的，却得到两个收获。一方面，我收获了大量有关地方史的第一手材料，另一方面，我收获了民间的口传文学。对我而言，后一方面可能更为重要。①

这些田野调查虽然不是专为文学创作做准备，却对阿来后来的文学创作产生了很大影响。藏族民间口传文学中有一类外表傻头傻脑、实际上聪慧内敛的智者，是西藏民间文学中的重要人物，这样的人物就进入了阿来早期的中短篇

---

① 阿来、陈祖君：《文学应如何寻求"大声音"》，《现代中国文化与文学》2005年第2期。

小说中。

然而，批评家往往是按照自己的阐释系统来阅读别人的故事。当藏族口传文化没有进入他们的阐释系统时，他们自然就不能发现《尘埃落定》里的傻子与藏族民间口传文学中不太聪明的人物之间的联系。阿来对此很遗憾，他还曾经为此专门写了一篇文章，揭示《尘埃落定》里傻子创作灵感的秘密。在文章中，他不无遗憾地说：

> 一个令人遗憾的情况是，一方面西藏的自然界和藏文化被视为世界性的话题，但在具体的研究中，真正的民族民间文化却很难进入批评界的视野。所以，阿古顿巴这个民间传说中的人物与《尘埃落定》中的傻子之间，那种若有若无的联系之不被人注意，好像就成了一个命定的事情。①

如果稍微了解格萨尔王传说，我们就会知道，格萨尔王在口传文学中也不是以聪明显胜的人物。他的神奇来自神力和神谕，而在处理具体的日常事务时，他常常手足失措。尤其在降生之初，作为幼童，因年龄被众人轻视，他很多所作所为（如在辛辛苦苦杀死妖怪、获取财物后，开拓出疆土后，自己不沾丝毫而将之分给众人），让世人视之为"傻子"或"呆子"。我们再看《尘埃落定》，麦其土司家的二少爷有很多地方与之相似。在北方费尽心力挣来了大量财产，他却视之如粪土，甚至在父亲和哥哥对之戒备和敌视的时候，他仍然冒着生命危险把财产奉献给父兄，这种作为连他的父兄都认为他是切切实实的"傻子"。这个在别人眼中的"傻子"，身上充满了神秘性，如同格萨尔王一样，他总是做出与众不同的事情：别人种植罂粟，他却种麦；别人在边界高高筑起壁垒，以战争获得财富，他却拆除壁垒，开辟边境市场，获得商业利益。正是通过别样的智慧和实力，傻子赚来了财富，赢得了尊重，开拓了疆域，以最大力量维持了家族的生存、绵延。

二是故事的结构。格萨尔王传说的降生部分，主要在两个地域进行，一个

---

① 阿来：《文学表达的民间资源》，《民族文学研究》2000 年第 3 期。

是岭噶：妖云覆盖了天空，群魔乱舞，而草原上青草在风中枯黄，善良的人们为各种各样的欲望所控制，失却平和友爱之心，人们生活在痛苦之中。一个是黄河湾——神子觉如被放逐后开辟的新领地：三色城堡轩敞宽阔，黄河湾风调雨顺，人们能够在这里安居乐业。两个地域形成两个对比性的空间，展示了不同的文化处境和人生命运。《尘埃落定》的故事也是在两个空间展开。一个是阶级等级森严的麦其土司官寨，一个封闭保守、淫亵残忍而又呆板凝滞的文化象征，充满着猜疑、虐杀。在这里，土司老爷有着生杀予夺的权力，奴隶则被看作牲口，可以任意驱使和宰杀。另一个是二少爷新开辟的北方边界商埠。在这里，人们依据各种规则相互往来，消融血腥，忘记仇恨。以前的仇敌可以变成朋友、生意场上的伙伴；主人与下人之间可以有真正的关爱、尊敬和爱戴。这种故事走向和空间结构安排，明显有《格萨尔王》的影子。两个作品中前一个空间都是旧地，象征着旧的文化秩序，后一个空间则是新地，是主人公的放逐之地，却象征着未来和某种新秩序。两种不同性质的空间备件构成文本的结构要件，对组织故事情节、塑造人物都起着非常重要的作用。

《尘埃落定》与格萨尔王传说的承文本关系，表现得比较隐晦，阿来无论在具体小说文本，还是在各种访谈中，都闭口不谈《尘埃落定》与格萨尔王传说之间的关系。尽管如此，其文本因素仍然或明或显地"召唤"着蓝本的幽灵显身。只要进行细致的对比与分析，我们还是能够看清楚这种承继关系。当然，隐迹文本的承文本性很难一眼看穿，因为它经历了复杂的改造，使蓝本的幽灵性特征表现得幽深隐晦，难以辨认。

这种隐迹文本一般是抓住蓝本中某些元素（有时甚至是毫不起眼的因素），敷衍成章，化腐朽为神奇。麦其土司家的二少爷在事业最鼎盛的时候，心头时时袭来倦怠情绪。按照现代知识阐释系统，一般文学批评将之解释为：这个叙述动作在人物塑造上起到刻画二少爷非常人一面的作用，他先知般地洞悉了土司制度必将崩亡的命运，任何聪明才智已经无法扭转历史的车轮，他的文治武功也改变不了土司制度"忽喇喇似大厦倾"的现状，所以，对生命与生活产生了倦怠和困惑，坦然主动求死在仇人刀下。这一种文本灵感来自格萨尔王传说。格萨尔王在征战多年以后，人间的妖魔鬼怪仍然除之不尽，勇敢的格萨尔王也有倦怠和困惑的感觉。这只是格萨尔王传说中极少的部分，但是，承继传统的一个重要特点，就是在元文本中寻找一个灵感的触发点，然后妙笔生花，超出元文本的意义，甚至使元文本相形见绌，以新的文本为一个新传统的起点。

倦怠或困惑情绪，同样出现在阿来的《格萨尔王》中，并且，发展为文本的主题要素。格萨尔王作为神子下界，上天诸佛们传给了他惊人的法力，但是，上天只是派他来扫清世间的魔怪，而没有告诉他如何治理人心。在阿来看来，世间的魔怪恰恰是从人的内心产生出来的。外界的魔怪容易捕杀，而人性的罪恶却难有良药。刚刚下界之时，格萨尔开辟了黄河湾，并将之公平地分给岭国各族人，然而人们却为了各自的私利争吵，而对格萨尔的声音置若罔闻，格萨尔此时就产生了对下界后果的怀疑。之后经过多次拼杀，下界的魔怪却层出不穷。岭国边域越来越大，岭国人却似乎只是在需要捕杀魔怪时才需要格萨尔王，而对于治理岭国，他们基本上不遵从格萨尔的意见。周而复始的拼杀，以及结果的相似性，使格萨尔不免产生倦怠情绪，且这种倦怠越来越重，困扰着他的精神和生活。最让其困惑的是，他凡俗生命的意义是捕杀魔怪，救人民于水火，所谓"地狱不空，誓不成佛"，其功德圆满之日，当是已经为岭国人建立了一个安居乐业的乐园之时。讽刺性的是，即使当他升天之时，这种理想也远不可及；更何况在他升天之后，伟大的岭国竟化成了浮云，灰飞烟灭，而妖邪仍然在天下横行。在《格萨尔王》中，阿来特地安排古今两条线索讲述格萨尔王传说，但是，两条线索的人物都表现出对崇高事业的怀疑与倦怠，他们都不约而同地期望"故事应该结束了"。这既是故事人物对故事结局的失望，也是现实中作家对世界的失望。后一种情绪，是一种典型的现代情绪，也历来是精英文学的一个主调，从清末到现代，从现代到如今，很长时间里，它笼罩了现代汉语文学。"悲凉之物，遍被华林"，鲁迅在世纪之交发出的哀鸿之声，在今天仍有余音，丝丝点点，沁人心脾，令人生出无限惆怅。

二、副文本叙事策略：以《风雅颂》为例

"副文本"，是热奈特所谓的跨文本性的第二种文本类型，一般包括文学作品的标题、副标题、互联型标题；前言、跋、告读者、前边的话等；请予刊登类插

页、磁带、护封以及其他许多附属标志，包括作者亲笔留下或他人留下的标志。这些文本元素有一种毫不掩饰的策略性，出现在正文或围绕在正文的周围，对正文的叙事或阅读起着暧昧的作用。"它们为文本提供了一种（变化的）氛围，有时甚至提供了一种官方或半官方的评论，最单纯的、对外围知识最不感兴趣的读者难以像他想象的或宣称的那样总是轻而易举地占有上述资料。"[①]热奈特主要是着眼于实用性特征来考察副文本的功能，这也是副文本要达到的首要目的。

在实践操作中，副文本成为作家、批评家或市场营销人员影响阅读的一种策略与手段。在新世纪小说创作中，这种策略似乎是"司空见惯浑闲事"，并且形成了多种副文本性关系。

第一种副文本，是后记、跋或重版小说的序。贾平凹、莫言、阎连科等人的长篇小说，几乎每一部作品之后都会附上一篇或长或短的"后记"，尤其当这些作品具备某种新意的时候，概不例外有一篇后记。这些后记（或跋），似是在陈述该作品的写作过程，而实际却是扮演着权威导读者的身份，引领着对该作品的阐释。果不出所料，这些后记、跋（或重版作品的序），亦在随后的文学阐释活动中成为仅次于作品正文的文本，被阐释者广泛引用。

世纪之交常见的第二种长篇小说副文本，是大量的作家创作谈性质的访谈。目前，有分量的作家出版一部长篇小说，就会有研究者或相关媒体主持人与之对话。对话的内容极其广泛，必然要涉及该部作品的创作经过、文本的主题含义、表达方式或接受目标等话题。这些访谈，出现在相关专业杂志或网络媒体上，也成为一种副文本，对相应作品起着导读性的阐释作用。

第三种副文本，是在新作品的护封上用特大号字体印上夸饰性或煽情性短语（如"当代金瓶梅"等），或在封底附上该作品的获奖词、权威批评家的貌似专业的赞评。这种副文本的目的是影响作品销售，有时候也会影响文学批评。如《尴尬风流》的封底有如是短评："《尴尬风流》是王蒙用五年心血写成的探索中国人之'心'的一部奇绝大书。作者笔下的'老王'，思索了大量玄学，均系'天

---

① [法]热拉尔·热奈特：《隐迹稿本》（节译），载《热奈特论文选，批评译文选》，史忠义译，河南大学出版社，2009，第58页。

问'。……王蒙对于'天问',对于终极,对于意义和价值的看法,其勇气和深邃,将再一次震撼文坛。"① 关于这部书为数不多的评论文章,就有论者以"玄学""天问""大书"等词语作为文章标题,可见这种副文本对于销售的作用或许还比较暧昧,但是的确已经影响了文学阐释与批评。

上述副文本与文学作品正文有某种或松散或紧凑的关系,但是,一般不影响作品正文的叙事。另外还有一种特殊的副文本,它以篇首引言、章节小标题的形式出现在小说正文文本中,虽然不是故事情节的逻辑构成要素,但是,这种非叙事性文本元素却能够与正文故事构成一种平行结构关系,与正文文本形成对话,参与小说文本的故事意义的建构活动中,成为该作品一种特殊的修辞方式。

引言,热奈特将之视为与副文本并立的五种跨文本之一——"互文性"文本或"文本间性"文本。"互文性"或"文本间性",是朱丽雅·克里斯蒂娃创建的概念,热奈特借用这个术语,并将之定义为"两个或若干个文本之间的互现关系,从本相上最经常地表现为一文本在另一文本中的实际出现"② 。其用意是研究新创文本与元文本的互文关系。而世纪之交长篇小说中篇首引言似乎与热奈特所谓的"互文性文本"有所不同。作家一般在每一章或节的开始引用某个元文本,其例类同于中国话本或章回小说章节之前的篇首诗词(一种独特的中国古典小说形态,西方小说没有这种结构)。它在艺术效果上不能形成巨大的,与整体性的两个文本之间的互文关系,元文本只是与具体章节故事形成局部性的互文性关系。这个时候,这种互文性文本的功能相当于副文本的功能,它与正文文本构成一种平行结构关系,不参与正文文本的故事逻辑构成,却对故事意义的理解与阐释产生影响。为众人周知的文本范型是姜戎的《狼图腾》,它的每一章都有一段或两段引自《史记》《汉书》《资治通鉴》《中国通史简编》或其他古今典籍中有关狼与蒙古草原关系的资料,以之与正文文本形成一种特殊的呼应关系,渲染故事的艺术氛围,在阅读中起到了良好的效果。

以章节小标题形成副文本性关系,不是新世纪中国作家的创建,西方最著名

---

① 见于作家出版社 2005 年版《嬉皮风流》的封底。

② [法]热拉尔·热奈特:《隐迹稿本》(节译),载《热奈特论文选,批评译文选》,史忠义译,河南大学出版社,2009,第 57 页。

的例子就是《尤利西斯》。《尤利西斯》是《奥德赛》的承文本，这部小说以小册子形式试销时，每个章节的标题都注明其与《奥德赛》的一个典故关系，如"塞壬""瑙西卡""珀涅罗珀"等。后来当《尤利西斯》结集出版时，乔伊斯去掉了尽管具有"关键"意义的小标题。小标题虽然去掉了，然而批评家并没有因此忘记它们。① 这些小标题就是典型的副文本。

这种副文本，在现代汉语文学中也不乏其例。杨绛1988年的长篇小说《洗澡》正文三章，分别使用《诗经》中的诗句"采苤采菲""如匪浣衣""沧浪之水清兮"为章目，而且，它们在文本中起着或顺承烘托，或逆向反讽的修辞作用，令人耳目一新。

这种副文本修辞方式，在新世纪又见新象，即阎连科的《风雅颂》。《风雅颂》用中国古典书系常用的"卷"来分目，共十二卷，每卷以"风""雅""颂""风雅颂"循环做卷目；在每卷之下分节，以出自《诗经》的诗歌标题为每节的小标题。虽然阎连科曾经承认《风雅颂》标题多少带有哗众取宠的商业目的，但是，从文本构成来看，他肯定不是仅止步于此。首先，从文本的表层现象来看，阎连科显然不是偶发灵感，以吸引读者的眼球而设置这些副文本，因为，他在每一个小标题之下，都加了注释。这种行为本是一个无意义的附加动作，对于专业读者来说，没有这个动作，也不影响对这部作品的阐释与理解，然而，阎连科刻意借助注释对引入诗歌做出说明，可以理解为他对普通读者的迁就，还应该理解为他的一种叙事策略——他事实上是把这些标题作为一种副文本，像序、跋或其他副文本一样，预定自己故事的主题走向。

其次，因为《诗经》在这部小说中占有重要的修辞地位，是叙事内容的重要构成部分，主人公杨科醉心于《诗经》研究，《诗经》不仅是杨科的事业对象，还关涉他深层的精神需求，而寻求满足此精神需求已经成为他的行为动机，主导了他的故事行为与角色功能。阐释《风雅颂》的任务之一，就是要借《诗经》及缠绕在其上的杨科故事，重建这个人物形象，挖掘其形象意义。作为副文本的卷节

---

① 关于《尤利西斯》的介绍，见于[英]E.M.福斯特《小说面面观》，冯涛译，人民文学出版社，2009，第106页。

标题，虽然没有像《诗经》叙事一样参与正文文本逻辑构建，但是，其与《诗经》的叙事线索还是有松散的关联，所以，对之细读分析，可以帮助我们完成对《风雅颂》的阐释。

在文本使用上，阎连科《风雅颂》对副文本的使用，显然远比《洗澡》复杂。单纯从叙事流程来看，因为它们都是非故事文本元素，剔除这些副文本，丝毫不影响故事的流畅性，但是，必然会对小说的表意有很大影响，因为这些非叙事性文本元素与叙事本身形成了复杂的对话关系。以第一卷《风》为例，该卷共四小节，叙述杨科与其人生中最重要的两个女人玲珍与赵茹萍之间的恋情关系。四小节分别用《关雎》《汉广》《终风》和《蒹兮》为副文本标题，正文文本与副文本之间的对称关系见表4.1。

表 4.1 《风雅颂》第一卷副文本标题与正文文本对照

副文本 / 小节标题	正文文本 / 故事内容
《关雎》历来被誉为关乎情的正作，在古代被解释为赞美帝妃之后德之作	杨科无意撞见妻子赵茹萍在自家床上与清燕大学副校长李广智苟合
《汉广》是一首表示单相思的诗	未婚妻珍珍来送别考上清燕大学的杨科上学
《终风》是一首怨妇诗，抒发一个渴望尊重的女子在拒绝男子调情后的复杂心情	渴望坚贞爱情的珍珍与"性"急的杨科之间的第一次冲突
《蒹兮》描写了女子要求她所爱的男子与她互相唱和，同台共舞	农家小子杨科被清燕大学名教授招为佳婿，也曾与妻子赵茹萍琴瑟和谐，但最后却跟不上妻子的步伐被嫌弃

总体来看，每一个标题都与正文故事形成了对话关系，并成为一种潜文本因素进入正文文本中。这一卷基本上包含了《风雅颂》所有副文本的功能关系。

第一节"关雎"，表现的是一种逆向反讽的副文本性关系。"关关雎鸠，在河之洲"，展示了一幅动人美丽的画面，孔子赞叹这首诗"乐而不淫，哀而不伤"，宜为《诗经》之首。《风雅颂》以此诗为开篇，却写一对野斑鸠在大白天偷情，并被丈夫捉奸在床，是一个乌七八糟的龌龊局面。最令人瞠目结舌的，是身为丈夫的杨科在奸夫淫妇惶惶然手足无措的时候，竟然给他们下跪说："请你们下不为例好不好？"又把这龌龊推进了一层，让人产生恶心感，剧烈地冲击了人们的情感极限。初始情景的荒诞性，奠定了整部小说的故事基调。副文本的庄重、和谐与正文文本的龌龊、荒诞，构成了一对反差极大的美学对位，对读者的阅读期待造成急切的压迫和冲击，而这种激烈的反差，又是与第一节的故事紧迫性合拍的。随后的三小节分别叙述杨科与玲珍、赵茹萍的爱情过程，如春风拂面，暖意融融，与第一节一张一弛，延宕了第一节的激烈。但是，对二女的塑造又有鲜明的差别。

《汉广》和《终风》的故事与正文文本的故事进程距离较远，代表一种隐喻性的副文本性关系。《汉广》写一位樵夫，路遇一位即将出嫁的女子，顿生爱慕之情。他明知这是不可能如愿以偿的单相思，便以一首山歌唱出了内心的失望和痛苦。而《终风》写的是一个严肃面对爱情的女子，却不幸遇上一个调情者的苦闷事。"终风且暴，顾我则笑，谑浪笑敖，中心是悼。"这个女子对男子过于激烈的爱情表达有戒备心理，只能看着爱情远离她而去。在正文文本中，杨科与玲珍有婚姻契约，感情上也不是一种单相思的关系；杨科虽然急色，其所作所为似乎也不是一个滥情负心之辈，玲珍对之也不是完全拒绝，二者之间的冲突，只是对爱情理解的差异造成的，其中决定性的因素是因为两人身份的差异，这预示了两人感情的悲剧性。《汉广》和《终风》虽然表意各异，却都是悲剧性情感和悲剧性结局，两首诗歌在叙述杨科与玲珍关系的时候引入，隐射了二人关系的悲剧性质及悲剧结局。所以，这两个副文本与正在行进的故事联系比较牵强，但是已经预言了故事的结局，而副文本标题的预言性，本身就是它的基本功能。

第三种副文本功能是顺承烘托，"蘀兮"即是这种顺承烘托关系。故事情节上讲述农家小子杨科幸运地得到清燕大学名教授赵教授的赏识，不仅收其为关门弟子，还将独女赵茹萍许配其为妻。夫妻也曾"两情相悦，日子像开在蜂蜜上的花"，但是，随着世风时移，赵茹萍如鱼得水，事业也随之风生水起，杨科却跌前蹇后，逐渐被时代抛弃，因而被妻子嫌弃。《诗经》中的"蘀兮"，是一首节奏轻快、短小精悍的情诗："蘀兮蘀兮，风其吹女。叔兮伯兮，倡，予和女。蘀兮蘀兮，风其漂女。叔兮伯兮，倡，予要女。"但是，朱熹却批评说"此淫女之词"，诗中的"予"意为"女子自予也"，即女子自荐枕席，不要脸的意思。[①] 而我们从杨科与赵家、杨科与赵茹萍之间的关系中，我们也可以发现杨科是被引领的、被要求去唱和的一方，这似乎也颇符合《毛诗序》批评"萚兮"的言语："《萚兮》，刺忽（郑昭公忽）也。君弱臣强，不倡而和也。"[②] 因为在杨科与赵茹萍的关系中，赵家和赵茹萍始终处于主动地位，而杨科就像郑昭公一样，"君弱"而"不倡而和"。

"萚兮"在副文本功能上还有更深一层的顺承烘托关系。《诗经》原作"萚兮"是以树叶在秋天随风飘落的曼妙姿态来描摹青年男女两情相悦、琴瑟和谐的样子，但是，文本内在意蕴存在着巨大的冲突性，两情相悦、琴瑟和谐的爱情高潮却与肃杀的秋意紧紧联系在一起。原作内蕴的冲突与讽刺性特征在小说中被外显、放大，杨科与赵茹萍之间的两情相悦、琴瑟和谐就如秋风中翩翩落下的树叶，即使存在美，美也是短暂的，阎连科试图以这种文本之间的互文关系，昭示杨科的这种被动的爱情之舞即便有美，也是稍瞬即逝的，最终是悲剧性的。

《风雅颂》的副文本性叙事策略，在小说的文本构成中成为一种特殊的修辞方式，影响了文本的意义构成。但是，这种副文本过于张扬的策略意识，也引起了较大的争论。如有研究者指责《风雅颂》在引用《诗经》篇目作副文本时，并没有构筑严密的对应关系，"相当的浮泛、粗略和随意，完全没有建立起一套与《诗经》有整体和细部对应性的象征秩序"[③]。除了人们反感其招摇性的策略之外，当然也与作家的艺术成熟度不高有关。在《受活》发表后，阎连科曾经对这部小说的文体发表了看法："《受活》的文体还是有'生硬'的地方吧，还没有从文体和故事之间彻底消除那段道路和桥梁。文体和故事之间不应该有距离，不应该有墙壁和隔阂，甚至连门和窗户都不该存在。它们应该是一体的、统一的，不能分出彼此的。对于这一点，我还没有完全做到，做得还不好，还有努力的空间和地方。"[④] 他在《风雅颂》副文本上的用力，似乎是想使文体与故事能够融为一体，

① [宋]朱熹集注：《诗集传》卷四，中华书局，1958，第 52 页。

② 转引自程俊英译注：《诗经译注（图文本）》，上海古籍出版社，2006，第 123 页。

③ 邵燕君：《荒诞还是荒唐，渎圣还是亵渎？——由阎连科〈风雅颂〉批评某种不良的写作倾向》，《文艺争鸣》2008 年第 10 期。

④ 阎连科、蔡莹：《文体：是一种写作的超越——阎连科访谈录》，《上海文学》2009年第 5 期。

不再有"生硬"感，阎连科为此在《风雅颂》中费劲了心力，也取得了较为不错的艺术效果，可是，其间的缝隙还是比较明显的。如何使副文本性叙事与正文文本浑然天成地结合成一体，不仅阎连科需静心思考，也是其他小说家们以后使用副文本时需要努力的方向。

三、广义文本的"文备众体"策略

在世纪之交，广义文本被最为广泛地应用到长篇小说创作中。"广义文本"是热奈特提出的一种有关体裁认知的概念。他认为，自亚里士多德在《诗学》中提出西方"三大基本美学形式"——抒情形式、史诗形式、戏剧形式——的概念以来，西方读者与批评家想当然地以为，它们在形成之初就已经形成"约定俗成"的、固定的文本特性，但是，他们没有注意到，每一种美学形式随着历史变迁都在不断偏离原始的特性，发生着"现代性"的变化。这导致每一种美学形式都与原始形式不完全吻合，其中的复杂性或即如热奈特所说：

> 体裁可以跨越若干方式（叙事形式的俄迪浦斯依然是悲剧），或者像作品跨越不同体裁那样，或者取其他形式：然而，我们很清楚，一部小说不仅是叙事，因而它不是某种从头到尾的完全的叙事类型，甚至也不是一种不完整的叙事类型。[①]

热奈特以后来者的便利，看到了艺术形式历史发展的复杂性。他把一种体裁包含其他体裁文本叫作"广义文本性"。应该说，这是对艺术形式发展的精湛认识，现代每一种艺术形式都不再是单纯一种文体形式一"体"到底，而是在一"体"之中杂合其他艺术形式。譬如，莫言2009年发表的长篇小说《蛙》在形式上对读者形成很大冲击。这部小说不仅在小说的叙事体之外加入了书信的形式，在最后一章竟然是以剧本形式展现在读者面前。这种文本杂糅，可能还有许多缝

---

① ［法］热拉尔·热奈特：《广义文本之导论》，载《热奈特论文选，批评译文选》，史忠义译，河南大学出版社，2009，第47页。

隙需要弥合，会遭到种种批评，然而，从艺术发展的角度看，不啻一次有意义的探索。《蛙》的文本，就是一个典型的广义文本。

需要指出的是，广义文本不是一种仅见于现代的文体形式，在古代中国并不鲜见，甚至可以说，广义文本是中国古典小说的一大文体特点。宋人赵彦卫曾指出唐传奇的特点是"文备众体，可见史才、诗笔、议论"①，即唐传奇在文体上有三大特征：第一，具备史传文学以时间先后顺序描写主人公人生历程和选择人物重要人生节点塑造人物的特点；第二，注重以骈体抒情语言叙事状物兼及以诗歌直接杂入正文；第三，在叙事过程中对故事加以评论，对人物进行褒贬，力图从具体描写中抽象出人生至理。"文备众体"既是唐传奇的一大特点，也逐渐成为古代小说的一个重要文体传统，对中国后世小说将叙事、诗赋、议论融为一体和对作家要求才、学、识统一具有相当大的影响。

随着"五四"以来对古典文学的排斥，古典文学体裁作为广义文本极少出现在现代汉语长篇小说中。这种状况现在正在发生改变。广义文本在世纪之交（尤其新世纪）长篇小说创作中被广泛使用，随手打开手边的小说，就可以发现《废都》《高老庄》《白夜》《花腔》《人面桃花》《国画》《笨花》《人间》《我的丁一之旅》《大地雅歌》等作品，都具有"广义文本性"。诗歌、歌谣、笔记、札记、碑帖、墓志铭、地方志、人物小传等体裁形式，纷纷进入世纪之交的小说叙事中，并对小说故事的叙事进程产生了实际影响。

不同于热奈特所说广义文本的体裁杂合一般是在"秘而不宣"中完成的，世纪之交的长篇小说家，是刻意在小说中显示与主体文本体裁有别的差异性文本，尤其刻意显示差异性文本的古典体裁特征。这种做法耐人寻味。热奈特认为，每一种美学形式"约定俗成的特性"，"在很大程度上，引导并决定着读者的'期望区'并因而引导和决定着作品的接受"②。中国传统小说的体裁观念，在很长时间里并不清晰，在其发展过程中杂合了多种文章或文学体裁，直到明清小说叙事特征比较固定的时候，小说这种散文体裁仍然混合了韵文以及其他非文学的文章体

---

① [宋]赵彦卫：《云麓漫钞·卷第八》，张国星校点，辽宁教育出版社，1998，第83页。

② [法]热拉尔·热奈特：《隐迹稿本》（节译），载《热奈特论文选，批评译文选》，史忠义译，河南大学出版社，2009，第60页。

裁。这种体裁特性与西方小说有明显区别。世纪之交的中国长篇小说家，似乎想通过恢复传统小说的体性特征来搭建一架与民族传统贯通的高架桥，并通过唤醒读者的文化记忆来求得文化认同，进而影响作品接受。从他们刻意以各种字体突出传统文本体裁的做法看，这些传统文本体裁形式就不是简单地承担文学叙事功能，而是被有意地凸显为一种文本策略。

广义文本首先在形式美学上破除了单一体式的单纯、整饬以及因之而来的单调和枯燥。在叙事上，广义文本对小说叙事也产生了极大的影响。一种重要的叙事功能是补叙。补叙的手法，在古典小说中经常使用，这种手法也可以称作插叙，是对过去发生的事情的回顾。世纪之交的小说补叙手法，有鲜明的现代痕迹，古典小说的补叙仅是对往事的单纯的回忆，而现代的补叙与现在发生的故事形成平行对照，有意延宕往事的审美过程，进而对现实的故事或人物思想产生影响。

譬如，《人面桃花》是一部特别善用这种补叙性的广义文本的小说，尤其在第二章"花家舍"中摘录了张季元的日记。日记插入，首先是对第一章留下的叙事空缺进行补漏，人物原来神秘莫测的行径逐渐为读者所知。读者由此进一步了解革命、革命人以及他们的起事及失败经过。站在现代立场上，读者也可以在知道历史真相基础上品评乃至嘲笑这些革命者，从而不再因为第一章故意对其设置阅读障碍成为旁观者，而是能够进入故事之中。在这一段补叙中，格非还埋下一个伏线型叙事（这是一个个性化的艺术安排，其他作品没有这般精致的做法），暗示革命失败的原因。从张季元的行动看，他们的行为有很多草率和想当然之处，譬如，他们发动群众的做法、革命领导者的做派，都暗藏着失败的必然性。《人面桃花》是以循环反复的方式书写知识分子的命运，秀米的行动实际上是对其父亲及张季元命运的重复与循环。她在下一章的革命行动基本上重复了张季元的革命行为及命运：同样草率的革命行动，同样依靠帮会力量，同样的革命群众，以及同样直接毁于官府侦探以及妓女的出卖，让人产生"人面不知何处去，桃花依旧笑春风"的物是人非的人生感喟。日记的第二个功能是让读者了解张季元的内心。在第一章中，格非对张季元的描写基本上纯用白描手法，从外部形塑其肖像和行为动作，而不进入他的内心，给读者留下了一个行动神秘、行为怪诞的人物形象。

第二章的日记开始让读者了解他内心的软弱、迟钝、张皇失措以及他对秀米混合着色情意味的爱情。这样的革命者形象，在以往现代汉语文学作品中都不多见，具有独特的精神气质，其形象的鲜明性甚至超过了主人公秀米。日记的第三个功能是进一步形塑秀米。"花家舍"是秀米人生的转折点，这种转折不仅仅体现在她因强盗绑架而被强力拖出人生的正常轨道，更重要的体现在她的思想成长。她在花家舍见识了世事的怪诞，但是，更重要的是她在这里受到了两代知识分子王观澄和张季元的精神熏陶。在二者之中，张季元对秀米的人生影响当然更大一些，他对她完成了性启蒙，更重要的是日记对她的精神启蒙。日记的内容虽然不少含有色情意味，但是，对于一个情窦初开的少女来说，这反而更像是一种致命的恭维，使她坚信张季元情感的真诚性，从而进一步地加强她与张季元的精神联系，继承他的遗志，奋不顾身地投身革命洪流，这真是一种有趣而新颖的革命叙事。

广义文本的第二种叙事功能是并叙。中国章回体小说一个经典叙事模式是"花开两朵，各表一枝"的叙事法。副文本性叙事只是以副文本形成一个虚拟的平行叙事文本，以之与正文文本形成对话关系，二者并不形成叙事交叉；而广义文本性叙事是在主体叙事文本之外，另起一个与主体叙事文本并行的叙事序列，这个叙事序列对主体叙事文本起着补充或烘托的作用，并最终要并入主体叙事文本。《人间》有四个叙事序列，白蛇故事是主体叙事序列，其他皆是辅助性的叙事序列。其中法海故事序列是陈述《法海手札》，即一种广义文本性叙事。这部分内容虽然使用第一人称限制性叙事视角，但是，其叙事语言是典雅精致的古典白话。李锐、蒋韵有意用古代白话熟语或文人文学的雅致语言叙事状景，人物对话简洁、含蓄，"文不甚深，言不甚俗"，形成了有别于其他三个叙事序列的古典叙事情调。在版面编排上，其他三个叙事序列用宋体，《法海手札》用楷体，也有意标识法海叙事序列的独特性。这样一种文体风格和字体的区别，是有意与主体叙事文本形成"二元补衬"的结构布局，加强了法海叙事序列的叙事效果。

这种广义文本在 1990 年代之前的现代汉语长篇小说中极少见到，只有少许短篇小说涉及。这种状况证实了西方现代小说观念在此之前占据着主流地位，并潜在地排斥了中国传统的小说观念。广义文本在 1990 年代之后先是从贾平凹及《废都》等少数作家或小说中开始复苏，可能还只是具有个性特征的文学追求。到了新世纪之后，大量的作家和作品从传统文章体裁中寻找写作灵感，广义文本写作已经成为一种文学创作现象，一种新世纪长篇小说家的写作习惯。很多作家故意引入其他文章体裁进入文本叙事，推进整体的故事叙述。

这方面一个引人注目的例子，是李洱的长篇小说《花腔》。2001年的《花腔》，仍然是一部具有先锋意味的小说。从故事阅读效果来看，阅读《花腔》注定不是一次愉悦的过程。这部小说主体叙事文本是三个人物回忆性质的对历史的追叙，这一部分仍然可以形成愉悦的审美过程，但是，这种纯粹的故事阅读经常被另外一个文本打裂成碎片。这个文本即各种各样的有关主人公葛任的史料，它们以广义文本形式，"暴力"性地插入主体叙事文本中，消散了故事的流畅性。这种"暴力"性的文本侵入，使读者对小说的阐释兴味逐渐转移到对小说体裁的注释上，极大地扭转了人们关于长篇小说的阅读经验。

这种做派，显然是一种现代小说行为。巴赫金说，小说"主要的角色首先是体裁，而思潮和学派则是第二位和第三位的角色"[①]。现代文学理论家显然更重视文学创作的智力品质，而在思想性很难出新的情况下，追求形式的智力表现，必然成为艺术创造的一个维度。当然，《花腔》中的广义文本性叙事不仅仅是形式上的，也有内容上的追求。小说以揭示葛任的历史真相为使命，主体叙事文本的三重故事都是围绕着这个目的行进，但是三个故事的走向都不一样，故事陈述不但没有告诉读者一个清晰明确的历史真相，反而因为故事不同的行进走向，形成了一种"乱花渐欲迷人眼"的"花腔"叙事结果。广义文本性叙事加入的各种史料（包括各种报道、回忆录、地方志、私人信函、个人著述）貌似对于主体叙事文本的补遗、修正，为读者打开各种不同的历史视界，开阔了文学空间，实际在叙事效果上加深了历史的混乱感。这种叙事结果正是李洱所需要的，他就是通过这种历史的"花腔"来表现正史叙事的不可信，以及"个人"在宏大的历史需求面前的无能为力。

广义文本性叙述的第三种功能是敷陈渲染等辅助性功能，这也是中国古典小说常用的修辞手法。中国古典小说经常引录或插入一些诗词、歌赋，要么以古典

---

① [法]托多罗夫：《巴赫金对话理论及其他》，蒋子华、张萍译，百花文艺出版社，2001，第286页。

诗词或典籍张织一种气氛，要么形成扑朔迷离的故事氛围。世纪之交长篇小说家尤其有意广泛重启传统文章体裁，使之进入文学作品中，承担敷陈渲染的广义文本性功能。王跃文的名作《国画》就渗透了数量不少的诗词、对联、挽联、碑帖等广义文本，它们或对故事主题表述，或对人物勾画，或对故事叙述产生辅助性影响。譬如，雅致堂主人卜未之老人，是一个世外隐士性人物，达观、智慧。这个人物着墨不多，王跃文多是用诗文来塑造他。在他去世之后，李明溪给之的挽联是"惯看丹青知黑白，永入苍茫无炎凉"，使这个人物的人格风范跃然纸上。再如，小说中的游且坐亭是故事发展的转折点，这个阶段朱怀镜及其朋友们的人生纷纷走向人生顶点，但是，繁华盛处已经暗藏着滑落的痕迹，朱怀镜这个时候心境总有种莫名的伤感，所以，才有郊游之想法。他们像命中安排一样，误入且坐亭，在这里见到两副对联和一个碑记。对联及碑记的内容都充满暗喻性，如其中一副楹联——"来者莫忙去者莫忙且坐坐光阴不为人留；功也休急利也休急再行行得失无非天定"，这是对世人的劝谕，更是对朱怀镜等人的劝谕，但是，朱怀镜如贾宝玉一样不知其中的命意，在且坐亭与情人玉琴度过最后一次好日子，然后，他们的处境就每况愈下。

这种广义性文本叙事，在《废都》《白夜》《箜篌引》等许多作品中多次出现。浦安迪研究了诗词等广义文本在中国古典小说中的作用，他说："这些材料既有中断和延缓叙述进展的结构功能，又提供了一种历史真实感的虚架，……足以为小说中的事件，提供一种较为平衡的视角。"[1] 新世纪长篇小说中的这种广义文本，亦起到了类似的作用，当人们都把这种文本功能归位为现代小说的形式探索的时候，他们没有看到传统的幽灵正在文本背后偷笑。

第三节　世纪之交长篇小说文本中的传统小说笔法

"笔法"，是谈论中国传统书法艺术常用的概念，指书画作品中点线运行的形态、方法。后来笔法概念被延用于史学和文学评论中，如古人所谓的"春秋笔法"

---

[1] [美]浦安迪讲演：《中国叙事学》，北京大学出版社，1996，第 113 页。

即诸种文学笔法的一种。脂砚斋评《红楼梦》四十五回："'商议'二字，直将寡母训女多少温存活现在纸上，不写阿呆兄，已见阿呆兄终日醉饱优游，怒则吼，喜则跃，家务一概无闻之形景毕露矣。春秋笔法。"[1]"笔法"在意义上接近于现代文学理论所谓的文学表现方法或文学修辞手法。

世纪之交的长篇小说文本留下了许多传统小说笔法的痕迹，有白描，有闲笔，有简笔，有犯笔……各式各样，不一而足。不像跨文本性叙事，世纪之交的长篇小说家在使用中国传统小说笔法时，没有过于强烈地"广告"其"中国"特征的意识。在这种情况下，传统小说笔法在文本中复活，更加具备"幽灵"的气质。它们虽然没有被用"强色"标识出来，但是在不动声色中对小说文本的叙事表意产生着重要的影响——在有的文本中甚至起着举足轻重的作用，左右着小说的人物塑造艺术品质及文本意义的表达效果。同时，各种传统笔法在使用过程中也经过了现代性改造，与现代小说（或者说西方小说）技法融合在一起，实现了现代性重生，大大提高了世纪之交长篇小说的艺术品质。局于纸墨限制，我们拟分析在世纪之交长篇小说创作中三种常见的古典小说笔法——犯笔、正笔与旁笔、仿拟，它们对这些长篇小说的美学表现产生了极大影响。

一、犯笔

所谓"犯笔"是与重复相关的文学写作行为。中国古代文章受《春秋》影响，有"文字尚简"之说，要求散文和史传文学写作"以简要为主"。所以，在中国古代文章和文学中，文章家和文学家都尽量避免文字或情节的重复。刘知几在《史通·内篇·叙事第二十二》中说："叙事之工者，以简要为主。简之时义大矣哉！"[2]后世文学写作受到"文简意繁"美学思想的影响，也追求"简"的艺术。譬如，李渔在《闲情偶寄·词曲部上·结构第一》中说："头绪繁多，传奇之大病也。"[3]

然而，无论中外，重复又是不可避免的文学行为，好的文章家恰恰能够在

---

① [清]曹雪芹著、[清]脂砚斋批评：《脂砚斋批评本红楼梦》，凤凰出版社，2010，第 354 页。

② [唐]刘知几著，姚松、朱恒夫译注：《史通全译》，贵州人民出版社，1997，第 326 页。

③ [清]李渔：《李渔全集·第三卷·闲情偶寄》，浙江古籍出版社，1991，第 12 页。

"窄门里行走"，以生花妙笔为读者新建一座桃花源。金圣叹对这种创作极为赞叹：

> 吾观今之文章之家，每云我有避之一诀，固也，然而吾知其必非才子之文也。夫才子之文，则岂惟不避而已，又必于本不相犯之处，特特故自犯之，而后从而避之。此无他，亦以文章家之有避之一诀，非以教人避也，正以教人犯也。犯之而后避之，故避有所避也。若不能犯之而但欲避之，然则避何所避乎哉？是故行文非能避之难，实能犯之难也。[①]

"避"是避免小说情节和人物描写上的重复；"犯"则是不避已有的人物类型和情节模式，在貌似中写出神异。毛宗岗在读《三国演义》的时候也极力称道此书"善犯善笔"的构思艺术："《三国》一书，有同树异枝、同枝异叶、同叶异花、同花异果之妙。作文者以善避为能，又以善犯为能，不犯之而求避之，无所见其避也，唯犯之而后避之，乃见其能避也。"[②] 在明清长篇章回体小说中，犯笔已经发展为重要的构思技巧和文学笔法，受到小说家的普遍重视，并因此形成了中国长篇章回体小说独特的艺术魅力。

传统的幽灵在 1990 年代的长篇小说文本中就开始复活了，一些经典作品出现了这种犯笔艺术。最为瞩目的作品是格非的《敌人》、刘震云的《故乡天下黄花》《故乡相处流传》、余华的《许三观卖血记》等。这些小说都是具备先锋特征的作品，因此，在刚刚出现的时候，人们在震惊之余首先是将目光转向西方寻找其艺术源流。在西方文学和西方学术中，重复在现代主义文学和现代学术中倍受重视。热奈特根据故事和叙事文各自提供的两种重复可能（事件有无重复，语句有无重复），先验地推论出四个潜在的重复性叙事文类型，其中只有"讲述若干次发生过一次的事"才是真正的所谓"重复性叙述"。[③] 在这类叙事文中，对同一

---

① [明]施耐庵著、[清]金圣叹批评：《金圣叹批评本水浒传》，凤凰出版社，2010，第 106 页。

② [清]毛宗岗：《读三国志法》，载[明]罗贯中著，[清]毛宗岗批评《毛宗岗批评本三国演义》，凤凰出版社，2010，第 5 页。

③ [法]杰拉尔·日奈特（热奈特）：《论叙事文话语——方法论》，杨志棠译，载张寅德编选《叙述学研究》，中国社会科学出版社，1989，第 225—226 页。

事件反复叙述，事件的呈现却几乎没有任何重复。

这种重复性叙述在中国古典文学中极为罕见，在世纪之交的长篇小说中也不多见。一个众所周知的例子是莫言的《檀香刑》，那种圆形结构的形成，即得力于不同的叙述者围绕着核心事件反复咏叹而成。笔者感觉到，新世纪之后，莫言越来越像一个存在主义者，他的作品（尤其是《蛙》）貌似是写一些民族性的故事，但是，内质却多写各种人物由于人性或环境的原因，无法超越本我或环境的限制，主题是海德格尔所谓的人"依寓世界而存在"的命题，即人的存在是"在世界之中存在"的命题[①]。在《檀香刑》中，无论是孙丙、钱丁、媚娘，还是赵甲、袁世凯，其行为模式选择的深层根源都是被环境决定的，正是因为如此，孙丙被送上了"英雄"的祭台，钱丁想要包庇孙丙却使事情越来越糟……世界的多面性（而这一点正是小说的主题）使生活在其中的人无可奈何，"依寓世界而存在"是每个人无法逃避的命运。莫言在叙述这种故事的过程中逐渐从一个人文主义者滑向存在主义。

然而，《敌人》等几部作品却与此不同，他们表面表达的仿佛是极为现代主义的主题，但是，仔细考察却发现，每一部作品都是对某种古典哲学观念的演绎，表达了中国人特有的世界观。《敌人》通过赵家几个儿女的死来演示赵家的灭亡，赵家从一个钟鸣鼎食之家逐步走向衰落，体现的是中国"祸起萧墙"或"簪缨之族，五世而斩"的人生观；《故乡天下黄花》和《故乡相处流传》演绎了中国循环往复的历史观和生命观；《许三观卖血记》展示中国人的苦难，许三观无法"诉诸其外"，只好"求诸自身"。上述小说极端的故事场景与人物、极端的命意，反而泄露出它们关注的都是具体的历史生活和生命形态，貌似先锋的立场，内质还是一种人道主义的命题。

从阅读感受来看，这种极端性的人物、场景和文学主题，主要是通过重复的手法来完成的。相似的人物、相似的情节和相似的事件不断重复，但是，细查其笔法，却又不似《檀香刑》"讲述若干次发生过一次的事"，而是中国式的"犯笔"。

---

① [德]马丁·海德格尔：《存在与时间》，陈嘉映、王庆节译，生活·读书·新知三联书店，2006，第 62 页。

中国式犯笔不着力描写同一事件，而是在相类人物或相似事件之间寻找诗情笔趣，正所谓"同树异枝、同枝异叶、同叶异花、同花异果"①是也。犯笔的美学基础和关键，是在相似或相类的人、事中凸显差别点或个性，即李贽所谓"同与不同处有辨"②。小说家在处理故事的时候，不可避免地会遇到相似的人物、情节和故事。即如《水浒传》的主要人物都是些路见不平拔刀相助的英雄，所写无非打打杀杀，作者若一味避之，则避不胜避，若"特特故自犯之，而后从而避之"，就为小说人物和情节描写找到了一条成功路径。在相似中找到差异性，在差异之中又寻找到相似点，就为小说细致入微的刻画和艺术表述奠定了良好的成功基础，从中也可以看出中国文人文学特有的智性风格。这种犯笔渗透到《敌人》等作品中，且已经成为有效的叙事手法和叙事策略，影响了小说人物塑造或主题表达。

世纪之交，在这一方面最值得称赞的是格非的《人面桃花》。对于很多人来说，阅读《人面桃花》都有稍觉晦涩的感觉。制造"晦涩"，可能是大家对格非创作的基本印象。在他先锋期的作品中，格非以"设谜"或留下"叙事空缺"为乐，读者阅读他的小说，不积极投入智力支持，显然是不行的。《人面桃花》似乎延续了这种美学特色，但是，仔细观察又有所不同。在以前的作品中，格非喜欢在作品中设谜，但是，对于如何揭开种种谜面，他从来不负责解决这种问题。所以，我们看赵家人（《敌人》）连续被杀，杀人者是谁？格非到作品最后也没有给出确定答案。他虽然在作品中留下了许多线索，种种矛头都把怀疑的对象指向赵家父亲赵少忠，然而，这只是怀疑而已，小说文本没有显示确切的证据指证杀人凶手就是赵少忠。即便读者根据晦暗不明的线索认定赵少忠就是杀人凶手，那么，他为什么杀死自己的儿女？类似这样的疑问，格非没有给定确切的答案。《敌人》的阅读只能伴随着种种猜测，答案却如海市蜃楼，远远地影影绰绰地存在，而永远无法接近。

《人面桃花》与此截然不同，它也有谜面，在个人小叙事中也会出现"叙事空缺"，它们的存在因此使小说文本故事显示出"晦涩"的特征。然而，随着故事

---

① [清]毛宗岗：《读三国志法》，载 [明]罗贯中著，[清]毛宗岗批评《毛宗岗批评本三国演义》，凤凰出版社，2010，第5页。

② [明]李贽：《容与堂本李卓吾先生批评忠义水浒传回评（选录）》，载黄霖、韩同文选注《中国历代小说论著选（修订本）》（上），江西人民出版社，2000，第196页。

深入，这些谜面逐渐揭开，"叙事空缺"也逐渐弥合成一个顺滑的叙事整体。带来这种叙事结果的，就是犯笔。《人面桃花》的基本故事面是叙述一个叫陆秀米的女子的传奇人生，而在其人生经历中几个人起着重要的作用，即其父陆侃、情人张季元和一个陌生人王观澄。小说的故事表层稍显"晦涩"，不过，细心的读者如果注意第二部分王观澄梦中对秀米说的话，就基本上抓住了这部故事的要害。王观澄在被杀之夜托梦给秀米，他郑重其事地告诉她：

> 实际上我也没有见过你，不过，这不要紧。我知道你和我是一样的人，或者说是同一个人，命中注定了会继续我的事业。①

"你和我是一样的人，或者说是同一个人"，就是这部小说的解读密钥。这一部小说是写一类人的故事，这种写法让熟悉中国古典小说的读者自然而然地想到了《水浒传》。

获得这个解读密钥，《人面桃花》"晦涩"的浓雾迷障一扫而空。这部小说诚然是以陆秀米为主人公，不过，在其之外还写了几个与她行为、气质相近的人物：陆侃、张季元和王观澄。他们都有知识分子身份，就像梁山英雄都有"替天行道"的理想一样，他们都追求一个"天下大同"的桃花源梦想。然而，每一个人的小叙事都有残缺，尤其是陆侃、张季元和王观澄三人。秀米的人生似乎是重蹈他们的覆辙，总揽他们的人生。所以，写陆侃、张季元、王观澄、陆秀米四人，就像写一个人，其中艺术笔墨避免不了要重复，要"犯"。但是，对于中国小说家来说，"以善避为能，又以善犯为能"，在"避"与"犯"中显示智慧，获得创作的乐趣，恰恰是中国文人作家喜欢的智力挑战。

犯笔的创作要害在于控制，一个不会约束自己笔力的小说家是不能成功使用犯笔的。陆秀米的传奇人生是由四个人总和而成的，在故事结构中，被分成了三个单元。第一个单元写陆侃和张季元。陆侃的故事成分很简短，对他的正面描述是一开场的一小节，其他都是通过侧笔描述，完成对这个人物的塑造。这个人物

---

① 格非:《人面桃花》，上海文艺出版社，2012，第115页。

常常被读者忽视，实际上，他对整个故事和这个系列人物的塑造起着举足轻重的作用。从故事的表层来看，他的疯癫和出走，似乎与妻子的背叛相关，但这只是极表层的意义。首先，他出走的时候正是秀米初通人事的时候，其间似乎有一种隐喻的意味，后来秀米果然也走上了与父亲相似的"寻找桃花源"之路。其次，陆侃要在普济栽种桃树，建造一条连接各户的风雨长廊，构造一个大同世界，也是其他知识分子的理想，张季元、王观澄和陆秀米等都是追踪着类似的理想，走上革命或革新的道路的。但是，在世人看来，他们的所作所为，都是疯癫之为，他们被统一称为"疯子"。第三，关于他的行为描写不多，但是，这些不多的描写已经包含了后来者的命运，所以，在后来的故事中，我们分别看到张季元、王观澄和陆秀米不同程度的疯癫、犹豫和彷徨。陆侃幸运的是借助于那个叫"凤凰冰花"的宝釜勘透了命运，所以，才能够从疯癫之中走出来，并从普济出走（象征着走出了噩梦），最终才能够纵情山水，逍遥余生。

以后对几个人物的描写，是对这个人物的"犯笔"。在陆秀米看来，父亲就是一个谜，这个谜需要她用一生的经历慢慢地去揭开。帮助她揭开这个谜的，首先是张季元。陆侃出走，张季元随后就走进陆家，并且住进了陆侃所住的阁楼，这可以被解释为一个暗喻。在陆秀米眼中，张季元也是神秘的，也是"疯癫"的，陆秀米的解谜冲动就从父亲转移到张季元身上。她与谭四到薛家庄探险性质的送信，与其说是出自一个少女对心仪男子的关注，不如说是对某种神秘性事件的好奇。而陆秀米与张季元的关系被描写成男女情事，也是故事的表层内容，其内质还是一个初通人事的少女对父辈所代表的成人世界的好奇与关注，正像她在走出普济后想到的："在普济之外还有一个更大的世界等待她认识。"张季元的种种神秘和疯癫行为，使秀米进一步了解了父亲。到了花家舍之后，未曾谋面的王观澄建造的花家舍世界和他的梦中寄言，进一步让她认识了父亲陆侃。秀米虽然从张季元的日记中认识了这类人的内心，但是，并没有亲眼见识他们真实的"革命"行为和结果，王观澄的花家舍给她看到了这种行为的结果，看到了他们"疯癫"、沮丧的原因。秀米就这样一步一步走近这类人，直至走进他们的生活。在前两个部分，陆秀米还不是一个充满理想的人物，只是一个理想的旁观者，至第三部分，她迈进了理想的大门，并且以实际行动实践前辈的理想。不幸的是，她仍然是重蹈前辈们的覆辙。不过，她又比张季元、王观澄幸运，最终勘破了世情，回到了正常生活轨道，心灵逐渐恢复了宁静。

所以，《人面桃花》开篇似以一种漫不经心的方式描写了陆侃，实际上陆侃一出场就奠定了这个系列类型人物的基础，以后的人物诚然人生经历与之有差别，但基本上是对这个人物的重复。毛宗岗在《读三国志法》中指出，《三国演义》有"添丝补锦、移针匀绣"的妙法："凡叙事之法，此篇所阙者补之于彼篇，上卷所多者匀之于下卷，不但使前文不沓拖，而亦使后文不寂寞；不但使前事无遗漏，而又使后事增渲染。此史家妙品也。"① 格非就是用这种"添丝补锦、移针匀绣"的妙法结合犯笔来描写陆秀米。张季元的出现，是对陆侃的初"犯"，王观澄是二"犯"，秀米是三"犯"。在这种不断的"犯"中，读者逐渐看到，秀米即陆侃，即张季元，即王观澄，在多次的"犯"中，"前能留步以应后，后能回照以应前，令人读之真一篇如一句"②，这个人物系列的历史、精神和气质，就逐渐清晰地呈现出来。格非显然是有意借用"犯笔"的叙事策略，通过不断的、有节制的重复，舒缓而有力地把近代知识分子的悲剧之路托出历史地表，让我们感受历史的沉重力量。从这个角度看，《人面桃花》的主题是在关注具体的生命及其命运，格非还是一个人文主义的写作者。

从《人面桃花》的艺术成就，可看出在世纪之交，重返历史深处，探索近代中国人的命运轨迹，可能仍然是现代汉语作家的本职工作，且大有可为。

二、正笔与旁笔

与犯笔一样，正笔、旁笔亦是书法用语。书法中有正锋与偏锋、直笔与侧笔的运笔法。直笔则锋正，用正锋写字，力透纸背，每一笔画中都隐隐聚墨如黍米状，饱满丰韵；偏锋即用侧笔，可以用妍，衬托正锋，使字体丰匀。古典小说评点中的正笔与旁笔的概念就是从正锋与偏锋、直笔与侧笔演化而来，指同一个叙事过程包含着正笔与侧笔两种笔法，正笔为主，旁笔为宾，从而形成眉目清晰、

---

① [清] 毛宗岗：《读三国志法》，载 [明] 罗贯中著、[清] 毛宗岗批评《毛宗岗批评本三国演义》，凤凰出版社，2010，第 8 页。

② 同上。

层次错落的叙事结果。

中国长篇章回体小说都比较重视叙事的正笔与旁笔。毛宗岗、金圣叹、张竹坡、脂砚斋等人在评点《三国演义》《水浒传》《金瓶梅》和《红楼梦》的时候，多次指出它们的正笔、旁笔使用甚妙。譬如，毛宗岗指出，《三国演义》多用"以宾衬主"之法，"盖主为重则宾为轻……总之，注意在正笔，而旁笔皆在所省耳"。又说："前徐庶在玄德面前夸孔明，是正笔，紧笔；今在曹操面前夸孔明，是旁笔、闲笔。然无旁笔、闲笔，则不见正笔、紧笔之妙。不但孔明一边愈加渲染，又使徐庶一边亦不冷落，真叙事妙品。"[①]中国长篇小说章回体小说的叙事，大都采用了这种正笔、旁笔的写法，使得对众多人物和事件的描写有主有宾，主宾配合，相得益彰，构成了一个个完整和谐的审美结构。

正笔、旁笔的使用，在现代汉语长篇小说创作中并不鲜见。十七年时期梁斌的《红旗谱》被指认为是一部具有民族特色的史诗，其笔法就使用了正笔与旁笔。《红旗谱》描写 20 世纪初期中国社会历史风云，其中农村革命斗争，是正笔；在此之外，严运涛一线，是旁笔描写，通过他的家信和被捕入狱，来勾勒锁井镇斗争的外部环境，二者相互照应，完成了一幅中国 20 世纪 20 年代后期的壮阔历史画面。这种写法也被有意识地借鉴到世纪之交《白鹿原》《笨花》等长篇小说创作中。譬如《笨花》，小说正笔描写的是笨花村的生活，用笔细密、黏稠，很多场面描写全似细针密织，所览之处，再无下针的可能。正笔描写把笨花人的生活与精神世界完整地呈现了出来，再现了北方农村近代以来的典型风貌。在正笔之外，铁凝充分利用了旁笔的作用。向喜是小说的重要形象，形塑这个人物很多处就使用了旁笔。小说多次引用"大总统令"来表明向喜的升迁，这就是一种旁笔的妙用。每次引用"大总统令"，正文仍然叙述笨花故事，"大总统令"似与正文故事无关，但是"大总统令"不多的言辞隐约透露出笨花村外世界的动荡不安、世事人心的沧桑多变，以此可以衬托出笨花村世界的凝重、祥和。"大总统令"，可谓惜墨如金，是典型的春秋笔法，只作点染，不深述，留空白；笨花故事，却是泼

---

① ［明］罗贯中著、［清］毛宗岗批评：《毛宗岗批评本三国演义》，凤凰出版社，2010，第 233、256 页。

墨如雨，是典型的渲染笔法，每事务求言尽，密不透风。两个世界相互连接，又相互对照，有"近山浓抹、远树轻描之妙"，从而勾勒出了中国当时的社会大貌。这种叙事风格赋予了《笨花》阔大雄浑而又绵密细腻的美学风貌，极大地提升了小说的审美价值。

格非的《山河入梦》也是一部深受传统笔法影响的作品，这种正笔与旁笔在其第四章《阳光下的紫云英》中有突出表现。此章正笔主述谭功达在花家舍人民公社的生活，是谭功达的正传。花家舍是谭功达母亲陆秀米曾经存身之处，也是他梦寐以往的地方。谭功达像她母亲一样，也是一个理想主义者，从某种程度上，他是踩着母亲的精神轨迹生活在这个世界上的。现在的花家舍，被一个叫郭从年的人建成了谭功达梦想中的桃源世界。然而，亲身经历过这里的生活之后，谭功达却发现，花家舍人过的是一种被宰制的生活，人人脸上都显得心事满腹，闷闷不乐；人们生活无忧，却处处被人监视，完全失去正常生活的自由；小韶姑娘年轻貌美，活泼热情，却被视为举止不够端庄、得体。在这里，谭功达逐渐对这种理想生活及其机制产生了怀疑、动摇，精神困苦，压抑，以致愈来愈趋向狂躁。这种正笔描写与谭功达以前的生活形成对话，用正笔解构了他此前的生活和思想。以这种方式作小说的尾章，可谓神来之笔。它不仅有力地结束了本书，也使《山河入梦》与第一部《人面桃花》结合成一个整体。

格非在《山河入梦》中有意寻找与《人面桃花》不同的风格：后者因为描述多个人物的诡谲人生故事，文本意蕴显得繁复多汁；前者仅以谭功达一人为线规矩全文，似乎是在追寻一个较为纯朴的叙事风格。或许是因为这种艺术追求，《山河入梦》的故事更为纯粹，但也稍显单薄。仅就这一章来看，如果仅用正笔结尾，本小说的"纯粹"就显得过于封闭、单调。格非近些年来在短、中、长篇小说艺术方面都逐渐走向成熟，《山河入梦》的旁笔描写就是一个明证。

在第四章，旁笔多以书信的方式叙述姚佩佩的逃亡，书信内容是姚佩佩的正传，但在结构上却是谭功达的副墨，起着渲染衬托的艺术功用。这个像林黛玉一样的纯洁女子，父母双亡，亲人离弃，孤苦伶仃，既得不到爱人的爱怜，又身受好友的陷害，最后失手杀人而亡命江湖。正笔是谭功达的"住"，旁笔是姚佩佩的"亡","正笔发明在前，奇笔推原在后；正笔极其次第，奇笔极其突兀"①，一动一静，自然灵动，相得益彰。花家舍和姚佩佩的逃亡之路，两种远近不同的画面，两种清晰度不一的世界，方圆落定，影影绰绰，随着格非的叙述，逐渐建构起来，小说的空间一下子就被撑开。在花家舍，谭功达的理想逐渐破灭，心灰意懒，又因为爱情和精神上受到双重折磨，神思恍惚，形神俱疲；在逃亡路上，姚佩佩虽然经受着艰辛与折磨，但是，这个在现实生活中一直有点糊涂蒙昧的女子，正是在逃亡中明白了自己的内心——单纯的逃亡使她比任何时候都清楚自己的追求，一封又一封炽热勇敢的信的倾诉，反而证明她正处于心境最为平静、幸福的状态。两个人物不仅在空间上形成了碰撞，在精神上也是一种交锋。姚佩佩最后的死，反衬了谭功达人生的失败与悲剧。这样一种结尾，对于小说叙事更加有力，更加令人回味无穷。

有一种旁笔叫闲笔，倍受古典小说家和评点家器重。闲笔与正笔、旁笔一样，也是评点派批评家分析小说情节结构技巧常用的批评术语，此概念最早出自金圣叹笔下。闲笔的特点，是每用于"忙"处，即在情节发展最扣人心弦的关键之处，于"忙"中见"闲"，在急促中键入"闲适"风格。譬如，《水浒传》"血溅鸳鸯楼"一回，写武松趁月黑风高之夜连杀数人，场面紧张激烈，残酷血腥，有地动山摇之感，是正笔。而施耐庵却在其中穿插丫鬟们与叙事主线无关的对话，是闲笔，闺房间的细碎暧昧，一下子就把正笔的肃杀、血腥冲淡了不少，起到了寒冰破热、凉风扫尘的效果。

这种闲笔手法在后世文学中被不少小说家效仿，现代汉语小说也不乏其例。如赵树理的很多小说都采用了这种手法。《李有才板话》有一段写老杨同志在夜晚有效发动起来群众，小说如是写道："不过忙时候总是忙时候，大家听了一小会，大部分就都回去睡了，窑里只剩下小明、小保、小顺、有才四个人（小福没有来，因为后晌没有担完糠，吃过晚饭又去担去了）。"② 括号里的部分就是闲笔写法。小福是老秦的儿子，也是一个积极分子，夜晚没能够来参加会议，是因为老

---

① [明] 罗贯中著、[清] 毛宗岗批评：《毛宗岗批评本三国演义》，凤凰出版社，2010，第 407 页。

② 赵树理：《李有才板话》，载《小二黑结婚》，长江文艺出版社，2020，第 192 页。

秦的原因。正笔是一个热烈的场面，闲笔则有意用冷墨，来描写闫家山依然存在着阻力，老杨的工作因为章工作员的官僚主义作风，注定不会一帆风顺。闲笔，巧妙地显示出群众行为在这个时候出现了选择差异。这样描写，既入情合理，又可以避免审美空间偏狭、单一化：由于群众行为选择出现不同向度的变化，文本因此搭构起一个多维立体的民间乡村世界。

　　新世纪很多小说都学习了这种小说笔法，例子举不甚举。为了说明问题，在此举两个例证。一是《水乳大地》第三章写藏族与纳西族人的战争，使用了闲笔。因为野贡土司的儿子与纳西族女子为情自杀，野贡土司因子寻仇，向纳西族人发动了战争。战争起源似乎是此，但是作品以不经意之笔写道："这次拉萨朝贡让野贡土司知道了澜沧江的盐对藏区的重要。"漫不经心的一句话，就完全把野贡土司发动战争的丑恶用心表露无遗：他与其说是为儿子的死发动对纳西族人的战争，不如说是借机抢夺纳西族人的盐田。正笔叙事本来像一沟顺渠而下的激流，笔直地冲向低处，这句话就在这条规整的沟渠上豁开了一个口子，流水开始流出正渠，溢往他处。读者随着这个豁口，不仅洞悉了野贡土司的邪恶用心，也了解了此处藏族人民的风俗人情。第二个例子是刘震云的《一句顶一万句》写吴摩西娶妻吴香香，却因没有请地痞倪三喝酒而遭到倪三的毒打。在这个过程中，刘震云没有紧锣密鼓地写事件的发展，而是转笔写道："（倪三）趔趄着脚步走去。吴摩西这才听出些话头，倪三打他，并不为成亲没有请他喝酒，背后另有原因。"[①]以闲笔透露出倪三是受吴香香婆家指使才打了吴摩西。这个闲笔交代就引出了姜家，为下文叙述吴摩西与吴香香的关系打下基础。

　　单看闲笔是很难判断它的艺术价值的，需要将其放入文本故事中，从整体角度，才能够显示出闲笔的效能。"闲笔"的写作要害就是用点缀、穿插的手段，打破描写的单一性，使不同的节奏、不同的气氛相互交织，从而加强故事情境的空间感和真实感；从描写效果上看，它使小说叙事更加坚实，往往能够将一个与正笔似乎无密切叙事逻辑的内容并入叙事中，在紧张的故事中放慢了叙述的节奏，貌似漫不经心的议论或旁说，无形中增强了小说的言说意趣和表现张力。中国古

---

① 刘震云：《一句顶一万句》，长江文艺出版社，2009，第156页。

典叙事艺术讲究"叙急事当用缓笔",闲笔即通达这种艺术境界的一条路径。总而言之,闲笔笔法,使叙事显示出从容不迫的气势,对于提高小说文本的审美价值起着重要的作用。

三、仿拟

所谓仿拟,也叫套用,是一种现代修辞术语,指代仿用旧的字、词、句和篇章形式表达新的思想内容。仿拟,通俗地说就是"旧瓶装新酒"之法,巧处在于袭其旧格局而赋予新意义。善仿拟者往往能够于旧留痕处溢新彩,使之锦上添花,奇葩纵放,妙趣横生,所以很受人们青睐。

仿拟的概念,很容易让我们想起本章第一节已经讨论过的一个词——戏仿。后现代文化语境中,人们对于文化产品的理解已经与过去有很大不同。约翰·费斯克在《理解大众文化》中说,在大众消费时代,"文本不是由一个高高在上的生产者——艺术家所创造的高高在上的东西(比如中产阶级文本),而是一种可以被偷袭或被盗取的文化资源。文本的价值在于它可以被使用,在于它可以提供的相关性,而非它的本质或美学价值。大众文本所提供的不仅仅是一种意义的多元性,更在于阅读方式以及消费模式的多元性"[1]。在这种情况下,戏仿就成为一个人们喜欢选择的大众艺术行为。因为大众文化文本并不以追求艺术的"本质或美学价值"为目标,所以,艺术生产者常常采用拼贴、杂糅的手法和调侃的姿态"冒犯"历史上的经典文本,呈现出对经典的颠覆式解读。这种艺术操作方式,就是我们所谓的"戏仿"。

戏仿主要着眼于大众化的狂欢,并不是一种严肃和古典的艺术创作行为。华莱士·马丁认为:"一旦将一篇叙事的特点描述为滑稽可笑、歪模斜仿,或者反语连篇,我们就等于将它与严肃的、规范的、'伟大'的文学区别开来。"[2] 世纪之交的长篇小说创作还是在追求严肃的、规范的和伟大的文学,它们在本质上还是不同于大众文化文本,所以,使用"戏仿"的概念来阐释这些创作,不甚恰当!当

---

① [美]约翰·费斯克:《理解大众文化》,王晓珏、宋伟杰译,中央编译出版社,2001,第171页。

② [美]华莱士·马丁:《当代叙事学》,伍晓明译,北京大学出版社,2005,第228页。

然，网络文学充满了戏仿性的文本，譬如曾经风靡一时的《悟空传》，但这类作品的新媒介性质意味着它们与传统文学生产还是有区别的，它们自有其价值，要论述这种价值，显然需要另章进行。在传统文学生产中，亦有戏仿性文本，譬如李冯的《牛郎》《十六世纪的卖油郎》《我作为英雄武松的生活片段》等短篇小说，即以经典小说文本或人物为框架，重新演绎古典故事。总体上来说，这些文本艺术价值并不高，影响力也不强，很大程度上就在于作者不严肃的戏仿态度。相似的状况使我们想起现代汉语小说中施蛰存的《石秀》，同样是以现代意识演绎古典故事，后者对人物心理意识的精妙刻画以及因此而带来的精神深度，要远远超出《牛郎》等作品。

《石秀》就可以被称为"仿拟"作品。仿拟是一种郑重其事的严肃创作行为，它既体现出小说家对前辈作家和历史经典文本的尊重和学习，同时，又潜含着对前辈的超越意识。这个词的含义与中国古典艺术理论中的"模拟"或"摹拟"相近。刘知几在《史通·内篇·模拟第二十八》所云："夫述者相效，自古而然。故列御寇之言理也，则凭李叟；扬子云之草《玄》也，全师孔公。符朗则比迹于庄周，范晔则参踪于贾谊。况史臣注记，其言浩博，若不仰范前哲，何以贻厥后来？"[①] 在刘知几看来，模拟是一种写作的常态，"仰范前哲"，是后人无法避免的。从现代心理学角度看，人类行为中存在着"强迫性重复"现象，后人在不知不觉中，特别容易与某一类型的人产生深刻而强烈的互动。这是因为每一类人类活动都暗藏着某种规律性，它致使后人在类似活动中要踏入前人的旧辙。当然，更为重要的是，前人的经验可以为后来者提供借鉴，这正是仿拟或摹拟在后世盛行的原因。

仿拟不意味着仅仅忠实地模仿前世文本，更重要的在于超越前人，在旧框架中显示出自我创新的痕迹。刘知几把模拟分为两类：一是"貌同而心异"，一是"貌异而心同"。前者只是在字、词、句上因循故旧，没有新意，是一种低级的模拟；后者在形貌上虽然与前世文本相异，却在精神上相同，是一种高明的模仿。因为刘知几认为，"世异则事异，事异则备异"[②]。就像刘勰认为文学有"时文代变"的

---

① [唐]刘知几著，姚松、朱恒夫译注：《史通全译》，贵州人民出版社，1997，第429页。
② 同上书，第437页。

特点一样，刘知几认为，文学模拟会随着时代语境的变化发生变化，在时代和创作变化的情况下，文学具体的表述方式也应该相应有所不同，不可泥古不化。在这个问题上，李渔与刘知几的意见相近。李渔在《闲情偶寄》中专列一节谈"变调"问题，即谈继承传统问题。他说："才人所撰诗赋古文，与佳人所制锦绣花样，无不随时更变。变则新，不变则腐；变则活，不变则板。"[①] 在李渔看来，旧剧更新，必须把"旧调"变成"新调"，"旧调"虽然让人感到熟稔、亲切，然而太熟往往容易产生审美疲劳，所以，要在旧颜之外套新装，旧剧才能够推陈出新。这种艺术要求与仿拟对陌生化的追求是一致的。仿拟修辞的一大特点，就是要求作家模仿外物时，要超出日常生活风貌，以陌生的视角或方法表达人们熟悉的事物或角度，从而产生陌生化的艺术效果。

世纪之交长篇小说仿拟方式有多种。一种是拟题。很多长篇小说如王安忆的《长恨歌》《遍地枭雄》《桃之夭夭》、格非的《人面桃花》、阎连科的《风雅颂》、李师江的《逍遥游》《福寿春》等，篇章标题都使用了中国读者耳熟能详的古典名词。"欲得周郎顾，时时误拂弦"，选择这些词语作小说的标题，小说家们显然是别有怀抱。这些标志性的名词本已经成为民族文化中的独特意象，包含着丰富的文化含义和情感内涵，以醒目标题的形式植入文本题目，就像给该小说文本插上随风飒飒作响的纛旗，标志了它与民族古典文学的联系，召唤人们的注意力。在具体文本操作中，它们之中有些可以形成有效的副文本性叙事，对阅读和接受产生牵引效果；有些作品则是利用这些名词牵引出一个故事框架，直接对小说创作产生影响。

在众作家中，王安忆比较谙熟于此道。读者不看小说文本，仅从题目即可知《长恨歌》和《桃之夭夭》是与女性或爱情相关的题材，《遍地枭雄》是与江湖英雄相关的主题。譬如"桃之夭夭"，在古代文化中是与女子的青春美丽相连接的意象。《桃之夭夭》即讲述了一个叫郁晓秋的上海市井女子半生的人生历程。她私生女的身世，成为市井间流言蜚语的话题；她充满青春气息的美丽，在上海人的眼里，被毫无道理地认为是刺眼的、不安分的象征。从小到大，她经历了"文革"、

---

① [清] 李渔：《李渔全集·第三卷·闲情偶寄》，浙江古籍出版社，1991，第69—70页。

上山下乡、插队落户等种种时代变迁。在此期间，却总是因为自身独特的魅力而受到不公的待遇。她的成长过程异常坎坷，但她仍然以欢欢喜喜的面貌长大、生活，以泼辣而旺盛的生命力，从容面对多舛的生活和变幻无端的命运，走出了一条艰难却纯净的人生道路。王安忆就用这样一个市井女子顽强生活的故事，诠释了"桃之夭夭，灼灼其华"的生命含义，令人印象深刻。

第二种是拟句，即在句式上显示出"向古"之意。这种特点在传统长篇历史小说中显示得比较清楚和直接。它们有的对话有意用文言句式，有的叙述描写用古典白话句式，给人一种熟悉的古意。譬如《雍正皇帝》第二卷第一回的开端：

> 康熙六十一年的冬天阴寒潮湿，自立冬过后，大雪几乎就没停过。以京师直隶为中心，东起奉天，北至热河，由山东河南连绵向西，直至山西甘陕等地，时而羽花淆乱，时而轻罗摇粉，或片片飘坠，或崩腾而降，白皑皑、迷茫茫，没头没脑只是个下。远村近廓，长林冻河上下，飚风卷起万丈雪尘，在苍暗微绛的云层下疯狂地旋舞着，把个世界搅得缤缤纷纷，浑浑眊眊，把所有的沟、渠、塘、坎一鼓荡平，连井口都被封得严严实实。偶尔雪住，惨淡苍白的太阳像一粒冰丸子在冻云中缓慢地移动，天色透光，似乎要放晴了，但不过半日，大块厚重铅暗的云层又压过来，一切便又复旧观，仍是混沌沌的雪世界。①

这段话全用白描，以全知全能视角描述冬季的景致。读者看来，就像是围在炉边，听一个说书人讲古。而其中各种句式，或排比，或对仗，铺陈渲染，极有中国骈体散文的味道。而描绘出来的画面，又像是几幅"山村雪景图"，时而笔墨疏淡，时而泼墨皴染，五色绚烂，气象峥嵘。

这种模拟古典文学笔意的作品很多，再譬如李锐《人间》中的《法海手札》，极力模仿古典文学句式。如有一段：

---

① 二月河：《雍正皇帝》（第二卷），长江文艺出版社，2016，第1页。

忽见一团烟尘滚滚而来，原来是一支马队，只听人们纷纷喊道："张衙内来了！"避之如虎狼。为首之人，身穿大红锦袍，骑一匹四蹄踏雪的大黑马，在闹市人群中，横冲直撞，如无人之境，一头撞翻一个躲不及的卖炊饼的老汉，十几骑马蹄从老汉身上踏过。马队一溜烟过去，老人倒在尘埃中，七窍流血。①

这是典型的话本小说语言，既有明白如话的口语，又有意用雅语或古熟语，给人以古意阑珊的感觉。仿拟古典文言或白话句式，在世纪之交的长篇小说中明显增多，一定程度上赋予了这些文本某种民族色彩。

第三种常见现象是拟体或拟形，即在文学外在形式上学习古典文学样式，这种情形在第三章的"结构形态"中已经提及。除了章回体、纪传体、笔记体、网状结构等复杂的形式被继承外，有的小说家只是简便地赋予其小说某种古典小说的外形，使其统摄小说的叙事和主题表达。譬如，李师江的《福寿春》开篇是"0"章，其意相当于中国古典小说的"楔子"。开篇第一言即"人生在世，命有定数"。然后，讲了一个算命先生为本不信命的李福仁算了一卦，卦曰："子孙满堂，老来孤单。"故事的结尾，亦以李福仁子孙满堂，却孤身一人寄居山寺作结，前后浑然一体，其中发生了诸般事件，让人感叹不已。这种故事布局不由得让人想起《红楼梦》的开头和结尾。

仿拟性的题目、句段和形体，显然不在于单纯地继承前人，而在于生长新意。"桃之夭夭"本来只是一个意义比较凝固的文化意象，王安忆通过一个文学故事，使这个意象流动起来，更加灵动活泼。《雍正皇帝》和《人间》，也是为了通过古意盎然的语言营造一种审美氛围。李师江则是通过《红楼梦》似的结构布局，来抒发一个渐趋"不惑"年龄的中年人对现实生活的感喟。在这之外，这些作品在仿拟过程中，更多的是"变调"，使其扭转出新意。譬如《遍地枭雄》，按其题意是要讲述"枭雄"故事。所谓枭雄，是指能够在一个时代纵横驰骋、决定天下命运的人物。可是，现实的故事，只不过展示的是一个普通司机和三个抢车

---

① 李锐：《人间：重述白蛇传》，重庆出版社，2007，第30—31页。

犯的故事，四个人没有一个人能够承担起"枭雄"二字。王安忆却以诗意之笔来描写几个现代"枭雄"的"出游"，写出某种古典文化在当代已经沉淀到民间的事实，耐人寻味。

第五章

作为修辞的中国传统叙事：作家、读者和文学语境

　　狭义的"修辞"，一般指语言的修饰应用；广义的"修辞"，则指兼备"说话者"和"听众"的文学话语活动。具体地说，文学生产活动包含着一个"作家—文本—读者"的结构关系，文学生产活动即指创作者使用各种手法与技巧在文本中编码，而读者对之解码的双向交流过程。在"作家—文本—读者"的交流结构框架中探讨小说修辞技巧，可以帮助我们从深层次上认识具体文学生产现象的意义。

　　前几章先后论及世纪之交长篇小说的故事、主题、结构、叙事策略，就是从广义"修辞"的角度在不断地谈论世纪之交中国小说特殊的修辞艺术。在这个过程中，我们可以看到，世纪之交有数量众多的长篇小说，围绕着"中国传统"积极运作，并发生了积极的艺术审美效果。"中国传统"，已经成为一种特殊的"修辞"符码，与作家、读者之间建立了特别的连接关系。作家和读者借助这种链接关系，不断建构故事，展开对话，形成了现代汉语文学发展史上别样的文学风貌。本章拟在前几章研究的基础上，更进一步探讨作家、读者在特定的文学语境中是如何利用文学文本，围绕着"传统"展开对话和联系的。换句话说，也就是研究中国传统如何和为何释放"效能"。我们由此可能觉察到，"传统"成为世纪之交长篇小说的涉足对象，富含丰富的文化建构意味。其中涉及作家与文本之间的关系、文本与读者之间的关系、文本与时代文化之间的关系。虽然上述三种关系是文学生产过程中的"客观存在"，然而，我们还是要清醒地认识到，任何从外部复原上述关系的意图，都必然需要竭尽心力，然而结果往往是难能建功。因为那些勾连关系看似"客观存在"，然而其真实呈现可能极其"婉转曲折"，相关

资料也难以搜集，使清晰描述这种"客观存在"的任务往往难以完成。鉴于这种情况，笔者拟从具体文本出发，以之探讨某些能够显露或可以想象的因素。这种研究，当可以帮助我们更清晰地认识这一个时期文学创作的实情、价值和意义。

第一节　作家与世纪之交长篇小说的中国传统叙事

一、"讲述"故事

细致考察世纪之交具有传统美学特征的长篇小说文本，我们可以发现一种很有趣的写作现象，即很多长篇小说都显示出显豁的"讲述"故事的文本特征，写作者似乎都表现出强烈的"讲述"故事的欲望。这种欲望有时候表现得非常直切，以至于有些作品从开篇之言就直接泄露出踪迹。我们看下列小说的开端语，自然就能够观察到作家这种急切"讲述"故事的心理意图。

村中上了年纪的人都还记得几十年前的那场大火。那是清明节的一天。天黑下来的时候，村里的人都忙着焚香祭祖。(《敌人》)

太宗时代的后宫不事修缮，一切都显得破陋而了无生气。后宫是皇帝的大花园，皇帝把美丽聪慧的女孩子随意地栽植在这里，让她们生根发芽，或者让她们成为枯枝残花自生自灭，这是许多宫廷故事的起源。(《武则天》)

一千九百八十年间，西京城里出了桩异事，两个关系是死死的朋友，一日活得泼烦，去了唐贵妃杨玉环的墓地凭吊……(《废都》)

四十年的故事都是从去片厂那一天开始。(《长恨歌》第二章①)

①《长恨歌》的第一章主要是介绍上海的弄堂，使用的是一种典型的 19 世纪西方现实主义文学手法。然而，故事真正展开却是从第二章，王琦瑶及王琦瑶的故事开始出场了。

那天早晨，俺公爹赵甲做梦也想不到再过七天他就要死在俺的手里；死得胜过一条忠于职守的老狗。俺也想不到，一个女流之辈俺竟然能够手持利刃杀了自己的公爹。俺更想不到，这个半年前仿佛从天而降的公爹，竟然真是一个杀人不眨眼的刽子手。（《檀香刑》）

昨天我才意识到，我与这本书已经相伴十年了。这让我感到惊讶。但是，如果能更深入地了解葛任的故事，我就是再花去十年，也是值得的。（《花腔》）

一九五六年四月的一天，梅城县县长谭功达乘坐一辆吉普车，行驶在通往普济水库的煤屑公路上。（《山河入梦》）

我母亲说，就在我出生前不到一个时辰，她正坐在自家楼房的南窗前。窗外秋阳如水，西子湖静悄悄的，远山近树也是静悄悄的，一动不动，像是沉在水底的影子。猛然间，我母亲听到"轰咚"一声骇人的闷响，她就想，来了，来了……（《人间》）

人生在世，命有定数。不信命有自个儿的活法，信命的也有命理可循。……却说算命陈先生，肥胖白净，有福相。（《福寿春》）

在我的记忆中，与春迟一同出游，只有那么一次，在我九岁的时候。那是我平淡的童年里最快乐也最悲伤的一日。（《誓鸟》）

那件事过后好几年，格拉长大了，当恩波低着头迎面走来，直到两人相会时，才抬起布满血丝的眼睛瞪他一眼时，格拉已不再害怕，也不再莫名其妙了。（《空山》）

去年四月，我到北京后一直躲避着一个人，他叫吴茂盛。（《逍遥游》）

　　宽哥认识夜郎的那一个秋天，再生人来到了西京。(《白夜》)

　　这仍是商州的故事。……故事的背景材料是这样的……(《怀念狼》)

　　我的故事，从 1950 年 1 月 1 日讲起。(《生死疲劳》)

　　上述的小说开端句，都是流动性的叙述性或讲述性语句，都有明确的标志过去时间的名词或暗示过去行为的动词，它们共同使小说叙事时间指向过去，让读者一眼就看出，这些小说是关于"过去"的"故事"。这种开端形式，与众所周知的民间故事形式"很久很久以前，有一个……"十分神似，作家一开腔，就扎好了讲述故事的架势，随后，故事就如拧开了的水龙头，哗哗地流淌出水来。

　　也有很多小说文本，如《一句顶一万句》《推拿》《手机》《箜篌引》，虽然不像上述文本一样，开端就开诚布公地宣告"讲述"故事，但是，在文本叙事中，它们也在开端以极快捷的速度进入故事。快速进入故事，也是传统小说的特点，它们一般不纠缠于具体描写，而是一上来就述人说事。譬如，《一句顶一万句》开篇即讲老杨和老马交朋友的故事，不做任何铺垫。小说通篇讲的是人与人之间沟通艰难的问题，不管是"出延津记"，还是"回延津记"，都充满了生命的苦涩。沟通艰难是一个世界性命题，西方引申出巴别塔坍塌的故事，在中国则被称为知音难觅。刘震云通过杨百顺朴素的一生来演绎这个生命哲学命题，可是，他却在故事的开端先从杨百顺（即吴摩西）他爹老杨的故事讲起。这种开端故事就是古典小说常见的"楔子"，一些传统印记明显的现代汉语小说如《红旗谱》也有传承。"楔子"的叙事特征，就是入事节奏快，少描写，多叙述，是一种经典的讲述故事模式。"楔子"的美学特点，首在营造故事的发生情景，指明后续故事的进程和发展方向。复杂的"楔子"甚而暗示了故事的性质和人物的特征或命运，笼罩整个故事历程。《一句顶一万句》就使用了这种寓意复杂的"楔子"，主体故事讲杨百顺，再讲吴摩西的女儿曹青娥及其儿子牛爱国的故事，整部小说的叙事序列就呈现为：老杨—杨百顺（吴摩西）—曹青娥—牛爱国，好像讲述了杨百顺的前生后世。故事主题在这个长时段中被演绎得非常充分，通过这种方式呈现的沟通艰难命题，就不再只是一个人的命运，而是许多人的命运，乃至人类的命运。从开端的"楔子"故事，这种主题就被刘震云演示出来了。

在现代小说发展中，故事已经不是作家关注的核心任务，现代小说美学追求小说具有心理或哲学的审美深度，故事快感或情感熏染已经退居次位。但是，世纪之交的长篇小说家似乎偏爱"故事"。这一点可以从一些先锋文学出身的小说家创作转变中明晰地显示出来。他们甚至大都不把笔墨力量集中在人物塑造上，而是追求酣畅淋漓的故事叙述。至今阅读《活着》，仍然能够感受到其一气呵成的叙事气势，它牵引着读者，就像牵引那个采风青年一样，不能离开福贵，直至听罢他的故事，方心满意足地离开。这种小说叙事与此前的先锋小说叙事有明显的差别，似乎接续了 1980 年代以前的小说叙事美学。但是，仔细对照，二者又有所不同。要明辨二者的不同，需要从"讲述"和"展示"两个概念入手。

西方现代小说理论认为，作为两种基本的叙述动作，"讲述"和"展示"是有区别的："展示"被认为是一种"客观的""非个人的"或"戏剧式的"现代小说叙述方式；"讲述"则是早期叙事作品的"权威性"叙事方式，其"权威性"即表现为作家或其可靠叙述者在叙事过程中直接出面，引导故事意义的价值取向。在西方现代批评家看来，"展示"是"艺术"的，"讲述"是"非艺术"，[1] 所以，"很多批评家提出，小说家若要站得住，就必须'展示'（showing）而不是'讲述'（telling）故事，以便让读者独立做出所有的判断"[2]。在笔者看来，二者区别的关键点，实际表现在对时间的不同处理方式上。"讲述"主要是过去式叙述，是对往事的咀嚼、回味，叙事对象经过了作家的心理过滤，作家的主观情志就自然渗透其中；"展示"则尽量消弭叙事时间和故事时间之间的差别，使叙事者直接进入历史故事发生的现场，或化身其中的一员，亲身参与故事进程，成为戏剧性叙事者，从而引领读者产生身临其境的叙事效果。所以，二者的深层区别，实际上

---

① [美] 韦恩·布斯：《小说修辞学》，付礼军译，广西人民出版社，1987，第 10—11 页。

② [美] 韦恩·C. 布斯：《隐含作者的复活：为何要操心？》，载 [美] 詹姆斯·费伦、[美] 彼得·J. 拉比诺维茨主编《当代叙事理论指南》，申丹等译，北京大学出版社，2007，第 63 页。

在于现代小说不主张作家或叙事者过多地干涉叙事的戏剧性过程。

布斯等人讨论的"现代小说",更多地指向现实主义小说,"展示"性叙事,显示了现实主义小说"客观公正"的美学特征。1980年代之前的现代汉语小说主要继承了西方现实主义传统,即使写过去、回忆,作家也要尽力隐身到故事中,化作故事行为的一个行动元,成为戏剧性的叙述者。而世纪之交的长篇小说作家或叙事者,受到先锋小说的影响,不再刻意赋予叙述者以戏剧性身份,甚至在很多时候故意凸显叙述者的非戏剧性特征,将叙述者置于一个虚远的立场,旁观故事的历程。典型处理方式就像《活着》,刻意设置了一个故事的转述者——采风青年,旁观福贵一生的坎坷旅程。这一点与人类早期叙事艺术(西方史诗、戏剧,中国说话艺术或话本小说)往往在叙事中设置一个故事叙述人极为相似。

作为人类早期的叙事艺术,"讲述"故事的一般目的,一为愉悦,一为教谕。实现教谕功能基本依靠两条路径:一是依靠叙述者直接现身说法,引导读者直接思考故事的教谕意义。叙述者现身说法,往往会打断故事的戏剧性进程。这种被现实主义文学排斥的叙事行为,却被现代主义叙事看重,幽灵复活,并具有了现代性特征。二是依靠故事本身,让读者在戏剧性愉悦中领悟其教谕意义。现代小说仍旧强调愉悦功能,而教谕功能则被逐渐排斥。然而,新世纪不少长篇小说,似乎是为宣谕某种理念而存在,如《活着》《敌人》《米》《废都》《生死疲劳》等作品,都似在宣谕某种特殊的人生哲学或生命意义。

从文本的表层叙述来看,《活着》显然是在讲述一个教谕故事。故事的转述者是一个游手好闲的现代青年,邋遢、散漫、吊儿郎当。这种人生状态让人担忧,恰在这时,他遇到了福贵,福贵则给他讲述了自己一生的故事。这个故事显然是有针对性的,所以,这个青年刚开始只是漫不经心地听故事,到了故事中间,余华似不经意地写道:"那天下午,我一直和这位老人待在一起,当他和那头牛歇够了,下到地里耕田时,我丝毫没有离开的想法,我像个哨兵一样在那棵树下守着他。"[①]"我像个哨兵一样在那棵树下守着他",意味着转述者已经不仅仅是同情这个命运坎坷的老人,而是被其征服,忠诚地信服了福贵的故事,并在不知不觉

① 余华:《活着》,北京十月文艺出版社,2017,第139页。

中领会了老人的人生教谕。

世纪之交长篇小说显然不都是讲述教谕故事，不过，很多小说都吸收了"讲述"的一个功能——引导。教谕小说寓意目的明确，得力于其叙事具备强烈的引导功能。世纪之交与传统相关的长篇小说，大都寓意明确。尤其一些通俗倾向明显的历史小说，用意即在告知读者某种确定的历史认知，引导读者走向既定的故事意义，成为这些小说讲述故事的重要任务。准确地说，引导性修辞，切中了很多世纪之交长篇小说的叙事要害，它们使世纪之交长篇小说的"传统"显示得格外明显。

我们需要明白一点：小说家取材传统或师法传统，并不一定能够立即赋予小说文本显豁的"传统"印记，要使小说的故事、主题、人物、结构都打上醒目的民族传统烙印，必然需要一定的叙述动作或修辞技巧。因为这些叙述动作或修辞技巧的存在，打开这种小说文本，传统文章、传统结构、传统言辞等，常常"暴力性"地撞入读者眼帘，在这个过程中，"传统"实际上被当作文学修辞，赋予了世纪之交很多长篇小说"古色古香"的意味。而"讲述"就是赋予这些小说文本"古色古香"品格的一个有效叙述动作，它在小说叙述中扮演着引导读者聚焦传统的话语功能。

讲述故事因为要着力于教谕或引导，所以，讲述故事的小说文本一般不竭力掩饰叙述者的意图。因为不掩饰叙述者意图，讲述者往往就直接凸显在文本叙事中。利用叙述者的引导性讲述，作家严格地控制了文本故事的主题走向、价值判断。在这个时候，作家的声音被凸显出来，作家被推到了文学的前台。因为叙述者是作家刻意设置的，作家选择讲述故事的方式或角度，已经暴露了自己。

现实主义小说刻意要隐瞒作家的观点，在布斯看来，这是不必要的，因为"事实上，我们阅读小说的原因之一，便是去倾听作家的声音，而且，除非作家费尽周折以求最大的自然，我们从未为这种声音感到过烦恼"[1]。先锋小说家大都接受了这种小说美学，在他们早期的先锋小说实验中，小说家的声音就成为凸显的对象，影响了小说的戏剧情景的表达。世纪之交长篇小说以"讲述"的方式，

---

① [美] 韦恩·布斯：《小说修辞学》，付礼军译，广西人民出版社，1987，第65页。

凸显作家的声音，既是对传统话本叙事方式的回应，又是在新的文学历史中的一次现代性发展，它使传统的幽灵在世纪之交复活，并迸发出新的生命活力。

二、隐含作家

凸显作家的声音，并不意味着作家直接在叙事文本中现身，布道文章显然已经不合时宜了。同样，尽管讲述是一种示意显豁的叙事行为，小说诗学毕竟已经发展到 21 世纪，长篇小说家也不可能将自己的诗艺仍旧停步在早期叙事艺术的水准，必然受到了隐蔽作家自我的现代小说诗学影响。这种历史状况使得世纪之交的长篇小说家讲述故事、引导传统意味的时候，必然采用某些修辞技巧。所以，我们很难见到这一时期的作家再像马原写《虚构》时一样——"我就是那个叫马原的汉人，我写小说"——直接进入小说文本中。然而，这也不意味着作家就完全隐身，而是借用了"隐含作家"的叙事修辞，巧妙地化身到小说文本中。

"隐含作家"，是 1961 年韦恩·布斯在《小说修辞学》中提出的概念。这一概念自提出至今，一直是学者热议的话题。时隔 50 年后，布斯还撰写了《隐含作者的复活：为何要操心？》一文，证明隐含作家的存在。

"隐含作家"是韦恩·布斯小说理论的关键词，被从多个角度加以阐释。可是，无论《小说修辞学》，还是《隐含作者的复活：为何要操心？》，布斯都没有给这个概念下一个明确的定义。申丹认为，布斯所谓的"隐含作者""就是隐含在作品中的作者形象，它不以作者的真实存在或者史料为依据，而是以文本为依托"[①]。即传统的知人论世的作家论，已经不适用于研究隐含作家，隐含作家与真实作家并不等同。布斯在说明隐含作家与真实作家的区别时，采用了作家的"第二自我"这一概念，即作家在写作时采取的特定立场、观点、态度构成其在具体文本中表现出来的"第二自我"。换句话说，所谓的"隐含作家"就是具体文本中表现出来的作家"第二自我"，它是一个"历史"存在，直接指向创作过程中的作家自我（即"这一时刻"的作家自我）。在创作过程中，作家运用不同方式将"第二自我"（情

---

① 申丹:《作者、文本与读者:评韦恩·C.布斯的小说修辞理论》,《英美文学研究论丛》2002 年第 1 期。

感兴寄、价值取向、审美旨趣）以隐含的方式投射到具体文本中。从阅读的角度来看，隐含作家就是读者从整个文本中推导建构出来的作家形象。

在考察隐含作家的过程中，布斯一再强调隐含作家与真实作家的区别："当严肃认真的作家把作品交给我们时，有血有肉的作者创造出来的隐含作者，会有意无意地渴望我们以评论的眼光进入其位置。这些隐含作者通常都大大超越了日常生活中有血有肉的作者。"① 当布斯如是说的时候，研究者受其影响，也都把注意力集中到二者的不等同上，恰恰忘记了隐含作家是"有血有肉的作者"创造出来的。从常识来说，严肃作家都很在意自己在文学创作中所起的作用，有抱负的作家每一次严肃的创作活动，必然寓意着某种价值取向或审美兴味。同时，在完成一个隐含作者设定后，作家倾向的维度也随之设定。现代文学理论常常强调文学具有含混、多义、蕴藉等美学特征，不过，这是就文学创作的结果而言。在创作之初，作家创作是需要某种确定的主题或价值取向的。这意味着作家选择了讲述这个故事，他就不能同时讲述那个故事；当作家将兴趣、同情或爱慕集中在一个人物身上的时候，就必然从他的兴趣、同情或爱慕中排除了另外一个人物。

总而言之，隐含作家不同于真实作家，但是，隐含作家与小说中的叙述者一样，亦属于小说的修辞方式，它与真实作家之间理应存在某些共通性。布斯说，作家"写小说的时刻，可能是他生活中唯一诚实的时刻"② "隐含作家"作为作家的"第二自我"，也是作家的自我，作家可能在现实生活中带着厚厚的"面具"，然而，只要是一个创作严肃的作家，其创作的时候，或许正是"他生活中唯一诚实的时刻"。具体小说文本中的隐含作家，可能会真正直抵作家真实的内心。

我们可以通过研读《活着》的故事文本，来解读这种小说美学，从中透视世纪之交的长篇小说家是如何通过隐含作家的修辞，来通达他们的创作意图。

《活着》是一部修辞欲望明显的叙事。之所以这么说，是因为这部故事的修辞维度比较明显：它是在特定场合出于特定目的给特定读者讲述的一个特殊故事。

---

① ［美］韦恩·C.布斯：《隐含作者的复活：为何要操心？》，载［美］詹姆斯·费伦、［美］彼得·J.拉比诺维茨主编《当代叙事理论指南》，申丹等译，北京大学出版社，2007，第67页。

② ［美］韦恩·布斯：《小说修辞学》，付礼军译，广西人民出版社，1987，第82页。

在这个故事文本中，作家—隐含作家—叙述者之间的关系被清晰地显示出来。对这三者之间关系的分析，可以帮助我们确定该故事的形态和效果。

我们初读《活着》，就可以一目了然地看出，故事文本是一个具有两个相关层面的叙事。这两个相关层面，一是由福贵叙述的：关于福贵人生的故事，我们把它称作福贵的故事，这是故事的核心层面叙事。二是采风青年的故事："我"在采风过程中遇到一个奇怪的老人，听到了他的奇特人生故事。这两个故事组成结构形式是一种典型的框套故事模式。福贵故事是一个具有浓烈的悲剧意蕴的故事，整个故事文本事实上是一部死亡记录，福贵一直被动地等待着一次又一次死亡的降临，无奈地承受着一次又一次死亡的折磨。死亡对于福贵来说，不可能只是简单的每个生命必至的终点，它同时还连接着亲情、灾难和痛苦。"活着"就是受难，或者说生存就是苦难。福贵故事显示了对生存现实的尖锐批判和失望情绪。生活在这种历史时空中，每个人都无力把握自己的命运，都无法尽兴享受自己的人生。龙二竭尽心虑谋算了福贵的家产，但不久的将来他却因此丧命；春生在新中国成立后春风得意，"文革"时却上吊自杀；福贵失去了家产，却保全了性命，保全了性命却一次次失去了亲人。福贵故事，实质上宣告了"祸兮福之所倚，福兮祸之所伏"的人生宿命，个体的人在这种人生宿命面前无能为力，所以，福贵故事传达了一种对人生极其悲观的认知。

由于福贵故事的悲惨性及其人生命意的沉重度都大大超出了日常生活的限度，致使我们在阅读过程中大都把注意力放在了福贵故事表象及其悲剧意义上，接受了上述故事命意。但是，这是不是小说的终极命意，则需要质问与探讨。要回答这个问题，就需要仔细研究小说的叙事修辞。

采风青年的故事情节极其简陋，只是在文本开头和福贵故事过程中简略提及。所以，讲述这个故事不在于关注其意义，而在于它的修辞作用。它与其说是福贵故事的外套层，不如说是与它平行并列的故事。两个故事的风格完全不同：福贵故事是悲伤的、痛苦的，采风青年故事却是轻松、快乐的。小说文本的前台是福贵故事，采风青年故事被置于背景之中，二者形成了并列与对比关系。在论及至此的时候，我们实际上接触到了小说文本的另一层面，即余华作为隐含作家所建构和构想的故事层面——它涵括了上述两层文本故事。换句话说，《活着》不仅仅是两个叙述者讲述两个故事，还有一个隐形叙述者在同时讲述这两个故事。隐含作家虽然没有直接出现在故事的表层，却时时控制着表层两个故事的叙述，并通过文本与其隐含或真实的读者进行着隐蔽的交流。将两个故事建构成平行与对比关系，即闪现出隐含作家的魅影。在这个过程中，小说事实上出现了三个叙述者：最里层的是福贵，中间层是采风青年，最外层，也是最闪烁暧昧的是隐含作家。福贵故事是小说的主要故事，采风青年故事是背景故事，余华作为隐含作家的故事是虚远的隐形故事。这种叙事技巧使许多读者都集中关注福贵故事，以至于忽视了采风青年故事。

这种结果实在没有什么值得大惊小怪的。毫无疑问，小说叙事技巧的叙事效果之一，就是使读者强烈地感受到福贵故事的恐怖。普通读者阅读、旁观、聆听他人的悲剧，可以产生尼采所谓的"形而上的慰藉"。尼采说，看悲剧时，"一种形而上的慰藉使我们暂时逃脱世态变迁的纷扰。我们在短促的瞬间真的成为原始生灵本身，感觉到它的不可遏止的生存欲望和生存快乐"①。也就是说，通过故事人物更加惨烈的毁灭，读者（或观众、听众）可以缓解自己现实的人生压力，反而感受到世界生命意志的丰盈和不可多得，于是生出快感。

对于专业的批评家来说，仅仅感受到那些恐怖并从人物悲剧中领略"形而上的慰藉"，显然是不够的，他有责任帮助读者认知作家的真实意图。作家的真实写作意图，是隐含作家通过各种叙事技巧建构在小说文本中的。

《活着》的两个表层故事都使用了第一人称"我"作叙述人，而且，采风青年故事常常夹杂在福贵故事叙事过程中，出现非常短暂；作为内层故事的福贵故事，也没有被引号标出。这种技巧处理方式，显示出余华想故意模糊两个故事之间的叙事界限的意图。福贵故事的叙事语调，是值得我们注意的。故事的内容虽然是感伤、痛苦的，但是，叙述者"我"的语调自始至终则是平缓、冷静的，故事本身强烈的情感波动几乎没有对这种叙事语调产生干扰。而采风青年故事也以第一人称叙事，开始的语调是轻松的，且有着明显的调侃意味，但是，随着福贵

---

① [德]尼采：《悲剧的诞生——尼采美学文选》，周国平译，生活·读书·新知三联书店，1986，第71页。

故事展开，这种调侃意味逐渐湮灭，转而走向庄重。故事结尾写道：

> 老人和牛渐渐远去，我听到老人粗哑的令人感动的嗓音在远处传来，他的歌声在空旷的傍晚像风一样飘扬，老人唱道——
>
> 少年去游荡，中年想掘藏，老年做和尚。
>
> 炊烟在农舍的屋顶袅袅升起，在霞光四射的空中分散后消隐了。
>
> 女人吆喝孩子的声音此起彼伏，一个男人挑着粪桶从我跟前走过，扁担吱呀吱呀一路响了过去。慢慢地，田野趋向了平静，四周出现了模糊，霞光逐渐退去。
>
> 我知道黄昏正在转瞬即逝，黑夜从天而降了。我看到广阔的土地袒露着结实的胸膛，那是召唤的姿态，就像女人召唤着她们的儿女，土地召唤着黑夜来临。[①]

故事的结尾，有很强的寓意色彩，它不仅写出了对老人人生姿态的推崇，还表现出对普通人生的向往和尊重。在文本之始，采风青年是一个嬉皮士式人物，游戏人生，很难为外物所动，到了文末，采风青年已经被福贵深深感动——感动他的，并不是福贵的悲剧人生，而是福贵面对悲剧人生的达观、淡定和平静，这让他感受到了生命的力度，也从中领略了世俗人生的魅力，所以，在作品最后，他看世界的眼光发生了巨变。

阅读《活着》，就像聆听《渔舟唱晚》的古筝曲，先于空廓无聊开始，续之以绚烂、骚动，最后归于平静与沉寂，但是，平静与沉寂中充满了对生活的热爱、向往和期待。当阅读动作完成后，读者或许会和采风青年一样，有了珍惜、融入普通生活的冲动。行文至此，一个血泪相连的悲剧故事，已经被余华改造为教谕故事。他以隐含作家的身份，控制了《活着》两个表层故事文本，一步一步将故事引向肯定福贵人生姿态和珍惜普通人生与生命的意蕴层面。

布斯认为："我们对隐含作家的认识，不仅包含可以抽出的意义，而且包括

---

① 余华：《活着》，北京十月文艺出版社，2017，第 201 页。

作品中每一行动的道德和感情的内容，包括所有人物的遭遇。简言之，包括了我们对一个已经完成的艺术整体的直觉的领悟；包括了整体形式所表现出来的主要价值，这种价值，才是这个隐含作家为之献身的，不管在实际生活中作家属于哪一党派。"① 余华通过《活着》，极力肯定福贵面对人生的态度和姿态，这是他的主要价值意图，与其以前的小说有所不同。余华宣称，在《活着》中他改变了与现实的紧张关系，不再是"一个愤怒和冷漠的作家"，不再以个人的道德判断认识世界，而是"用同情的目光看待世界"。② 这种叙事意图在《活着》中被一步步实现。最后时刻，作为采风青年的"我"与隐含作家已经相当接近。《活着》的故事意义并不是制造与现实的紧张关系，作家也不再像《现实一种》一样，用血腥与冷漠装饰这个世界，而是叙事充满同情、悲悯和温情。对视角的分析使我们意识到，对人物的同情并不完全依靠有鲜明道德判断意味的故事，也可以由在小说视角中出现的这些可描述的修辞技巧所制造并控制。

三、"成熟"的写作者

福贵在《活着》中的身份，是颇有意味的。这个人物不仅仅是故事的主角，还扮演着重要的修辞角色。他被建构成采风青年的对立面，以一种严肃、认真、达观的人生态度面对悲剧人生。这个人物在生活中并没有显示出智力优势，更多的时候反而表现出一种迟钝、愚笨，乃至被人视为"傻子"。然而，余华却采用了多种修辞手段，用实实在在的文本叙事向这个人物致敬（这种致敬，许三观也收到了）。从现代汉语文学写作经验来看，这类悲剧人物的性格和精神面貌，大都与他们的生活一样，也是灰色与颓败的。他们是现代读者最熟悉的人物形象系列：孔乙己、阿Q、闰土、祥林嫂、老通宝、梁三老汉、陈奂生、狗儿爷……一个很长的名单。涉及这类人物的文学，或者呈现哀鸿遍野的悲观，或者充满戏谑式的反讽。"哀其不幸，怒其不争"，是此前的现代汉语文学作家对之的典型态度。他们通常要么是生活的反面教材，要么需要新的社会形势或新人引导才能成长。描

---

① [美] 韦恩·布斯：《小说修辞学》，付礼军译，广西人民出版社，1987，第81页。
② 余华：《〈活着〉前言》，载《余华作品集》（2），中国社会科学出版社，1995，第292页。

写这类人物，余华"哀其不幸"的情绪可能还在，"怒其不争"的意味已经变得极为稀薄。人物的性格和精神面貌与之前文学中的相类形象，发生了巨大变化。苦难傍身的福贵，身上却深嵌着令人敬佩的坚强与忍韧，苦难的生活既磨炼了他的意志、心智，也使他拥有了非凡的洞察世事的能力。他以睿智的方式处理日常生活，自在快乐；还以老人的睿智教育一个时代新人，不动声色，却功效显著。这种类型化人物，不仅有别于此前同类人物的精神风貌，也使我们见到了古典文学传统的幽灵魅影。

与此前同类人物相比，福贵发生了一个显著的变化：从一个受教者变为教谕者；从单纯的被同情、怜悯对象，变为坚韧可敬的生活强者。在世纪之交，这种人物修辞身份的变化，不仅仅发生在《活着》中，也不仅仅发生在福贵这一类人物身上。

单从外观来看，世纪之交长篇小说取径传统，在主题、人物、美学风格等方面千差万别，可是，或许有某种神秘性力量，使种种千差万别仍旧具备某些同一性特征。表现之一就在人物的审美价值取向——赞美具有民族性格的人物形象。这种赞美使这一时期的文学审美特征与五四以来的现代汉语文学有了明显的区别。传统人物进入"五四"文学，大都是灰色调的。蒙昧与颓败，是"五四"文学传统人物的两种基本审美范畴。在左翼文学中，传统人物大多以落后分子面目出现在文学领域中，其中一些"开明""进步"的传统人士如要最终融入"进步"的社会进程，亦要受到新的意识形态的教谕，以改进自己的生活认知和态度。1980年代，汪曾祺、孙犁、贾平凹等人在新笔记体小说中以欣赏的笔调，塑造了一批具有古典美学特色的传统人物。但是，欣赏与赞美还是有区别的。1980年代文学中的传统人物很多是消极避世的形象，他们可能代表着一种社会生活倾向，但是，不可能占据社会主流地位，发展为民族性格，成为一个民族主流社会、文化发展的脊梁和模仿对象。而世纪之交长篇小说中的人物具备一种或雄强或优美的美学气象，代表着健朗慷慨的社会力量或某种社会理想。这种人物即使身上布满污点，但是由于他们具备某种或清逸或雅健的品格，或雄劲或纯粹的生命激情和精神力量，因此一扫传统人物在"五四"以来现代汉语文学中的或萎靡不振或麻木颓败的灰色意味、感伤情调，可以说，传统人物正在现代汉语文学中

"祛魅"，重新"修身养形"。

这种人物审美气象的变化，显然不是源自人物的内在特质。70年前的闰土与70年后的福贵人生悲剧遭际，有本质区别吗？这种回答显然是否定的。区别点在于作家的叙事视点发生了变化，因此带来人物"身份"的变化。一般认为，身份确定是根据个人与他人的差异，即个人的个性或独特性来完成的。在后现代叙事理论家看来，"身份不在体内"，"身份仅存在于叙事之中"，因为"我们解释自身的唯一方法，就是讲述我们自己的故事，选择能表现我们特性的事件，并按叙事的形式原则将它们组织起来，以仿佛在跟他人说话的方式将我们自己外化，从而达到自我表现的目的"。① 一旦发生"讲述"的叙事动作，切入对象的叙事视点就掌握在了作家手中。在这个过程中，欲明辨自己身份的讲述者，就要学会从外部，从别的故事，尤其是通过与别人融为一体的过程进行自我叙述。这就赋予叙事以一种潜能，"以告诉我们怎样看待自己，怎样利用自己的内在生活，怎样组织这种内在生活"②。所以，现代汉语文学在讲述民族故事的时候，总是或隐或显地伫立着一个参照物，一个"他者"——代表"现代""进步""自由""博爱"等——以隐射传统的前现代性。视点的选择，很大程度上是因为这个"他者"存在。

在1990年代以前，中国不在现代性进程的前端，是现代性的祈盼者。当不在"其中"又祈盼"在其中"时候，观照自身自然是一种否定性思维，"哀其不幸，怒其不争"也自然成为作家发自内心的首选叙事修辞。在这种情况下，讲述民族故事，描写民族人物，反省、批判民族生活和民族文化，自然就成为主调。落后麻木的农民、沮丧颓废的小知识分子、粗鄙浅薄的流氓无产者、残忍僵化的统治者，成为作品的主角。历史的车轮驶入新世纪，中国已经走入现代性，并到达现代性的前线，中国作家从"祈盼"现代性走向"审视"现代性。在这个时候，观照自身，一种肯定性思维自然就会回归，赞美民族人物、民族生活、民族文化亦会成为作家创作的重要任务。朴素诚直的平民、厉直刚毅的君王或重臣、雄悍杰健的勇士、柔顺安恕的女子、慎独畏患的儒士，纷至沓来，成为世纪之交长篇小

---

① [英] 马克·柯里：《后现代叙事理论》，宁一中译，北京大学出版社，2003，第21页。
② 同上。

说的主角。

　　现代汉语文学创作实践，基本印证了新叙事理论对"身份"的叙事界定。新叙事理论观照"身份"，实质关注的不是叙事过程，而是叙事的内在机制。詹姆斯·费伦说，当叙事作为修辞的时候，它"不仅仅意味着叙事使用修辞，或具有一个修辞维度。相反，它意味着叙事不仅仅是故事，而且也是行动，某人在某个场合出于某种目的对某人讲一个故事"[①]。所以说，现代汉语小说中传统人物身份发生置转，最根本的原因是讲述者的身份（即作家身份）发生了置转。世纪之交长篇小说家讲述中国故事，是在中国逐步强盛的现代性语境之中讲述的特定故事。作家假手隐含作家，使用各种修辞手段，严密控制叙事过程及其结果，逐步实现重建民族身份的创作意图。在这种大背景下，文学形象自然而然就发生了置转。

　　在一种宽松优裕的物质文化语境中，当前的小说家关注民族传统，就显得比以前的现代汉语文学作家"成熟"。"成熟"在这里使用的是这个词的比喻义，指处理事务的理性程度。现代汉语作家一直在追逐现代性，心情急迫，步履仓促。过于集中的目标使以前的现代汉语文学涉及传统内容，描写传统人物，价值取向比较单一，作家有时候表现得极不成熟，忧虑、急迫的心理常常驱使他们有时候像一个"愤青"。世纪之交的现代汉语作家已经身处现代性社会，心胸气势慢慢有了一些盛唐作家的气象。站在世界的高端，游目四望，视野自然比较开阔。他们既拥有新文学以来的传承，能够看到传统的不足，同时，新的历史文化语境，又改造了他们的知识架构和认知能力，能够看到民族传统的自足性。种种因素使这一时期的作家愿意回归传统，也能够以比较辩证的知识逻辑处理传统课题，并且逐渐显示出从容、自信的气质。

　　这种因为外在社会文化语境变化带来的作家认知扭转，前几章多有论及。还有一种情况是由于作家年龄和人生阅历变化带来的作家认知扭转，也需要我们加以注意。世纪之交热衷取材传统或取法传统的作家很多，包括多个年龄段，但是，其主流作家还是集中在 30—50 岁的年龄段。这个年龄区间的作家，处于心

---

　　① [美]詹姆斯·费伦：《作为修辞的叙事：技巧、读者、伦理、意识形态》，陈永国译，北京大学出版社，2002，第 14 页。

智趋向成熟或已经成熟的阶段，大都没有了年轻人的"火气"，能够平心静气地思考一些有关生活或生命的命题，生命感悟较多。《论语·为政》记录了孔子对自己人生状态的自我评价是："吾十有五而志于学。三十而立，四十而不惑，五十而知天命，六十而耳顺，七十而从心所欲，不逾矩。"[①]从生命经验来看，对于敏感的个体来说，生命每一个十年的临界点前后，他们对社会、生命的认知都会产生变动。我们在三十岁过后，经常会有一些大吃一惊的想法：我的这个看法怎么和我父亲一样！生命的经历不是越来越让我们感觉到与父辈、与历史、与传统越来越远，而是越来越近，甚至觉得无法越出传统的牢笼。这种基于年龄的心理经验突变，对于个体冲击很大，往往很容易进入作家的文学创作中。

在一些作家创作谈或小说后记中，年龄"觉悟"，也是作家经常谈到的主题。这说明年龄对作家的创作确实发生了实际的影响。可以略举两部小说佐证。一是李师江的《福寿春》，此作出版于2007年，李师江时年33岁，从其写作后记看，此作的动笔是在"几年前"，当是30岁左右的时候，正处于我们所说的生命临界的年龄。李师江其他作品都很"时尚"，这部作品却异常朴实：故事、人物、语言都很朴实。小说也没有什么微言大义，主要描写了一个常氏女子舔犊、溺爱儿女以至家庭生活艰辛的故事。这种故事在中国现实生活的演出历历可见，实在朴素之极，李师江却趣味盎然地讲述这种故事，描述人物的生命状态。在该书《后记》中，李师江指出，此书的一个特点，是"情感质地真实"[②]。不管此书所记故事是否有真实摹本，但是，此书的兴味，显然是有感而发。初读这个文本，几乎以为是一部失败之作；可是慢慢咀嚼、品味，苦涩的人生况味缓缓从心底蔓延开来，让人生出无限感叹。在其中，我们逐渐理解这部作品确实是一部有兴味的作品。三十岁的年龄，很容易回眸家庭和父辈；三十多岁，逐渐开始远离浮华人生，很容易对朴素的生命有感而发。李师江从心而作，遂有此类之书。笔者相信，对于李师江来说，这部作品是唯一的，他不可能再写出同种性质的作品。究其根本，是因为作家源于这种生理年龄临界而来的生命感悟，是不可重复的。

---

① 杨伯峻译注：《论语译注》，中华书局，1980，第12页。
② 李师江：《福寿春·后记》，人民文学出版社，2007，第323页。

从这个角度来看，李师江目前还创作不出《生死疲劳》这样的作品。《生死疲劳》出版于 2006 年，是年莫言 51 岁，刚刚跨过"知天命"的年龄门槛。小说讲述了一个六世轮回的故事，是对一个东方人生命观的展示。在佛家看来，众生一直处于天、人、阿修罗、畜生、饿鬼、地狱等六道轮回中，不脱生死，生命的过程就是一个受难的过程。这种佛家思想，展示了人生的常态，让人们以平常心来看待世事沧桑变化。小说的故事，也展示了这种意蕴，西门闹六世折腾，最终结果不过仍旧是重返人的轮回道。而西门闹于其间的"执着"（佛家反对的人生观念之一），徒使自身筋疲力尽，并没有改变事情的结果。莫言在"知天命"之年写出这种作品，显然渗透了自己的生命感慨。这种生命感慨，也是特殊年龄段或生命经历的结果。佛家说："生死疲劳，从贪欲起；少欲无为，身心自在。"这是对众生的一种告诫。莫言在小说结尾叹喟"一切来自土地的都将回归土地"，何尝不是对自己、对众生的告诫与提醒！

总之，在世纪之交长篇小说创作中，"讲述"故事已经成为显豁的叙事动作。在讲述中，作家拥有某种超常的引导叙事价值的冲动，他们借助隐含作家，使用各种修辞方式和技巧，控制叙事走向及其价值判断。这种写作控制，显示出作家创作的"成熟"气质。而此"成熟"气象，也体现在世纪之交小说家涉及传统课题的长篇小说文本中，它们的故事意蕴、人物形象，因此与以前的现代汉语小说有了明显的区别。

第二节　读者与世纪之交长篇小说的中国传统叙事

一直以来，叙事活动就被定位为一种围绕着文学文本进行的交流活动，现代文学理论更将其视为一种特殊的话语活动。一个话语行为一般包括说话人、受话人、文本、语境等基本因素，一个叙事活动实际上是一个由讲述者、故事、情节、读者、目的组成的基本结构。笔者在本书中大多数时间里是讨论世纪之交私淑传统的长篇小说的文本特征，上一节又简单探讨了这个文学现象中的作家（说话人），这一节拟简要探讨这个活动中的读者，以从中透视"民族传统"为何能够达到作家想要的修辞效果。

考察作者在文学活动中的作用，并不意味着就确立作者在文学活动中的一尊地位，因为，众所周知，读者在文学活动中也有表达"意图谬见"的权利。自20世纪20年代起，西方产生并逐渐兴起了读者反应批评，批评重心转移到读者方面，主要考察作家对他们的读者所持的态度，各种不同文本所指向的不同读者类型，实际的读者在确定文学意义上所起的作用，阅读习惯和文本解释的关系，以及读者在文学活动中的地位等方面的内容。这种理论对笔者有很大启发。世纪之交长篇小说在私淑传统的时候，有明确的价值追求，从读者反应批评的理论视角切入，或许能够帮助我们进一步认识这个文学现象的本相。本节拟从隐含读者、《废都》事件的接受风波和"专制"的读者三个方面入手，来揭示这种文学现象深层的生成机制。

一、隐含读者

回顾世纪之交长篇小说取材传统和师法传统的写作，我们可以发现，传统题材、主题、结构形式、叙事方法不仅可以给作家提供构思和写作便利，传统还占据着重要的修辞地位，有效地影响了作品的阅读与传播。文学修辞作为特殊的对话方式，其意义不仅仅关涉技法，更重要的是关涉着接受，即与读者的交流。世纪之交长篇小说在取材传统或师法传统时凸显"讲述"的叙事动作，本身就隐含着对话的动机或冲动。

对话，本是文学活动的常态。随着现代文学理论的发展，人们越来越清楚地认识到，作家是不可能独立完成具体作品的价值工程的，具体作品的生产过程，需要一个称之为"阅读"的具体行为，作品才算最终完成。萨特《什么是文学？》一个基本思想就是：一本书只有在有人读时才存在，文学作品应当被作为一个文学交流过程来感知。他说："精神产品这个既是具体的又是想象出来的客体只有在作者和读者的联合努力之下才能出现。只有为了别人，才有艺术；只有通过别人，才有艺术。"① 这种思想对后来的文学社会学研究产生了直接影响。埃斯卡尔

---

① [法]萨特：《什么是文学？》，载《萨特文集（7）·文论卷》，施康强选译，人民文学出版社，2000，第124页。

皮的《文学社会学》是一部重点考察文学生产机制的著作，专题论述了读者在文学活动中的地位。他说："任何作家在动笔时头脑中都有读者出现，哪怕这个读者只是他自己。一件事情只有在对某人讲时，才能够说得完整……作为对话者的读者的存在甚至是文学创作的源泉。"① 在他们看来，在文学活动中，读者与作家是相互依赖的矛盾体，不可或缺。

我们在这里探讨一个文学现象的读者论题，当然不是仅止于探讨它的文学常态，而是在此基础上研究它的特殊性，否则，探讨这个话题就成为一个一般的诗学问题，这种创作现象被视为"文学现象"的"特殊性"就不足。

那么，世纪之交取材传统或师法传统的长篇小说的读者的特殊性何在？回答这个问题，仍然需要回到作者。因为既然作者与读者是相互依靠的背靠背关系，讨论作家，可能会帮助我们认识读者的面貌。所以，当我们展开这个研究的时候，就不可忽略公开表达的小说文本中作家所起的修辞作用。

在本章的第一节中，笔者就谈到，作品中的价值褒贬，往往可以泄露隐含作家真实的自我。从这些信息痕迹中，读者可以明确知道这个隐含作家的爱与恨。需要注意的是，有些价值判断是非个人的，是公众的明确意识或某种集体无意识流露。关于这些集体意识如何进入作家个人的创作视野，其中有很复杂的，甚至是无法言说的因素。不过，有些情况还是可以言说的，这一部分内容我们将在本章的第三节再做详细讨论。可以确定的一点是，在世纪之交，从民族传统取材或师法的作品有明确的价值交集，而这个部分，体现了某种时代文化的公共要求——对传统逐渐取一种赞赏的姿态。

这种赞赏的姿态可以从具体的文本中迸发出来，影响着读者阅读，即使是一些寓意复杂的作品（如《檀香刑》《笨花》《秦腔》）也不例外。譬如，《檀香刑》本是一个酷刑故事——在传统的现代汉语文学创作中，这种故事很容易被创作成批评传统社会和中国历史的作品，比较远的例作是鲁迅的《药》，比较近的例作是余华《一九八六年》，两部作品虽然进入酷刑的方式不同，但都不约而同地豁

---

① [法] 罗贝尔·埃斯卡尔皮：《文学社会学》，符锦勇译，上海译文出版社，1988，第 119 页。

开了中国传统社会或历史的胸膛，形成了沉郁冷峻的叙事风格。

像《一九八六年》一样，《檀香刑》丝毫不避讳血腥，而且，莫言还对之进行史无前例的细致描绘，但是，《檀香刑》的血腥升华出一种雄浑、壮阔的美——一种生命的大美。这种文学创作具有一种明确的道德审美意味，自然会影响作品的艺术效果。所以，读者即使可以从字里行间透视到作家对人物的情感态度偏差（对钱丁是理解与同情，对赵甲是嫌恶与尊重，对孙丙是欣赏与推崇，对孙媚娘是喜爱与赞美），也能够感受到作家对他们的赞赏与尊重。即使对读者在道德情感上反感的赵甲也不例外，作家一方面以浓墨渲染赵甲职业的卑贱和人格的卑污，以此揭示他所奉献的制度的腐朽性，另一方面却又通过他与刘光第的交往描绘他对职业的敬重，这与马马虎虎的中国国民性格形成鲜明对比；通过精细描绘檀香刑，来揭示他与孙丙的精神遇合（从某种程度上讲，能够与孙丙达到精神沟通的，既不是视其为对手的钱丁，也不是乞丐帮帮主朱八爷，而是这个身份卑贱、灵魂丑恶的刽子手）。正是凭借诸如此类的人物的描写，世纪之交的作家在涉足传统时，也在时时启发读者重新思考或发现传统人物、传统生活和传统美学。

行文至此，笔者感觉仅仅停留于对文本意义的阐释仍然不能凸显读者在文学活动中的身影。如果要落实这种思想，引入"隐含读者"的概念，或许能够帮助我们进一步认识作家是如何利用文本与读者进行交流与沟通的。

不仅仅是偏重于社会学的批评家注意到了作家与读者之间的交互作用，二者之间的关系更受文学修辞家和读者反应批评家的重视。韦恩·布斯说："任何的文学作品——不论作家创造作品时是否想到了读者——事实上都是根据各种不同的兴趣层次，对读者介入或超脱进行控制的精心设计的系统。"①受布斯影响，沃尔夫冈·伊瑟尔提出了"隐含读者"的概念。在伊瑟尔看来，隐含读者不同于文学文本的实际接受者，"他预含使文学作品产生效果所必需的一切情感，这些情感不是由外部客观现实造成，而是由文本所设置。因此隐含的读者观深深根植于文本结构中，它表明一种构造，不可等同于实际读者"，隐含读者"必然被文本安排

---

① ［美］韦恩·布斯：《小说修辞学》，付礼军译，广西人民出版社，1987，第129—130 页。

在一个位置上，以便他们能够把新观点具体化。然而，这个位置却不能在文本之中表现出来，因为它是读者观看被表现世界的优势点，所以不可能是那个世界的一部分。因此，文本必须造成一种立场，使读者能够由此出发来观察事物"。① 在伊瑟尔看来，隐含读者不是外在于文本的实际读者，而是作家利用各种修辞方式形成的一种特殊文本构造，它因为特殊的情感、审美倾向或趣味预定了某种阅读效果，从而预定了可能存在的读者。

"隐含读者"概念，不在于它是一种新鲜的理论创建，而在于它提供了一条让我们认识作品文本意义的途径。在伊瑟尔看来，隐含读者是通过修辞视点建构起来的。一部作品的修辞视点是与文本的视角密切相关的。一般来说，文本的视角包括叙述人视角、人物视角、情节视角和隐含读者视角，前三者是可视的文本结构因素，隐含读者视角则是虚远的文本结构因素，依靠前三个视角而存在。循照前三个视点，读者可以准确把握人物的行为指向、心理活动，以及相关故事的价值判断，并因此影响了读者的信念、兴趣和倾向。譬如《活着》三个叙述人视角：采风青年对福贵是尊敬、崇拜的，福贵对自己的生活是达观、淡定的，隐含作家对采风青年是同情的，对福贵是赞许的。人物视角：采风青年是一个成长叙事，福贵是苦难"英雄"叙事。情节视角：采风青年是一个喜剧故事，福贵是一个悲剧故事。小说提供众多视点的同时，也会留下许多空白，供读者填充（想象与创造），这就是隐含读者的那个虚远的立足点。隐含读者在这些立足点上观察其他视点，就会逐渐理解文本的意义或目的：《活着》是描述如何对待人生的故事。

文学修辞的作用，就是在每一种透视点上都预定了某种文本情感，相应预定了某个隐含读者。在阅读过程中，每一个具体读者进入并实现文本的方式各不相同，文本的每一次具体化都表现出对隐含读者视点的一种有选择的实现。所以，伊瑟尔认为，隐含读者的结构优势，就在于它"提供了一个参照系，在这个参照系中，读者对文本的个人响应就可以和其他读者对文本的反应进行交流。这是'隐含读者'这个概念的一个极为重要的功能，它提供了一种存在于所有读者对

----

① 王先霈、王又平主编《文学理论批评术语汇释》，高等教育出版社，2006，第517页。

文本的历史实现和个别实现之间的联系，使我们有可能对它们进行分析"①。反过来说，分析个人对文本的响应，有可能帮助我们探窥到一个文学作品的共鸣点所在，准确地认识和判断一个文本的文学或文化价值。进而推知，准确分析读者的反应，也可以帮助我们认识一个文学现象以及判断它的价值。

　　读者实际人数的多寡虽然不能视为一部文学作品艺术价值高低的标准，但是，伟大的作家必然能够在最大的读者群中寻找到共鸣。萨特说："既然创造只能在阅读中得到完成，既然艺术家必须委托另一个人来完成他开始做的事情，既然他只有通过读者的意识才能体会到他对于自己的作品而言是最主要的，因此任何文学作品都是一项召唤。写作，就是为了召唤读者以便读者把我借助语言着手进行的揭示转化为客观存在。"② 那么，作家想怎么发出召唤呢？阅读是一个自由的行为，何时阅读、阅读什么，读者是有选择权的。争取读者的一个有效方式，是创造出能够与读者形成对话基础的审美内容或审美形式。作家创作当然要表达自己的独特生命认知，追求独特的形式风格，但是，在实现这些任务之前，作家首先需要提供某些能够引起读者共鸣的东西，这是取得读者信任，有兴趣延展阅读活动的基础。聪明的作家，会利用人们给他的信任来完成自己的任务。当作家这样做的时候，已经开始在创作活动中预设他小说的隐含读者了。

　　现在我们或许对世纪之交的长篇小说家为什么一直"偏执"于民族传统恍然大悟了。共同的文化、共同的价值观、共同的审美内容和美学形式，显然能够把作家与可能阅读作品的读者联系在一起。传统的历史题材、人物、文学形式，不仅仅给作家提供构思便利，还可以在不费吹灰之力间为文学文本预定了隐含读者。世纪之交的长篇小说家显然洞悉了文学创作的这种秘密（这也是他们"成熟"的表现），在故事、主题、人物、结构、手法等方面全面复归传统，传统已经成为他们预定隐含读者的一种重要的文学修辞手段。尤其有些使用章回体结构的长篇小说，简直有招摇之嫌。世纪之交的长篇小说家，可能就是要以这种"招摇"的方式，树起"招降纳叛"的大旗，吸引心有戚戚的读者的情感认同。从文学效

---

① 王先霈、王又平主编《文学理论批评术语汇释》，高等教育出版社，2006，第517页。
② [法]萨特：《什么是文学？》，载《萨特文集（7）·文论卷》，施康强选译，人民文学出版社，2000，第126—127页。

果来看，这种"感情牌"，也是成功的。很多作品取得艺术成功或畅销，基本原因就在于它们被赋予了传统审美形式，已经有良好的读者接受心理基础，读者愿意选择这种文学文本延续阅读活动。

世纪之交一个有趣的文学现象是，作家们通过预定隐含读者的方式，有意无意地培养了自己的读者群。这些读者群的培育，有时候甚至是通过文学出版机构来完成的。譬如"80 后"青春风格写作的流行与畅销，就与《萌芽》杂志以及相关出版机构有关，他们通过有意识的出版引导，"召唤"出了一个巨大的"80后"读者群。出版者"通过诱发一些文学习惯来影响读者。这些习惯可以蔚然成风，甚至成为对一位作者个性的一时迷恋；或者，这些习惯可以有着更深刻的起因，表现出对某种思维方式、某种风格、某种著作类型的忠诚"①。世纪之交师法传统的长篇小说家何尝不是"通过诱发一些文学习惯来影响读者"的？撇开莫言、贾平凹等经验老到的作者不谈，新进的萧鼎、阿越、姜戎、何马、杨志军等，无不是利用了与民族审美内容或形式相关的传统，吸引读者大众，并培养了大量的"诛仙迷""新宋迷""狼图腾迷""藏地迷"……

当然，我们也应该看到，世纪之交以传统作为修辞手段，并不是要求完全回归传统。正如我们一再论述的，传统是历史性的产物，尤其对于具体的传统遗存来说，都是不可重复的，传统在现实中的复活只是"幽灵"般的选择性复活。一旦传统成为文学修辞手段，传统就不是现实作家或文学文本的真实旨归，它们只是传达现实意蕴的载体。当作家秉持这种创作理念的时候，传统可能只是文学的面具，在面具之下，仍旧是作家的或现实文明的个性。

《废都》在即将面世的时候，有记者问《废都》与《金瓶梅》《红楼梦》之间的关系，贾平凹如是回答："《金瓶梅》和《红楼梦》是伟大的，但《废都》不是《金》或《红》，试想想，即就是像《金》或《红》，那又有什么意思？《废都》什么也不是，《废都》就是《废都》。"②不仅贾平凹这样理解自己的创作，任何作家都不愿

①　[法]罗贝尔·埃斯卡尔皮：《文学社会学》，符锦勇译，上海译文出版社，1988，第 78—79 页。

②　贾平凹：《〈废都〉能问鼎诺贝尔文学奖吗？——答〈生活〉月刊记者问》，载废人组稿，先知、先实选编《废都啊废都》，甘肃人民出版社，1993，第 5 页。

意成为传统的应声虫。而且，新的时代处境和新的创作主体，从不允许后来的创作完全拷贝前人，更多的是创作走向自己。

譬如，具有传统特征的女性形象，是世纪之交长篇小说人物画廊中的重要人物系列。在这一类人物中又有一批不符合传统价值观念的负面女性形象，如《笨花》中的小袄子。传统中国小说人物描写扁平化倾向非常明显，在这一类女性形象上更是如此。《水浒传》中的潘金莲、阎婆惜、潘巧云只有身份或故事经历的差别，人格精神上都是卑贱、淫荡的女子。小袄子从形象类型上近似于上述人物，寡廉鲜耻、沉迷于肉欲是她们的共性特征。但是，在具体处理时，铁凝却从现代人的视角处理这个人物，凸显她的自然魅力。即便描写她出卖取灯，犯了背叛民族的大罪，作家也没有有意把她归为一个十恶不赦的蛇蝎美人，而是归责于她的浅薄、虚荣、无知以及对死的恐惧。这种人物塑造，在古典小说中很难见到，是《笨花》的成功之一，增加了小说的艺术深度。不过，这也不是铁凝的创见，而是受到了前辈作家孙犁的影响。孙犁描写了许多这种复杂的人物形象，典型的就是《风云初记》中的蒋俗儿和《铁木前传》中的小满儿，她们都像小袄子一样，充满了野性生命力量，流溢着诱人的女性魅力。小袄子贪慕虚荣和贪生怕死的情节与蒋俗儿非常相像，而其野性、寂寞以及对美好生活的向往（如夜校学习情节），显然受到了小满儿故事的启发。这种类型形象之所以区别于古典小说，很大程度上是因为作家受到现代思想的影响，孙犁和铁凝才有可能更多地从人性视点入手，描写这种复杂的女性人物；而读者之所以愿意接受这种形象，很大程度上也是因为受到现代思想的熏陶，就像西贝时令一样，无法抵制小袄子的诱惑。开放的时代，酿造了培育新的隐含读者的语境，而作家深知此状况，在文本结构中为隐含读者预留了介入视点，从而有效地实现了文本的修辞意图。

二、《废都》事件的接受风波

伊瑟尔在谈论隐含读者的时候曾说："不论真实读者可能是谁，是什么人，他是总扮演着文本向他提供的一种特殊角色。"① 这会造成一个错觉，似乎把作家塑造成了羽扇纶巾的周郎，怀有万千读者都被他掌握在手心的笃定。而在实际阅读中，情况可能复杂得多，导致文学阅读常常超出作家的预期。

在世纪之交的长篇小说中，《废都》的阅读与接受命运，最能够鲜明地体现这种现象。《废都》的阅读与接受，给我们提供了一个很好的认识民族传统在世纪之交流转历程的个案。

《废都》出版于1993年7月，同年在《十月》杂志和《中国青年报》刊登和连载。北京出版社第一次正式印刷37万册，如果再加上各种盗版，发行量起码在100万册以上。② 出版前，它就被一些小报"广而告之"地宣称为"当代的《金瓶梅》"。半年后，被国家新闻出版署宣布为"禁书"，作了严肃处理：出版社被罚款100万元，编辑田珍颖被迫提前退休；北京市新闻出版局图书出版管理处以"格调低下，夹杂色情描写"查禁此书销售。③

文学界对《废都》的评论，基本上是严肃的。多半文章研读了"废都"的文化内涵。非议的文章大多是对"性"的道德谴责，因为《废都》在相关方面的描写确实有值得商榷的地方，所以这种批评也无可厚非。批评的失控发生在1993年10月学苑出版社出版的《〈废都〉废谁》后。该书收录了不少由记者采写的报刊类评论，这些明显缺乏学理，但是又富含情绪煽动的评语，显然对《废都》的命运产生了影响。如其中一位杂志的总编辑如是攻击《废都》：

> 《废都》张狂的性描写简直是一种犯罪，是一种是可忍孰不可忍的作家堕落行为。《废都》无疑是一部令人心惊的黄书淫书，实在与中国的第一淫书《金瓶梅》没有什么差别。……这既是作家的堕落，也是社会的堕落。我认为我们应该追究当事者的责任。中国的扫黄应该从《废都》始。④

① 王先霈、王又平主编《文学理论批评术语汇释》，高等教育出版社，2006，第519页。
② 这种统计数字见之于各种研究文章，贾平凹本人在访谈中，也多次谈到这个数字。
③ 蒋文娟：《老编辑解密〈废都〉当年遭禁内幕》，《新闻天地》2009年第10期。
④《〈废都〉与废墟——北京文化界人士谈〈废都〉》，载肖夏林主编《〈废都〉废谁》，学苑出版社，1993，第136—137页。

《废都》公开禁止发行后，许多批评如同上述批评一样，以道德标准取代学术标准，一窝蜂地批判这部作品。十多年后，贾平凹自己谈到了"方框框"的处理问题，说"这是受古典文学书籍删节本的处理方法的影响"①。贾平凹所说的这种古典文学删节本的处理方法，在《废都》出版之后产生的效果，显然超出了他自己和编辑的预料。一部分读者和论者兴趣转移后，就忽略了小说的整体意义，并进而误读这部小说。在这种情势下，读者已经超出了贾平凹的控制，即脱离贾平凹的修辞控制，成为"自由的"读者。

在这里，我们就见到了文学阅读中的一个常见问题：文学文本修辞预定的隐含读者与实际读者是不等同的。造成二者之间的差异因素有很多，其中一个可以想象的原因，是读者的知识素养和预想的隐含读者的知识素养之间有差异。文学修辞是以对话为基础的艺术，当对话者不对等的时候，自然就会出现"误读现象"。美国当代读者反应批评理论家斯坦利·费什意识到这种不对等造成了"误读"阅读效果，所以，他创立了"有学识的读者"的概念。"有学识的读者"必须具备：1. 是语言材料所用语言的有能力的说话者。2. 完全拥有"一个成熟的……听者带到理解任务中的语义知识，包括措辞造句、习惯用语、职业语言和其他方言等方面的知识（即作为生产者又作为理解者所应有的经验）"。3. 具有文学能力，"他具有足够的阅读经验，以至于把文学话语的各种特性——从最局部的技巧（比喻等）到整个体裁等——全都内在化了"。②读者一般具备前两种阅读素质，后一点则需要培养，乃至于专业学习锻造。

对于这个问题，乔纳森·卡勒在《结构主义诗学》中表述得更清晰。他认为，批评注意力不应该着眼于具体文本，也不应该仅停留在文学传统体系，而必须着眼于读者，具体地说，就是读者的"文学能力""阅读能力"以及读者理解和阐释文本的一整套约定俗成的程式。卡勒反复强调，文学作品之所以"具有结构和

---

① 转引自王尧《〈废都〉之争：是作家写照还是现实隐喻？》，载崔向红主编《1978~2009 中国文化地图》，花城出版社，2010，第93页。

② Stanley Fish，*Interpreting the Variorum in Reader-Response Criticism*（Baltimore: The Johns Hopkins University Press, 1987），pp.86-87.

意义，因为人们以一种特殊的方式阅读它"①，而结构主义诗学的目的，就是要揭示并说明隐藏在文学意义背后，致使该意义成为可能的理解和阐释程式系统。

培养有文学能力的读者，显然是培养阅读者的知识素养。读者缺乏有关一个民族的文学惯例、准则和规律等知识，当然会影响到其对相应文学的感知。同样，上述知识随着对他的培养进入他的知识结构中，读者成为"有能力"的读者，自然会不知不觉地将这些惯例和准则吸收进他们的阅读经验，而对阅读产生制约作用，使得读者解释作品的半创造活动成为可能。笔者注意到，《废都》出版时间正是处于文化转型期，前一个时期由当代正统文学和先锋文学培养出来的读者，已经形成了稳固的期待视野，而当代文学读者（包括一些从事当代文学批评的从业者）显然缺乏相关的传统文学教育和知识储备。这种结果就导致他们无法准确认知"传统"在《废都》中的修辞作用，进而也无法判定这种修辞相应的价值。

《废都》的文本修辞，显然开辟了多种途径，"召唤"相应的隐含读者。这种"有意为"的修辞，被"有学识的读者"捕捉到，就可以产生相应的阅读阐释。雷达曾经在很多场合赞扬《废都》的传统美学特征："《废都》属于世情小说，与我国古典小说有极密切的血亲，又糅合了现代生活语汇，糅合的功夫之到家令人惊叹，可说得"金瓶""红楼"之神韵，其叙述语言的练达、酣畅，丝丝入扣，浑然天成，就小说艺术而言达到了一个新的水平。"②

这一时期也有不少评论者探索《废都》与《金瓶梅》《红楼梦》之间的互文关系。有人分析，《废都》的人物设置、描写手法等全是沿袭《金瓶梅》和《红楼梦》的。从人物设置看，庄之蝶是西门庆和贾宝玉的组合，唐宛儿、柳月、阿灿无疑是潘金莲、李瓶儿、春梅和大观园内与宝玉发生过爱情纠葛的妻、妾、丫鬟们的组合；阮知非、龚靖元、孟云房等类似于《金瓶梅》中与西门庆交好的狐朋狗友和《红楼梦》中的四大家族。刘嫂是刘姥姥的化身。周敏、赵京五、李洪江等则是依仗主子欺压别人的西门府和贾府中的家奴。《红楼梦》里的水月庵、馒头庵和妙玉

---

① [美]乔纳森·卡勒：《结构主义诗学》，盛宁译，中国社会科学出版社，1991，第174页。

② 《世情·缺陷·转变·遗憾——〈废都〉笔会》，载废人组稿，先知、先实选编《废都啊废都》，甘肃人民出版社，1993，第50—51页。

等，则有清虚寺、孕璜寺和慧明等与之对应。甚至唱《好了歌》的癫和尚、跛道人，亦有念顺口溜的收破烂老头来代替。六路八方，模仿得滴水不漏。从描写手法看，大到线索的勾连，小到遣词造句，大到选举、官司、市场、官场、监院升座等政治、文化场面的铺排，小到一次家宴的采购和席面人物座次的安排，也无一不和《金瓶梅》《红楼梦》相似。更不用提其中的性事描写，自然是对《金瓶梅》的模仿与复制。但是，这一类评论大都浅止于描述《废都》与传统叙事资源的互文关联，而极少雷达类的对《废都》美学特征的准确深入把握，更缺少对《废都》文学史价值和思想史意义的深入探讨。

一方面是因为缺少相应的感知能力，"传统"话语在当时的学术环境中亦不占据重要位置；另一方面因为《废都》被禁，使对《废都》的学术探讨很难深入下去，两方面共同阻止了对《废都》与传统叙事资源之间关系的深入探讨，从而也妨碍了读者从传统修辞的角度认知《废都》的美学价值和文学史价值。

现在看《废都》的价值，一是我们正讨论的与传统叙事资源的关系，一是与历史日常生活的关系。后者通过描述庄之蝶的日常生活，透视知识分子在一个时代的精神苦闷、彷徨以及逐渐走向无可挽回的沦落过程，从中演示出当代人文精神沦陷的大话题。所以，"废都"是一个具有浓烈的寓言性质的意象。这种主题以及意象营造在同时期其他作品中也有突出的表演。一个例子就是梁晓声1992年的长篇小说《浮城》，当时影响巨大，至1994年已经印刷了19次。《浮城》在这个时期出现是有明显政治寓意的：沿海某市（极易让人联想到上海）在一个暴雨肆虐之夜从大陆架母体断裂，滑落到太平洋上，并逐渐向日本、美国漂移。人们度过初始的惊慌之后，又欣喜若狂，因为他们有了成为日本人、美国人的机会。但是，浮城先后临近日本、美国，都受到了他们的排斥，人们的梦想破碎了，人性的邪恶性征就如山洪暴发一样迸发，抢劫、强奸、杀人，无恶不作。这部著作以荒诞的艺术方式，拾起读者熟悉的批判国民性工具，矛头却隐隐指向现实，给当时的读者以极大的震动。然而，随着时光的流逝，这部影响巨大的作品逐渐淡出了读者的视野。而《废都》之所以能够至今引起读者注意，深层次上与作家使用传统修辞表现现实生活有关。

这两部小说的故事走的都是极端传奇的构思路数，但是，二者的极端也是有区别的。《浮城》的"极端"完全存在于想象中，主要是诗家之言；《废都》的"极端"却在现实生活中历历可见。声色犬马，本就是生活的一部分，所以《废都》可以被称为"世情小说"。鲁迅说"世情小说"的特征，"大率为离合悲欢及发迹变态之事，间杂因果报应，而不甚言灵怪，又缘描摹世态，见其炎凉，故或亦谓之'世情书'也"①。《废都》的"极端"是以庄之蝶为主角，描写世间的"离合悲欢"与"变态"之事，这种"世情书"虽不能为人人所历，但是，可能被人人所见、所闻、所感，所以极易与读者形成沟通。即使其中的传统修辞还不为读者感知，但是，传统已经像幽灵一样潜伏在读者深层心理结构中，随时有被重新激活的可能。

1990 年代文学语境对有传统鉴赏能力的读者的培育，是一个缓慢而又艰苦的过程。这种艰难之处，从《废都》（包括其他陕军东征的作品）在 1990 年代的接受过程可见一斑。这种状况到了新世纪逐渐发生置转。其中的原因笔者拟在下一节讨论，这里不再赘述。可以言明的一点是，《废都》的接受境遇发生了重大变化，从 2003 年年底，不断有"解禁"消息传来。与之相伴随的是《檀香刑》《人面桃花》《生死疲劳》《风雅颂》等富含传统美学意蕴的作品的广泛流布，培育了一个数目庞大的读者群。《废都》虽然最终解禁出版是到了 2009 年，但是，这期间读者和批评界从没间断关注这部作品，2006 年《当代作家评论》杂志还召集批评家连续发表文章集中评价《废都》及其相关现象。

新世纪文学语境的变化，对《废都》的接受产生了直接影响，也影响了读者对于《废都》价值的评判方向。没有批评家再论《废都》是"一部陈旧之作""一件拙劣的仿制古董"。传统美学成为这部作品的艺术价值被肯定、称道。有一位批评家在讨论《废都》的文章中如是说："非常重要的是，我们应该注意到《废都》与以前的叙事性杰作（如《金瓶梅》《红楼梦》）之间的文本关系，看看二十世纪末期的文本如何激活了此前早已存在的叙事方式。"② "作为一部写于世纪转折之际的长篇小说，《废都》沿袭了《金瓶梅》《红楼梦》等古典小说杰作的修辞与

① 鲁迅：《中国小说史略》，载《鲁迅全集》（第九卷），人民文学出版社，2005，第 186 页。
② [美]鲁晓鹏：《世纪末〈废都〉中的文学与知识分子》，季进译，《当代作家评论》2006 年第 3 期。

叙事方式。它没有跟从时髦的后现代的文学技巧，而是更多地采取了民族化的策略。它的写作手法绝对是本土的。"① 当研究者能够把注意力转移到"文本如何激活了此前早已存在的叙事方式"的时候，说明当下读者已经不再纠缠于表层故事，而是向文本的深层突进，寻找文学生产的深层机制。对"本土"的强调，也可以显示出作家们也不必讳言自己与传统的血脉关系，这反映了一个时代语境对传统态度的扭转。所以，从某种程度上完全可以说，《废都》的文本意义是作家与读者共同生产的结果，而其价值实现，却最终经手于实际读者。

三、"专制"的读者

《废都》沉浮记，让我们看到了现代书报审查制度对文学创作的规约作用。现代书报审查制度往往化身"抽象读者"，"强制性"地影响了文学的阅读与传播。不少人现在还沉浸在小说"不作用于社会"的幻想中，实际情形并非如此。小说可能不会对社会走向产生决定性的影响，但是，它还是潜在地对社会文化、道德伦理的现存秩序存在某些威胁作用，只是具体作品的效能大小不一而已，要不然的话，现代书报审查制度就不必对文学创作进行审查了。"纯粹"和"诗意"，只存在于想象的文学空间。

这种"专制"性的效能，不仅见之于现代书报审查制度，也见之于一般的文学活动。《废都》被抛弃、误读，以及再次被选择，正显示了读者阅读具备某种"专制"效能。这种结果恰好与杰弗里·哈特曼所谓的"在阅读中存在着某种对于自然挑战性的或者甚至反对自然的东西：某种发展了，但也败坏了我们对于文学（更闲散的）欣赏的东西"② 的意见相吻合。这些"挑战自然"或"反对自然"因素的存在，展示了文学活动中作家文学修辞所不能控制的部分。

对《废都》接受命运的考察，显示出读者在文学活动中占有显明的能动作用。在读者反应批评理论家看来，"像写作一样，阅读更是一种技巧：它是一种具有自

---

① [美]鲁晓鹏：《世纪末〈废都〉中的文学与知识分子》，季进译，《当代作家评论》2006 年第 3 期。

② [美]杰弗里·哈特曼：《荒野中的批评——关于当代文学的研究》，张德兴译，天津人民出版社，2008，第 187 页。

身历史的复杂的和多样的行为。阅读、铭记形象或者把形象符号化这些需要被认为是在这样一个时期中的一种破坏想象的形式，即这时，甚至艺术反映也在一种重复的技巧化了的强制中，成倍增加了陈腐的题材"①。一种民族审美范式的确立，是需要经典作品作为样板的，但是，这种审美范式的确立过程，是依靠若干代人反复阅读来完成的。阅读的历史性，能够把相关审美范式沉淀为一个种族或民族关于自己族群的文化想象模式，并将其转化为族群深层的文化心理定式。一旦一种民族审美范式确立下来，它就在该类别文学中建立了"霸主"地位，因此成为"专制性"的文学阅读力量，幽灵般地影响了未来的文学创作和文学阅读。

各种文学审美范式一旦形成，同时也形成了自己的文学成规，读者也会按照这种文学成规阅读相关作品。文学成规和文学阅读习惯，都强制沿袭此种审美范式的文学写作遵守族群文化规约。譬如，章回体小说从话本小说脱胎而来，主要读者对象是大众读者，有很强的俗文学特征。世纪之交长篇小说家使用章回体结构作品的时候，自然要遵循章回体小说的美学成规，不仅小说每节的章目要对仗，情节要对称，故事、叙事语言也要尽力大众化、通俗化。这种成规，连最喜欢铺排夸张的莫言，也不得不"大踏步撤退"，收拢手中的缰绳，使狂纵无羁的语言野马回到历史古道上来。所以，《生死疲劳》情节上追求戏剧性效果，主题先入的"六世轮回"理念构思，也造成小说前后情节雷同；语言上刻意使用四字句，追求语言音韵美感，与其以前的作品相比，小说语言在整体上明显显得粗糙；过于追求传统结构艺术，导致结尾"匠"味太浓；为了保持与大众思想的一致，故意模糊和冲淡作者的精英批判意识。这种艺术结果，乃至不少艺术遗憾，显然是与采用章回体艺术形式，迎合大众阅读口味有关。

再如李师江，他的小说语言风格灵动、活泼、风趣，但是，当他选择以话本小说的范式来讲述《福寿春》的时候，叙事语言就与他平常的风格大有不同：

看常氏这般态度，休得从她那里支取一分钱来，李福仁无奈，只得将这

---

① [美]杰弗里·哈特曼：《荒野中的批评——关于当代文学的研究》，张德兴译，天津人民出版社，2008，第215页。

心事暂且搁下。但凡妇女人家，眼界能顾得上自己一家几口，婆媳妯娌有帮有助、和睦融洽，已属不易；见了别人的落魄，能不当冷眼看客，又能嘴上和慰几句，已经是宽宏；想要她从自己口袋里掏钱资助，那属少见。李福仁、李兆寿与李兆会的一生交情，常氏又何能体会？……噫嘻哀哉，这人间至情只该属于那少数有心的人。①

这段话全用话本语言叙出，古色古香，韵味十足。开头一句是对事件的客观陈述，其中的修辞虽然传达出对常氏的批评，对李福仁的同情，但是，这种情感叙述，是隐藏在隐含作家的叙事修辞中的。后一部分，作家的声音被完全凸显，他就像一个洞明世事人情的说书人，打断故事的戏剧性进程，指点人物，剖析世态人情，入木三分。这种话语风格与小说的形式选择非常吻合，读起来也韵味十足。反过来看，有些作品在师法传统的时候，却化合生硬，不伦不类，自然读者市场就显得异常荒凉，以至于遭到读者弃绝。

世纪之交一个创作现象就是重复。重复，已经是世纪之交一种常态化的长篇小说生产行为。重复主要表现在两个层面：一是重复的技巧和审美形式；一是对民族神话、民间故事、历史人物和历史事件的重述。一旦一种修辞技巧或审美形式取得成功，大家就一窝蜂地拥向这个区域。这种重复一方面反映出当代作家创新能力不足，另一方面也是为了获得文学市场，迎合读者的结果。当下的文学语境，使作家已经很难不顾忌读者的阅读接受，而沉浸在自娱自乐的封闭创作状态。

当先锋文学盛行的时候，作家们都信服一个福克纳的神话，一个记者问福克纳："作家对读者承担什么义务吗？"他得到的回答："我根本不在乎约翰·多伊对我的作品或任何其他人的作品的意见。我的作品是标准，读者应该迎合这个标准，这个标准就是我读《圣安东尼的诱惑》或者《旧约》时的那种感受。它们使我感到很好。正像观察一只鸟儿使我感到很好一样。"② 这种写作神话曾经对先锋

---

① 李师江：《福寿春》，人民文学出版社，2007，第 215 页。
② [美] 韦恩·布斯：《小说修辞学》，付礼军译，广西人民出版社，1987，第 97—98 页。

文学作家产生很大影响。但是，在世纪之交，随着写作越来越成为一种职业，与作家的生存联系越来越密切，读者就不可避免地"介入"作家的文学创作活动中，干扰甚至决定了作家的写作。"迎合"读者，已经成为世纪之交作家创作时不得不进行的写作考量。

文学创作一旦产生"迎合"某一读者群体的写作心理，"陈腐题材"就会诞生。这种现象在当代文学史上已经多次发生，世纪之交长篇小说创作又在重归旧路。我们对世纪之交文学创作阅读的一个直接感受就是长篇小说大都是类型化创作：传统长篇历史小说大都是变革故事，所有的故事发生的时间都是国势危如累卵的关头，所有的主人公都是雄强骨耿的英雄，所有的大事件都充满着权谋斗争和尔虞我诈。同样，新历史小说的故事模式大都是家族小说，描写世情的小说大都夹杂才子佳人故事，所有的边城故事都是瑰丽奇伟的民族传奇，如此等等，不一而足。取材传统或师法传统成为集中的文学现象，这本身就是类型创作的明证。世纪之交文学在承继民族传统时，也不可避免地散发着"陈腐"气息。

为了散淡"陈腐"气味，"反题"就显得非常必要。所以，世纪之交长篇历史小说和新历史小说盛行"翻案文章"，很大程度上是基于这种考虑。其中自然有作家主观情志的能动性在起作用，也有迎合读者阅读的考虑。随着商业文化对文学活动的侵入，读者在文学活动中扮演的效用越来越大，成为"专制的"读者，影响了世纪之交长篇小说创作的走向及其美学风格。

读者的"专制性"效能，还可以从文学出版"曲婉"折射出来。埃斯卡尔皮在《文学社会学》中谈到文学出版的特征时说："现代出版者虽然置身于作者的推荐与他所想到的读者要求之间，但不仅限于充当调停人的被动角色。他力图以读者的名义对作者施加影响，以作者的名义对读者施加影响；总而言之，他力图求得读者与作者之间互相适应。"[①] 最典型的例子之一，就是"拜伦主义"。"拜伦主义"是一种因发表了《恰尔德·哈罗德游记》的前两首诗歌而产生的风尚。这两首诗歌的特点是根据出版者约翰·默里的要求悉心迎合浪漫主义读者的需要。

---

① [法] 罗贝尔·埃斯卡尔皮：《文学社会学》，符锦勇译，上海译文出版社，1988，第 78 页。

后来，拜伦就再也无法摆脱这种风尚。默里推动他按同一路子写作，并千方百计不发表有可能冒犯"哈罗德"读者阅读习惯的拜伦作品。

世纪之交长篇小说一个类同的例子就是"重述神话"出版活动。现代文学生产中，出版环节占据重要的作用，但是，无论是出版方还是作家，对于这个环节的"内幕"大都采取秘而不宣的姿态，所以，研究者对这个环节的研究往往束手无策。"重述神话"活动中双方高调的姿态，让我们看到了出版活动的某些隐秘细节。"重述神话"出版的初衷，是以家喻户晓的熟悉题材写出异想天开的新意，以此"煽动"中国读者的阅读兴趣。作为专门出版丛书，它有统一的方向，统一的情趣，乃至规定了统一的表达方法。"重述神话"出版方代表石涛表示："我们对作品的要求是，创意、力度、好看；无论是从重述神话还是小说本身来看，它都必须是一部令人手不释卷的优秀畅销书。"①

一方面，出版方的要求，对写作者影响极大，并以出版合同的方式迫使那些希望跻身于其中的作家改变自己的创造路子。合同的细节，我们不得而知，但是，出版方要求入选作家要预先提交一份大纲，供出版方挑选的读者小组审查，然后才能进行实际创作，这种事情是肯定存在的。李锐说，《人间》是与他的妻子蒋韵合作完成的，在"如何重述"这个故事时，他们经过了"反复的商讨""反复的试探""反复的修改""反复的体悟"，其中就有预列大纲的影子。②另一方面，出版活动对作家的风格也有影响。在"重述神话"作品中，笔者认为，最失败的一部作品当是《后羿》，根本的原因，就是因为叶兆言为了配合出版方，迎合读者，迎合市场，完全放弃了自己的文学风格，语言粗浅直白，干瘪无味，在文学创作中失去了作家主观情志对文学作品的控制。

尽管出版方和作家想尽一切办法迎合读者，希望他们能够认同这些作品，然而，购买和阅读行为的最终决定权，还是掌握在读者手里，读者的阅读和购买欲望，决定了该类文学出版方案的成败。《碧奴》首印 10 万册，曾一度列入畅销书行列，可是，随后《后羿》《人间》的销售显得有些冷寂，与出版社热闹的宣传

①《"重述神话·中国卷"启动：三代作家打造中国神话书系》，《中华儿女》（海外版）2005 年第 5 期。

② 李锐：《偶遇因缘（代序）》，载《人间：重述白蛇传》，重庆出版社，2007。

场面及文坛的热切期待似乎不相称。无论参与其中的作家如何表达他们对原始神话的虔敬之心，无论他们最后交付的产品提供了怎样的审美力量与精神价值，无论被重述的神话在多大程度上与我们的期待相吻合或相悖，当前文学市场的消费逻辑，毕竟是首先有被视作有购买力的消费者，然后才是有鉴赏力的读者。

在商业化的文学语境中，读者与消费已经紧密相连，读者对文学创作的"专制"，可能因此继续存在下去。

第三节　文学语境与世纪之交长篇小说的中国传统叙事

在前几章的论述中，我们反复在谈论一个话题，即传统承传是一种文学／文化史常态，传统无处不在，后人无可逃避；之所以有传统的幽灵在世纪之交集中复活的判断，是因为为数众多的长篇小说不约而同地从故事、主题、题材、结构、叙事手法等路径，重现民族传统。在这种创作实际面前，研究者不能不把这些创作视为一个有整体特征的文学现象，是一种有社会群体特征的文化行为。

在这种时候，如果要很好地理解一个文学现象，仍旧停留在单个作家、具体作品文本或读者层次，显然是不够的。一旦把它视为一个有整体特征的文学现象，就需要审查其外部的文学语境。法国学者吕西安·戈德曼说："一种思想，一部作品只有被纳入生命和行为的整体中才能得到它的真正意义。此外，往往有助于理解作品的行为并不是作者的行为，而是某一社会群体的行为（作者可能不属于这一社会群体）。"[①] 这种认识是公允的，因为从认识论的角度看，只有把认识纳入整体，才能超越局部或抽象理念，以至于能够接触和准确把握具体现象的本质，人毕竟只是社会群体的一个组成部分，对文学现象外部语境进行分析，必然有助于我们更清晰地认识该种现象。

在这种背景下，重返这一文学现象的生成语境，探讨它的知识谱系，将是我们不得不做出的选择。同时，对其知识谱系的梳理也有助于我们看清这一文学运动的内部运行机制，这必然使这个本就富有意味的问题增添了更为广阔和神秘的言说空间。

---

① [法] 吕西安·戈德曼：《隐蔽的上帝》，蔡鸿滨译，百花文艺出版社，1998，第 8 页。

一、世纪之交重返中国传统叙事的知识谱系

一个文学现象的文学语境的形成，与其外部文化环境密切相关。外部文化环境的形成，一般是由多种知识序列结构而成。世纪之交长篇小说创作在向民族文学历史传统寻求资源的同时，中国文化界和知识界还存在着哪些知识序列？它们与文学的知识序列构成了什么样的对话关系，组成了什么样的知识谱系？对这个知识谱系进行整理和分析，可能有助于我们认识是什么权力机制驱使着"传统"在世纪之交集中复活。

（一）世纪末对现代汉语文学的三次反思行动

对这个知识谱系的整理，首先涉及世纪之交重新审视与评估中国百年文学成绩的命题，以及由此而来的对五四文学以西方为学习中心的现代汉语文学传统的反思。重估"五四"是一个旧命题，同时又是一个常新的命题。正如陈平原所说："'五四'除了作为历史事件本身的意义，很大程度成了 20 世纪中国人更新传统、回应西方文化挑战的象征。每代人在纪念'五四'、诠释'五四'时，都不可避免地渗入了自己时代的课题和答案。"① 世纪之交重估"五四"传统的潜文本，是世纪之交吐故求新的社会心理机制，质疑"五四"最容易成为这种时代引人瞩目的声音。

这种质疑之声有三次重要的行动。一是首先由海外汉学界发声，1986 年 12 月，贵州人民出版社出版海外学者林毓生的《中国意识的危机——"五四"时期激烈的反传统主义》。该书的基本观点是对"五四""全盘性反传统主义"进行深刻反省，认为"五四""全盘性反传统主义"是建立在两个预设基础上：一是必须把过去的社会—文化—政治秩序视为一个整体，二是这个整体有根本缺陷，必须予以否定。这种"阴暗"的对中国文化传统的反叛运动，"反映着二十世纪中国知识界所呈现的在文化认同方面的深沉的危机；它也是导致后来在文化上和知识界中许多发展的主要因素。以后数十年中，文化反传统主义的各种表现，都是以五四时期的反传统主义为出发点的，甚至后来出现的许多保守思想和意识形态，

---

① 陈平原：《走出"五四"》，载《游心与游目》，四川人民出版社，1997，第 40 页。

在不同程度上，也呈现着五四时期激烈的反传统主义对它们的影响"①。这部著作首印 5 万册，短短几个月就销售一空，1988 年 1 月又加印了 2 万册。但是，其学术影响直到 1990 年代才在中国学术实践中反映出来。

林毓生对"五四"的反省，成为启发 1990 年代之后中国知识界的一个原发性思维。随着世纪之交学术史研究成为学界的一个研究热点，很多研究者指出了林毓生思想的"原发"之功。其中朱学勤指出，《中国意识的危机》对"五四"的反省，能够在 1990 年代中国学界"走红"，首先归功于其"学理独到的客观价值，满足了学界在思想风行十年后学术必须补进的内部转换需要；第二也无庸讳言，确有那另一层非学术因素造成的社会变动之外力拉动"，这种外力拉动，根本上来说，是因为"改变对历史事件的评价态度，是为了改变对现实状态的评价态度"。②朱学勤指出的这一点，正是 1990 年代之后中国民族传统重新修身显影的根本社会思想根源。

第二个动作是由中国学者发声。郑敏 1993 年在《文学评论》第 3 期上发表了一篇长文《世纪末的回顾：汉语语言变革与中国新诗创作》，开篇即如是说："中国新诗创作已将近一世纪。最近国际汉学界在公众媒体中提出这样一个问题：为什么有几千年诗史的汉语文学在今天没有出现得到国际文学界公认的大作品，大诗人？"③这个问题是中国现代汉语文学一个无法直言的伤痛，因此行文一上来就抓住了很多人的神经。郑敏将此责任归结为："我们在世纪初的白话文及后来的新文学运动中立意要自绝于古典文学，从语言到内容都是否定继承，竭力使创作界遗忘和背离古典诗词"，因为"只强调口语的易懂，加上对西方语法的偏爱，杜绝白话文对古典文学语言的丰富内涵，其中所沉积的中华几千年文化的精髓的学习和吸收的机会，为此白话文创作迟迟得不到成熟是必然的事"。④郑敏在文章中主要谈论的是新诗问题，潜文本却是批判"五四"以来非此即彼的二元对立思维

---

① [美] 林毓生：《中国意识的危机："五四"时期激烈的反传统主义》，穆善培译，贵州人民出版社，1986，第 5—6 页。

② 朱学勤：《"五四"思潮与 80 年代、90 年代》，载《思想史上的失踪者》，花城出版社，1999，第 203、204 页。

③ 郑敏：《世纪末的回顾：汉语语言变革与中国新诗创作》，《文学评论》1993 年第 3 期。

④ 同上。

模式，让人们在世纪末反省"五四"以来的现代汉语文学，"其实际意义却远远超出了新诗的范围，而是怎样科学地处理传统与当代这一整个文学发展的根本问题之一"。[①]1994年，关于郑敏的意见成为学界讨论的一个热点，张颐武、范钦林等人积极参加了讨论。不管众人对郑敏的意见赞同与否，这种对"五四"现代汉语文学的反思风气已经在学界形成，直到今天仍然对学术界有较大影响。

同在1994年，陈思和在《上海文学》第1期上发表《民间的浮沉——对抗战到"文革"文学史的一个尝试性解释》一文。如果说郑敏的文章是对现代汉语文学缺漏的反省，陈思和则是从"民间"的角度对现代汉语文学，尤其是1980年代以来频频招致怀疑、批评的左翼文学寻找一种存在的合理性。不管人们对陈思和的"民间"概念争议多大，但他所描绘的"自由活泼的形式""自由自在"的美学风格和"独特的藏污纳垢的形态"，还是赋予"民间"以很强的魅力。[②]"民间"后来被陈思和作为基本概念应用到《中国当代文学史教程》中，对现代汉语文学研究产生了广泛的影响，启发人们更加重视文学中的民族传统因素的审美效用。

值得注意的是，林毓生还主要是从思想史的角度来反省"五四"以来的现代汉语文学，其中切入文学创作的内容较少。郑敏、陈思和等人都是直接对现代汉语文学创作本身发声，讨论现代汉语文学的问题与成绩，对文学相关从业人员的触动可能更加直接。

1999年，学界再次对"五四"以来的现代汉语文学发声，这次是葛红兵在《芙蓉》第6期上为中国文学写了一份"悼词"（《为二十世纪中国文学写一份悼词》），对20世纪中国文学进行了颠覆性的评价，不仅质疑"五四"以来先贤们文学的价值力量，而且对他们道德的崇高性也提出怀疑和批评。葛氏的批评引来了大量的针锋相对的批判。从论争的整体状况看，似乎是维护"五四"传统的力量占了上风，但是，葛红兵的"颠覆性"思维却具有"革命性"意义，影响深远。因为他对20世纪中国文学的批判虽然极端和片面，却切入了专业研究者重新阐释历史的学术领域，是"重写文学史"思潮的延伸，必然会对专业研究者产生触动。同

---

① 编者：《编前絮语：关于传统和现代》，《文学评论》1994年第2期。

② 陈思和：《民间的浮沉——对抗战到"文革"文学史的一个尝试性解释》，《上海文学》1994年第1期。

时，葛红兵等人的观点又是一次另类的"五四"文学教育，打开了更多的非学界人士了解"五四"的新视域，激发出人们固有的民族主义情感。当偏向西方传统的"五四"文学遭遇民族主义情绪时，其合法性和合理性价值就遭到严重的挑战。

这个充盈着质疑回声的场域，必然会与创作界产生对话关系。2000年第2期《收获》开辟《走近鲁迅》专栏，依次刊发了冯骥才的《鲁迅的功与"过"》、王朔的《我看鲁迅》，以及林语堂曾发于1937年的《悼鲁迅》。冯骥才在文章中说，鲁迅的"国民性批判源于一八四〇年以来西方传教士那里"，"鲁迅在他那个时代，并没有看到西方人的国民性分析里埋伏着的西方霸权的话语"，"又由于他对封建文化的残忍与顽固痛之太切，便恨不得将一切传统文化打翻在地，故而他对传统文化的批判往往不分青红皂白"。[①] 王朔则指出："我认为鲁迅光靠一堆杂文几个短篇是立不住的，没听说有世界文豪只写过这点东西的。""我坚持认为，一个正经作家，光写短篇总是可疑，说起来不心虚还要有戳得住的长篇小说，这是练真本事，凭小聪明雕虫小技蒙不过去。"[②]

对于鲁迅的批评与否定性评价，一直存在，只是尚未在当代文学界和研究界引起广泛震动。因《走近鲁迅》的三篇文章，两文皆出自当代名作家，一文出自现代大家，而且由业界颇负盛名的《收获》杂志以专栏同期推出，使得人们在关注三篇文章的锋芒所向的同时，也不能不对这一举动背后的动因发生兴趣。鲁迅一直被认为现代汉语文学的标杆性人物，对之否定，是更为直接地反省现代汉语文学以西方文学和文化为主要写作资源的文学传统，这对研究者和文学家都产生了极大影响。尤其对试图建立"不世之勋"又处于西方"影响的焦虑"之下的先锋作家，冲击可能更大，使他们对以西方为唯一发展向度的文学观念产生警惕。西方文化资源某种程度的式微，民族文化传统资源浮出水面，就可能在这种情况成为一块硬币的两个相关联的对面。

（二）国学热与全球化背景

如果说上述因素还不足以促成民族文化传统资源以合理、合法的面目出现在

---

① 冯骥才:《鲁迅的功与"过"》,《收获》2000年第2期。
② 王朔:《我看鲁迅》,《收获》2000年第2期。

世纪之交长篇小说的写作场域，那么世纪之交在中国再次泛起的国学热，就构成了民族传统出场的必要的时代条件。

随着 1990 年代国内外形势变化，文学界对民族传统文学的态度不断偏离"五四"以来的主流态度，人们逐渐意识到民族传统也可以成为一个资源，对现代化起到积极的健全作用。这无疑是一种观念的进步。

国学热在 1990 年代已经开始悄然兴起。早在 1992 年前后，国内几家著名高校就已开始开设国学课程，多家出版社陆续出版熊十力、冯友兰、钱穆等老一辈国学大家的文集或者选集，也出版陈来、裘锡圭、申小龙等学界新锐的学术著作，一时间国学书籍洋洋大观。1995 年，国内各种报纸杂志或开辟专栏，或发表文章，就中国传统国学与现代化的关系展开讨论，成为当年的文化研究热点。1996 年，国家教委组织编写了一套叫作《中国传统道德》的多卷本语录体的丛书，遴选从先秦到清末，包括《周易》《尚书》《忠经》《孝经》在内的多种传统典籍的语录。从其礼遇级别之高，其意义可想而知，这是对传统优秀文化的重要肯定。与世纪末对"五四"新文化的反省相应和，1990 年代，知识界对中国传统文化的认知好感逐渐加深。

进入新世纪后，随着中国国力迅速提高，中国知识界的民族荣誉感也日益增强，对国学的提倡也愈加急切。国学热成为一种主流文化事件，出现在公众视野中，在全社会产生了广泛影响。2004 年 9 月 5 日，国内外 70 位学术界、文化界知名人士在许嘉璐、季羡林、任继愈、杨振宁、王蒙的倡导下，于北京发表《甲申文化宣言》，呼吁社会各界重视"国学"。2005 年，中国人民大学成立国学院；中央电视台转播在曲阜举行的纪念孔子诞辰 2556 周年的庆典活动。在此之前，北京大学专门设立"乾元国学教室"，教育部宣布在国外设立 100 所孔子学院，宣传中国文化。一些高校纷纷成立有关国学、传统文化、儒释道思想的研究机构，如清华大学历史系 / 思想文化研究所、中国社会科学院世界宗教研究所儒教研究中心、安徽大学徽学与中国传统文化研究院等，出版的学术著作及研究文章不计其数，每年都要召开各种形式和规模的国内国际学术研讨会。各种媒体也参与推动国学热的活动，央视《百家讲坛》栏目以雅俗共赏的方式宣讲中国传统经典，《光明日报》专门开设国学版，百度中文搜索引擎开设"国学频道"，新浪高调推出乾元国学博客圈，如此等等，不一而足。这一系列的活动以及这些活动引起的关于国学的论争掀起了又一次大规模的国学热。

这一轮国学热是在全球化的背景下产生的，中国成为全球第四大经济实体，在国际政治经济生活中日渐扮演着重要角色，中国的民族自信心日益增强。昌切说，新世纪"国学"后来居上，它与此前的海外新儒学、1990年代后期异军突起的中国"后学"一起，"里应外合，新旧结合，声势浩大，抢滩的抢滩，扩展地盘的扩展地盘，很快就打下了大半江山。这'三学'在学理和旨趣上虽有诸多差别，但在'向后看'，持守民族本位立场上却是一致的，都主张以传统文化或民族文化为本兼容西学，创生或复兴足以与西方文化相抗衡的堂皇的中华文化"，昌切感叹，"我实在想象不出此时还有什么比这种主张更能耸动视听"。①

但是，我们应该看到，全球化既是当今世界的生活实景，又在目前的国际政治中表现为一种新的文化政治。全球化意识召唤出中国关于自己在"地球村"位置与地位的想象，这种"想象"，当然与中国的经济地位相对应，是处于"地球村"的中心的理想图景。但是，被"召唤"的主体想象往往有很大的虚构特征，因为这种"召唤"主体表现出来的东西"就不是左右个体生存的现实关系系统，而是这些个体与他们身处其中的现实关系的想象关系"②。所以，当全球化的真实图景展示在国人面前时，国人发现，中国的国际形象和国际地位似乎并没有达到国人的想象高度。

本尼迪克特·安德森指出，拉美和东南亚民族主义的缘起之一，是因为宗主国对这些地区实施歧视政策，使他们向中心（宗主国）"盘旋而上的朝圣之旅"的道路被截断，所以才有了民族自觉和自赎。③中国目前的具体境况虽然与拉美和东南亚民族当时的处境有很大差别，但是，在以西方为中心的全球化时代，中国作为"后发型"国家，"朝圣"境遇仍然存在。当"朝圣"（向中心）之路受到严

---

① 昌切：《民族身份认同的焦虑与汉语文学诉求的悖论》，《文学评论》2000年第1期。

② [法] 路易·阿尔都塞：《意识形态和意识形态国家机器（续）》，李迅译，《当代电影》1987年第4期。

③ [美] 本尼迪克特·安德森：《想象的共同体——民族主义的起源与散布》，吴叡人译，上海人民出版社，2005，第52—58页。

重阻碍后，民族主义再次发"声"就成为最自然不过的事情。这也印证了张旭东的判断：民族主义的出现有"一般社会经济条件"，它与现代性的发展阶段有"结构性共生关系"。①

这次民族主义的发"声"不是通过暴力，而是对话。因为中国政府和民众或许已经认识到，全球化的民族认同问题不单单是一个语言困窘问题，而是一个话语问题，是置身于历史当中的主体间的实践交流。于是，中国社会政治上有了总结和推广"中国模式"的呼声，文化上则有向内向外介绍国学的倡导，其根本目的是让世界了解"中国"，在全球化视镜中凸显"中国"的身影和价值。所以，新世纪的国学热展开的深层机制是全球化／民族化的身份政治，内在地反映出已经强大的中国敢于在全球化视镜中彰明身份的自信和急于融入世界中心的焦虑。这种由主流文化主导的自信与焦虑，必然辐射到社会的各个角落，产生对话与反响。

（三）现代传播媒介在世纪之交承传传统活动中的效用

进一步考察这种辐射机制，对问题的讨论也许有更大的推进作用。

新世纪国学热在表现上有两大特征，一是电视、广播、报纸和网络成为最大的推动力量；一是国学热突破学院，逐渐有限度地渗透到民众中。本尼迪克特·安德森认为，现代民族的出现本身就与印刷术、报纸、收音机等现代传媒有关，它把分散的个体勾连起来，才有了产生想象民族共同体的可能。自 1990 年代以来，随着商品经济的发展，很多人认为，政治文化已经在强劲的经济生活面前消隐或退位。这是一种错觉。事实上，社会的每一次变化（包括文学的每一次重要的变动），都暗隐着政治文化的身影。只不过这种政治文化的掌控，更多地不是依靠"用暴力手段"发挥功能作用的强制性国家机器（例如警察、军队、监狱），而是更为软性和隐蔽的电视、网络、手机等新媒体和报纸、书籍等出版物。

本尼迪克特·安德森在研究民族的起源与散布时，发现统治阶级非常喜欢修建博物馆，因为博物馆里的历史古迹很容易成为"一个民族认同象征"，是"深

① 张旭东：《民族主义与当代中国》，载翟晓光编《田野来风》，中国电影出版社，1998，第 329—330 页。

刻地形塑"民族的重要方式。① 事实上，不仅是古迹遗址，语言、服饰、民俗和文化典籍都能够成为博物馆的成员，发挥关于民族认同的功能。在世纪之交的国学热中，电视、广播、网络等现代传媒成为最活跃和最有效的推动力量，就是因为主流文化有意识地运用现代传播媒介，通过重释具有"地标"性的文化经典，唤起民众关于中华民族共同体的神圣认同。例如，自 2005 年后，中央电视台通过《百家讲坛》栏目，掀起了"《红楼梦》热""三国热"和"《论语》热"。《论语》《三国演义》和《红楼梦》都是代表着中华民族最高文化价值认同的经典，重温它们自然会重识它们的伟大价值，并因此"询唤"出民族自豪感。自晚清以来，我们一直在检讨中国传统文化的现实效用，在西强东弱的思维模式下，国人关于传统文化的想象就有了深深的自卑感。这次国学热对上述情绪的悖反，是世纪之交重拾民族自信的重要步骤，尤其通过现代媒体使国学热突破学院，逐渐有限度地渗透到普通民众中去，对于唤起整个民族的文化自信，意义非凡。

值得注意的是，这次主流文化主导的活动，产生了一个"副产品"：借助于电视、网络和出版物，新世纪国学热成就了诸如刘心武、易中天、于丹等人的"功业"。尽管人们对这些人物的成名方式和他们的"功业"有很大争议，但是，在一个商品化时代，他们的成功具有显而易见的蛊惑性和号召力，他们也不可避免地成为商品时代的"优质品牌"，他们成功的方式和路径，也不可避免为他人所效仿。在 2005 年以后，"中国风"风靡于通俗音乐、电影、绘画界就是明证。

种种姻缘聚合，已经耦合成巨大的，从民族文化历史传统中寻找资源的"势"与"场"，当下很多领域都被卷入这个"势"或"场"中，而与这个"势"或"场"最接近的文学当然也很难免俗。雷达在分析新世纪文学的创作症候时曾感慨地说："任何作家都不可能脱离他身处其间的时代，就某种意义来说，是具体的时代的文化气候决定着该时代一般作家的命运。"② 在一种"向后看"的时代文化风尚中，靠近传统和激活传统就成为世纪之交文学的一个必然选择。

---

① [美] 本尼迪克特·安德森：《想象的共同体——民族主义的起源与散布》，吴叡人译，上海人民出版社，2005，第 171、167 页。

② 雷达：《当前文学创作症候分析》，载张未民等编选《新世纪文学研究》，人民文学出版社，2007，第 44 页。

二、"重续传统"的难题

（一）规约性认知框架、全球化认知语境与民族传统的幽灵重现

回顾历史，我们不得不说，民族传统的幽灵在世纪之交长篇小说的复活，是特定时代文化语境影响产生的文学现象。其中涉及我们一再强调的具体历史语境中关于传统的认知装置的变动，其每一次变动，就会形成一种有关传统的规约性认知框架。埃斯卡尔皮说："共同的文化引出了我们所说的共同的价值观念。任何集体都'慢慢产生'一定数量的思想、信仰、价值判断或事实判断，它们作为明显的事实为整个集体所接受，既不需要说明理由，也不需要证明和辩解。在这里，我们重新看到了一些接近于民族精神和时代精神那样的观念。这些观念类似于原始人的禁忌，往往都经不起检验，但在尚未动摇该集体的道德基础和思想基础的情况下，是不能引起人们质疑的。它们是该集体的正统观念的基础，但同时也是异端邪说和离经叛道之论的支点……"[1] 也就是说，一个历史时代，常常能够形成共同的时代文化，这种能够取得群体认同的文化的形成，并不一定符合理性逻辑，然而，它一旦形成，就会造就与之相适应的规约性认知框架，往往对作家和读者都能够产生压抑效用，从而能够在具体活动中引导他们如何表现或认知传统。

自 1980 年代后期以来，"纯文学"理念在中国文坛甚嚣尘上，作家与读者被灌输的文学创作情理，谓文学是独立的文化形态，而任何与主流政治有连接的文学都是低级的，甚至是耻辱的。但是，这种认识改变不了任何作家都不免受到主流文化的制约以及自己和读者的世界观被支配的实际状况。一个作家可以接受、全部或部分拒绝自己身处其境的主流文化，但却无法完全摆脱这种主流文化。从人类学的角度来看，人类获得的知识的意义，也是在人类所处的特定处境中产生的。20 世纪中国作家与读者所处的特定处境，左右了他们对传统的意义认知。詹姆逊有一个著名的观点："第三世界的文本，甚至那些看起来好像是关于个人和

---

① [法] 罗贝尔·埃斯卡尔皮：《文学社会学》，符锦勇译，上海译文出版社，1988，第 124 页。

利比多趋力的文本，总是以民族寓言的形式来投射一种政治：关于个人命运的故事包含着第三世界的大众文化和社会受到冲击的寓言"，所以，"在第三世界的情况下，知识分子永远是政治知识分子"。[①]世纪之交长篇小说无论是复现幽远的历史故事，还是涉足当下现实，民族寓言和民族政治的意味依然浓厚，这说明中国文学在文化上尚属"第三世界文本"，作家还是一些"政治知识分子"，从其流转的广度和深度来看，读者也依然是有浓厚政治情结的读者。

世纪之交长篇小说的特殊性，同样来自所处时代的特殊性。中国在世纪之交发生了近代以来最富戏剧性的社会变化，中国社会生活正在发生翻天覆地的巨变：经济总量迅猛发展，目前已经跃居为世界第二大经济体，成为世界经济发展的引擎，在国际上日渐扮演着重要的角色；中国社会结构也正发生着有史以来最深刻的变动，各种社会力量纠结在一起，有很多挑战，也充满着活力，中国已经成为今天世界上最有魅力的一块土地。在这种历史语境中，中国作家没有理由不把目光转向国内，在自己的民族文化土壤中辛勤耕耘，深挖细耙自己母体文化的特征及其潜力。詹姆逊说："榜样的选择明显地取决于文化。"[②]20 世纪之初，中国社会如一架破旧的牛车，衰老破旧，历经沧桑，现代汉语文学选择的"榜样"，是西方文化与尚有活力的民族民间文学；21 世纪，中国社会像一列高速行驶的现代列车，雄健强劲，现代汉语文学自然把目光收回到自己的民族传统。规约性认知语境的变化，带来了一个时代的规约性认知框架的变动，世纪之交的长篇小说因此在重返传统时表现出不同以往的新形态。

可是，即便我们知道一个时代的规约性语境会产生相应的规约性认知框架，它们会对作家和读者产生实质性影响，但是，要重构这种影响关系也是不容易的。对于有些作家来说，其传统认知发生置转还是可以想象的。如莫言和格非等先锋派作家，他们在新世纪国学热前就有从民族传统寻求资源的写作实践，这除了显示出作家对时代天生的敏锐性外，还有他们自身特有的原因。从文学发展的历史看，重视写作的技术技巧，使文学回到本体，是 1980 年代中后期当代文学

---

① ［美］詹明信（詹姆逊）：《晚期资本主义的文化逻辑——詹明信批评理论文选》，张旭东编，陈清侨等译，生活·读书·新知三联书店，1997，第 523、530 页。

② 同上书，第 530 页。

的进步。经过莫言、格非等一代作家的努力，现代汉语文学发生了"革命"性变化。先锋文学在奠定了自己的文学史地位的同时，也建立了先锋文学的成规，为他人所赞美和效仿。但是，当先锋作家师法西方的真相大白于天下时，先锋作家就陷入为自己的原创性进行苦苦辩解的尴尬境地。哈罗德·布鲁姆所说"取前人之所有为己用会引起由于受人恩惠而产生的负债之焦虑"[①]，恰恰成为对先锋作家彼时心境最好的诠释。谋求与其师法的西方和拉美的先贤区分，成为先锋作家最急迫的任务。然而，如果仍然坚持原有的文学观念不变，他们师法的先贤甚至他们自身，都可能成为先锋作家难以超越的障碍。这个障碍之大，使有些先锋作家在 1990 年代文学创作"猝死"，另一部分则试图偏离他们已建的文学成规。这次偏离是以某种程度的回归现实主义传统为表征，但是，他们无意中又触动了一个更大的西方文学传统，仍然无法廓清自己的文学想象空间。对于先锋作家来说，西方传统已经成了一种忧郁症和焦虑症原则。一味模仿西方传统，既没有带来西方的普遍承认，也没有把他们带到世界文学的真正高端（譬如诺贝尔文学奖是他们的伤心情结），这也使先锋作家对西方传统的"神性"产生了怀疑。

正如我们一再论及的，自近代以来，中/西二元思维是中国最基本的文化思维，检讨西方文学传统，必然会驱使人们重回中国民族传统。所以，从这个维度看，莫言和格非重续传统，又是一个文学内部问题，是一个自然而然的文学发展趋势。

但是，这个解释无法回答，为什么不属于先锋文学的迟子建、王安忆会加入重续传统的行列，更不能解释一些新进作家如郭敬明、萧鼎等为什么对传统资源有浓厚兴趣。一个阵容庞大的作家群，在 2005 年前后不约而同地向民族传统寻求资源，时代背景就是一个必不可少的考量。

世纪之交的时代背景就是全球化时代，它给中国带来机遇，也带来压力，特别是在以西方为中心的全球化场域中。正如我们已经论述的，世纪之交的国学热之所以具有席卷整个社会的能量，就是源于这种政治。在这种语境中，文学界最关心的议题是：全球化时代的中国向何处去，怎样维护中国文学在全球化时代的

---

① [美]哈罗德·布鲁姆：《影响的焦虑》，徐文博译，生活·读书·新知三联书店，1989，第 3 页。

尊严，怎样使中国文学在创建自己的特色时又不失全球性。①生活在这种语境中，莫言和格非等先锋作家也逃脱不了时代的"巨手"，而且，民族性话题还使他们感觉到一种写作的崇高性和使命感。

在 2002 年的一次演讲中，莫言把全球化语境中的写作称作"悲壮的抵抗"，"为保持民族的完整性和独立性"，作家仍应该"坚持用自己纯正的母语写作"。②2006 年，在与日本作家李比英雄对话时，莫言直接声称："在文学中吸收民族主义 / 国家主义因素，这一行为本身并不是完全错误的。"③格非在谈到《人面桃花》的写作时说，"我会对过去自己的小说做一些反思，我会更多地以中国人的思维习惯来看，而不是在看一部翻译小说，我要的就是中国小说"，所以，"现在需要迫切强调的是对于中国传统资源的一个再认识"，"经过大家的努力，形成一个新的共同体"。④在全球化压力下，莫言与格非都本能地站在民族性、地域性的一面，抗拒全球化抽空自己民族地域性文化的精神，坚守自己的精神家园。为此目的，选择民族性就成为中国作家最有道德说服力的选择，这也使他们重续传统的努力带上了"神圣"的光环，为他们的努力带来更大的动力。

（二）民族传统修辞的"陷阱"

问题的缝隙也就在这里被发现了。重续民族传统最重要的时代驱动力量，是在全球化的背景中张扬民族的特殊性，成为彰显民族身份的民族主义文化政治的一部分。全球化 / 本土化就成为有直接冲突的一对矛盾。正如詹姆逊提出的，"只要出现一个二项对立式的东西，就出现了意识形态，可以说二项对立是意识形态

---

① 自 1990 年代后期全球化理念在中国开始传播开始，全球化与本土性、民族性一直纠结在一起，到目前仍然在学界挥之不去。其中核心话题就是上述论题，很多学人和杂志积极参与此讨论中。2000 年，《文学评论》开辟《全球化趋势中的文学与人》栏目，用一年时间推荐这一方面的专业论文和会议文章，其他一些研究团体与杂志随之跟进，使上述论题得到了充分讨论。

② 莫言、王安忆：《写作是悲壮的抵抗》，《当代学生》2002 年第 5 期。

③ 莫言、[日]李比英雄：《文学·民族·世界——莫言、李比英雄对话录》，[日]小园晃司译，《博览群书》2006 年第 7 期。

④ 格非、于若冰：《关于〈人面桃花〉的访谈》，《作家》2005 年第 8 期。

的主要形式"①。只要是意识形态，总会隐藏着转移、虚构和遮蔽行为。向民族传统寻求资源的命题本身没有问题，问题在于文学命题和政治联姻后，文学到底处于什么样的话语地位。而中国作家在处理文学与政治关系时的历史经验，也让我们意识到这个问题不是一个杞人忧天的庸思。重续传统的世纪之交文学一旦完全听命于民族主义的命意，文学还能够发展吗？

或许伊格尔顿的话在此富有启发意义：

> "坏的"或不成熟的乌托邦主义随手抓住某种未来，以一种超出了约定的现存政治结构的意志行为或想象行为把自己投射出去，人们或许会称之为"虚拟语气"。在目前范围之内，这种状况可能被一些以特殊方式发展或展开的力量或虚假线路过早地引入将来，乌托邦思想没有注意这些力量或虚假线路，因而它面临的危险就是要说服我们无用地而不是可行地去期盼，结果使我们像神经病一样为无法遏止的渴念所困扰。从这个意义上说，一种可望而不可即的未来没有把它的基础筑在现在，其实就是某种社会决定论给我们提供的未来的翻版，这样的未来不可抗拒，但并不因此是理想的未来。②

莫言等人重续传统的努力，一旦与民族主义政治的命意完全重合，他们的文学愿望就难免有乌托邦色彩。在 20 世纪中国文学的每一个重要的发展阶段，作家们抓住的都是振兴或复兴民族文学的共同愿望和心理，来宣扬他们在所处时代文学选择的合理与合法性，但是最终结果似乎都难以企及他们的目标。这次莫言们从承传民族传统的维度切入民族文学"复兴"的命题，是一次成功的文学努力，还是又塞给我们一个乌托邦梦想，我们还不得而知。但是，种种迹象让笔者并不十分乐观。因为在诸多的作品中，我们看到的多是对传统资源的技术性借鉴，并没有看到太多对它的创造性再生。如果以"先锋"为命意的作家仍然停留在文学

---

① [美]杰姆逊（詹姆逊）讲演：《后现代主义与文化理论》，唐小兵译，北京大学出版社，1997，第 24 页。

② [英]特里·伊格尔顿：《历史中的政治、哲学、爱欲》，马海良译，中国社会科学出版社，1999，第 310—311 页。

技术求新求奇的层面，这恰恰显示了他们的失败和当代文学的悲哀。毕竟伟大的作家和伟大的作品不是仅凭文学技术层面的革故鼎新就能够产生，必须伴随作家对时代、对人类生存独特、深刻的观照和表现，写出具有穿越性的作品。

或许笔者有些悲观，也有些急切。毕竟世纪之交重续传统的努力已经取得了价值不菲的成绩。但是，中国文学过多地仰仗现实力量和某些运作机制，使我们对这种写作的持续性不敢有太乐观的心理。莫言、格非等人或许还有较强劲的发展，毕竟他们有比较开阔的视野。譬如，莫言认为："不大胆地向外国文学学习和借鉴不可能实现文学的多样化，不积极地向民间文化学习，不从广阔的民间生活当中索取创作的资源，也不可能实现文学的个性化、民族化和多样化。"① 但是，由于对传统的重释是站在全球化的背景上，就像陈晓明于新世纪之初观察到的："回到本土文化资源实际隐含了双重的西方背景：其一，现实地与西方对话的背景；其二，无可摆脱的西方思想资源和西方视点。"② 莫言等人的问题就在于，历史经验可能会让他们在写作过程中有更开阔的视野和辗转腾挪的能力，但是，也可能成为他们的掣肘。因为这一辈作家都有建功立业的"大野心"，他们寻求民族文化历史资源，在写作中张扬民族特殊性，内质里潜藏着渴望世界／西方文学接纳与承认的奢望。这就可能坠入一个吊诡的局面：一方面他们以特殊性彰明在"地球村"的身份，希望以民族的特殊性反抗全球化的趋同性，另一方面又深信"只有民族的，才是世界的"，企图以民族性来融入全球化；一方面他们想以民族性抹平全球化客观存在的不平等，企望成为"地球村"一个享有平等权的"公民"，另一方面又希望被处于权力中心的西方承认，民族性就似乎成了"献媚"的手段，这反而加重了不平等。他们的矛盾是：一方面从保持相当距离的"放逐者"的角度对喝了倒彩的全球化表现冷漠态度，另一方面又对融入全球化抱有异乎寻常的热情。

伊格尔顿认为乔伊斯的悖论就是"乔伊斯对爱尔兰的敬意是刻写在世界主义

---

① 语出 2008 年 10 月 16 日，在北京师范大学召开的"当代世界文学与中国"国际学术研讨会上，莫言的《影响的焦虑——在世界文学与中国研讨会上的发言》。

② 陈晓明：《反激进与当代知识分子的历史境遇》，载李世涛主编《知识分子立场：激进与保守之间的动荡》，时代文艺出版社，2000，第 315 页。

版图上的"①，因为乔伊斯调用了全部世界性现代主义技巧和力量来再造爱尔兰，然而，他在赞颂爱尔兰的同时也在削弱着爱尔兰的民族特性。这种悖论已经发生在中国人身上了，张艺谋是这样，李安是这样，莫言们也可能是这样。我们所希望的是，文学写作可以包含民族主义的诉求，但是，这种文学诉求，不必再次把中国文学的发展与民族国家想象及其追求捆绑在一起。如果民族的现代化和文学的现代化再次纠缠在一起，文学的独立性再次成为问题，作家的功利性心理再次影响创作，那么，使中国文学现代化的梦想可能再次成为幻想，这将是又一次令人扼腕的文学行动。但愿这种历史的幽灵不会重新复活显形。

①　[英]特里·伊格尔顿：《历史中的政治、哲学、爱欲》，马海良译，中国社会科学出版社，1999，第319页。

结　语
构建现代汉语文学创作的新主体

　　民族传统的传承和转型，是一个文化流转的老问题。一层含义即该问题"古而有之"。"周虽旧邦，其命维新"，中国民族文化正是因为在不同时期既能够"守器传统"，"传承统序"，又能够"苟日新，日日新"，才使得她成为世界几大古老文化形态中仍具蓬勃生命力的一个"历史的例外"。

　　近代以来，中国民族传统被置于一个历史涡流中。由于民族生存遭遇了前所未有的危机，历来被族人奉为圭臬、推崇备至的民族传统文化也遭遇了前所未有的质疑和攻击。曾经的辉煌，逐渐成为人们缅怀的旧迹，以往可以被忽略的瑕疵，被以千万倍放大、歪曲，并被视为传统的固有特征遭到疾风骤雨般的袭击与批判。在 20 世纪的文学语境中，民族传统被迫低下她一直高高昂起的骄傲的头颅，只能托庇于种种现代话语的阴影之下，幽灵般地影现在现代汉语文学创作中。

　　这种现象在世纪之交发生"扭转"。审视民族传统，批判其劣根性的现代文学"小传统"仍在，但是，当前现代汉语文学主流，尤其是长篇小说创作，已经逐渐改变忽略、歧视，乃至敌视民族传统的态度，民族传统日益成为作家主动选择的文化资源，堂堂正正地取得了与西方传统资源同侪并荣的地位。

　　对于文学创作来说，重要的可能不在于民族传统地位的置转，而是因此而来的文学审美品貌的变化，以及可能由此带来的相应的美学价值提升。

　　本书对世纪之交长篇小说重返民族历史传统的文学现象作了初步分析，用意在于抛砖引玉，唤起学界对此问题的关注、重视和更深一步的研究。不过，就初步呈现已经不难看出，在这个历史时段，有为数不少的长篇小说刻意在内容、结构、叙事方法与技巧等方面，资借和学习民族传统，并且影响了世纪之交现代汉语文学的创作走向，取得了引人注目的文学成绩。

首先，对民族传统的重视和借鉴，改变了现代汉语文学的表述视点和表达空间，拓展了文学表现领域。在以往的现代汉语文学中，民族传统除非穿上"现代性"的伪装，否则很难能够以健康明朗的形象或方式进入文学作品中。颓丧形象和灰败色调，是民族传统在 20 世纪现代汉语文学中的主色。而在世纪之交的长篇小说中，民族历史故事散发出幽微迷人的光泽，各种神话故事和民间传说，饱含着意味深长的神韵，乡村敞开了宽阔温暖的怀抱，骨鲠英雄，才子佳人，风流俊逸，别致俊俏，传神写貌，各具才情。民族传统形象一反过去的破败颓废，民族故事也日渐脱离悲剧基调。世纪之交的文学大舞台，逐渐开始上演民族传统的正剧，乃至于喜剧，现代汉语文学的美学风格也逐渐远离沉郁峻厉、哀婉感伤，健朗、雄强、崇高、喜庆，成为世纪之交长篇小说语及民族传统时的常见美学。

其次，对民族传统文学技术和方法的有效吸纳，提升了现代汉语文学作品的艺术品质。世纪之交，不少作家不管是"有意为地借用"，还是"无意识地继承"民族传统，都赋予了具体长篇小说文本显明的民族特色。章回体、纪传体、笔记体、《红楼梦》似的网状结构，件件成为世纪之交长篇小说效仿的偶像；正笔、旁笔、犯笔、闲笔、仿拟等诸多古典小说笔法，个个渗透到世纪之交长篇小说创作之中。在世纪之交的中国文学大花园中，古典文章 / 文学术法和技艺纷纷幽灵重现，百花盛开，争妍斗艳，好不热闹！尽管传统的幽灵一直飘荡在现代汉语文学上空，它的美学呈现也一直是中西传统互动互促的美学图式，但是，以往从来没有像现在这样，中西传统双峰对峙，一视同仁，同时得到作家器重，二者交融因此更加圆融，世纪之交的长篇小说也因此得福，整体艺术品质得到提升，并且收获了《废都》《活着》《长恨歌》《檀香刑》《笨花》《人面桃花》等佳作。

世纪之交重返中国传统的长篇小说正在构建当代文学创作的新主体。这个主体强调"中国文学"的身份，主张在继承本民族文学传统的基础上建构"中国文学"。这种耽于身份焦虑的主体建构，直观上来看是因为全球化的现实压力，也与 20 世纪以来中国作家民族化的要求和努力有同构关系，但是，这个新主体已经有别于以往的文学主体。新主体诞生于中国已经强大的特定历史场域。这个新场域的魅力之大，使诞生于其中的文学新主体根本无暇羡慕外来的文化。

　　在新的主体场域中，世纪之交的长篇小说家在面对中国传统时，不再心存屈辱感，这与此前中国作家以落后民族的子民面对自身传统时的心理有了巨大差别。同样面对现代化压力，这个新主体心态渐趋平稳，姿态雄强而自信。面对现代汉语文学创作，他不再盲从于域外理论，认为西方传统是唯一的现代性的代表，中国传统已经以正面形象进入他的文学视界，并被视作可以带来现代性成分的一个资源而得到敬重的礼遇。对于中国传统的自信、信赖，乃至于自豪感，从根本上来说源自日益强大的中国现实提供给国民的自信。如果没有已经强大的中国现实做心理后盾，世纪之交的长篇小说家难以完成这种心理转向。一个时代的现实酿造一个时代的文化，一个时代的文化也影响和造就了一个时代的创作主体及其创作的品相。

　　创作的新变，就是本书描述的民族传统在世纪之交长篇小说中的幽灵复活，以及因此而带来的后果。对于世纪之交的现代汉语长篇小说来说，中国古典传统各种文本内容和艺术形式在其体内幽灵复活的意义在于，它提供了现代汉语文学发展的新范式。民族传统或以承文本、副文本形式，或以各种古典文章文体进入世纪之交的长篇小说，赋予它以中国文学特有的儒雅风流，自然使其呈现出一个世纪中国作家梦寐以求的中国作风和中国气派。

　　我们高兴地看到了世纪之交中国文学的新变化，但是，也不必因此就尽唱这种文学现象的赞歌。正如彼得·毕尔格所说，一个场域"既对各种确定主体的可能性敞开空间，同时也限定它的范围"①。世纪之交长篇小说因为重返民族传统焕发出以往没有的新气象，但是，也可能由于中国作家过于执着传统，而蹈入偏废于民族性的陷阱。好在资借和学习民族传统的骨干作家大都有先锋文学创作经历，这种写作经验使他们能够在承续民族传统时，又能够时时知道"误读"和"修正"传统，并力争建构属于自己的文学功业。希望在他们的带动下，这次重返民族传统之旅最终有一个好的业果。

　　目前，世纪之交承续民族传统的长篇小说已经取得了很好的成绩，出现了

---

　　① [德]彼得·毕尔格：《主体的退隐》，陈良梅、夏清译，南京大学出版社，2004，第219页。

能够传于后世的佳作，但是，也不必讳言，这个时代还是缺乏穿越性的大作。这种大作，能够使我们理直气壮地宣称：这次承传民族传统的创作现象是一个划时代的变革。本书的尴尬在于，若要叙述某事，我们就必须假设所发生的事件有一个暂时性的结局，无论这个结局怎样，然后可以从这个结局出发来澄清事件的经过。可是，世纪之交重返民族传统的长篇小说创作现象到现在还是一个进行时，这让我们无法看到一个可以料想的结局，所以，也最终无法给它一个恰如其分的判断。

不过，我们也不会悲观，这反证了这次已经历时二十余年的重返民族传统的长篇小说创作现象后劲十足。不管这次"重返"会是一次大雾茫茫的文学远航，还是即将戛然而止的历史行动，但就它目前所取的成绩和影响来看，它已经是研究界必须重视的一个文学现象，无论现在，还是将来，都值得研究者为之倾力一顾。

参考书目及文献

一、重点阅读作品书目

1. 阿来：《尘埃落定》，人民文学出版社，1998。

2. 阿来：《格萨尔王》，重庆出版社，2009。

3. 阿来：《空山》，人民文学出版社，2005。

4. 阿越：《新宋Ⅱ·权柄》，花山文艺出版社，2008。

5. 阿越：《新宋Ⅲ·燕云》，花山文艺出版社，2008。

6. 毕飞宇：《平原》，江苏文艺出版社，2005。

7. 毕飞宇：《推拿》，人民文学出版社，2008。

8. 陈润华：《偶然的南方》，广西师范大学出版社，2004。

9. 陈忠实：《白鹿原》，人民文学出版社，1993。

10. 迟子建：《额尔古纳河右岸》，北京十月文艺出版社，2005。

11. 二月河：《康熙大帝·乱起萧墙》，黄河文艺出版社，1989。

12. 二月河：《乾隆皇帝》，河南文艺出版社，1996。

13. 二月河：《雍正皇帝·九王夺嫡》，长江文艺出版社，1991。

14. 范稳：《悲悯大地》，人民文学出版社，2006。

15. 范稳：《大地雅歌》，北京十月文艺出版社，2010。

16. 范稳：《水乳大地》，人民文学出版社，2004。

17. 范小青：《赤脚医生万泉和》，人民文学出版社，2007。

18. 格非：《敌人》，花城出版社，1991。

19. 格非：《人面桃花》，春风文艺出版社，2004。

20. 格非：《山河入梦》，作家出版社，2007。

21. 格非：《欲望的旗帜》，江苏文艺出版社，1996。

22. 关仁山：《白纸门》，春风文艺出版社，2007。

23. 韩静霆：《孙武》，解放军文艺出版社，1995。

24. 韩少功：《马桥词典》，作家出版社，1996。

25. 何马：《藏地密码》，重庆出版社，2008。

26. 贾平凹：《白夜》，华夏出版社，1995。

27. 贾平凹：《废都》，北京出版社，1993。

28. 贾平凹：《高老庄》，太白文艺出版社，1998。

29. 贾平凹：《高兴》，人民文学出版社，2008。

30. 贾平凹：《古炉》，人民文学出版社，2011。

31. 贾平凹：《怀念狼》，作家出版社，2000。

32. 贾平凹：《秦腔》，作家出版社，2005。

33. 贾平凹：《土门》，春风文艺出版社，1996。

34. [英] 简妮特·温特森：《重量》，胡亚齿译，重庆出版社，2005。

35. 姜戎：《狼图腾》，长江文艺出版社，2004。

36. 李洱：《花腔》，人民文学出版社，2002。

37. 李冯：《孔子》，河南文艺出版社，2000。

38. 李锐：《人间：重述白蛇传》，重庆出版社，2007。

39. 李师江：《福寿春》，人民文学出版社，2007。

40. 李师江：《逍遥游》，远方出版社，2005。

41. 刘斯奋：《白门柳》，中国青年出版社，1998。

42. 刘震云：《故乡天下黄花》，中国青年出版社，1991。

43. 刘震云：《故乡相处流传》，华艺出版社，1993。

44. 刘震云：《手机》，长江文艺出版社，2003。

45. 刘震云：《我叫刘跃进》，长江文艺出版社，2007。

46. 刘震云：《一句顶一万句》，长江文艺出版社，2009。

47. [加] 玛格丽特·阿特伍德：《珀涅罗珀记》，韦清琦译，重庆出版社，2005。

48. [塞尔维亚] 米洛拉德·帕维奇:《哈扎尔辞典》，南山、戴骢、石枕川译，上海译文出版社，1998。

49. 莫言:《丰乳肥臀》，作家出版社，1996。

50. 莫言:《红高粱家族》，解放军文艺出版社，1987。

51. 莫言:《生死疲劳》，作家出版社，2006。

52. 莫言:《檀香刑》，作家出版社，2001。

53. 苏童:《碧奴》，重庆出版社，2006。

54. 苏童:《我的帝王生涯》，花城出版社，1992。

55. 孙皓晖:《大秦帝国》，河南文艺出版社，2009。

56. 谈歌:《家园笔记》，人民文学出版社，1999。

57. 唐浩明:《唐浩明文集·杨度》，人民文学出版社，2002。

58. 唐浩明:《血祭》，湖南文艺出版社，1990。

59. 唐浩明:《张之洞》，人民文学出版社，2001。

60. 铁凝:《笨花》，人民文学出版社，2006。

61. 王安忆:《遍地枭雄》，文汇出版社，2005。

62. 王安忆:《米尼》，江苏文艺出版社，1993。

63. 王安忆:《长恨歌》，作家出版社，1996。

64. 王家达:《所谓作家》，人民文学出版社，2003。

65. 王蒙:《尴尬风流》，作家出版社，2005。

66. 温皓然:《箜篌引》，文化艺术出版社，2005。

67. 熊召政:《张居正》，长江文艺出版社，2003。

68. 徐则臣:《天上人间》，新星出版社，2009。

69. 雪漠:《大漠祭》，敦煌文艺出版社，2012。

70. 阎连科:《风雅颂》，河南文艺出版社，2010。

71. 阎连科:《受活》，春风文艺出版社，2003。

72. 杨绛:《洗澡》，生活·读书·新知三联书店，1988。

73. 杨书案：《孔子》，长江文艺出版社，1990。

74. 杨志军：《藏獒》，人民文学出版社，2005。

75. 杨志军：《伏藏》，人民文学出版社，2010。

76. 叶兆言：《后羿》，重庆出版社，2007。

77. 余华：《活着》，长江文艺出版社，1993。

78. 余华：《兄弟（上）》，上海文艺出版社，2005。

79. 余华：《兄弟（下部）》，上海文艺出版社，2006。

80. 余华：《许三观卖血记》，江苏文艺出版社，1996。

81. 余华：《余华作品集》，中国社会科学出版社，1995。

82. 张炜：《九月寓言》，上海文艺出版社，1993。

83. 张悦然：《誓鸟》，光明日报出版社，2006。

二、主要参考书目

（一）国内古典文献与研究论著

1. 《十三经注疏》整理委员会整理，李学勤主编《十三经注疏·毛诗正义（上、中、下）》，北京大学出版社，1999。

2. 陈平原：《中国散文小说史》，上海人民出版社，2004。

3. 丁锡根编选《中国历代小说序跋集》，人民文学出版社，1996。

4. 段启明，张平仁：《历史小说简史》，山西人民出版社，2005。

5. [南朝宋] 范晔撰，[唐] 李贤等注：《后汉书》，中华书局，1965。

6. 龚鹏程：《中国文学批评史论》，北京大学出版社，2008。

7. [唐] 韩愈：《韩昌黎文集校注》，马其昶校注，上海古籍出版社，1986。

8. 侯忠义：《汉魏六朝小说简史 唐代小说简史》，山西人民出版社，2005。

9. 胡胜：《神怪小说简史》，山西人民出版社，2005。

10. [清] 李渔：《李渔全集》（第三卷），浙江古籍出版社，1991。

11. [汉] 刘向集录：《战国策》，[南宋] 姚宏、[南宋] 鲍彪等注，上海古籍出版社，2015。

12. [南朝梁] 刘勰著，范文澜注：《文心雕龙注》，人民文学出版社，1958。

13. 刘叶秋：《历代笔记概述》，北京出版社，2003。

14. [唐] 刘知几著，姚松、朱恒夫译注：《史通全译》，贵州人民出版社，1997。

15. 苗壮：《才子佳人小说简史》，山西人民出版社，2005。

16. 牛贵琥：《古代小说与诗词》，山西人民出版社，2005。

17. 欧阳健：《晚清小说简史》，山西人民出版社，2005。

18. [清] 沈复著，宋致新注译：《浮生六记》，崇文书局，2020。

19. 石昌渝：《中国小说源流论》，生活·读书·新知三联书店，1994。

20. 舒芜等编选《近代文论选》，人民文学出版社，1959。

21. 孙逊、孙菊园编《中国古典小说美学资料汇粹》，上海古籍出版社，1991。

22. 孙一珍：《明代小说简史》，山西人民出版社，2005。

23. 王蒙：《红楼启示录》，生活·读书·新知三联书店，1991。

24. 王运熙、顾易生主编《清代文论选》，人民文学出版社，1999。

25. 萧相恺：《世情小说简史》，山西人民出版社，2005。

26. 萧相恺：《宋元小说简史》，山西人民出版社，2005。

27. 杨伯峻：《列子集释》，中华书局，1979。

28. 杨伯峻译注：《论语译注》，中华书局，1980。

29. 杨义：《中国古典小说十二讲》，上海三联书店，2007。

30. 叶朗：《中国美学史大纲》，上海人民出版社，1985。

31. 易竹贤辑录《胡适论中国古典小说》，长江文艺出版社，1987。

32. [清] 袁枚：《随园诗话》，顾学颉校点，人民文学出版社，1982。

33. 张兵：《话本小说简史》，山西人民出版社，2005。

34. 张俊，沈治钧：《清代小说简史》，山西人民出版社，2005。

（二）国内现代文献与研究论著

1. 白烨选编《2000 中国年度文坛纪事》，漓江出版社，2001。

2. 白烨选编《2003 中国年度文坛纪事》，漓江出版社，2004。

3. 白烨选编《2004 年中国文坛纪事》，长江文艺出版社，2005。

4. 白烨选编《2005 年中国文坛纪事》，文化艺术出版社，2006。

5. 白烨主编《2003 中国文情报告》，社会科学文献出版社，2004。

6. 白烨主编《2006 年中国文坛纪事》，文化艺术出版社，2007。

7. 白烨主编《2007 中国文坛纪事》，人民文学出版社，2008。

8. 白烨主编《2008 中国文坛纪事》，人民文学出版社，2009。

9. 白烨主编《2009 中国文坛纪事》，人民文学出版社，2010。

10. 白烨主编《中国文情报告（2004~2005）》，社会科学文献出版社，2005。

11. 白烨主编《中国文情报告（2005~2006）》，社会科学文献出版社，2006。

12. 白烨主编《中国文情报告（2006~2007）》，社会科学文献出版社，2007。

13. 白烨主编《中国文情报告（2007~2008）》，社会科学文献出版社，2008。

14. 白烨主编《中国文情报告（2008~2009）》，社会科学文献出版社，2009。

15. 白烨主编《中国文情报告（2009~2010）》，社会科学文献出版社，2010。

16. 陈平原：《学者的人间情怀——跨世纪的文化选择》，生活·读书·新知三联书店，2007。

17. 陈晓明：《表意的焦虑——历史祛魅与当代文学变革》，中央编译出版社，2002。

18. 陈晓明：《德里达的底线——解构的要义与新人文学的到来》，北京大学出版社，2009。

19. 陈晓明：《现代性的幻象——当代理论与文学的隐蔽转向》，福建教育出版社，2008。

20. 程光炜：《文学想像与文学国家——中国当代文学研究（1949~1976）》，河南大学出版社，2005。

21. 崔向红主编《1978~2009 中国文化地图》，花城出版社，2010。

22. 戴锦华：《隐形书写——90 年代中国文化研究》，江苏人民出版社，1999。

23. 邓晓芒：《从寻根到漂泊——世纪之交的中国文学与文化》，羊城晚报出版社，2003。

24. 废人组稿，先知、先实选编《废都啊废都》，甘肃人民出版社，1993。

25. 郜元宝、张冉冉编《贾平凹研究资料》，天津人民出版社，2005。

26. 韩少功：《进步的回退》，春风文艺出版社，2002。

27. 洪子诚主编《中国当代文学史·史料选：1945—1999（上、下）》，长江文艺出版社，2002。

28. 黄发有：《准个体时代的写作》，上海三联书店，2002。

29. 纪宝成、刘大椿：《中国人民大学中国人文社会科学发展研究报告2008—2009：学科整合与热点聚焦》，中国人民大学出版社，2009。

30. 李欧梵：《现代性的追求：李欧梵文化评论精选集》，生活·读书·新知三联书店，2000。

31. 李世涛主编《知识分子立场》，时代文艺出版社，2002。

32. 李怡：《中国现代新诗与古典诗歌传统》，西南师范大学出版社，2004。

33. 刘黎红：《五四文化保守主义思潮研究》，中国社会科学出版社，2006。

34. 刘梦溪：《传统的误读》，河北教育出版社，1996。

35. 鲁迅：《鲁迅全集》，人民文学出版社，2005。

36. 罗成琰等：《20 世纪中国文学的古今之争》，百花洲文艺出版社，2008。

37. 孟繁华：《众神狂欢——世纪之交的中国文化现象（最新版）》，中国人民大学出版社，2009。

38. 倪伟：《"民族"想象与国家统制》，上海教育出版社，2003。

39. 申丹：《叙述学与小说文体学研究》，北京大学出版社，2004。

40. 孙犁：《孙犁全集》，人民文学出版社，2004。

41. 谭桂林等：《20 世纪中国文学的中西之争》，百花洲文艺出版社，2006。

42. 天岛、南芭编著：《文人的断桥——〈马桥词典〉诉讼纪实》，光明日报出版社，1997。

43. [美] 王斑：《全球化阴影下的历史与记忆》，南京大学出版社，2006。

44. 王德威：《被压抑的现代性——晚清小说新论》，宋伟杰译，北京大学出版社，2005。

45. 王德威：《当代小说20家》，生活·读书·新知三联书店，2006。

46. 王德威：《抒情传统与中国现代性》，生活·读书·新知三联书店，2010。

47. 王德威：《现代中国小说十讲》，复旦大学出版社，2003。

48. 王德威：《想像中国的方法——历史·小说·叙事》，生活·读书·新知三联书店，1998。

49. 王先霈主编《新世纪以来文学创作若干情况的调查报告》，春风文艺出版社，2006。

50. 温儒敏、陈晓明等：《现代文学新传统及其当代阐释》，北京大学出版社，2010。

51. 夏志清：《新文学的传统》，新星出版社，2005。

52. 许明：《新意识形态批评》，首都师范大学出版社，2001。

53. 杨扬编《莫言研究资料》，天津人民出版社，2005。

54. 姚文放：《当代性与文学传统的重建》，人民文学出版社，2004。

55. 张柠：《中国当代文学与文化研究》，北京师范大学出版社，2008。

56. 张清华：《存在之镜与智慧之灯——中国当代小说叙事及美学研究》，福建教育出版社，2010。

57. 张清华：《中国当代先锋文学思潮论》，江苏文艺出版社，1997。

58. 张未民、孟春蕊、朱竞编选《新世纪文学研究》，人民文学出版社，2007。

59. 张旭东：《全球化时代的文化认同：西方普遍主义话语的历史批判》，北京大学出版社，2005。

60. 周宪：《现代性的张力》，首都师范大学出版社，2001。

61. 周志强:《汉语形象中的现代文人自我》,北京大学出版社,2009。

62. 周作人:《鲁迅的青年时代》,止庵校订,河北教育出版社,2002。

63. 朱国华:《文学与权力——文学合法性的批判性考察》,华东师范大学出版社,2006。

(三)国外译注书目

1. [英]F.R.利维斯:《伟大的传统》,袁伟译,生活·读书·新知三联书店,2009。

2. [美]J.希利斯·米勒:《解读叙事》,申丹译,北京大学出版社,2002。

3. [美]James Phelan、[美]Peter J.Rabinowitz 主编《当代叙事理论指南》,申丹、马海良、宁一中等译,北京大学出版社,2007。

4. [德]阿克塞尔·霍耐特:《为承认而斗争》,胡继华译,上海人民出版社,2005。

5. [英]埃里克·霍布斯鲍姆:《民族与民族主义》,李金梅译,上海人民出版社,2006。

6. [美]爱德华·W.萨义德:《知识分子论》,单德兴译,生活·读书·新知三联书店,2002。

7. [美]爱德华·W.苏贾:《后现代地理学——重申批判社会理论中的空间》,王文斌译,商务印书馆,2004。

8. [美]爱德华·希尔斯:《论传统》,傅铿、吕乐译,上海人民出版社,2009。

9. [苏]巴赫金:《巴赫金全集(全六卷)》,钱中文主编,河北教育出版社,1998。

10. [意]贝奈戴托·克罗齐:《历史学的理论和实际》,[英]道格拉斯·安斯利英译,傅任敢译,商务印书馆,1982。

11. [美]本尼迪克特·安德森:《想象的共同体——民族主义的起源与散布》,

吴叡人译，上海人民出版社，2005。

12. [德] 彼得·毕尔格:《主体的退隐》，陈良梅、夏清译，南京大学出版社，
    2004。

13. [英] 戴维·洛奇编《二十世纪文学评论（下）》，葛林等译，上海译文
    出版社，1993。

14. [美] 戴卫·赫尔曼主编《新叙事学》，马海良译，北京大学出版社，
    2002。

15. [美] 杜赞奇:《从民族国家拯救历史：民族主义话语与中国现代史研
    究》，王宪明、高继美、李海燕等译，社会科学文献出版社，2003。

16. [美] 杜赞奇:《文化、权力与国家：1900—1942 年的华北农村》，王福
    明译，江苏人民出版社，2010。

17. [荷] 佛克马、[荷] 蚁布思:《文学研究与文化参与》，俞国强译，北京
    大学出版社，1996。

18. [俄] 弗拉基米尔·雅可夫列维奇·普罗普:《故事形态学》，贾放译，
    中华书局，2006。

19. [英] 霍布斯鲍姆、[英] 兰格编《传统的发明》，顾杭、庞冠群译，译林
    出版社，2004。

20. [美] 杰弗里·哈特曼:《荒野中的批评——关于当代文学的研究》，
    张德兴译，天津人民出版社，2008。

21. [美] 杰姆逊讲演:《后现代主义与文化理论》，唐小兵译，北京大学出
    版社，1997。

22. [英] 卡尔·波普尔:《客观知识———个进化论的研究》，舒炜光、
    卓如飞、周柏乔等译，上海译文出版社，1987。

23. [德] 卡尔·雅斯贝斯:《时代的精神状况》，王德峰译，上海译文出版社，
    2005。

24. [英] 凯伦·阿姆斯特朗:《神话简史》，胡亚豳译，重庆出版社，2005。

25. [英] 雷蒙·威廉斯:《现代悲剧》,丁尔苏译,译林出版社,2007。

26. [美] 理查德·罗蒂:《筑就我们的国家:20 世纪美国左派思想》,黄宗英译,生活·读书·新知三联书店,2006。

27. [英] 路德维希·维特根斯坦:《文化和价值》,黄正东、唐少杰译,清华大学出版社,1987。

28. [法] 吕西安·戈德曼:《隐蔽的上帝》,蔡鸿滨译,百花文艺出版社,1998。

29. [英] 马丁·阿尔布劳:《全球时代:超越现代性之外的国家和社会》,高湘泽、冯玲译,商务印书馆,2001。

30. [美] 马克·柯里:《后现代叙事理论》,宁一中译,北京大学出版社,2003。

31. [德] 马克斯·韦伯:《经济与社会》,林荣远译,商务印书馆,1997。

32. [美] 马泰·卡林内斯库:《现代性的五副面孔:现代主义、先锋派、颓废、媚俗艺术、后现代主义》,顾爱彬、李瑞华译,商务印书馆,2002。

33. [美] 马歇尔·伯曼:《一切坚固的东西都烟消云散了——现代性体验》,徐大建、张辑译,商务印书馆,2003。

34. [法] 米歇尔·福柯:《知识考古学》,谢强、马月译,生活·读书·新知三联书店,2003。

35. [德] 尼采:《悲剧的诞生——尼采美学文选》,周国平译,生活·读书·新知三联书店,1986。

36. [法] 皮埃尔·布迪厄:《艺术的法则:文学场的生成和结构》,刘晖译,中央编译出版社,2001。

37. [瑞士] 皮亚杰:《结构主义》,倪连生、王琳译,商务印书馆,1984。

38. [美] 乔纳森·弗里德曼:《文化认同与全球性过程》,郭建如译,商务印书馆,2003。

39. [美] 乔纳森·卡勒:《结构主义诗学》,盛宁译,中国社会科学出版社,1991。

40. [法] 热拉尔·热奈特:《热奈特论文选，批评译文选》，史忠义译，河南大学出版社，2009。

41. [法] 萨特:《萨特文集（7）·文论卷》，施康强选译，人民文学出版社，2000。

42. [英] 特里·伊格尔顿:《历史中的政治、哲学、爱欲》，马海良译，中国社会科学出版社，1999。

43. [法] 托多罗夫:《巴赫金对话理论及其他》，蒋子华、张萍译，百花文艺出版社，2001。

44. 薇思瓦纳珊编《权力、政治与文化——萨义德访谈录》，单德兴译，生活·读书·新知三联书店，2007。

45. [德] 乌尔里希·贝克:《风险社会》，何博闻译，译林出版社，2004。

46. 伍蠡甫、胡经之主编《西方文艺理论名著选编（下卷）》，北京大学出版社，1987。

47. [法] 雅克·德里达:《马克思的幽灵——债务国家、哀悼活动和新国际》，何一译，中国人民大学出版社，2008。

48. 亚里士多德:《诗学》，罗念生译，人民文学出版社，1962。

49. [美] 约翰·费斯克:《理解大众文化》，王晓珏、宋伟杰译，中央编译出版社，2001。

50. [美] 詹明信:《晚期资本主义的文化逻辑:詹明信批评理论文选》，张旭东编，陈清桥等译，生活·读书·新知三联书店，1997。

51. [美] 詹明信:《晚期资本主义的文化逻辑》（2版），陈清侨等译，生活·读书·新知三联书店，2013。

52. [美] 詹姆斯·费伦:《作为修辞的叙事:技巧、读者、伦理、意识形态》，陈永国译，北京大学出版社，2002。